# 覆雨翻雲

異俠大系・新編完整版

卷四

黃易

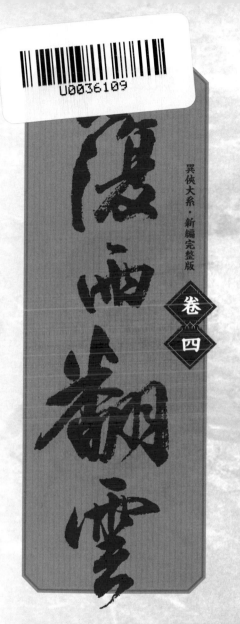

# 覆雨翻雲

卷四

目錄

# 覆雨翻雲

## 卷四 目錄

# 第一章　愛情魔力

戚長征神態鎮靜，微微一笑，露出兩排雪白整齊的牙齒，對比起他被太陽曬成古銅色的臉膚，就像陰天裡陽光破雲而出的模樣，自有一種豪雄灑逸、風度不凡的神采。

水柔晶看得呆了一呆，暗忖這粗豪青年笑起來時，實比很多所謂美男子更具攝人魅力，同時覺得自己好像到了此刻才眞正清清楚楚有這種感覺，以前都是模模糊糊的。

戚長征見她沉吟不語，以爲她內心仍在交戰，不能決定怎樣去處置他，哪知水柔晶想到的竟是他好看與否的問題。

他索性向水柔晶爬了過來，到了臉孔離水柔晶的俏臉只有半尺許的短距離時，訝然道：「姑娘還不讓開，我要鑽出來了。」

水柔晶面容回復平常的清冷孤傲，瞅他一眼道：「鑽出來幹嘛？趕著爬去送死嗎？」說到「爬」字時，嘴角溢出一絲罕有的笑意，分外動人。

戚長征看得呆了呆，才苦笑道：「若我還不走，待會你的上司和同袍回轉頭來時，我老戚就不是送死而是等死了。」

水柔晶蹙起秀眉，道：「脫下你的衣服給我，我或有助你老戚逃生保命之法。」說到「老戚」時，忍不住又綻出一絲笑意。

水柔晶放下了小靈貍，撮唇向牠發出一連串像音樂般動聽的指令，小靈貍聚精會神豎直耳朵聆聽著，待指令結束，「颼」一聲竄進叢林裡。

戚長征愕然道：「你命這頭小畜牲去辦甚麼事？」

水柔晶責怪地道：「你還不脫下衣服？」

戚長征苦笑道：「我既不慣被女人看著脫衣服，更不慣光著屁股走路。」

水柔晶氣得杏目一瞪，心想在這種生死存亡的時刻，這人還有心情說笑，腦子也不知是甚麼做的，一手抓著他的衣襟，用力撕了一幅下來，道：「這也夠了！」

接著水柔晶從懷裡掏出一個小瓶，將內裡一些白粉狀的東西，唯恐不夠地遍灑在戚長征的身上。

水柔晶又急又快地道：「你留在這裡，小靈狸會給我擒來一頭白兔之類的小動物，我會將你的破衣布綁在牠身上，然後施手法使牠狂奔遠遁，帶著你的氣味逃去，而你身上的隱味粉，可使獵犬以爲你是一棵樹或石頭，嗅不到你的所在。好自爲之了！這是我幫你的最後一個忙，以後只有你欠我的了。」

水柔晶見他還呆看著自己，嗔道：「還不躲回你的狗洞裡去。」言罷退往樹叢外，回頭冷冷道：「不要以爲我愛上了你，我只是救人救到底罷了！」

接著隱沒在小靈狸剛才消失的密林裡。

戚長征搖頭苦笑，自言自語道：「你若不是愛上了我，老戚願以項上人頭來和你作賭注。」

左詩坐在窗前，秀目好奇地看著河岸上不住變化的動人山野景色，美景層出不窮，教她心曠神怡，心想他日若有可能的話，定要帶雯雯來看看，唉！雯雯不知有沒有哭？晚上睡得好不好呢？

浪翻雲的大掌貼著她的後背，輸入的熱氣忽地中斷，輕責道：「詩兒！不要盡往不開心的事情鑽。」

左詩嚇了一跳道：「為何大哥會知道詩兒心裡想著的事？」

浪翻雲微笑道：「我感到你經脈內氣有鬱結之勢，所以知道你正想起不開心的事情。」

左詩嘆了一口氣道：「沒有雯雯在我身旁，我就像是一無所有，離洞庭愈遠，愈是記掛著她，她年紀太小了，又被我寵慣了。」

浪翻雲的手掌離開了她的粉背，左詩感到一陣空虛，那種感覺差點比思念小雯雯更令她難受，就像此刻才真是一無所有。

左詩剛想回過頭來，背心處一痛，原來是浪翻雲的手指戳在那裡，接著整個背部有十幾處穴位蟻咬般刺痛，都是浪翻雲手指點處引起的感覺。

她泛起手舞足蹈的衝動，想站起來，浪翻雲一對大手按著她兩肩，另兩股真氣由肩井穴湧進體內，融融渾渾，說不出的寫意舒暢。

浪翻雲湊到她耳側道：「詩兒！你懂得洞庭漁民慣唱的搖船歌嗎？」

左詩怡然道：「當然懂得，連小雯雯也會唱，唱得不知有多好哩！」

浪翻雲道：「那便哼出來給你大哥聽聽。」

左詩心甘情願，毫不忸怩，以她性感動人的鼻音輕輕哼著，到了歌詞精采處，還輕柔地唱上兩句，眼中神色愈轉柔和。

河風迎面吹來，吹起她絲絲秀髮，拂在浪翻雲按在她香肩的大手上。

浪翻雲心內一片溫馨，自惜惜死後，他從未試過和女性有如此親近的感覺，即管當日抱著赤裸的乾虹青血戰乾羅時，亦沒有這種醉人的感受。

左詩唱著哼著，俏臉愈來愈熱，身子愈來愈軟，若非靠浪翻雲的手支撐著她的嬌軀，早仰身倒進浪翻雲懷裡。

就在此時，兩股比之前強烈百倍的熱氣由浪翻雲掌心直透肩井穴而入，左詩全身劇震，眼前一黑後，又回復清明，全身說不出的舒服自在，像身體忽然失了所有重量。

浪翻雲哈哈一笑道：「鬼王丹也不外如是，終於給我壓下毒性，最多十天，我可將它完全化去。」

左詩不知如何，感到一陣失落，好像沒有了鬼王丹，也失去了和浪翻雲間某種微妙的維繫。

左詩心情矛盾之極，幽幽道：「那是否不用上京了？」

浪翻雲對她的心情洞察無遺，微笑道：「怎麼不用上京，你還要帶我去參觀你左家老巷的酒具，說不定由我打本錢給你開家小酒舖，賣你的清溪流泉，讓京師的人嚐嚐甚麼才是天下第一好酒呢！」

左詩既歡喜、又不安，道：「但小雯雯……」

浪翻雲道：「不用擔心小雯，我得到傳報！有令兒作伴，她不知玩得多麼高興，還著你不用擔心她哩。等你在京城的舖子開張時，我保證她還可以前來幫手。我看她挺本事的！」

左詩神往地道：「小雯雯只懂搗蛋，能幫得我甚麼？」

浪翻雲笑道：「的確是個令人疼愛的小傢伙，告訴我，弄一間這樣的小酒舖，要添置多少器具？」

左詩俏臉略往後仰，秀長的頸項貼著浪翻雲仍按在她肩上的大手，興奮地道：「讓詩兒想想。」

「叩叩叩！」

敲門聲起。

浪翻雲淡淡道：「范豹！進來吧！」

左詩的心「卜卜」跳了起來，有人來了，爲何浪翻雲仍不拿回他的大手，給人看到自己和他這般親熱，實在羞人，何況范豹還是她過世丈夫生前的好友。

范豹推門而進，看到兩人親熱的情形，眼中掠過欣慰之色，施禮道：「接到幫主的千里靈傳書，請浪首座親閱。」

浪翻雲這才若無其事地鬆開大手，接信拆開細看，劍眉輕蹙道：「方夜羽確有一手，有如玩弄魔術。」

接著向范豹問道：「陳公和范良極等是否仍在大廳裡？」

范豹點頭道：「陳老好像剛教完范爺和韓爺兩人認書識字，回房去了！」

浪翻雲毫不避忌拍拍左詩肩頭，道：「詩兒！讓我介紹幾位好朋友給你認識。」

左詩見浪翻雲對自己如此不拘俗禮，芳心泛滿驕傲和欣喜，不迭點著頭。

一向都像陰霾密布的內心天地，剎那間被注進了無限的生機。她卻不知因積鬱而封閉了的十八道經脈，竟給浪翻雲以無上智慧和玄功，打通了八道之多。

小風帆劃破鄱陽湖平滑如鏡的湖面，往東而去。

谷倩蓮慵倦地半臥半坐挨在船尾，一對靈巧的烏黑眸子兜著風行烈，後者則負起操舟之責。

風行烈不知在想甚麼，望著前方水平極處一群小島嶼，沉默著。

左方遠處一隊漁舟緩緩駛過，使人感到鄱陽湖閒適寧靜的安逸氣氛。

鼓滿了的風帆「拂拂」響著，顯示風向有了輕微的改變，風行烈慌忙調整船帆的角度。

谷倩蓮讚道：「行烈！你對操舟也相當在行啊！」

風行烈回過頭來，看到夕陽光裡的谷倩蓮，俏臉閃著亮光，秀麗不可方物，心中暗呼，原來她是這麼美，爲何我以前竟像看不到似的？一時間忘了回答，眼光也沒法移回原處。

谷倩蓮輕輕摑了自己的嫩滑臉蛋一記，自責道：「你看我多麼糊塗，你們的邪異門以水寨浮塢名震黑道，自是操舟駕船的大行家，噢！你瞪著我幹嘛？還嫌在南康時欺負得我不夠嗎？現在也想繼續欺負我嗎？」她說來巧笑倩兮，神態動人之極，使人感到其實她很想被「欺負」。

風行烈心神全被她的嬌憨吸引過去，微笑道：「爲何不進篷艙內休息一會兒，不怕曬得你白嫩的嬌膚變粗變黑嗎？」

谷倩蓮羞人答答地道：「你也著緊我嗎？進了艙就不能像現在般好好看著你了。」

最難消受美人恩，谷倩蓮對他用情如許之深，風行烈哪能不受感動，點頭道：「也好，讓我也可以好好看著你。」

谷倩蓮臉上掠過意外之喜，瞅了他一眼道：「風公子有心情聽我們雙修府的故事了嗎？」

風行烈面容一寒道：「若不說出你對付我的陰謀來，其他不說也罷。」

谷倩蓮甜絲絲地柔聲道：「無論怎樣，你該信我不會害你的。」

風行烈聲音轉冷道：「倩蓮你休要在我和雙修公主間打甚麼念頭，否則我絕不會饒你。」他並非愚魯之輩，集合所有跡象，怎會猜不到幾成，故先出言向谷倩蓮作出嚴厲警告，說實在的，靳冰雲的離去確使他對愛情感到厭倦，所以在最初時，即管對著谷倩蓮這麼明媚可愛的美少女，他也真的有些微討厭。

若谷倩蓮要他去做雙修大法的候選者，他會非常反感。

這不是可以隨便相就的事。

谷倩蓮吐出小香舌，扮出害怕的樣子，縮作一團可憐兮兮地道：「由始至終，我也只是要求你去見她一面罷了！其他的都由你自己作主，這也不成嗎？」說罷泫泫欲泣。

即管明知她弄虛作假，風行烈也敗下陣來，始終得不到谷倩蓮這小靈精的保證，苦笑搖頭，放棄對谷倩蓮的進逼。

谷倩蓮盈盈站起，來到風行烈身旁，小心翼翼地試探道：「行烈！現在你有心情聽故事了吧？」

風行烈道：「你的聲音有若出谷的小黃鶯，想不聽也大概忍不住吧！」

谷倩蓮橫了他一眼，像在說你這人恁地小氣，還鼓著香腮沒有作聲。

風行烈知道她惱的其實乃自己「絕不會饒你」這句語氣重了的說話，微笑道：「倩蓮！不知你是否也有我相同的感受，就是每逢你要告訴我那雙修府的所謂大秘密時，總會有事發生的。」

谷倩蓮一震道：「現在有甚麼事？」

風行烈淡淡道：「後面有六艘插著官旗的快艇，正追著我們來。」

兩人對望一眼，都看到了對方心中的懼意。

任他們千算萬算，也沒想到官府會在這事上插上一腳，若官府和方夜羽的勢力結合起來對付雙修府，他們就算加上怒蛟幫也只會是白賠進去。

大檯上所有來自高麗的文牒圖卷均攤了開來，韓柏苦著臉硬在記認剛才陳令方教他的東西，見到范良極蹺起二郎腿，提著他的盜命桿，悠然自若地呑雲吐霧，氣得咬牙切齒道：「你想袖手旁觀嗎？想瘋了你的心了，快來和我一齊參詳，除非你自認老了，記憶力衰退，那我或可看在你一大把年紀分上，放過你這死老鬼。」

范良極「啐啐」連聲，向坐在韓柏旁的柔柔道：「柔柔看看你這窩囊大俠，自己不行，卻要拉別人下水，我老？哼！你連個『老』字怎麼寫也不知道哩。」

韓柏兩眼一亮，道：「你敢說我不懂『老』字怎麼寫！」

范良極不慌不忙道：「你懂得寫嗎？用高麗文寫個『老』字給我看看。」

韓柏大怒道：「你又懂得寫嗎？」

范良極哂道：「我又不老，當然不懂怎麼寫，但我卻剛學曉了怎樣寫『年輕』這兩個字，要不要我將陳老鬼剛才教我的絕活默寫出來，以展示我比你年輕優勝的記憶。」

韓柏記起這死老鬼剛才確曾問過陳令方這兩個字，爲之語塞。

柔柔纖手搭在韓柏肩上，柔聲道：「公子！讓柔柔幫你溫習陳公教下的功課好嗎？」

韓柏餘氣未消，點頭道：「柔柔！你比你那不負責任、沒有人性的爺爺義兄好多了。」

范良極氣得雙目一瞪，伸出盜命桿，在韓柏頭上敲了兩下，冷笑道：「人性？人性的其中一項就是遵諾守信，無論事情怎樣發展，你也要將朝霞弄到手中，知道嗎？」

韓柏色變道：「若我去勾人的小老婆，浪大俠會怎樣看我？何況現在陳令方好歹也是與我們合作共事的人。」

范良極道：「勿忘了陳令方檣豎也要將朝霞送人，現在不過由你接收吧！有甚麼大不了。只要你覺得自己做得對，浪翻雲愛怎麼想，便由得他吧！」

韓柏皺眉道：「陳令方和楞嚴關係現在惡化到這地步，怎還會爲他送出朝霞，何況朝霞是他家人妻妾裡唯一知道整件事的人，這更證明了陳令方絕不會將她拿去送人，難道想她洩出秘密嗎？」

范良極臉色一寒，道：「你想違背諾言嗎？」

韓柏軟化下來，聳肩攤手嘆道：「但你也要朝霞心甘情願才行呀。」

范良極綳緊的皺紋老臉鬆開了點，望向柔柔奇道：「你不開心嗎？爲何垂著頭一聲不響？」

柔柔低聲道：「公子和大哥商量大事，哪有我插嘴的餘地。」

韓柏這才省覺柔柔因不知前因後果，聽得自己兩人公然講論要去勾引別人的妾侍，心中難受，一時也不知如何解釋，檯下又中了范良極一腳，忙強露笑容，伸手摟著柔柔香肩，把事情詳述一番。

柔柔聽得瞠目結舌，只覺自己這公子和大哥奇人奇行層出不窮，也不知好氣還是好笑。

范良極神情一動道：「有人來了！」

# 第二章　日照晴空

夕陽沉沒。

戚長征聽著水柔晶往東北掠去的聲音逐漸消失，才閃出叢林之外，往來路狂奔而去，到了河旁沿岸處，再疾走十多里後，才緩下腳步，一邊打量著四周的形勢。

到了此刻，他已感到迷失了路，再不知自己身在何處，在敵我的追逐裡，這是江湖上的大忌。現在唯一之法，就是不理天已入黑，就近找戶人家，查問此處的位置，離九江還有多遠。

再走了幾里路，豈知行經之處，愈來愈荒僻，幸好月色清亮，可辨遠近之物。越過了一個山坡後，前方出現了條小小的村落。

戚長征暗忖為何連半盞燈火也看不到，也不聞犬吠，難道這是條被人荒棄了的野村？路上雜草滋蔓，戚長征走得更是小心，腳尖只點在突出來的石頭上，以免留下痕跡。

當他進入村後，更無疑問，三十多間剝落殘破的小屋，一點生氣也沒有。

所有房舍均門扉緊閉，戚行征想道，假設我有法子不經門窗進入屋內，即管敵人再追來，也不會費神逐屋搜查。想到這裡，忽然興起，認眞地去想這個問題。

事實上他也需要好好休息一番，否則碰上敵人，亦沒有力量去應付。

好一會兒後搖頭嘆氣道：「有雨時那小子在就好了，說到動腦筋，我老戚確及不上他。呀！」

戚長征腦中靈光一閃，自己一直想著如何躲進屋內去，為何不想想躲在屋外。人同此心，假設敵人追來，很自然只會想到他躲在屋內，當見到門窗均未被人動過，自應不再耽擱便離開。

他環目四顧，這條村除了一條大路和兩旁的房舍，屋後雜生的亂草和附壁而長的蔓藤外，就只有鋪滿了塵土生了蘚苔的破籬笆和枯樹枝，散布屋旁或路上，哪有藏身之所，自己雖身帶水柔晶的隱味粉，可躲過獵犬靈敏的鼻子，但卻未必避得過牠們靈銳的感覺和夜眼，若要躲在村內，還不若隨便找個山林野地，倒頭睡上一覺合算。

河水的流動聲音由荒村右方的斜坡外傳來，使人分外有種寧洽的感覺。

戚長征正要離開，又停下腳步，想到虛則實之的道理，正因這不是好的藏身之地，所以若眞有方法隱身在此，必會教敵人料想不到，疏忽過去，正可藉此休息一番，爭取到尙未復元的體力和眞氣。

想著想著，腦中靈光忽現，拍了一下額頭，以責備自己腦筋不夠靈光，這才小心翼翼依前之法，只以足尖點在路上的石塊，來到路心一堆枯樹枝破籬笆堆積之處，小心移開雜物，脫下被水柔晶撕掉了一幅的上衣，鋪在地上，勁運十指，一把一把將泥土抓起，放在衣上，再包起運往屋後倒掉，如此不到片刻，路心已給他掘了個可勉強容身的地穴出來。

他沒有忘記衣上沾了隱味粉，揮掉泥屑，皺著眉頭將上衣穿回身上，那種骯髒感覺，使他差點要再脫下來，又或只披在身上了事，不過想起可能因此鬧出岔子，唯有將這些念頭放棄。

他躍入穴內，小心將破籬笆等物蓋在穴口，才盤膝坐下。

剛要凝神聚氣，腦內雜念叢生，　忽兒想起了韓家二小姐慧芷，一忽兒又想起對他情深恩重的水柔晶，始終無法靜得下來。

蹄聲忽響，夾雜犬吠之聲逐漸接近。

心中一懍，整個精神凝聚起來，再不用費半點心力。

半晌後路面上全是蹄聲和犬吠聲，也不知來了多少人，幾乎是停也沒停便過去了。

戚長征吁出一口氣，暗忖自己這方法果然高明，不過若沒有水柔晶的寶貝隱味粉，便一點也行不通，想到這裡，對水柔晶的感激又加深一層。

這次他再凝志煉神，幾乎立即進入了虛靜篤志的精神狀態，達到前所未有的禪境。

蹄聲、犬吠來了又去，也不知過了多少批敵人，他都置若罔聞。

兩個時辰後，他功行圓滿，悠然回醒過來。

他感到體能功力，均臻達一個全新的境界，不禁大奇，若往日像剛才般損耗了那麼多體力和眞氣，無論怎樣打坐休息，至少也要幾天才可逐漸復元，爲何現在只坐上這一兩個時辰，即像個沒事人似的，還更勝從前，眞是奇哉怪也，幸好這只會是好事而絕非壞事。

這時他反有點不願離開這雖氣悶了點，但卻非常安全寧靜的小天地，索性閉目沉思，將這十多天來和強敵連番交手的經驗，在腦海中重現一遍，作出檢討，想到興奮時，眞想跳出穴外，找上最近的敵人，殺個痛快。

連他自己也不知道，這地穴內的兩個時辰，實乃他在刀道的修煉過程中最關鍵的一個轉捩點，使他能進窺最上乘的境界。

步聲響起。

戚長征透過雜物間隙，運足眼力，一看下叫了聲糟糕，原來帶頭來的竟是由蚩敵，他兩旁一看便知是蒙氏雙魔的孿生老叟，後面跟著是日月星三煞、金木水火土五將和一群三十來個勁裝大漢。

他只感頭皮發麻，就像在一個不能醒來的噩夢裡。怎會這麼巧？他最怕的人全來了！眾凶轉瞬來到戚長征藏身地穴的兩旁，停身立定，最貼近的恰好是右方的水柔晶。

日煞問道：「由老！要不要孩兒們逐屋去搜。」

蒙大冷冷道：「我看不用了，門窗的塵痕一點剝落的跡象也沒有，連隻小蟲也飛不進去。」

蒙二接口道：「要藏身也不會蠢到躲進了這條死村之內，附近這麼多荒山野嶺，安全得多了。」

戚長征暗笑道，你眞是說得很有道理。

由蚩敵冷冷道：「老四、老五你們有否感到奇怪，以我們的人手物力，追蹤之術，爲何過了百里，仍拿這小子不著？」

戚長征心中一懍，望往水柔晶，不禁擔心起來。

蒙大道：「老由說得好，可知定是我們某個環節出了問題。」

由蚩敵轉過身來，凌厲的眼光落在水柔晶臉上，獰笑道：「柔晶！你還有甚麼話說？」

戚長征的手握上刀柄，明知是送死，水柔晶有難他怎可袖手旁觀。

水柔晶嬌軀劇震，冷冷答道：「柔晶不明白由老在說甚麼？」

由蚩敵仰天一陣長笑道：「其實早先搜查韓府找不到人，而事後證明了那小子當時確在韓府之內，我便應懷疑你了。若非是你，小靈貍怎會嗅不出他來，現在我們也不會給他逃脫。」

水柔晶素知由蚩敵手段的凶殘，若落到他手上，實是生不如死，想到這裡，肌肉一縮一彈，裝在小臂的袖珍匕首滑到反轉了的手心內，斜指著小腹下，才答道：「柔晶仍不明白由老的說話。」

她的動作，戚長征看得一清二楚，見她想以死保自己不受辱於人，心下敬佩，已知今日一戰難以避免，忙收攝心神，竟意外地晉入了往日浪翻雲指點他武功時所說的「日照晴空」的境界，無一物不清晰，無一物能在日照下遁形掩跡。

這也算戚長征一場造化，老天將他擺了在這麼必死的絕境，反而刺激得他的「刀心」又進入更深一重境界。

水柔晶身後七、八尺許處站的是火將，其他人都遠在十步開外，這時火將在水柔晶後打了個手勢，顯是通知由蚩敵水柔晶想自殺，因爲他是全場裡唯一可看到水柔晶手心暗藏七首的人。在她左方的人，給她身體擋著視線，另一邊則是戚長征的雜物堆。

由蚩敵眼中神光一閃，語氣轉爲溫和，道：「看柔晶你的神態確不像曾做出助敵的行爲，難道是別處出了漏洞？」

水柔晶見他語氣轉得如此之快，愕了一愕。

身後的火將乘機邁步欺上，一指點往水柔晶的腰眼穴，他這一指含著陽震之勁，即管水柔晶刀鋒入腹，也會給他震得退出來。

水柔晶驚覺時，已來不及自殺，唯一之法是往前掠去，但同一時間，日月星三煞三支長矛一齊出手，封死了她的進路。

水柔晶露出驚駭欲絕的神色，知道現在連自殺也辦不到，不禁暗恨不早些下手。

七首揮往身後，希望能迫開火將，爭取一刻緩衝的時間，以了結此生。

「喝！」

一聲驚天動地的暴喝，起自水柔晶旁的雜物堆內，接著刀光一閃，火將右手齊腕給斬了下來，刀芒再起，日月星三煞同時濺血跌退，雖是輕傷，但氣勢被奪，倉皇間來不及做出迅速反擊。

戚長征現身水柔晶之旁，仰天大笑道：「痛快痛快！由禿子你敢否和我單打獨鬥，我保證分出勝負才走，但這期間你不得命人對付水柔晶。」

眾凶團團將兩人圍住，只待由蚩敵一聲令下。

由蚩敵望往飛到腳下的一片碎瓦，動容道：「你不但膽了大了，連武功也突然間進步了許多，可知龐老對你的評價一點也錯不了，但若說今趟你仍能逃出去，恐怕連你自己也不相信吧。」

水柔晶在戚長征背後輕輕道：「你走吧！我掩護你。」

戚長征心頭一陣激動，左手向後反抓著水柔晶的手，全不理會敵人的灼灼目光。

水柔晶自知兩人必死，豁了出去，任由這男子抓著自己柔若無骨的手。

蒙大向由蚩敵冷哼道：「女大不中留，就是如此！」接著低聲道：「一下手不要留情，此子能藏在近處而不被我們所覺，已可晉入黑榜的級數。」

蒙二迅速低語道：「這小子比我想像中還高明，只從他的刀法便可看出浪翻雲的可怕。」

斷了手腕，兩眼直如噴火的火將這時退到後方，由手下為他包紮敷藥，再無動手的能力。

後方是金木土三將，前方是日月星三煞，再外圍是由蚩敵居中，蒙大蒙二兩人傍在左右，最外檔處則是那些勁裝大漢，若戚長征要闖出重圍，勢須憑手上快刀的本領，沒有任何取巧餘地。

在由蚩敵和蒙氏雙魔這三個凶人的圍堵下，實在連逃也逃不了。

戚長征冷喝道：「老由你怕了嗎？」

由蚩敵仰天一陣狂笑，道：「閉嘴！網中之魚，有何資格提出要求，動手！」

金木土三將倏地往後散開，日月星三煞三支長矛有若三道電光，向戚長征射來。

戚長征左手仍牽著水柔晶的玉手，手上刀光潮湧，護在身前，刀法精微玄奧，有若偶拾而成的佳句。

由、蒙等三人眼力最高明，一齊色變，尤其由蚩敵幾天前才和他交過手，豈知士別三日，竟要刮目相看，更增他除去戚長征之心。

日月星三煞當然非是弱者，矛光擴散，籠罩的範圍也擴大了。

豈知戚長征就在利矛貫體前，刀光暴漲，接上三矛。

「叮叮叮！」

戚長征連退三步，化去狂勁。

日月星三煞齊被硬生生迫退，三人早被他氣勢所懾，竟使不出平常的七成功夫。

蒙大蒙二齊聲冷哼，像演習了千百次般由日月星三煞間穿入，兩手相握，接著急旋起來，龍捲風般往戚長征急轉過去。

勁氣漫天，發出嗤嗤尖嘯。

戚長征和水柔晶髮衣飄拂。

水柔晶尖叫道：「是他們的『旋風殺』，快退！」拉著戚長征往後飛退。

戚長征拿著她的手借勢一送，水柔晶整個飄往遠方。

這時蒙氏雙魔轉得快至已沒有人可分辨出誰是老大、誰是老二，一股強大的旋勁撲至，使戚長征也有隨之旋起的傾向。

在這生死立決的關頭，戚長征忽地靜了下來。

那是一種無法形容的感覺。

整個天地像完全沒有了聲音，體內充盈著無比的信心和勇氣，沒有半絲的紊亂。

他一分不差地知道當蒙氏雙魔每轉一圈，都藉拉著的手生出正反力道，使他們愈旋愈快。

那力道剛生的剎那，就是舊力消失的當兒。

那也是兩人唯一的空隙。

進來的是浪翻雲、左詩和陳令方。

陳令方有點疲倦，顯是剛才教這兩個不肖學生時費了很大的心力。

范良極和韓柏看到左詩，眼睛同時亮起來，秀美無倫的左詩自有一種非常動人的獨特氣質，雖未如秦夢瑤的不食人間煙火，但自有其秀麗清逸之處。

范良極較快回復過來，見到韓柏這好色之徒仍不瞬眼地瞪著人家，暗罵這小子見不得美女，踢了他一腳。

浪翻雲看得微微一笑道：「這是酒神左伯顏之女左詩姑娘。」

左詩被韓柏看得芳心忐忑跳動，暗怪這人爲何如此無禮，但既是浪翻雲朋友，唯有斂衽施禮。

陳令方道：「來！我們坐下再說。」

眾人圍桌坐下。

客氣幾句後，浪翻雲正容道：「我剛接到敝幫千里靈傳書，得到一個很壞的消息。」

韓柏訝道：「浪大俠身在船上，爲何竟仍可與貴幫互通訊息？」

左詩不敢看他，卻在想這年輕男子的好奇心眞大，放著壞消息不問，卻去管這些枝節的問題。

范良極冷諷道：「你這人眞是無知，千里靈均曾受特別訓練，能辨認船上特別的標誌，好了！你的廢話說完了沒有。」

韓柏尷尬地：「我沒有你那麼老，哪來這麼多經驗和老知識。」

范良極氣得兩眼一翻，待要反唇相稽，剛好朝霞捧著一壺香茗，進來待客，這才止息了干戈。

這時連浪翻雲也感到有點異常，爲何好像陳令方蓄意地製造朝霞和他們接觸的機會？

左詩和柔柔站了起來，幫著朝霞伺候這四個男人。

韓柏暗忖，假若秦夢瑤和靳冰雲兩人肯這樣服侍他，就算減壽二十年也心甘情願。

范良極向浪翻雲道：「若有消息能令浪兄感到震動，必是非常駭人聽聞的事。」

浪翻雲微笑道：「方夜羽已和朱元璋攜手合作，對付黑道，你說這是否驚人之至。」

范良極登時呆了起來。

「噹！」

陳令方聽得連茶杯也拿不穩，掉在桌上，茶水濺流，朝霞慌忙爲他抹拭。

心有旁騖的韓柏目光卻落在朝霞那對使人想拿在手心裡好好憐惜的纖手上，想著范良極這個介紹倒也挺不錯的。

朝霞見他盯著自己的手，暗怪這人實在太率性而行，毫無避忌，可是芳心卻又沒有絲毫怒意，反有少許背叛了陳令方的快感，感受到陳令方不能給她的刺激。

韓柏的神態哪能瞞過浪翻雲，其實他早看到范、韓兩人對朝霞神態特殊，遂向韓柏微微一笑道：「看著韓兄，便像看著十多年前的自己，那時我和凌戰天兩人四處浪蕩，惹草拈花，愛盡天下美女。」

聽到浪翻雲說自己年輕時拈花惹草，左詩的芳心不由忐忑跳躍著。

韓柏一震醒來，以他那麼不怕羞的厚臉皮亦赤紅起來，笨拙拙地不知該如何反應。

陳令方哈哈一笑道：「浪兄說中了我的心事，陳某自號惜花，正是此意。」接著向韓柏神秘一笑道：「到了京師後，讓我這識途老馬帶專使遊遍該處的著名青樓妓寨，保證專使永遠也不會再想離開這回事。」

朝霞幽怨地瞅了陳令方一眼，好像在怪陳令方「惜花」之號，名不符實，看得連浪翻雲也有所感。

一直暗暗留意朝霞的范良極則是心中一酸，更增他「打救」朝霞的決心。

左詩卻給弄得糊塗起來，搞不清這幾人錯綜複雜的關係。

浪翻雲轉回正題，解釋了當前形勢。

眾人都沉默下來，一時間想不到如何應付眼前這一面倒的形勢。

范良極取出盜命桿，吞雲吐霧一番後，忽地乾笑起來道：「朱元璋這小子真不知天高地厚，竟敢公然來惹你浪翻雲，包他吃不完兜著走。」

韓柏聽得皮生疙瘩，心想你老范拍馬屁也不須如此過火，朱元璋乃當今皇帝，大內高手如雲，且掌兵千萬，怎會如此易與？

浪翻雲從容一笑，轉向陳令方道：「這六部之職，可否請陳老說說成立的背後原因。」

陳令方露出佩服的神色，道：「浪兄雖不是朝廷中人，也猜到這六部事關重大，實涉及大明未來的興衰。」

范、韓兩人一齊動容，至此連韓柏也給引起了他那強烈的好奇心，專意聆聽。

陳令方嘆了一口氣道：「皇上得天下後，最關心的事就是如何保有天下，要做到這點，他最顧忌的就是隨他打天下的功臣和仍殘留在民間各股當年抗蒙的勢力，浪兄的怒蛟幫、乾羅的山城、赤尊信的紅巾盜就是他最害怕的三條眼中刺。」

范良極罵道：「這忘恩負義的小子，出身幫會，又掉過頭來對付幫會。」

陳令方道：「立國之時，他礙於形勢，不得不起用功臣李善長和徐達兩人為丞相，兩人為他定法制、除污吏，使人民休養生息，豈知根基定後，竟以胡惟庸代李、徐兩公，大權獨攬，又另設檢校和錦衣衛，由楞嚴統領，專門對付曾為他打天下的功臣。」

范良極不理有三女在，一口氣罵了一連串粗話，怒道：「胡惟庸是甚麼東西？當日朱小子取和州他來歸順時，不過芝麻綠豆的一個小官兒，有甚麼資格坐這一人之下、萬人之上的位置。唉！不過若朱元璋也可以當皇帝，怕誰也可以當丞相了。」

韓柏見他口沒遮攔，聽得眉頭大皺，反而陳令方讚賞道：「范兄快人快語，陳某最愛結交就是你這種坦然無忌的好漢子，對於朝內爾虞我詐的勾心鬥角，陳某實深感厭倦。」

豈知范良極毫不領情，兩眼一瞪道：「既是如此，陳公你為何不留在家中享清福？一聽到有官當，立時翹起屁股出著煙，趕著上京叩頭去。」

他一時興發，愈說愈是粗鄙不文，聽得三女垂下頭去，不敢看他。

只有韓柏知道他因目睹往日朝霞受到不公平的對待，故對陳令方全無好感，忍不住藉機發作。

浪翻雲由一開始便感到范良極對陳令方的敵意，故意不作聲，看看陳令方這隻曾在官場打滾的老狐狸如何應付。

陳令方絲毫不以爲忤，嘆道：「對於當官，陳某確仍存有妄念，但更重要的是想不當官也不行，皇上曾定下『士大夫不爲君用，罪至抄剳』的律例，他若揀了你，想不當官也不行。」

范良極爲之語塞，蘇州名仕姚潤、王漢兩人被徵不至，不但被殺，連家當也被充公沒收，此事天下皆知，所以陳令方所說的，確非虛言。

浪翻雲冷哼道：「當初朱元璋起用胡惟庸，貪的是他人微言輕，在舊臣裡缺乏根基勢力，哪知這小子結黨營私，勢力迅速膨脹，使奔競之徒，趨其門下，此豈是朱元璋當初所能逆料的？」

陳令方道：「但皇上也達到了他部分目的，徐達公和劉基公因得罪了胡惟庸，先後被其害死，除了『鬼王』虛若無外，現在誰敢不看他的臉色行事？」

韓柏心中一動，問道：「今次朱元璋設六部新職，是否有壓制胡惟庸之意，那豈非削自己的權力？」

朝霞和左詩都頓時對這看著女人眼也不眨一下的青年刮目相看，想不到他正經起來時思慮如此細密。

陳令方眼中掠過讚賞的光芒，點頭道：「這正是全件事的關鍵所在，也是皇上的一個大矛盾。」

浪翻雲淡淡道：「吏、戶、禮、兵、刑、工六部，不是一直隸屬中書省丞相嗎？怎會忽然又成了新職？」

陳令方眼中閃過驚異的神色，想不到這多年不問世事的天下第一劍手，竟然也對朝中之事如此熟悉，道：「問題正出在這裡，以往是由皇帝管中書省，再由中書省管六部，但今趟的改革裡，六部的地位將會大幅提高，變成直接向皇上負責，你說這變化是否驚人，如此一來，中書省將大權旁落，實質的丞相會由一人變成七人，所以朝中各派都對這六部要職眼紅得要命。」

范良極冷冷道：「如此眞要恭賀陳公了。」

這次連陳令方也聽出對方嘲弄之意，他也是城府極深的人，苦笑道：「范兄不要笑我，現在看來，這事乃禍而非福。」

浪翻雲皺眉道：「朱元璋爲何要這麼做，豈非坐看各派瓜分他以往集中在一名手下身上的權力？」

韓柏道：「我看這是朱元璋的一著陽謀，否則也不會有刺殺陳公這事。」

范良極一震道：「你這小子有時也會動動腦筋，想點新鮮的玩意兒出來。」

浪翻雲像早便想到這點，哈哈一笑道：「好一個朱元璋，我便讓你弄假成眞，作繭自縛。」

眾人齊感愕然，望向從容自若的浪翻雲。

浪翻雲道：「我們上京後，不惜任何手段，也要扳倒楞嚴和胡惟庸，中書省一去，六部便成治理全國的眞正權力中心，那時連朱元璋也難以通過胡惟庸胡作妄爲，像眼前與方夜羽聯手的事，便絕不會出現。」頓了頓再道：「好了！時間無多，這裡便交由范兄和韓小弟處理，若我估計不錯，楞嚴將會通過官府的力量，明著來要人，各位看看怎樣應付吧！」

左詩愕然道：「浪大哥要到哪裡去？」

浪翻雲微笑道：「到了鄱陽，我會到雙修府打個轉，事後立即回來陪詩兒你喝酒！」

# 第三章　連場血戰

谷倩蓮回頭瞧了幾眼，駭然道：「這些所謂官艇，除了旗幟，上面一個穿官服的人也沒有，這算甚麼一回事。噢！還不駛快點。」

風行烈從容自若道：「你沒有看到敵艇上除了扯滿風帆，船尾各有四名大漢揮槳催舟，若非你的小艇特別輕快，早給他們追上，但想將他們甩掉，卻是沒有可能的了。」

谷倩蓮呼出一口涼氣道：「那現在怎麼辦？」

風行烈回頭細看逐漸追上來的六艘官艇，每艘艇上都站了幾個人，這時天色漸暗，距離又遠，認不出是否有熟人在內，向谷倩蓮微微一笑道：「這六艘快艇顯是在我們離岸時便分散遠遠跟著，到現在才插上官旗，聚集後加快追來，假設我猜得不錯，等著我們的好戲應在前頭，你看！」指著前方的小島群，道：「他們就是要迫我們穿過那些小島。」

谷倩蓮嗔怪地道：「你還笑，人家的膽都給嚇破了，我們也恁地大意，明知白髮鬼誇下海口我們到不了雙修府，還一點也不經意。」

風行烈嘆道：「若他們有官府做後盾，無論我們如何小心，最後的結果也不會和現在有何不同。」說到這裡，將風帆降下少許，減慢船速。

谷倩蓮色變道：「你不知人家正趕鴨子般追著來嗎？」

風行烈道：「趁前後兩方的敵人尚未會合，我們怎可不乘機撈點油水？來！你負責操舟。」

谷倩蓮接過船舵，趁機在風行烈臉上吻了一口，甜笑道：「和你在一起，我甚麼也不怕。」

風行烈想不到她有這樣大膽的突擊行動，呆了一呆，才取出丈二紅槍，接上後傲立船尾。

這一著果大出敵艇意料之外，也放緩船速，似扇形般由後方包圍上來。

其中一艇排眾而出，直逼而來，到了和他們的快艇相距丈許，才減慢速度，保持距離。站在船頭的一老兩少三人，面目陌生，是初次遇上。

風行烈毫不奇怪，以柳搖枝、刁項等人的身分，總不能終日混在岸旁的漁舟裡等待他們出現，所以這些人只是次一級的貨色，不過柳搖枝、卜敵等現亦應已接到通知，正在兼程趕來，說不定就在那兩里外的許多小島群後等待他們自投羅網。

那老者大喝道：「停船！我乃大明駐鄱陽神武水師統領胡節駕前右先鋒謝一峰，專責偵查，現在懷疑你們船上藏了私貨，立即拋下武器，停船受檢，否則必殺無赦！」

風行烈回頭向谷倩蓮低聲道：「當我躍上敵船動手時，你立即掉轉船頭回航來接我。」

那老者大喝傳來道：「還不棄槍投降！」

風行烈一陣長笑，幻出漫天槍影，一閃間已平掠往對方船頭。

謝一峰和兩名大漢嚇了一跳，一齊掣出長刀，往風行烈劈去，尤其謝一峰一刀，迅快如電，功力深厚，連風行烈也感意外。

谷倩蓮再起風帆，往前衝出，敵艇連忙合攏著追過來。

「噹！」

丈二紅槍先挑上謝一峰的長刀，將對方迫退三步，接著槍尾反挑，正中另外兩把大刀，那兩人的大刀竟被挑得脫手飛往湖內。

這兩人武功雖遠遜於謝一峰，但還不致如此差勁，只因爲他們不知道這乃燎原槍法裡的「借勁反」。

當紅槍挑上謝一峰的長刀時，竟可藉著巧妙的吸勁，將謝一峰的刀勁完全吸納，讓勁道沿槍而上，當勁力由槍尾逸出前，已給風行烈掉轉了紅槍，加上自己的勁道，由槍尾送出，所以兩人大刀給槍尾差不多在同一時間挑中時，等若同時承受了謝一峰和風行烈兩人的眞勁，試問他們如何抵受得了？當日厲若海就是以此招殺得惡婆子和惡和尙兩人人仰馬翻。

兩名大漢虎口鮮血狂流，踉蹌跌退。

風行烈早卓立船頭。

這時谷倩蓮的風帆轉了一個急彎，望他們駛回去，惹得其他快艇紛紛包圍過來。

風行烈一聲長笑，燎原槍法展至極盡，刹那間槍影滾滾，船篷、船桅化作片片碎屑，船上倉皇應戰的大漢們沒有人可擋過一個照面，紛紛被挑下水裡。

那謝一峰左支右絀，運刀支撐，可是風行烈每前進一步，他便不得不往後退一步，當他退到船尾時，整艘長艇光禿禿地，不但船艙、船桅全部被毀，連風帆也連著折斷的船桅，掉進湖裡去。情景怪異之極。

謝一峰暗嘆一聲，知道自己和對方的武功實有一段無可相比的距離，正要見機收手，反身躍水逃生，眼前槍影擴散，造成一個大渦漩，往自己罩至。

渦漩的中心有種奇異的吸力，使自己連逃走也辦不到，駭然下拚死一刀全力劈去。

「噹！」

謝一峰手中長刀終於脫手，一時間四周全是槍影，遍體生寒，他剛叫了一聲「我命休矣」，槍影散去。

風行烈持槍傲立，冷冷看著他。

謝一峰知道此刻逃也逃不了，他並非第一天出來闖蕩江湖，立即知機地命手下快艇駛離開去。風行烈武技的強橫，確是大出他意料之外。

谷倩蓮的風帆來至艇旁，緩緩停下，急叫道：「小島那邊正有艘大船以全速駛來！」

風行烈像一點也聽不見，虎目精光閃爍，向謝一峰道：「胡節為何和方夜羽連成一氣，難道不知他是蒙人的餘孽嗎？」

謝一峰頹然道：「小的也不清楚，但知這是朝廷的旨意，其他的我便不知了。」

風行烈槍收背後，躍到谷倩蓮的艇上，冷冷道：「謝兄最好不要追來，否則我會對你非常失望。」

快艇遠去。

謝一峰雙腿一軟，差點跪了下來，揮手止著手下追趕，照江湖規矩，對方放過自己，當然不能厚顏追去，現在風行烈已現身，自有柳搖枝等人去追捕他。

奔雷掣電，戚長征神情肅穆，一刀劈出。

蒙大蒙二兩人駭然一驚，想不到這年輕高手竟能覷準他們新舊力交替的當兒出刀，這剛是兩人新力尚未銜接的剎那，無從發揮聯手的威力，同聲悶哼，分了開來。

蒙大的玄鐵尺來到手中，橫擋敵刀；蒙二的五尺短矛由腰際衝出，飆射戚長征的左腰眼。

兩人一出手，雖未能再復聯起內勁，使威力倍增，但已可使任何人吃不消。這蒙氏雙魔有個慣例，就是不理對方有多少人，定是聯手出擊。

戚長征一聲長笑，刀泛光花。

「噹！噹！」

兩聲激響，震懾全場。

蒙氏雙魔像長河般的攻勢忽被切斷，接著長刀劃出重重刀影，在兩人身前爆開，剎那間將兩人捲入其中。

眾凶包括由蚩敵都看得目定口呆，連站在戚長征身後的水柔晶他也無暇理會，只注視著場中惡鬥的三人。

誰想得到戚長征和蒙氏雙魔對上，竟也能奇蹟地搶得了先手和主動。

戚長征自然而然流露出一種莽蕩豪勇的氣概雄風，使人感到即管戰死，這人也不會皺一皺眉頭。

任蒙氏雙魔暴跳如雷，一時間也唯有各自為戰，希望捱過對方有若長江奔流的氣勢。

戚長征最高明處，就是破了兩人最厲害的「橋接聯勁魔功」，令兩人使不出平時功力的五成，否則現在他或已躺在地上了。

由蚩敵心中焦躁，頗想使人圍攻，又或攻擊水柔晶令戚長征分心，但想起若傳出了江湖，在場的這群人再也不用抬起頭來做人，故想先看看形勢的發展，必要時，他才親自出手。打定主意後，他緩緩往戰圈移過去。

水柔晶渾忘了自己也在重圍之內，難以置信地看著戚長征將一把長刀使得有若天馬行空、走留無跡，每一出刀，或破或劈、或挑或削，均是敵人必救的要害，而且速度之快，有如閃電，縱以蒙大蒙二驚人的武功和豐富之極的經驗，也給殺得落在守勢，連逸出刀勢籠罩的範圍也有所不能。

就在這時，她看到由蚩敵緩步迫至三人劇戰之處。

四周各人亦開始圍攏上來。

一時殺氣騰騰。

戚長征的心境仍是澄明如鏡，日照晴空。

自三年前敗於赤尊信三招之內後，戚長征已不是昔日的戚長征，尤其得到天下頭號劍術大宗師浪翻雲親自指點，此後戰孤竹，與上官鷹、翟雨時以三人悟出來的陣法，聯戰談應手和後至的莫意閒，稍後與由蚩敵戰個平分秋色，又和紅日法王對了一招而不落下風，每一個經驗，都把這天才卓越、有志成爲第二個傳鷹的年輕高手，在武道的長階推上了一級。

在這淡月灑照的荒村裡，大敵當前下，戚長征下了決心，有意背水一戰，心中無牽無掛、萬里晴空，竟條地更上層樓，達到黑榜級高手的境界。

即管當年挑戰浪翻雲的「左手刀」封寒，也不過如是。

戚長征只覺思慮愈來愈清明，手上的刀使起來像不須用半點力度那樣，體內眞氣源源不盡，大喝一聲，長刀閃電般望蒙大劈去，同時一腳側踢，剛好踢中蒙二的矛尖。

蒙大橫尺胸前，只見對方長刀在劈來那快若迅電的剎那間，不住翻滾變化著，竟不知對方要攻何處，也不知應如何去擋，駭然急退。

蒙二全身一震，短矛盪開。

由蚩敵見情勢危急，再顧不得身分，往腰間一抹，連環扣索劈臉往戚長征點去。

日月星三煞亦從他身後撲上，三支長矛往戚長征激射。

金木土三將則由後掩上，往水柔晶攻去，以分戚長征之神。

混戰終於爆發。

一望無際的鄱陽湖上，一大一小兩隻船正追逐著。

風行烈蹺起二郎腿，坐在船尾，好整以暇地看著谷倩蓮把著船舵，操控風帆，拚命逃生。

船上燈火通明，照得方圓十多丈的湖面亮若白晝。

谷倩蓮嗔怪地看他一眼道：「你這人還這副吊兒郎當的樣子，壞人快追上來了，你有把握一個人打贏柳搖枝、卜敵、刁項、刁夫人，還有那刁小賊和甚麼劍魔的弟子嗎？」

風行烈微笑道：「你知我師父收我爲徒後，第一句說的是甚麼？就是『不要害怕』，這也是我……」苦笑道：「現在唯一可以鼓勵自己的話。唉！老范和小韓在就好了，那將會把最痛苦的事變成歡樂。」

谷倩蓮「噗哧」一笑，幽幽地看了他一眼，垂頭低聲道：「你喜歡倩蓮嗎？」

風行烈聽得一呆，道：「這怕不是適合分心去談情說愛的時刻吧！」

谷倩蓮固執地道：「不！若你不說出來，我怕再沒有機會聽到這我最想聽的話。因爲我死也再不肯活生生落到柳淫蟲的手裡。」

風行烈眼中射出萬縷柔情，伸手搭在谷倩蓮香肩上，點頭道：「是的！我喜歡你。」

巨船又追近了半里許，把他們罩入桅燈的光暈裡，已隱約可看到船頭上站滿了人，其中柳搖枝的白髮最是好認，在月照下閃閃生光。

谷倩蓮仰起俏臉，無限欣悅地道：「行烈！我要你吻我。」

風行烈剛想奉旨行事，眼尾忽有所覺，只見前方暗黑的湖面上，有一點燈火，不住擴大，顯是有另一艘漁舟往他們正面駛過來。

谷倩蓮也感到不妥，望向船頭的那一方，一看下驚喜高叫道：「震北先生！是小蓮啊！震北先生！」

淡淡的月色下，一艘小艇出現前方。黑榜高手「毒醫」烈震北，高瘦筆挺，傲然立在艇尾處，自有一股書香世家的氣質，蒼白的臉帶著濃烈的書卷味，看上去很年輕，但兩鬢偏已斑白，正運槳如飛，往他們划來，他的儒服兩袖高高捋起，露出雪白的手臂，握槳柄的手十指尖長纖美，尤勝女孩兒家的手。

尤使人注目處，是他耳朵上挾著一根銀光閃閃長若五寸的針，當然是他名震天下的「華佗針」。

在兩艇最少還有十丈的距離時，烈震北一聲長笑道：「小蓮你帶來的朋友定是厲若海的徒兒，否則縱使拿著丈二紅槍，也不會若現在般那麼像是厲若海。」

風行烈心神震盪，只是對方這份眼力，便足列身黑榜之上，抱拳道：「厲若海不肖徒拜見震北先生。」

谷倩蓮愁容盡去，撒嬌道：「震北先生，你看不到背後有船追我嗎？」

這時烈震北的小艇剛和兩人的風帆擦身而過，烈震北忽地用力一彈而起，腳下的小舟被他用腳一撐下，驀地加速，破浪而去，像條飛魚般滑浪往追來巨舟的船頭處撞去，速度之快，對方根本無法可避。

烈震北一彈後凌空橫移，輕描淡寫地落在風、谷兩人的風帆上。

「轟！」

小艇竟撞破船頭，陷進了船身裡。

巨舟繼續追來，像一點也不受影響，但誰也知道正在入水的船以如此高速行走，很快便會挺不住。

烈震北果不愧名滿天下的黑榜人物，一出手便覷準敵人弱點，剋制了敵人的整個氣勢。

谷倩蓮雀躍道：「震北先生怎知我們回來？」

烈震北悠然道：「我們接到莫伯傳回來的消息，知道你們的時間和航線，故出來看看。這條追著來的大船上究竟有甚麼人？只要沒有龐斑在，我們便上船去會會他們，順道和風世姪療傷。」

風行烈愕然道：「你怎知我負了傷？」

烈震北從容一笑道：「你成爲龐斑道心種魔大法爐鼎一事，現在天下皆知，此刻看你的臉色、眼神，便知內傷仍在，只不過給令師的絕世神功強行接通了經脈吧！」

谷倩蓮好奇問道：「爲何不留待回到雙修府才醫理，賊船上高手如雲，爲何你反要到那裡給他療傷？難道你可說服柳搖枝讓一間靜室出來給你嗎？」

烈震北啞然失笑道：「我研究道心種魔大法，足有四十多年的歲月，敢說龐斑、赤尊信外，沒有人比我更在行。說到鬥嘴嘛，誰也不是你小精靈的對手；但醫人嘛，卻要看在下的手段了。」

谷倩蓮道：「看！他們慢下來了！」

追來的巨舟的水線低了最少數尺，還略呈傾側，速度大不如前，距離開始拉遠。

烈震北冷喝道：「回航！」

谷倩蓮不情願地道：「眞要這樣做嗎？」

烈震北仰天長笑道：「自出道以來，烈某從來不知『逃走』兩字怎麼寫，回去！」

風帆繞了一個圈，回頭迎上駛來的巨舟。

烈震北道：「小蓮你留在舟中接應我們，風世姪！來！我們上去看看他們有何厲害人物。」

風行烈豪情狂湧，一聲長嘯，沖天而起，掠往敵船。

烈震北衣袂飄飛，從從容容伴在他身旁，往敵方船頭撲上去。

刀光已至，蒙大在這生死瞬間的刹那，施出壓箱底絕活，玄鐵尺平拙揮出，挑在刀鋒處，全身一顫，往後跌退，他的功力本勝戚長征，但吃虧在到最後關頭才把握到對方刀勢，無法蓄足最強勁道，此消彼長下，立時吃了大虧，由此亦可知戚長征刀法已至出神入化的階段，竟能彌補功力的不足。

蒙二被他一腳踢中矛尖，本可輕易再組攻勢，可恨戚長征這一腳大有學問，剛好制著了他的矛勢，使他露出一絲空隙破綻，若戚長征乘勢攻來，說不定可以幾招內要他負傷落敗，自然而然急退往後，採取守勢。

至此蒙氏雙魔攻勢全被瓦解。

戚長征刀光暴漲，迎向日月星三煞的長矛和由蚩敵的黃金連環扣。

同一時間身後的水柔晶嬌叱連聲，顯示正力抗金木土三將的狂攻。

「叮叮噹噹！」

一連串金屬撞擊聲爆竹般響起。

戚長征慘哼一聲，迅速後退。

他雖擋開了日月星三矛，卻給由蚩敵變化萬千、防不勝防的連環扣破入刀勢，點往咽喉，危急下戚長征硬以左肩膊撞開扣尖，給由蚩敵乘勢一拖，肩頭衣服破碎，劃出一道深可見骨的傷口。

由蚩敵武功何等高強，如影附形，貼著後退的戚長征迫去。

水柔晶一聲驚呼，被金將金輪颱起的勁氣，掃中右手小臂，軟節棍脫手掉在地上。

這時戚長征已至，攔腰將水柔晶摟個正著，竟一齊滾倒地上。

金木土三將大喜，金輪、木牌、鐵塔狂風掃落葉般往兩人砸下去，勁風吹得四周碎屑塵土漫天揚起，餘下的雜物往四外翻滾，像羽毛般一點重量也沒有。

追來的由蚩敵反一時插不上手，因爲戚、水兩人摟成一團，滾進了三將的中間去。

暴怒如狂的蒙氏雙魔驚魂甫定，後發先至，越過日月星三煞，追了上來。

眼看戚、水兩人要命喪當場，戚長征一聲狂喝，刀光滾滾，接著了三將狂風暴雨的攻勢，同時腳尖撐地，一枝箭般往擋在後方中檔處的金將射去。

金將雙手劇震，兩個金輪被敵刀震得差點脫手，在空中一個盤旋，正要迴擊而下，寒氣侵腳而來，刀光鋒影，貼著地面向他直捲過來，也不知應如何抵擋，駭然下躍往上空，讓出逃路。

木土兩將見戚長征刀勢全集中在金將身上，大喜下將被震開的兵器迴轉過來，往兩人脅翼側擊去。

危急間戚長征挑開了土將砸向水柔晶左腿的鐵塔，但卻避不開木將拍往自己腰腿處的那黑黝黝的木牌奇門武器。

無奈下，戚長征一扭腰，以臀部的厚肉迎上木將拍下來的木板。

木板剛拍上他的屁股時，戚長征再扭腰一挺，又借前衝之勢，化去對方可震裂五臟六腑的眞勁，饒是如此，仍忍不住噴出一口鮮血，但也借這一拍之力，加速貼地而去的衝勢，逸出三將重圍，來到了最外圍嚴陣以待的勁裝大漢之前。

由蚩敵和蒙大蒙二三人越過三將，狂追而至，這三人殺得性起，激發了塞外民族世代以來與惡劣環境鬥爭培養出來的凶性，忘了自己的身分地位，決意不惜一切殺死這超卓的年輕高手。

戚長征強忍左肩的痛楚，強壓下像翻轉了過來的五臟六腑，再噴出一口鮮血，射在最近那名敵人的眼臉上，刀光再起。

水柔晶伸手摟上戚長征的脖子，蠻腰給對方摟個結實，嗅著對方年輕男性獨有健康的氣息，雖在這動輒身亡的險境，仍不自覺陶醉在戚長征懷內那虛假的安全裡，自己雖背叛了師門，但卻覺得無論要付出任何代價，也是值得的。

被鮮血蒙了眼目的大漢首當其衝，竟給戚長征一頭撞在胸前，骨折肉裂聲中，整個人向後拋飛，一連撞倒兩個在他身後猝不及防的同夥。

另四名分左右撲上來的大漢，剛要動刀，眼前一花，戚長征已彈了起來，跟著那給他撞得離地飛跌的大漢，逸出包圍網之外。

由蚩敵和蒙大蒙二三人心中冷笑，即管戚長征是單身一人，受了這樣的傷，也不易逃遠，何況還帶了個也受了傷的水柔晶？忙加速追去。

# 第四章　毒醫的針

當烈震北和風行烈天神般落到船頭處時，柳搖枝、刁項等自動退了少許，形成一個圍著兩人的大半圓，一時惡戰似將一觸即發。

柳搖枝神色凝重的瞪著烈震北，沉聲道：「烈震北你不躲在深山窮谷去掘你的山草藥，偏要來蹚這渾水，我要教你身敗名裂而亡。」

烈震北那秀氣卻又蒼白得像害過重病的容顏綻出一絲輕蔑的笑意，若有神若無神的眼上下看了對方一遍，淡然道：「柳兄肝脈受傷，引致真氣由丹田至下氣海之處運轉不靈，若要強行出手，恐怕功力在三年內也難以復元，只不知柳兄是否相信我這醫者所言。」

柳搖枝表面雖若無其事，但內心卻眞的氣虛情怯，烈震北只看了幾眼，對他被風行烈一槍所造成的傷勢，比他自己本人更清楚，他乃有身分聲望的人，給對方說中了，自然不可強詞否認。

站在他身旁的刁項冷哼道：「柳先生放心在旁觀看，他們既敢上來，我們便教他們回去不得。」

話雖如此，但刁項卻似無出手的意圖，連他派內一眾弟子，包括兒子辟情、辟恨，和那「劍魔」石中天的弟子衛青，也不敢妄然上前搦戰，先不說他們深悉風行烈的厲害，只是烈震北身爲黑榜高手的超然身分，加上他剛才先聲奪人以小艇撞破己船船頭的氣勢，便教他們要強忍憋在胸頭的那一口窩囊氣。

一聲長笑來自一名五十來歲，不怒而威，身披華麗黃色蘇繡錦袍的禿頭大漢，他那半敞開的黃袍裡可見滾金邊的黑色勁服，形相衣著均使人印象深刻。

他圓瞪的大眼在一對粗眉的襯托下凶光閃閃，望著烈震北冷冷道：「聽說閣下自幼便患上絕症，現在從你的臉色，看來仍是惡疾纏身，竟還敢在藍某面前耀武揚威？」

烈震北絲毫不爲對方的話語所動，好整以暇往他望去，微笑道：「這位定是黃河幫主藍天雲兄了，四十年前，藍兄已以『長河正氣』威震黑道，照理這種來自玄門正宗的心法，應隨年紀增長功力日深，故在下一直不明白爲何到了今天藍兄仍未能名登黑榜，今晚見到藍兄眼肚浮黑，顴心泛青，才知道藍兄是因酒色過度，不合玄門靜心養性之道，故不能突破體能之限，可惜呀可惜！」

藍天雲左旁是他兒子藍芒和頭號大將「魚刺」沈浪，右邊是他另三名得力手下「浪裡鯊」余島、「風刀」陳鋌和紮了個引人注目高髻，姿色不俗的紅衣少婦「高髻娘」尤春宛，這數人均是橫行黃河水域的黑道強手，聞言大怒，便欲乘勢群起擁出，殺對方一個措手不及。

反是藍天雲聽得怔了一怔，攔著各人，出奇地沒有發怒道：「四十年來，烈兄還是第一個指出藍某這問題的人，看在這點分上，你滾吧！但那對狗男女必須留下。」

烈震北搖頭失笑地向身側的風行烈低聲道：「十五年前，在下和厲兄曾合力挑了東北劇盜『十三兄弟』的老巢，希望世姪今晚不會令我失望！」

風行烈愕了一愕，暗忖對方爲何明知自己內傷未癒，仍要迫自己上船來動手，但現已成騎虎之勢，仰天一聲笑道：「行烈盡力而爲吧！」

手中紅槍，幻出千萬道紅影，朝柳搖枝電刺過去。

由蚩敵、蒙大蒙二三人盡展身法，越過最外圍的手下，望抱著水柔晶往村外暗處狂奔的戚長征追去。

這全力施為下，立時看出三人功力高下。

由蚩敵瞬眼間超前而出，到了戚、水二人背後十五步許處，凌空一掌照著戚長征背心劈去。

水柔晶由戚長征背後望來，將由蚩敵的動作看得一清二楚，駭然驚叫：「小心！」

戚長征頭也不回，深吸一口氣，臉頰掠過鮮艷的赤紅，提氣離地飛掠，速度比先前增加了一倍以上，往橫移去。

由蚩敵竟一掌劈空。

他因用勁發功，速度略慢，蒙氏雙魔又追了上來。

三人均暗忖這小子在飲鴆止渴。

原來這種使速度倍增的功法，全憑一口真氣，極為損耗真元，且真氣盡時，會有力竭身軟之弊，故除非生死關頭，高手絕不肯幹這種事，現在戚長征以此逃生，正顯示他是強弩之末，再不足為患。

除非是龐斑、浪翻雲那類級數的人物，已晉入先天真氣的境界，真元循環往復，取之不竭，方能不受這限制。

故此一見戚長征以此法疾走，三人立時輕鬆起來，跟著他追去，只待戚長征一口真氣用盡時，就是他畢命之時。

戚長征箭般奔上一道草坡，投進暗黑裡，隱沒不見。

三人不慌不忙，趕了上去。

山坡外是另一個小丘，三人來到坡頂時，戚長征剛抱著水柔晶，奔到了對面小丘之上。

三人不由駭然，這小子確是得天獨厚，一口眞氣竟可支持這麼久仍不衰竭。

三人心中也感到有點不妥，狂喝一聲，猛提眞勁，加速撲去。

戚長征沒在丘頂之下。

三人身法何等迅快，倏忽間追至小丘之頂。

河水奔騰的聲音在下方響著。

三人面面相覷，這才省悟此子不但有勇，而且有謀，故不怕損耗眞元，就是爲了要借水遁去。

只這剎那工夫，兩人至少隨水游去了百丈之遙。

此時其他人先後趕到。

由蚩敵眼中閃過狂怒的神色，狠狠道：「他兩人均受了重傷，我倒要看他們能走得多遠，著人帶馬來。」

眾人都覺丟臉之極，心中均湧起不惜一切，也要將兩人擒殺的決心。

漫天槍影下，功力稍遜者均紛紛後退，只剩下柳搖枝、刁項、刁夫人、辟情和辟恨兩兄弟、石中天的徒弟衛青、刁項的師弟李守、萬河幫主藍天雲和他的五名大將，守在最前線，揮動兵器，在撲面的勁風中，全神防守著飄忽無定丈二紅槍的來勢。

這是燎原百擊裡三十擊的起手式「無定擊」，當日厲若海使出此招時，曾使方夜羽、卜敵等十多名高手，完全摸不到對方攻擊的目標，又誤以爲是攻擊自己，故空有高手如雲，也全無還擊之力，此刻風行烈重施故技，柳搖枝等雖也是高手滿船，卻沒有人敢出手搶攻。

這三十擊還有一個特點，就是不出手則已，一出手便是連環而去，綿綿不絕，最適合以寡敵眾，卻也是最損耗眞元，但在這高手環伺的生死關頭，風行烈想有保留也在所不能。

槍勢一收再放，籠罩的範圍竟擴大了一倍，由起手式「無定擊」轉入第二式「雨暴風狂」，槍影吞吐間，像每一個人也是被攻擊的目標。

柳搖枝知道自己再不出手，便會丟盡龐斑和方夜羽的面子，手中長簫閃電點出，正中槍尖，同時叫道：「攻上去！」

「叮！」

簫、矛交擊。

藍天雲一聲大喝，亮出成名兵器七節棍，趁風行烈斂槍回收，以化去簫勁時，毒蛇般往風行烈下盤纏去，陰險毒辣。

刁辟情大傷初癒，又是仇人見面，此時亦一聲不作，閃往風行烈右側，魅影劍比鬼魅還快砍往風行烈右臂，只要風行烈回槍擋棍，左側將空門大露，予己方有可乘之機，用心陰損之極，也不愧是魅影劍派最出類拔萃的新一代高手。

風行烈紅槍下挑，擋了藍天雲一擊，只覺對方七節棍勁力沉雄之極，棍、槍只是一觸，內勁便若長江大河般不絕湧來，確是一派宗主的架勢，不得已要再退絕不想退的一步，烈震北的手掌已按在他背心上，輸入一股柔和的勁氣，恰好化解了藍天雲的「長河正氣」，同時耳旁響起烈震北斯文平靜的聲音道：「你專注前方，全力施爲，兩側和後方包在我身上。」

風行烈精神一振，放過刁辟情砍來的一劍不埋，三十擊第三式「疊浪千重」緊接而出，厲若海仗之名震天下的丈二紅槍，在他手中湧出重重槍浪，由左至右，挑刺正撲上來的黃河幫及魅影劍派各大高手。

刁辟情眼看砍中風行烈， 件似軟似硬的東西拂在劍側處，心頭如給重鎚擊中，悶哼一聲，跌退開去，一看下，原來是烈震北扯了下來的衣袖。

烈震北大笑道：「小朋友你內傷雖剛癒，但中了我『蝕心花』的餘毒卻仍未除，若妄動眞氣，我以項上人頭擔保，十招內包你七孔流血而亡。」

刁辟情聽得呆了一呆，退到一旁，竟不敢再衝上來。

暫時退後的還有柳搖枝和藍天雲。

柳搖枝全力擋了風行烈一槍，破去對方凌厲攻勢，但自己也不好過，傷口立時崩裂，不得不急退下來點穴止血，心中的無奈和窩囊感，差點使這橫行無忌的大魔頭躲到暗處大哭一場。

藍天雲在七節棍和風行烈紅槍交擊時，較量了內力，退了三步，見對方身子晃也不晃一下，他看不到烈震北在背後暗助的動作，心中駭然，氣勢信心驟減，一時間忘了繼續進擊。

現在撲向風行烈的人，左方是黃河幫五大高手藍芒、沈浪、余島、陳鋌和尤春宛；右方是刁項、刁夫人、刁辟恨、衛青和李守，雖沒有了柳搖枝、藍天雲、刁辟情三人，但這陣仗已可教任何高手皺起眉頭。

豈知風行烈夷然不懼，雖給這十名高手撲來的勁氣壓得血脈欲裂，衣袂飄拂，像要給颳往湖中那樣，但當想到厲若海和龐斑決戰時那不可一世的英雄霸氣，心中頓湧起縱橫廝殺於千軍萬馬中的豪雄氣概，全力橫槍掃敵。

還記得當日厲若海傳他這招時，說道：「此招一出，必須做到一往無回，與敵偕亡的氣勢，才能發揮此招的精粹，否則便淪於江湖小輩施的『橫掃千軍』，有何資格成爲我燎原百擊中的一式。」

自負上怪傷後，風行烈還是首次一往無回地全力施出這燎原槍法。

首當其衝是左方最外圍的黃河幫高手「高髻娘」尤春宛和「風刀」陳鋌，尤春宛本較陳鋌更接近風行烈，右手一對護腕鉤已攻出，但一看槍勢，自知擋架不了，兼且她武功走的是飄閃游鬥的路子，不宜硬碰，立即後退。

陳鋌卻沒有她那麼乖巧，自恃膂力過人，橫刀便擋，豈知槍影近身時，才發覺槍影翻滾下，根本無從捉摸，想退後時，右手腕筋竟被槍尖劃斷，一聲慘叫中，被槍勁帶得拋飛開去。

其他黃河幫高手余島、沈浪和藍芒，自問功夫高不出了陳鋌多少，見狀哪還不駭然閃退。

紅槍的滾浪來至刁項右側處。

刁項的身分比之黃河幫的高手自是不同，他乃魅影劍派的大當家，別人可以退，他卻不可以，兩眼精光一閃，窄長鋒利的魅劍已在紅槍尖上連砍七下，眼力的高明，劍法的迅快老辣，均顯出一派宗主的風範。

他身旁的刁夫人見丈夫一出手便剋制了風行烈這驚天動地的一槍，一聲嬌笑，手中短劍化作一道長虹，射往風行烈右脅下的空門處。

這刁夫人萬紅菊武功，傳自乃兄「劍魔」石中天，兩人雖是親兄妹，但因兩人父母在他們年幼時反目分手，所以萬紅菊隨母姓萬，石中天比這妹子年齡大上十五歲，但對這親妹卻非常疼愛，也把萬紅菊造就成比刁項更勝半籌的高手。

風行烈見刁項劍法如此精妙，立時使出燎原槍法「五十勢」中的「斜挑勢」，槍影渙散，似拙實巧地由下上挑，藉紅槍之長，挑向刁項持劍的手腕。

刁項本有必殺下著，哪知槍勢由巧化拙，由快變緩，使他空有精妙劍法，竟使不出來，唯有一拖一沉，全力削擋。

風行烈正要他這樣，槍、劍相觸時，施出燎原心法的「借勁反」，運功一吸，豈知刁項內勁凝而不散，竟「借」不到他半分內勁。

刁夫人短刃已至。

風行烈大喝一聲，槍尾迴環，打在刃鋒處。

「叮！」

兩人同時一震，刁夫人往外飄飛，風行烈連拚刁家兩大高手，氣血翻騰，全身經脈欲裂，往後要退，烈震北的手又按上他背心，輸入內勁，爲他化去當場噴血的厄難。

這麼多的動作，都在兔起鶻落的瞬間完成，其中凶險，唯當局者自知。

其他的魅影劍派高手，除刁辟情外，都由右外側蜂擁攻來，刁辟恨、衛青、李守三人中，以衛青的劍來得最狠最快，劍未至，森寒的劍氣早籠罩著風行烈，若風行烈功力較差，恐怕連眼也睜不開來。

黃河幫主藍天雲終於看到烈震北在風行烈背後動的手腳，又悲怒手下斷腕之辱，拋開對烈震北的顧忌，由左側搶至，七節棍挺個筆直，像支鐵棍般往烈震北戳過去。

刁項見狀，和夫人打個眼色，二人一長一短兩劍，由中門搶入，合攻風行烈。

其他黃河幫高手見幫主攻向烈震北，哪會不懂配合，立由左側向風行烈群攻過去。

剎那間風行烈起始時的優勢盡失，除了柳搖枝和刁辟情外，全部敵方高手盡都投入戰局內。

風行烈只覺烈震北今次輸進體內的眞氣極爲奇怪，開始時只是化去刁夫人萬紅菊能斷人心脈的陰柔氣勁，但接著勁氣一斷一續湧入體內，不但沒有增強他的內氣，反使他感到血脈淤滯，非常難受，可惜這並非出言相詢的好時刻，一聲長嘯，施出「燎原槍法」三十擊中最凌厲的殺著「威凌天下」。

一時間身前廣闊空間，槍影翻騰滾動，嗤嗤氣勁交擊奔騰，造成一道氣勁護罩。

既是最凌厲，自然也最損耗眞元，那天焚燒卜敵的賊船逃走時，刁夫人追到船上，他便全憑這招硬將對方迫落河中，其後力竭心跳，差點便要舊傷復發，今次出手，既被烈震北「陰損」般的內勁弄得血脈難受，剛才數招又耗了他大量眞元，這時不得已施出這霸道無比的一招，登時像吸血蛭般把他的內氣完全抽空。

槍勢暴漲下，連刁氏夫婦也顧不得面子、身分，先避其鋒銳，往後退開，更遑論其他人，無不紛紛後退。

只有初生之犢的衛青，心忿那次被風行烈在眾人面前趕下船去，全力一劍和風行烈的丈二紅槍絞擊在一起。

此時藍天雲的七節棍亦刺至烈震北左脅下。

烈震北大笑一聲，兩袖飛出，一蓋棍頭、一覆棍身，也不知他如何使力，藍天雲只感一股怪異之極的力道由七節棍傳來，不知對方要把自己扯前還是送後，大駭下，將「長河正氣」由正變反，由陽變陰，剛硬筆直的七節棍變得軟若柔布，纏往烈震北的衣袖，棍尖點向他右手腕脈處，用招巧妙絕倫。

「噹！」

風行烈和衛青槍、劍紋擊。

衛青長劍脫手飛出，噴血退後。

風行烈全身劇震，俊臉血色退盡，收槍回身，搖搖欲跌。

烈震北大喝一聲，震懾全場，右手收了回來，避過七節棍尖，五指雨點般落在風行烈背上，每一指落下，風行烈皆離地跳了跳，情景怪異之極。

同一時間烈震北衣袖一拂，掃在七節棍上，竟發出「叮」一聲金屬清音，藍天雲立覺隨棍傳來一股無可抵禦的尖銳氣勁，若利針般破入他的「長河正氣」裡，直鑽心肺，駭然下強提一口眞氣，往後飛退。

最能把握當前形勢的自是武功、眼力最高明的刁氏夫婦，兩劍一齊攻出，眼看風行烈再無還手之力，風行烈忽地整個人往上飛去，丈二紅槍脫手落在艙板上。

銀光一閃。

烈震北左手的衣袖捋了上去，露出拇、食二指輕輕捏著的長銀針。

「叮叮！」

銀針點在兩人刃鋒上，兩道尖銳氣勁沿劍而上，鑽入手內，隨脈而行，以兩人精純的護體眞氣，一時竟也阻截不住。

刁氏夫婦大驚失色，想不到世間竟有如此怪異難防的內家眞氣，哪敢逞強，猛然退後，運氣化解，幸好尖銳氣勁受體內眞氣攔截，由快轉緩，由強轉弱，到心脈附近便不能為禍，不過已使二人出了一身冷汗，也耗費了大量眞元。

風行烈落回艙板上，腳還未沾地，烈震北左手反後，銀針閃電般刺在風行烈印堂、人中、喉結、膻中、丹田、氣海、膀胱七處關口上。

風行烈不住彈跳，竟不倒下。

眾人都受烈震北銀針所懾，一時間竟無人敢撲上去動手。

柳搖枝本欲喚各人乘機搶攻，但想起自己只能袖手旁觀，到了咽喉的話終不好意思說出來。

烈震北忽地一聲狂喝，大喜道：「我找到了！」後腳一撐，正中風行烈胸口。

風行烈嘩一聲噴出一大口瘀血，向著待要再衝上來的刁氏夫婦噴去，整個身子卻凌空飛跌，離開船頭，往湖上等得心焦如焚的谷倩蓮的小艇掉下去。

眾人再忍不住，蜂擁撲來。

烈震北哈哈大笑，用腳挑起丈二紅槍，兩手握緊，那枝驚懾天下的銀針，不知何時又回到耳輪之上。

槍影漫天。

兵刃交擊的聲音爆竹般響起，「高髻娘」尤春宛兵器脫手，「魚刺」沈浪的魚刺齊中而斷，「浪裡鯊」余島大腿濺血，藍芒給勁氣撞得踉蹌跌退，魅影劍派的李守給槍尾打碎了右臂骨，若非有刁氏夫婦和藍天雲這三大高手擋截，恐怕這些次了數級的人連小命也保不住。

槍勢再暴漲，刁、藍等三人也給殺得只能勉強守住，氣勢全消。

槍影消去。

烈震北持槍傲立，大笑道：「痛快！痛快！竟能擋我全力出手的一百槍，湊夠百擊之數，可惜不是燎原槍法，否則保你們無一活口。若海兄！你若死而有知，當會明白我以你的丈二紅槍克敵制勝時心中存在的敬意。」

他仰首望天，淚流滿面。

眾人氣虛力怯，連藍天雲、刁氏夫婦這麼強悍的一流高手，也色厲內荏，不敢上前挑戰，只有蓄勢待發，以應付這不可一世的黑榜高手那能使人腸碎魂斷的下一輪攻勢。

烈震北直至此刻也沒有回首一看給谷倩蓮接回艇上的風行烈半眼，像早知道自己那一腳定能將這摯友愛徒送回艇上。

船頭處一時靜至極點。

烈震北任由淚水直流，望向眾人，語調轉冷道：「若要在下項上人頭，叫龐斑或里赤媚來取吧！你們都不行。」

一聲長嘯，凌空飛退，輕輕鬆鬆落到小艇上。

眾人只感頭皮發麻。

在黑榜高手裡，烈震北一向都給人與世無爭的感覺，因此大多對他起了輕視之心，想不到竟是如此可怕的一個高手。

風帆遠去，消失在光暈外的深黑裡。

# 第五章　患難真情

黑夜中河水衝奔裡，戚長征和水柔晶死抓著對方，隨水流往下游泅去。

這段水道特別傾斜，加上不久前才有場豪雨，山上的溪流都注進河裡，故水流很急，幸好亂石不多，但已夠這對內外俱傷的青年人受了。

驚叫聲中，兩人發現自己被水帶往虛空不著力處，原來是道大瀑布。

「蓬！」

兩人摟作一團，掉進兩丈下的水裡，驚魂甫定，又遇上另一道瀑布，跌得兩人暈頭轉向。

前面忽見黑影。

戚長征一聲大喝，勉力摟著水柔晶轉了一個身，強提餘勁，弓起背脊。

「砰！」

背脊強撞上露在水面一塊巉岩大石的稜角處。

戚長征張口噴出一口鮮血，差點暈了過去，手足軟垂。

水柔晶知道他要犧牲自己來救她，悲叫道：「怎樣了！你這傻蛋！」

叫嚷中，水流又把他們帶下了數里的距離，可見水流的湍急。

戚長征在水柔晶耳邊啞聲道：「不用怕！我背後有個包袱，你沒有，所以我……我不是傻蛋。」

話雖如此，若非水柔晶死命托著他身體，這青年高手早便沉進河底裡去。

「蓬！」

兩人再隨另一瀑布掉往丈許下的水潭，河面擴闊，水流緩了下來。

水柔晶心憂戚長征的傷勢，當漂到河邊時，一手撈著由岸上伸來一棵大樹的橫枝，另一手摟緊戚長征粗壯的脖子，靠往岸旁。

千辛萬苦下，水柔晶將戚長征拖上岸旁的草坪上，身子一軟，倒在戚長征之旁，連指頭也動不了。

疲極累極下，雖說敵人隨時會來，仍熬不住昏睡了過去。

不知過了多久，水柔晶驀地驚醒，幸好四周靜悄悄的，只有蟲鳴和水流的聲音，不聞犬吠人聲，猛地想起一事，摸往懷內的布囊，小靈貍已不知去向，也不知是否在河中淹死了。

水柔晶強忍哀痛，爬了起來，見到躺在身旁的戚長征仍有呼吸，才有點安慰。

她將俏臉湊到戚長征臉旁，心中暗嘆自己也不知怎地幹的傻事，糊裡糊塗背叛了自幼苦心栽培自己的師門，只是爲了眼前這在幾天前仍是不相識的男子。

是否前世的宿孽？

但她卻沒有絲毫後悔，還有種甜絲絲的充實感。

戚長征呼吸出奇地緩慢細長，一點也不像受了重傷的人。

水柔晶心中大奇，伸手把上他的腕脈，除了脾脈和心脈稍弱外，其他脈搏均強而有力，顯示目下的駭人狀況，只是因體力消耗太大和失血過多的後果，禁不住奇怪這人難道是用鐵鑄造出來的不成？

看著對方粗豪的臉相，想起他陽光般的燦爛笑容，心中湧起萬縷柔情，低呼：「唉！你這害人精！」

戚長征似有所覺，呻吟一聲，兩眼顫動，便要睜開來。

水柔晶嚇了一跳，不知對方是否聽到自己這句多情的怨語，芳心忐忑亂跳。

戚長征再一聲呻吟，睜開眼來，看到水柔晶，竟笑了起來，不知是否牽動了傷口，笑容忽又變成咧嘴齜牙的痛苦模樣。

水柔晶急道：「你覺得哪裡痛？」

戚長征搖搖頭，表示無礙，有氣無力地道：「我昏了多久？」

水柔晶一呆道：「我也是剛醒來呢！」

戚長征看看她還在淌水的秀髮和緊貼身上的濕衣，道：「絕不會超過兩刻鐘，否則爲何你我還像兩隻水鴨子那樣，幸好不大久，不然你和我都要小命不保。」

水柔晶好像這時才想起正在被人追殺，坐了起來，道：「你還走得動嗎？」

戚長征怔怔地看了她半晌，雖然仍在昏沉的黑夜，水柔晶仍被看得面露羞容，低聲道：「你在看甚麼？」

戚長征道：「你那隻懂聽你說話的小寶貝沒有跟來嗎？」

水柔晶淒然道：「怕掉進水中時淹死了。」

戚長征道：「不！跳進河裡前，我感到牠由你懷內跳了出來，否則我必會救牠的。」

水柔晶想不到他人豪心細，又知小靈貍未死，情緒高漲起來，站起來道：「我們快走吧！」伸手去扶戚長征。

戚長征借點力站了起來，看了看自己，奇道：「你看！我的衣服快乾了，你的還是那麼濕，爲何會這樣？」

水柔晶秀目睜大，道：「我曾聽龐斑說過，氣功進入先天境界的人，都有自動療傷的能力，看你現在的情形，可能已由後天氣進入先天氣了。」

戚長征深吸一口氣，心中湧起意外的狂喜，好一會兒才道：「你的傷怎樣了？」

水柔晶道：「沒甚麼打緊，不過給河水一沖，隱味藥再沒有效了，若還不趕快走，獵犬會把我們找出來。」

戚長征拿起她的玉手，三指搭在她的脈搏上，道：「不要騙我，你的經脈受了震盪，沒有幾天調養，絕好不了，來！快換過乾衣。」

水柔晶見戚長征如此關心自己，欣悅無限，微嗔道：「人家哪有乾衣呢？」

戚長征卸下背後的小包袱，解了開來，微笑道：「幸好這小包裹有防雨的蠟膠布。」

水柔晶看著他取出一件微帶濕氣的男裝勁服，歡天喜地接過，背著他便那樣脫下濕衣。

戚長征的雙眼一覽無遺地看到她無限美麗膩滑的裸背，心想這少女比青樓的小姐還大膽，但卻又沒覺有任何不妥。她的腰特別纖長，且出奇地使人感到柔軟好看，一見難忘。

水柔晶穿上他的衣服，摺起長了一掌的衣袖，雖寬鬆了一點，但仍掩不住那清秀嫵媚之姿，轉過身來道：「舒服多了！」

戚長征拉起她的手，道：「來！我帶你到兩位朋友處去，唉！若非你我均內傷未癒，我死也不會這樣去打擾他們，但現在卻再沒有別的選擇了。」

載著陳令方、韓柏等的官船泊在岸邊一個小鎮的碼頭旁，四艘由九江一直護航來此的長江水師戰船，分泊在官船前後和對岸處，燈火通明，照得江水像千萬條翻騰的金蛇。

碼頭方面由附近軍營調來的城衛軍把守，如此陣仗，除非遇上的是一流高手，否則休想闖過這樣的警戒網而不被察覺。

正艙內擺出盛宴，除了陳令方、韓柏、范良極外，還有方園和守備馬雄。

席間陳令方和韓、范三人一唱一和，大談高麗風月場中之事，聽得方園和馬雄對韓、范這兩個冒牌貨僅有的疑心亦去掉，怎想得到是串通了陳令方來騙他們的。

宴至中巡，酒酣耳熱之際，馬雄道：「剛才末將接到駐守鄱陽神武水師胡統領的快馬傳訊……」

陳令方、韓柏和范良極三人聽得心中一動，三對眼睛全集中在馬雄身上。

馬雄大感不自然，道：「末將的口齒始終不及方參事流利，都是由方參事來說比較適合。」

方園乾咳一聲，推辭道：「這乃軍中之事，下官怎及馬守備在行，還是守備說出來較好。」

三人見這兩人你推我讓，均知道胡節這要求必是不合情理。

陳令方對付這些小官兒自有一套，臉色一寒道：「既是守備先提出此事，便由守備你來說。」

馬雄嘆了一口氣道：「陳公始終是我們自家人，末將也不敢隱瞞，胡統領派了副統領端木正大人親來此處，希望能將行刺陳公的八個大膽反賊提走審訊，並望能和擒賊的好漢見上一面，以表達胡統領對他的讚賞。」

陳令方哈哈一笑，道：「原來是這樣！」接著老臉一寒，怒道：「端木正又不是不認識我陳令方，爲何不親來和老夫說？」

馬雄結結巴巴道：「末將說出來陳公切勿見怪，端木大人說陳公你還未正式上任，仍是平民身分，這船負責的人應是末將，所以……」

他雖沒有說出下半截話來，但各人都知端木正以大壓小，硬迫馬雄交人出來，這一著也不可謂不厲害。

陳令方忽地搖頭失笑道：「要幾個人有甚麼大不了，守備大人隨便拿去吧，至於擒賊的英雄俠士只是平民身分，大家還是不見爲妙。」

馬雄喜出望外，口舌立即變回伶俐，站起來打個官揖，道：「陳公如此體諒，眞是雲開月明，就麻煩陳公通知守在底艙的貴屬們，以免端木大人來提人時生出誤會。」

陳令方道：「端木正來時，我的人自會撤走，不用擔心。」

馬雄連聲稱謝，和方園歡天喜地離去了。

這兩人才走，韓柏和范良極一齊捧腹大笑，陳令方也忍不住莞爾，眞心地分享兩人的歡樂。

柔柔款步進入廳內，見三人如此興高采烈，微笑道：「事情才剛開始，大哥和公子便像打了場大勝仗，眞教人擔心你們沉不住氣，給人識穿了身分呢！」

陳令方表現出惜花的風度，站起爲柔柔拉開椅子入座，笑道：「有專使和侍衛長在這裡，不知如何連老夫這膽小的人也再不害怕，還覺得能大玩一場，實乃平生快事。」

范良極收了笑聲，向柔柔問道：「秘密行動進行得如何？」

柔柔低聲道：「陳夫人、小公子等趁馬、方兩人在此時，已乘車離去，浪大俠親自隨車掩護，現在還未回來。」

陳令方嘆道：「有浪大俠照應，老夫再無後顧之憂，就拚卻一把老骨頭，和皇……噢！不！和朱元璋那小子周旋到底。」

范良極冷哼一聲道：「陳兄你最好還是稱那小子作皇上，我和專使都有個經驗，就是叫順了口，很難改得過來。是嗎？專使！」

韓柏狂笑道：「當然記得！你是說雲清那婆娘嗎？呀！你為何又踢我。」

范良極綳著臉道：「對不起！我踢你也踢得順了腳，請專使勿要見怪小人。」

陳令方一本正經地向揶揄他的范良極道謝道：「侍衛長句句金石良言，朱元璋這小……噢！不！皇上這……這，不！皇上最恨別人口舌或文字不敬，說錯或寫錯一個字，也會將人殺頭，所以侍衛長這提點非常重要。」

柔柔一呆道：「皇上眞是這麼橫蠻嗎？」

陳令方正容道：「倘眞的說錯話給他殺了頭也沒得說，但有人寫了『光天之下，天生聖人，為世作則』的賀詞讚他，他卻說『生』者僧也，不是罵我當過和尚嗎？『光』則禿也，說我乃禿子；『則』字音似賊，又是賊字的一半，定是暗諷我做過賊，於是下令把那拍馬屁的人殺了，這才冤枉。」

三人聽得全呆了起來，至此才明白伴君如伴虎之語誠然不假。

急遽的腳步聲由遠而近。

范良極向陳令方笑道：「你的舊相好端木正來了。」

話猶未已，一名身穿武將軍服，腰配長劍，身材矮肥，面如滿月，細長的眼精光閃閃的軍官氣沖沖衝門而入，後面追著氣急敗壞的馬雄。那方園影蹤不見，看來是蓄意置身事外了。

陳令方哈哈一笑，長身而起，道：「端木大人你好！京師一會，至今足有四年，大人風采尤勝當年，可知官運亨通，老夫也代你高興。」

端木正直衝至陳令方面前，凌厲的眼神注在陳令方臉上，怒道：「陳兄你究竟要甚麼手段，將八名逆賊藏到哪裡去了？」

陳令方臉色一變，大發雷霆道：「甚麼？你們竟將人丟了，這事你如何向皇上交代？」

端木正眼中殺機一閃而過，回頭望向馬雄。

馬雄恭惶地道：「陳公！事情是這樣的，當……」

范良極陰惻惻的聲音響起道：「馬守備！這不知規矩亂闖進來的大官兒究竟是甚麼人？」

馬雄嚇了一跳，支支吾吾，不知怎樣回答才好。

陳令方悠然坐下，特別尊敬地道：「侍衛長大人，這是水師統領胡節大人的副帥端木正大人。」

韓柏鼻孔噴出一聲悶哼，冷然道：「本專使今次前來上國，代表的是敝國正德王，等若我王親臨，豈能受如此侮辱。」

范良極接口道：「如此不懂禮法之人，若非天生狂妄，就是蓄意侮辱我們，而我們乃大明天子親邀來此，送上能延年益壽的萬年人參，這端甚麼木大人如此狂妄行爲，分明也不將他們皇上放在眼裡，讓我們到京後告他一狀。」

韓柏忍著笑寒著臉道：「還到京去幹甚麼？這人如此帶劍闖來，擺明在恐嚇我們，陳老和馬守備你兩人作個見證，這大膽之徒定是不想貴朝天子能益壽延年，故蓄意要把我們嚇走。」

柔柔苦忍著笑，垂下頭去，心中明白這老少兩人剛知道了朱元璋最恨人對他不敬，故在此點上大造文章，愈說愈嚴重，但句句都說中端木正的要害。

端木正雖是怒火中燒，但兩人這一唱一和，卻如一盆盆的冰水，澆在他的頭上，他為官多年，怎不知朱元璋的脾性，若讓這兩人在朱元璋前如此搬弄是非，即管胡惟庸也保他不住，而更大可能是胡惟庸會落井下石，以免朱元璋疑心他護下作反。

更嚴重的是若此二人立即折返高麗，朱元璋吃不到他心愛的延年參，不但自己小命不保，還會株連九族，想到這裡，提不提得到那八個小鬼，已變成微不足道的一回事了。

自己怎麼如此不小心，犯這彌天大錯。

端木正汗流浹背，威勢全消，一揖到地道：「小人妄撞，請專使大人和侍衛長大人切莫見怪，小人知罪知罪，請兩位大人息怒。」

馬雄連忙也陪著說盡好話。

韓柏冷冷道：「立即給我滾出去，若再給我見到你的圓臉，本專使立即返國。」

端木正抹了一把冷汗，驚魂未定下糊裡糊塗由馬雄陪著走了出去，這時想的卻是如何向胡節交代。

兩人走後，四人相視大笑。

陳令方道：「胡節這人心胸極窄，睚眥必報，我們這樣耍了他一招，定然心中不忿，我看他絕不肯就此罷休。」

范良極嘿然道：「管他明來還是暗來，有我朴侍衛長在，包他們來一個捉一個，來一對捉一雙，陳老你放心。」

范良極還是第一次對陳令方如此客氣尊重，後者受寵若驚，連忙親自為范良極斟酒，晚宴便在如此熱鬧歡笑的氣氛裡進行著。

# 第六章　雙修府

烈震北躍落艇尾。

谷倩蓮摟著不醒人事的風行烈道：「震北先生！」

烈震北打出手勢著她莫要說話，待風帆遠離敵船後，他卻渾身劇震起來，全憑紅槍支撐著身體，才不致跌倒，迅速探手懷內，掏出一個古瓷瓶，拔開瓶塞，將瓶內的紅丹倒了兩粒進口裡，凝神運氣。

風帆在黑夜裡迅速滑行。

湖風吹來，拂起三人的衣服，也吹乾了烈震北的淚跡。

烈震北再一陣劇震，才長長吁出一口氣。

谷倩蓮像見怪不怪，道：「先生沒事了！」

烈震北道：「好險！這些人真不好應付。」望向谷倩蓮懷中的風行烈，道：「小蓮你愛上他了嗎？」

谷倩蓮嬌羞地垂下頭去，不依道：「先生取笑小蓮。」

烈震北坐了下來，順手放下丈二紅槍，望往前方，道：「快到蝶柳河了，先放下你的心肝寶貝，把帆卸下來，我負責搖櫓。」

谷倩蓮擔心地道：「他沒事吧！」

烈震北文秀蒼白的臉上，露出深思的表情，好一會兒才淡淡道：「他睡醒這一覺後，龐斑加於他身上的噩夢將會變成完全過去的陳跡並永遠消失。」

谷倩蓮一聲歡呼，將風行烈搬到船篷下的軟氈上躺好，興高采烈卸下風帆，又搶著搖櫓催舟。

烈震北點起風燈，掛在船桅處，移到船頭，負手卓立，也不知在想著甚麼難解的問題。

谷倩蓮知道風行烈完全痊癒了，打心底湧出陣陣狂喜，一時間沒有留意到烈震北的情形。

小艇向著岸旁高逾人身一望無際的蘆葦駛進去，在迷茫的月色下，就像進入了另一個世界裡。

穿過蘆葦，一條河道現在眼前，前行了十多丈，河道又分岔開來。

谷倩蓮把船搖上左邊較窄的河道，兩旁滿布垂柳，小艇經過時，彎下的柳枝掃在船上，發出「嗦嗦」響聲。

愈往內進，河道愈縱橫交錯，若非識路之人，保證會迷失在這支河繁多的蝶柳河區之內。

烈震北輕輕一嘆。

谷倩蓮終於發覺烈震北的異樣，訝道：「震北先生連龐斑的魔法也可以解除，理應高興才對，爲何還滿腹心事似的？」

烈震北默然半晌，緩緩道：「我們是合三人之力，才破得龐斑的道心種魔大法，何高興之有哉？」

谷倩蓮愕然道：「三個人？」

烈震北道：「我第一眼看到風行烈時，便看出他體內蘊藏著若海兄的眞氣，在他體內循環不休，強行接通他的奇經八脈，催動他本身的眞元，否則他休想運起半分內力。」

谷倩蓮道：「那另一人又是誰？」

烈震北在船頭處坐了下來，面向著谷倩蓮道：「我並不知那人是誰，只知那人必是佛道中有大德行的高人，將一股具奇異玄妙靈力的『生氣』，注進了風世姪的心脈內，就憑這股靈力，使他躲過了種滅鼎生的奇禍，也使龐斑差了一線，不能得竟全功。」

谷倩蓮道：「種魔大法究竟是怎麼回事？」

烈震北搖頭道：「現在我沒有心情談這問題。」

谷倩蓮沉吟片晌，終忍不住問道：「行烈他眞的全好了嗎？」

烈震北微笑道：「你不是一向都很信任我的說話和能力嗎？可見你眞的非常關心風世姪。」頓了頓傲然道：「我故意迫風世姪和強敵動手，就是要將若海兄輸進他體內的眞氣與他自己的眞氣合而爲一，增強他的功力，然後待種魔大法那邪異的死氣出現時，引發那禪門高人的生氣使兩種氣生死交融，變成另一種東西，由那刻開始，風行烈便因禍得福，變成同時擁有乃師厲若海、『魔師』龐斑和那不知名高人三種不同的眞氣，這種奇遇蓋世難逢，至於將來他有何成就，便非我所能知了。」

谷倩蓮望往前方，喜叫道：「到水谷了！」

水柔晶一聲驚呼，滾倒地上。

戚長征回轉頭來，扶著她坐起，關切問道：「有沒有跌傷了？」

水柔晶搖頭道：「沒有！但我實在走不動了。」

戚長征也是身疲力乏，兼之傷口都爆裂了開來，痛楚不堪，幸好本應最是嚴重的內傷反痊癒了大半，索性坐了下來，伸出大手，拿起水柔晶的長腿，搭在自己腿上，道：「來！讓我以三昧眞火給你揉揉看。」

水柔晶奇道：「甚麼是三昧眞火？」

戚長征在她豐滿圓潤的大腿搓揉著，當然避了她傷口的部分，應道：「我也不知道，只知傳說中的仙人，都懂這鬼玩意兒。」

水柔晶給他灼熱的手揉得既舒服又酥軟，忍不住閉上美目呻吟起來。

戚長征聽得心旌搖蕩，停下了手。

水柔晶睜開眼睛，嗔道：「不要停下來好嗎？怪舒服的，看來你的手眞能發出點火來。」

戚長征臉也紅了，不過卻並非害羞，嘆道：「我究竟是否好色之徒？怎麼聽到你的呻吟聲，腦中只想著不應該想的髒東西。」

水柔晶歡喜地道：「那只因你歡喜我吧！可惜現在不是適當的時候，否則你可要了我的身體。」

戚長征愕然道：「我忘記了你並非中原女子，我們這裡的女人，明明想把身體交給人，亦要作模作樣一番，即管青樓待價而沽的姑娘也不例外，哪有你這麼直接痛快。」說罷拿起她另一條玉腿，再接再厲搓揉起來。

水柔晶這次沒有閉上眼睛，也沒有呻吟，無限深情地看著他那對使她身軟心動的大手，輕笑道：「你不要以爲我是蒙古人，其實我是女眞族的人，在部落裡，足齡的男女會在節日時圍著火堆跳舞，若喜歡對方，便作出表示，然後攜手到山野歡好，除非是有了孩子，也沒有嫁娶責任的問題，若有機會，我定要帶你去看看。」

戚長征心中奇怪，爲何蒙古人的復國行動裡，會有女眞族的人在內，極可能是蒙古人自中原敗走後，元氣大傷，不得不往外族求取人才，所以方夜羽今次若敗了，蒙古人將永無重振雄風的機會。

水柔晶伸手按著他寬厚的肩頭，湊過香唇，在他唇上輕輕一吻道：「你有多少個女人？」

戚長征一呆道：「甚麼？」

水柔晶解釋道：「在我們那裡，每個人的財富都以女人和牛羊馬匹的數目來計算，一個年輕健康的女人，可以換很多匹馬，你人這麼好，對女人溫柔細心，武功高強，又不怕死，定有很多女人自願成爲你的私產。」

戚長征聽得自己有這麼多優點，禁不住飄飄然起來，心中閃過韓慧芷的倩影，卻是一陣默然，搖頭道：「我還未有女人！」

水柔晶不能置信地瞪大美目，道：「這怎麼可能，你……你碰過女人的身體沒有？」

戚長征想起十五歲時便和梁秋末兩人扮作成年人闖進青樓，被人攔阻時惱羞成怒，打得守門的幾名大漢東倒西跌的情景，事後還要勞動怒蛟幫的人出來擺平這事，微笑道：「不要這麼小看我，少時我就愛偎紅倚翠，青樓的姑娘都不知多麼歡迎我，在江湖上混時，逢場作興亦多不勝數，只不過這兩三年來才修心養性罷了。」

水柔晶柔聲道：「你現在既沒有女人，便要了我吧！」

戚長征心中升起一股火熱，正要答應，遠方隨風送來微弱的犬吠之聲，忙拉著水柔晶站起來道：「快走！」

兩人又再倉忙逃命。

戚長征心中暗嘆，假設不是兩人均受了傷，要甩掉這些獵犬真是輕而易舉，只要不時躍上樹頂，由一棵樹躍往另一棵樹，保證那些討厭的惡犬無法找到他們。

兩人手牽著手，在黑暗的林野互相扶持，往戚長征心中的目的地進發。

他的記憶力非常好，走過一次的路都給記在腦內，到了這裡，他已認得左方遠處是十多天前，他因大雨誤闖封寒和乾虹青避世小山谷前曾停留了兩天的小村落。

犬吠聲大了點，還隱有馬嘶的聲音，敵人非常老練，藉馬匹減省體力的消耗，而他們卻要和畜牲比拚耐力，故被敵方追上時，他們兩人可能連站直身體也有困難，更遑論動手拚命了。

當日他由村落到達封、乾兩人的小谷，那時他是處於最佳的體能狀態下，也要用上兩三個時辰，現在人傷力疲，可能天亮了也到不了那裡，而敵人追上來當不出半個時辰的事，心中不由一陣氣餒絕望。

自己死了沒甚麼大不了，但他怎可讓水柔晶落到他們手裡。

想到這裡，在一座密林前停了下來。

水柔晶正全力飛奔，收勢不住，往他撞去。

他轉身將水柔晶摟個正著。

水柔晶被他貼體一抱，全身發軟，暗嗔這人在逃命當兒，竟還有興趣來這一套，戚長征已湊在她耳邊道：「你的隱味粉還有沒有？」

水柔晶搖頭道：「全灑到你身上了！」

戚長征道：「你既是追蹤的專家，自然知道方法如何避過獵犬的鼻子，快想想辦法？」

水柔晶自被由蚩敵發現暗中幫助戚長征後，一直心緒凌亂，思考能力及不上平時的五成，這刻給戚長征摟在懷裡，忽地平靜下來，腦筋回復平時的靈活，想了一陣道：「我們現在往前走出數十步，到了密林內，再倒退著沿腳印走回來，到時我自有辦法。」

戚長征見她說得那麼有信心，忙拉著她往前走去，到了密林內，依言倒退著輕輕走回來，比走去時花多了三倍的時間。

這時連人聲和蹄聲也隱可聽到，敵人又接近了很多。

而且聲音來自後方不同的角度，顯示敵人掌握了他們的蹤跡，正集中所有人手追來。

回到原處後，水柔晶指著右方遠處一堆亂石和在石隙間長出來茂密的雜樹叢道：「我們要腳不沾地躍到那堆石叢去。」

戚長征看了看環境，道：「這個容易，來！」拉著她先躍上身旁一棵樹的橫枝上。

水柔晶妄用勁力，被震傷了的內臟一陣劇痛，若非戚長征拉了她一把，定會掉回地上去。

戚長征皺起眉頭，只要他們再躍到位於石叢和這裡間的另一棵樹上，便可輕易落在石叢處，但他或可勉強辦到，水柔晶則絕無可能，這平時輕易也可以跳過的距離，現在卻變成了不可逾越的鴻溝。

水柔晶柔聲道：「戚長征！」

戚長征望向水柔晶，只見她眼中閃過難以形容的哀痛，正沉思其故時，水柔晶道：「可以吻我嗎？」

戚長征心中奇怪，爲何在這個時刻她竟要求一吻，驀有所覺，一手抓著她的右手，裡面藏著的正是那把小匕首，怒道：「你想幹甚麼？」

水柔晶淒然道：「沒有了我這負累，你定可逃到你的朋友處。」

戚長征取過她手裡危險的匕首，忽地心中一動，割下了一條纏在樹身的長藤，然後向水柔晶嚴肅地道：「不准你再有任何輕生之念，假設你死了，我便回頭找上敵人，直至戰死才肯罷休，你明白了嗎？」

水柔晶柔順點頭。

戚長征將長藤縛在水柔晶修長的蠻腰處，試了試長藤的韌力，滿意地道：「我將你凌空往那棵樹拋過去，你甚麼也不要做便成了。」

這時追兵又近了許多。

戚長征不敢遲疑，深吸了幾口氣，積聚殘餘的功力，抱起水柔晶，用力擲出。

水柔晶輕軟的身體呼一聲往三丈外那棵大樹飛去，到了一半時，藤索力道已盡，戚長征卻借著那股力道，後發先至，橫掠過去。

當水柔晶要掉往地上時，戚長征已越過了她，一收老藤，扯得水柔晶再騰空而起，先後無驚無險地落在那樹上。

戚長征一陣暈眩，知道是真元損耗過度的現象。

水柔晶驚呼道：「他們來了。」

戚長征強提精神，和水柔晶躍落石叢處。

水柔晶拉著他躲進其中一團茂密的樹叢內，折斷了一些樹枝，又把十多片葉揉碎，然後道：「我剛才便嗅到這裡長的是香汁樹，這些枝葉內藏著豐富的液汁，會發出淡淡的香氣，但狗兒都很怕這種味道，一嗅到便會避開去的。」

戚長征早嗅到斷枝碎葉發出的氣味，歡喜得在她臉蛋香了一口，道：「你眞不愧逃走的專家。」

水柔晶得他讚賞，不勝欣喜地蜷入了他懷裡，兩手摟緊他的腰道：「我累死了！」

戚長征道：「睡吧！睡醒時一切都會不同了。」

火把的光影在遠方出現，追兵迅速接近。

戚長征心中冷笑，當敵人追到密林時，定因沒了腳印和氣味，以爲他們爬上了樹上去，甚至由樹頂上逃逸，到發現有問題時，他們起碼已回復了大半功力，逃起來也容易點了。

想到這裡，拋開一切心事，調神養息，進入物我兩忘的境界。

# 第七章　奉旨行事

淡淡的月色下，秦夢瑤來到戚長征和由蚩敵動過手的那荒棄了的小村內。

看到路心可容人藏身新掘出來的地洞，地上高手運勁移動時留下的足印和擦痕，心中叫糟，戚長征分明在這裡給人包圍起來群攻，何能倖免？

這年輕爽朗，又聰明俊穎的好男兒，在她芳心留下了很好的印象，對她來說，這世界或有好人和壞人的分別，卻沒有門派或幫會之分。

她平靜的心忽有所覺，追著足印，往村後的山坡走上去，再走過一個小山丘，滾滾長河，在丘下轟隆響著。

不由暗讚戚長征智勇雙全，在這樣的情況下仍能藉河水遁走。

她細察足印，心中訝異，爲何戚長征的印痕如此之深，即管受了重傷也不應如此，定是負著重物。

難道他不是一個人？

離開了方夜羽後，她知道援救戚長征乃刻不容緩的事，可是方夜羽發動了龐大的人力，監視著她的動靜，爲了撇下跟蹤她的人，使她費了一些時間，方能脫身，到現在才根據蛛絲馬跡，追到這裡來。

若她估計不錯，那晚四密尊者欲攔她而不果，對她的敵意將會加深。自己和方夜羽談判破裂後，四密再沒有任何顧忌，定會不惜一切毀去她這代表了中土武林兩大聖地的傳人，甚至紅日法王也會隨時來向她挑戰。

而戚長征在這樣的形勢下，將會變成雙方爭逐的目標。

她要救戚長征。

而敵人卻要殺死他。

要對付她的人，將會以戚長征做誘餌，引她上鉤。

秦夢瑤心中暗嘆，展開絕世身法，沿河急飛，但無論她如何匆忙，仍是顯出那恬靜無爭的神氣。

半個時辰後，她來到層層而下，一個接著一個瀑布的河段處。

她停了下來。

微弱的月色下，草叢裡有對亮晶晶的大眼瞪著她。

她功聚雙目，立時看到草叢內有頭鼻子特大，似貓又似松鼠的可愛動物。

秦夢瑤長年潛修，極愛看書，且看得既雜且博，立時記起曾在一篇行腳僧的遊記裡，看過這種珍稀動物的畫像，記起這是產於青海的一種嗅覺特別敏銳的靈敏小貍，非常懂性，當地的獵人若得到一頭，必會視之珍如珠寶，加以豢養，打起獵來比任何聰明的獵犬更優勝，不禁奇怪爲何會有一頭來到這千里外的中原裡。

秦夢瑤跪了下來，柔聲道：「小貍兒！爲何你會在這裡呢？你有主人嗎？」

小靈貍倏地竄出，到了她身前五步許處，又回頭往河那邊奔過去，到了河旁停了下來，向著對岸嗚嗚嗚叫，令聞者心酸。

秦夢瑤掠了過去，一手將小貍抄進懷裡，另一手溫柔地撫上牠的背脊，兩腳用力，凌空而起，衣袂飄飛如仙人下凡，輕輕落在對岸的草坡上。

小靈貍一聲低響叫，竄到地上，鼻子湊在地上，四腳迅速爬行，直走出了十多丈外，又回過頭來看她。

秦夢瑤平靜的道心生出一種奇怪的感覺，像是這小貍和戚長征有著微妙的關連，心中一動，追著小靈貍去了。

艙廳內又是另一番情景。

陳令方忽地棋興大發，湊巧范良極也好此道，又存心在棋盤上折辱這心中的壞人，當仁不讓，豈知對奕起來竟棋逢敵手，殺得難解難分，過了午夜，一盤棋仍未下完。

柔柔和韓柏陪在一旁。

柔柔看得聚精會神，韓柏已熬不下去，借個藉口走了出來，走往上艙，一時興起，順步往最高一層的平台走上去，那是唯一沒有守衛的地方，經過上艙時，心想不知朝霞睡了沒有？

浪翻雲也去了幾個時辰了。

想著想著，來到上艙頂駕駛艙外的望台處。

一個優美如仙的背影映入眼簾。

韓柏叫聲我的媽呀，差點便想掉頭而走，原來竟是朝霞獨自一人，憑欄遠眺，不知在想著甚麼心事。

朝霞聽到步聲，回過頭來，見是韓柏，嚇了一跳，忙檢衽施禮，俏臉泛起紅霞。

韓柏不好意思逃走，事實上他一直在逃避著對范良極那荒謬的承諾，豈知鬼使神差地，眼前竟有這麼千載難逢「勾引」這美女的機會。

朝霞低著頭，要走回船艙去。

韓柏早見到她俏臉上隱有淚痕，知道她剛剛哭過，想起陳令方眞曾想過把她當禮物般送給人，心中一熱，攔著她道：「如夫人到哪裡去？」

朝霞雖被他無禮之極地伸手攔著去路，但心中的怒，最多只佔了三分，其他則是五分心亂、兩分怨懟。

怨他爲何明知自己是人家小妾，還要不讓她走呢？

韓柏見她垂頭不答，羞得連耳根也紅了，那種動人的少婦神態，眞的使他眼前一亮，有種想擁她入懷裡的衝動。

若柔柔的誘人是主動的。

朝霞的誘人則是被動的。

需要你的憐和愛。

自范良極擒著他去偷窺朝霞開始，直到此刻他才是第一次起了想佔有這可憐美女的念頭。

善良的他實不想朝霞再受到陳令方的傷害。

因爲陳令方根本對朝霞只有慾，而無愛。

否則朝霞爲何會哭。

韓柏低嘆道：「如夫人你哭了！不過！我也試過哭，也試過被關到監獄裡遭奸人毒打，你說我怎能不哭？」

朝霞像聽不到他說話般，以蚊蚋般的輕嗡聲道：「請讓我回去吧，以免騷擾了專使你的清靜。」

韓柏抬起攔路的手，搔頭道：「哈！差點忘了我專使的身分，還以爲你在和別人說話。」

朝霞見他抬起了手，本應乘機逃下木梯去，但偏偏一對腿兒卻硬是邁不開那第一步。

她嗔怪道：「專使！」

韓柏微微一笑道：「爲何如夫人這麼歡喜喚我作專使，是否我眞的扮得很像，所以像專使更多於像韓柏？」

朝霞臉更紅了，此時細碎的足音在階梯下響起。

韓柏愕然，這麼晚，誰還會到這裡來？

朝霞臉色一變，不理韓柏攔著半個入口，急步往下跑去。

韓柏在朝霞香肩要撞上他胸膛時，讓開了路。

左詩的聲音由下面傳上來道：「霞夫人！」

朝霞沒有應她，似逃出生天地匆匆下去了。

韓柏心叫糟糕，朝霞如此不懂造作，兼又霞燒雙頰，明眼人一看便會知她曾被自己「調戲」。

好半晌，步聲再次響起，不一會兒左詩走上望台，冷冷看了韓柏一眼，寒著臉，逕自到了圍欄處，望往岸旁那一方。

碼頭上燈火通明，守衛森嚴。

韓柏硬著頭皮，來到左詩身旁，道：「左姑娘睡不著嗎？」

左詩由下艙搬往上艙的貴賓房後，睡了一會兒，醒來後記掛著浪翻雲，到他房中一看，見仍未回來，一時心焦氣悶，便上望台透透氣，順便等浪翻雲，豈知遇上這一場好戲，她對陳令方這「酒友」頗有好感，很自然站在他那一方，不滿韓柏「不道德」的行爲；可是另一方面又感到韓柏那令人難以拒絕的眞誠，女性敏銳的直覺告訴她，眼前此人容或戀花愛色，但絕非奸淫無恥之徒，這想法使她的心有點亂。

韓柏見她不瞅不睬，十分沒趣，兼之心中有鬼，順口將朝霞剛才對他說的話搬出來應付道：「如此韓某不敢打擾左姑娘的清靜了。」

左詩冷然道：「不要走！」

韓柏嚇了一跳，難道自己一時錯手下，連浪翻雲的女人也勾了來，此事萬萬不成，因爲浪翻雲是他最敬愛的大英雄和大俠士。

左詩嘆了一口氣道：「這樣做，韓兄怎對得住陳老？」

韓柏天不怕地不怕，但試過牢獄之災後，最怕是給人冤枉，尤其像左詩這等美女，差點衝口而出，把整件事交代出來，但想起左詩若知道自己和范良極深夜去偷窺朝霞，可能更鄙視自己，所以雖話到舌尖，也硬是吐不出來，憋得臉也紅了。

左詩看了他一眼，又別回臉去，淡淡道：「你是否想說陳老對朝霞夫人不好，所以你這樣做不算不對，唉！你們男人做壞事時，誰不懂找漂亮的藉口，何況你已有了美若天仙的柔柔姑娘，仍不心滿意足嗎？」

韓柏愕然道：「你怎知道陳令方對她不好？」

左詩心中嘆了一口氣，暗忖我怎會不知道，朝霞在陳令方面前戰戰兢兢，唯恐行差踏錯的可憐模樣，怎瞞得過旁人雪亮的眼睛。

何況她也是受害者，直至遇上浪翻雲，她才省悟自己對過世了的丈夫，實是有情無愛。

她緩緩轉身，瞪著韓柏道：「你認識陳老在先，終是朋友，你聽過朋友妻不可窺嗎？」

韓柏急道：「不是這樣的，是……」

左詩心想這人做了壞事，爲何還像滿肚冤屈的樣子，更感氣憤，怒道：「爲何吞吞吐吐？」

韓柏靈機一觸，道：「左姑娘！你肯否聽我說一個故事？」

左詩其實對這總帶著三分天眞、三分憨氣的青年頗有好感，否則早拂袖而去，不會說這麼多話，聞言心中一軟道：「你說吧！」

韓柏搔了一會兒頭，才細說從頭，但卻隱去了姓名，只以小子稱自己，老鬼送給范良極，夫人則指朝霞，說出了整件事。

當她聽到那「老爺」要把自己的「夫人」禮物般送給別人時，不由「呵」一聲叫了出來，對這「老爺」的良好印象大打折扣。

說完後，韓柏像待判的囚犯般站在左詩面前，等候判決。

左詩聽得目定口呆，事情雖荒誕離奇，但若發生在連高麗使節團也敢假扮的韓、范兩人身上，又卻應見怪不怪。

左詩橫了他一眼，幽幽一嘆道：「你把這麼秘密的事告訴我，是否要我幫你。」

韓柏點頭道：「是的！」

左詩大怒道：「無論你們背後的理由如何充分，但誘人之妻始終是不道德的事，怎能厚顏要我參與你們荒謬的勾當，你們的事，最多我不管而已！」

韓柏搖手急道：「左姑娘誤會了，我不是想你助我去勾……嘿……嘿嘿……」

左詩餘怒未消，跺足便走。

韓柏伸手攔著她道：「左姑娘！」

左詩色變道：「你這算甚麼意思？」

韓柏嚇得連忙縮手，搔頭抓耳道：「我只是想請左姑娘將這件事向浪大俠說出來，看他怎樣說，若浪大俠說應該，我便放膽去做；若他說不應該，那我拚著給那老鬼殺了，也……也……」

左詩面容稍霽，瞪著他道：「告訴我，你是眞的喜歡霞夫人，還是只因對范老的承諾，才要把人家弄到手裡？」

韓柏嘆了一口氣道：「我也弄不清楚，或者每樣也有一點。」

他這樣說，反爭取到左詩的好感，因爲只有這樣才合情理，搖頭道：「這是你自己的事，怎可由別人來決定，對你、對霞夫人也不公平，好了！我要回房去，不管你的事了。」

她雖說不管，其實卻含有不再怪他的意思，尤其是「對霞夫人也不公平」那一句，甚至帶了鼓勵的成分。

韓柏一時聽得呆了，自答應范良極的要求後，他的內心一直鬥爭著，一方是禮教道德的壓力，另一方面則是他想「拯救」朝霞的善心，現在更加上對這美女眞的動了心。

此刻得到了左詩這局外人似無實有的支持，就若在乾旱的沙漠缺水了長時間後，有人遞給了他一壺冰涼的清水。

左詩到了入口前，回頭微微一笑道：「霞夫人是歡喜你的，飯桌上我早看到了。」這才盈盈下梯去了。

韓柏喃喃道：「我沒有錯，我真的沒有錯！」

忽地給人在肩頭拍了一下。

韓柏全身冒汗，自身體注入魔種後，還是第一次有人來到身後也不知道，雖說這時分了神，但也不應該。

猛地轉身，背後立著是面帶微笑的浪翻雲。

韓柏鬆了一口氣道：「大俠回來了，我差點給你嚇死。」

浪翻雲笑而不語。

韓柏偷看了他一眼，像犯了錯事的孩子般惶恐問道：「大俠來了多久？」

浪翻雲道：「你說呢？」

只這一句，韓柏便知浪翻雲將他和左詩的說話聽了去，一時不知怎麼辦才好。

浪翻雲來到他身旁，和他一齊憑欄遠眺，啞然失笑道：「小弟你比我年輕時對女人有辦法得多，連詩兒這麼硬頸子的人也給你說服了。」

韓柏的呼吸急促起來，帶著哀求的語氣道：「大俠！你教小弟怎麼做吧！只要你說出來的，我一定遵從。」

浪翻雲想起陳令方篤信命運裡所謂的男女相剋，暗想若你把朝霞勾了去，陳令方或者非常感激也說不定，聳肩道：「詩兒說得對，這是你自家的事，須由自己決定，自己去負責那後果。」

韓柏有這首席顧問在旁，哪肯罷休，纏著他道：「大俠啊！求求你做做好心吧！我也感到很爲難呢！范老頭逼得我很慘！」

浪翻雲想起范良極不住在檯底踢他，知他所言非虛，微笑道：「所謂一般的道德禮教，只不過是人爲保護自己而做出來的東西，強者從中得利，弱者受盡約束折磨，但沒有了又會天下大亂，君不君、臣不臣、夫不夫、妻不妻，你要我怎樣教你呢？」

韓柏失望地道：「那連你也不知道了。」

浪翻雲哈哈一笑，親切地按著韓柏肩頭道：「很好很好，我初時還擔心你染了赤尊信的魔性，現在看來你仍是我那晚在荒廟內遇到的大孩子。記著吧！大丈夫立身於世，自應因時制宜，只要行心之所安，便無愧於天地，你明白我的話嗎？」

韓柏感激流涕道：「明白明白！」這世上除了秦夢瑤，他最怕的就是浪翻雲也怪責他了。

浪翻雲語重心長道：「男人的心很奇怪，把自己的女人送出可以是心甘情願，因爲那是他的選擇，無損尊嚴，但若要眼睜睜看著自己的女人被人搶走，可能會下不了台，你行事時要有點分寸。」

韓柏吁出一口氣，點頭道：「我一定不會忘記大俠的囑咐。」腦中不由幻想著勾引朝霞的快樂與刺激，暗忖浪翻雲也未必全對，自己這善良的大孩子，其實血液裡可能會有很重的魔性。

# 第八章　封寒的刀

天色漸明。

戚長征拉著水柔晶，走進封、乾兩人隱居的小谷裡。

谷內寧靜安逸。

封寒葛衣粗服，捋起衣袖、褲管，正在水田裡工作。

戚長征和水柔晶來到田旁，封寒一個閃身，來到兩人身前，平靜地道：「誰在追你們？」

戚長征不好意思地道：「是方夜羽的人，我……」

封寒冷然道：「不要說廢話，你們兩人內外俱傷，快隨我進屋內。」

這時乾虹青聽到人聲，走出屋外，見到兩人衣破血流的可憐樣子，不顧一切奔了過來，將兩人迎入屋內。

封寒掌貼水柔晶背心，輸入眞氣，先爲她療傷。

乾虹青則爲戚長征挑開血衣，細心清洗傷口和包紮，看到橫過他左肩胛上的深長傷口，痛心地道：「你這人！唉！」

戚長征鼓著氣道：「今次不是我去犯人，而是人來犯我。」

乾虹青瞪他一眼，再沒有怪責他。

封寒收起按在水柔晶背心的手，喚道：「虹青！你過來扶著水姑娘。」

水柔晶訝道：「我不用青姊姊扶我。」

乾虹青走過去扶著她柔聲道：「封寒要我扶你，自有他的道理。」

封寒左手迅速點在水柔晶背後四處大穴上，水柔晶全身一震，身子發軟，倒入乾虹青懷內。

封寒站了起來道：「虹青抱她進房內躺下，順便爲她包紮腿上的傷口，若她不好好休息上十二個時辰，她將會大病一場，能否復元還是未知之數呢！」

戚長征嚇了一跳，想不到水柔晶的情況如此嚴重，幸好自己把她帶到這裡來了。

封寒走到戚長征後坐了在乾虹青的位子裡，伸手按在他的背心處，一邊默默聽著戚長征說著昨晚發生的事。

良久，封寒收回手掌，微笑道：「恭喜戚兄弟，你的武功已由後天進入先天的境界，如此年紀，有此成就，確是難得，也不勞我醫你，只要你打坐一段時間，便可復元。」

戚長征至此對自己的突飛猛進再無疑問，心內歡欣若狂，站了起來，便要道謝。

封寒喝道：「坐下！」

戚長征嚇了一跳，慌忙坐下。

封寒道：「不要以爲初窺先天之道，即可一步登天，你要走的路仍是遙遠漫長，更會招人之忌，何況即管身具先天眞氣，還須刀法、經驗、戰略各方面的配合，否則遇上眞正的高手時，有力也沒法使出來。」

戚長征愧然應是，因爲他剛才的確起了點驕狂之念。

封寒續道：「你由此刻起，坐在這裡指頭也莫動一個，全神調息，敵人追來也不要理，否則你的功力將大幅減退。待功行圓滿時，將會自然醒來，若學那些不知天高地厚的小子，鹵莽行事，我第一個不饒你。」

戚長征心生感激，堅決應諾後，立即閉目運功。

乾虹青從房內走出來，投身進立起來的封寒懷裡，低聲道：「對不起！」

封寒安慰地拍著她的香肩，柔聲道：「傻孩子！爲何要說傻話呢？噢！我忘記了我的刀藏在哪裡了，可否爲我把它找回來？」

風行烈在顛簸裡醒來時，頭止枕在挨著一旁睡了的谷倩蓮大腿上，初陽的柔光灑進來，這才發覺兩人躺在騾車柔軟的禾草上。

一對灼灼的目光注視著自己。

風行烈望去，嚇了一跳，原來「毒醫」烈震北一邊駕車，一邊掉轉頭來向他微笑。

他想坐起來。

烈震北喝止道：「小蓮的腿不舒服嗎？爲何要坐起來？」

風行烈大感尷尬，坐起來不是，但繼續這樣躺著更不是。

烈震北道：「人不風流枉少年，到了我這把年紀，萬念俱灰，甚麼也提不起興趣了。」

接著長長一嘆，好一會兒也沒有作聲。

風行烈記起了昨晚，知道是烈震北將自己救了回來，試著運氣，豈知經脈暢通無阻，一些以前眞氣不能隨意運轉的地方，意到氣到，更勝從前。

更怪異的是師父厲若海輸入他體內的那股眞氣，竟消失得無影無蹤，禁不住大喜過望，顧不得烈震北的勸告，跳了起來，向著烈震北連叩三個響頭。

烈震北不勝唏噓道：「以我和若海兄的交情，受你三個響頭也不爲過，現在你體內道心種魔大法的餘害已除，反因禍得福，功力精進，好自爲之吧。」

谷倩蓮仍好夢正酣，風行烈將她移到車廂中間處，又以禾草爲她作枕，唯恐她有半點不舒服。

烈震北道：「穿過桂樹林後，可看到雙修府了。」

風行烈環目四顧。

騾車現正由一斜坡往下行，坡底是一片望之無盡的桂樹林，四周丘巒拱衛，不見人煙，雙修府處於如此隱蔽的地方，難怪江湖上罕有人知其所在。

烈震北道：「趁還有點時間，讓我告訴你甚麼是道心種魔大法，以免我畢生研究的秘密，隨我之去湮沒無聞。」

風行烈心中一寒，烈震北的語調有著強烈的不祥味道。

烈震北續道：「要明白道心種魔大法，首先須明白先天、後天之分，若海兄乃此中能者，必曾向你詳述箇中道理，你可否說出來給我聽聽？」

風行烈恭敬地道：「人自受孕成胎，所有養分神氣，均由母體通過臍帶供應無缺，此時受的乃是先天之氣，在任督二脈循環不休。至十月胎成，嬰兒離開母體，以自己口鼻作呼吸，由此時開始，吸入的無不是後天之氣，但先天之氣仍殘留體內，所以孩童的眼睛都是烏黑明亮，到逐漸成長，先天之氣盡失，於是眼神才會變濁，以至乎老朽而死，重歸塵土。」

烈震北點頭道：「說得不錯，萬變不離其宗，天下雖千門萬派，各有其修行的方式，最後無非都望要由後天返回先天，但修後天氣還有路徑心法可循，修先天氣卻雖本身資質過人，還須機緣巧合，缺一不可。」

風行烈道：「恩師常說，萬人修武，得一人能進窺先天之道，已是難得，普通武人，以至乎稱雄一時的高手，左修右修，體內的眞氣無非後天之氣，受限於人的體能潛力，只有修成先天氣者，才能突破規限，進軍無上武道。」

烈震北沉默片晌，才點頭道：「令師說得不錯，所謂後天之氣，皆有爲而作，只有先天之氣，才是無爲而無所不爲，就像母體內的胎兒，渾渾噩噩，但澎湃的生命力，卻無時無刻不在胎內循環往復。」

頓了一頓，烈震北一聲長嘆，道：「一旦闖進先天境界，人也會脫胎換骨，超離人世，看穿了人世間榮華富貴的虛幻，想若洵兄四十歲前，橫掃黑道，創立邪異門，江湖上人人懼怕，但先天氣一成，立即拋開俗念，專志武道，其他事都不屑一顧，你知否他爲何會有這驚人的轉變？」

風行烈茫然搖頭。

烈震北仰天長嘯，聲音激昂淒壯，連谷倩蓮也給驚醒過來，見到風行烈，勉強爬起身來，鑽進他懷內，又沉沉睡去。

風行烈軟玉溫香抱滿懷，呆看著烈震北。

這時騾車進入了桂樹林，香氣盈鼻。

烈震北拉停騾子，讓車停下，轉過身來，灼灼的目光盯著風行烈，緩緩道：「先天之氣修煉的過程，比之後天之氣還要走更長的道路，過程曲折危險，一不小心，便墜入萬劫不復的絕境，能達到令師境界者，江湖上數不出多少人來。」

風行烈心道，其中兩人必是龐斑和浪翻雲。

烈震北神色凝重無比，兩眼閃著渴望的奇光，一字一字緩緩道：「假設先天眞氣的修煉過程是一條漫漫長路，令師、龐斑、浪翻雲等都到達了路的盡端，只要再跨出一步，便會回歸到天地萬物由其而來那最原本的力量裡，由太極歸於無極，那也是老子稱之爲『無』，字之曰『道』的宇宙神秘根本。」

風行烈深吸一口氣道：「我明白了，所以凡到達那最盡一點的人，都能感應到那點之外所存在的某一種神秘力量，故此對世間之事都不屑一顧。」

烈震北苦笑道：「要對其他的事不屑一顧，實是知易行難，只要是人，便有人的感情，由此亦可知要跨出那一步，實談何容易。」接著仰首望天，道：「古往今來，無數有大智慧的人窮畢生之力，殫思竭慮，苦研如何跨越那天人之間的鴻溝，最後歸納出兩種極端不同，但其實又殊途同歸的方法，就是正道的『道胎』、邪道的『魔種』。」

說了這麼多話，直到現在烈震北才入到正題，可知道心種魔大法，是如何玄奧難明，超越常理。

風行烈聽得瞠目結舌，連想問問題也無從入手。

烈震北眼中射出無限的憧憬，柔聲道：「所謂道胎魔種，其實都是象徵的意象，其目的都是如何將血肉凡軀轉化成能與那最本源力量結合的仙軀魔體，當日傳鷹躍進虛空，飄然仙去，就是成功跨出了那一步，先例在前，可知仙道之說，非是虛語。」

風行烈囁嚅道：「前輩是否也正在這條路上走著？」

烈震北沒有直接答他，低吟道：「煉精化氣、煉氣化神、煉神還虛、煉虛合道，這四句話總結了整個由後天而先天，由先天而成聖的過程，但其中包含了多少痛苦、血汗、智慧、期待、渴望和捨棄。」

烈震北忽地意興索然，轉過身去，竹枝輕打在騾子的屁股處，車子又徐徐開動。

風行烈仍滿腹疑問，但見到烈震北這般心灰意冷，唯有將問題吞回肚內去。

封寒抱刀坐在一張椅子上，守在小屋門外，冷冷看著進入谷內往他走過來形相各異的九個人。

那些人來到他面前，一字排開，當中的禿頂大漢大喝道：「閣下何人？」

封寒冷冷道：「山野村夫，哪來甚麼名字。」

那禿子當然是「禿鷹」由蚩敵，他一生人血戰無數，眼力何等高明，雖不知對方是黑榜裡的封寒，哪能看不出對方是個高手，心中驚異不定。

身旁的蒙氏雙魔和他合作多年，見到他這種神色，亦不敢輕舉妄動，只是全神戒備。

反是其他人沉不住氣。

日煞性如烈日，最是暴躁，由於被戚長征帶著水柔晶殺出重圍，早使他心中大不是滋味，追了整晚又連敵人半個影子也撈不著，這刻知道戚長征躲在這裡，哪還按捺得住，大喝一聲，左盾右矛，便往封寒攻去，大喝道：「竟敢對由老不敬，看我取你狗命。」

星煞、月煞和他合作無間，亦自然搶出，分左右翼往封寒迫去。

由蚩敵心想橫豎也要動手見眞章，便由這三人試試對方虛實也好，故而並不攔阻。

封寒面容肅穆，冷冷看著三支長矛，分左、中、右三方，分別飆刺他的左肩、胸前和右脅，矛未至，嗤嗤勁氣已破空而來。

眼看封寒瘦長堅實的身體要給戳穿三個大洞，刀芒閃起。

「鏘鏘鏘！」

以由蚩敵這麼好的眼力，也只是看到對方左手一動，三股寒芒便由他懷裡激射而出，劈中三個矛頭。

要知日月星三煞這看似隨意的合擊，其中實藏有很深的學問，不但緩急輕重變化無窮，連刺來的次序也不斷改變，務使敵人無從捉摸，封寒要以一把刀分別劈中敵矛，眞是談何容易。

但封寒竟坐著便做到了。

日月星三煞如若觸電，虎口爆裂，倉忙退後，連理應緊接而發那排山倒海的攻勢，半著也使不出來。

封寒亦是心中懍然，他這三刀已用上了全力，本估計對方連矛也應拿不穩，乘機格殺對方，以立聲威，豈知三人竟能全身而退，致大失預算。

與浪翻雲的兩次決戰，三年的靜隱修性，封寒已非昔日的封寒，他的刀法達至了前所未有的境界。

由蚩敵大喝道：「退回來！」

日月星三煞也給封寒這三刀嚇寒了膽，聞言乖乖退後。

由蚩敵哈哈一笑道：「封兄這左手刀一出，包保天下沒有人會認不出來。哼！」接著語氣轉冷道：「既知封兄在此，我不能不向封兄先行打個招呼，若封兄立即放手，不再管戚長征的事，我們躬身送客；但若封兄蓄意和魔師過不去，待會動起手來，我們將會不講武林規矩，不擇手段地將你殺死，以你的眼光，定可看出我所說非是恫嚇之語。」

封寒瞳孔收縮，送出兩道精電般的眼芒，冷冷道：「是的！你們或有殺死封某的實力，但我包保陪葬的名單裡定有你『禿鷹』由蚩敵在內。」

由蚩敵心中一寒，知封寒亦確有本領做到這點，點頭道：「若我們的實力只止於此，你這話對我確有心理上的威脅，但是，你錯了。」

一聲柔柔嫩嫩，非常悅耳動聽的聲音由遠而近的道：「是的！封兄錯了。」

人影一閃，高挑俏秀的「人妖」里赤媚已立在由蚩敵身旁，微笑道：「我可以保證他們指甲尖也不會崩掉半塊。封兄若非腳跛了，便請起身出手。」

封寒微微一笑道：「不見多年，里兄風采勝昔，是否練成了你的『天魅凝陰』？所以口氣特別狂妄自大。」

里赤媚鳳眼一凝，微微一笑道：「如此封兄是決定坐著和我動手了。」

封寒哈哈一笑道：「若非如此，豈不教里兄小看了。」

他說到最後一個字時，里赤媚已出手。

他的左手刀亦劈出。

里赤媚身一移閃到離封寒三步許的近處，一指往封寒眉心點去。

「叮！」

刀尖砍在指尖處，竟發出金屬的聲音來，可知里赤媚指尖蓄滿了驚人的氣勁。

「砰砰砰……」

在刀、指相擊的同時，兩人交換了十多腳，每一腳也是以硬碰硬，毫無花巧。

里赤媚倏地退回原處，像沒有動過手那樣，微笑道：「不知封兄信否？我百招內可取你之命。」

封寒淡淡道：「或者是吧！但里兄亦當不能全身而退，不知里兄是否相信？」

兩人一問一答，內中均暗含玄機，首先是里赤媚採攻勢，步步進逼，但封寒守中帶攻，亦毫不遜色。

里赤媚柔聲道：「封兄對自己非常有信心，但假若我里赤媚不顧身分，命我三位兄弟先行圍攻你，在你疲於應付時，才窺隙出手，你還以爲可以傷我里赤媚半根寒毛嗎？」

封寒啞然失笑道：「假若里赤媚連臉也不要了，封某把命賠上又有甚麼大不了。」

至此里赤媚亦打心底裡佩服這完全無懼的對手，拱手道：「所以非到必要時，我也不想不要面子地殺死封兄，不若我們打個商量，我們十個人加上你共十一個人，由現在起十二個時辰內，絕不參與對付或保護戚長征的事，任由戚長征逃去，封兄覺得這提議有沒有一定的建設性？」

封寒心中大叫厲害，里赤媚這幾句話，點明除了他們這十人外，還另有足夠殺死戚長征的力量，假設如此，則對方的實力，的確非他封寒所能抗拒。

里赤媚從容道：「以封兄的才智，自然明白其中關鍵，若我們眞有這樣的實力，封兄必敗無疑，戚長征也將不保；假若我們只是虛張聲勢，戚長征便可從容離去。就算我們眞的另有強手能殺死他，他仍大有逃出生天的機會，何況我還另有贈品，就是放過水柔晶，任她返回塞外，絕不動她半條毛髮，這樣的條件，你更不會拒絕吧？」

戚長征的聲音在屋內響起道：「沒有人能拒絕，包括我老戚在內。」

封寒冷冷道：「小子你是否剛點了虹青的穴道？」

戚長征應了聲「是」後，昂然推門而出，來到封寒身後站定，長刀反貼背後，兩眼神光電射，一點倦容也沒有。

封寒看了他一眼，哈哈笑道：「事情愈來愈有趣了，里兄的提議恕我不願接受，因爲封某眞的手癢了。」

戚長征失笑道：「好一個手癢，我也有那種感覺。」

里赤媚仔細打量著戚長征，點頭道：「難怪怒蛟幫在黑道立得如此穩如泰山，因爲連你們這批第二代的人裡居然也有你這種上等貨色，好！」

「好」字尚有餘音時，他已展開魅變之術，來到戚長征右側，一肘往他的右肩擊去。

戚長征的反應已是一等一的迅捷，右手一移，原本貼在背上的長刀來到了右肩處，刀鋒往外，正要以腕力外削時，里赤媚的手肘已重擊在刀鋒上。

刀背撞在戚長征右肩處，戚長征忙扭肩發勁。

「蓬！」

兩人隔著長刀以肘、肩硬拚了一記。

戚長征晃了一晃，眼看要倒往封寒處，封寒右手按了他的腰一下，才化去了他的跌勢。

里赤媚退回原處，悠閒自若。

戚長征強忍著體內翻騰的氣血，心中駭然，想不到里赤媚的武功竟可怕至如斯地步，自問能否擋他十招，也在未知之數。

里赤媚微微一笑道：「我剛才的提議，仍然有效，只不知封兄是否接受？」

封寒不解道：「你們實有足夠殺死我們兩人的力量，為何仍如此轉折，費時失事呢？」

里赤媚道：「其中道理很快便會揭曉，此事一言可決，究竟是答應還是不答應？」

戚長征刀回鞘內，向封寒道：「這提議實在太誘人了，假設等在谷外的是龐斑，我老戚便自怨命苦，若等的只是方夜羽和紅顏白髮，說不定我可執回小命。至不濟便是我給宰了，但卻仍可換回水柔晶以後的安全，不會血本無歸。封前輩認為我的算盤是否打得響？」

封寒一聲長笑道：「英雄出少年，我封寒賭你不會死，去吧！」

里赤媚著眾人讓開道路，拱手道：「請！」

戚長征大步離開。

當戚長征來到里赤媚身旁時，里赤媚誠懇地道：「戚兄！路上珍重了！」

戚長征瞪了他半晌，搖頭失笑，道：「你這人頂有趣哩！」然後放開腳步，全速飛馳，瞬眼間消失在谷口處。

# 第九章　夢瑤的劍

戚長征走出谷外，出奇地連人影也看不到半個，這時是深秋時節，很多樹都變得光禿禿，地上鋪著枯黃的落葉。

他沒有半點欣喜。

昨晚追捕他的人，沒有一千也有幾百，現在見不到他們，只能說他們都被部署起來，將在某一時刻對他發動攻擊。

狂奔了幾里路後，到了一片平曠野地上，十多名手提長刀的勁裝黑衣大漢由曠地另一方的叢林跳了出來，分散著向他包圍過來。

戚長征湧起萬丈豪情，長刀掣出，幻起重重刀浪，疾施強擊，當先的一人運刀擋格，「嗆」的一響，那人的刀竟只剩下半截，一怔間，戚長征快刀已至，準確地劈在他眉心處，寒氣透腦而入，那人立即命喪當場。

哨子聲在四方八面響起。

無數黑衣人由密林蜂擁出來，剎那間戚長征陷身重重圍困裡。

戚長征腳步迅速移動，使敵人不能完成合圍之勢，以免對方能發揮戰陣的全部威力。

只見他忽前忽後，每一刀劈出，都有人應聲慘叫，落敗身亡，瞬眼間已殺了對方十多人，曠野上刀光血影，戰況慘烈。

忽然，四把長刀分從四個角度向他砍劈過來，疾若電閃。

戚長征心中一懍，知道遇上了對方特別的強手，否則刀勢不能使得如此功力十足，忙劃出一圈刀芒，護住全身。

「叮噹」交擊之音響個不絕，四把刀全被擋開。

戚長征離地躍起，投往兩丈之外，落地時揚刀迅劈，又有一人濺血倒下。

他知道敵人勢眾，硬拚下去始終不是辦法，故而希望能闖進曠地外的疏林區，那時閃躲起來，會容易得多。

兩把刀由後攻至。

戚長征看也不看，反手兩刀，登時又有兩名敵人了賬；前面則飛出一腳，正中一持刀者的手腕，那人指骨全裂，大刀「噹啷」墜地，駭然後退。

戚長征一聲長嘯，刀光潮湧，硬往前方敵人的刀光劍影闖過去。

長刀電射下，攔路的兩名大漢，仰身倒跌。

戚長征哪敢遲疑，長刀護著全身，乘勢人刀合一，奮勇狂衝。

敵人紛紛倒下，硬是給他破開了一個缺口，兩腳用力，凌空往疏林掠去。

對方不及阻截，眼看便給他落進林內。

一刀一劍由林中射出，迎向他來。

戚長征一看來勢，心中叫苦，難怪里赤媚有把握把自己留下來，原來對方竟有如此高手，若在平時，他或仍可硬闖過去，他先前一番廝殺，早耗用了大量眞元，現在是強弩之末，唯有一沉氣，落到實地上，再深吸一口氣，長刀分別劈在對方劍、刀之上。

「鏘鏘」兩聲激響。

那兩人飄落地上，正是連乾羅也要另眼相看的絕天和滅地，十大煞神之首的兩人。

攻勢停了下來，只是重重將他圍在曠野的邊緣處。

戚長征一邊乘機調息，一邊瞪視著絕天滅地刀、劍湧過來的森森寒氣，喝道：「來者報上名來。」

絕天冷冷道：「我是絕天，他是滅地，今天奉少主之命，來取你狗命。」

戚長征心中懍然，方夜羽手下還不知有多少奇人異士，不過光是眼前的實力，便使他沒有信心能逃出去。

以寡敵眾的最大弱點，就是寡者沒有同氣同力的空隙，而敵人則可以隨時抽身而退，待養精蓄銳後，再行出手。

所以一旦陷身重圍，結局定是寡者至死方休，而絕天滅地這兩人一出手，就把戚長征逼進了這等必死之地內。

當日即管以乾羅的強橫，也要逃走，可知這兩人的厲害。

戚長征乃天生豪勇之人，明知今次凶多吉少，仍夷然不懼，挺刀往絕天滅地兩人逼去，刀鋒湧起森寒殺氣，翻捲而去。

刀氣到處，連絕天滅地如此強橫的人，也退了小半步，刀、劍才向他迎來。

四周勁氣撲來。

戚長征暗嘆一聲，倏地後退，擋了分由左右兩側及後方攻至的兩矛一刀，又拖刀殺了一人，絕天的刀和滅地的劍已攻至眼前。

他人隨刀走，硬生生撞入兩人中間，避開其他攻來的兵器，施出精奧玄妙的貼身刀法，眨眼間三人兵來刀往，交換了十多招。

絕天滅地踉踉跌退，前者左肩被戚長征的快刀劃了一下，衣破肉裂，血光迸現；滅地左額角鮮血不斷而下，若再砍深少許，定可要了他的命。

戚長征也不好過，右大腿中了滅地一劍，幸好尚未傷及筋絡，但已使他行動大受影響，左臂雖給絕天的刀鋒掃中，不過只傷破了皮肉，但失血的問題卻不可忽視。

他連點穴止血的時間也沒有，又要應付四方八面攻上來的敵人。

轉眼他又陷入苦戰裡。

若非他進入了先天眞氣的領域，體內眞氣循環不休，只是這一番廝殺即可教他力盡而亡。

絕天滅地兩人乘隙出手，每次均帶起新一輪攻勢，不一會兒戚長征又多添幾道傷痕。

漸漸戚長征已迷失在激烈的戰鬥裡，不辨東西南北，只知道要殺死四周的敵人，再沒有先前通瞭全局的優勢。

但他的韌力也教絕天滅地兩人大爲驚奇。

因爲在曠地上最利圍攻，他們的手下都是經過嚴格訓練的武士，每隊三十人，由一隊長率領；十隊成一團，十團成一師，組成了小魔師的戰鬥單位。今次對付戚長征調動了兩團共六百人，配以絕天滅地，敢說在這種寬曠的戰場，連黑榜的十大高手也有把握殺死，但戚長征到現在最少殺了他們四十人，依然未露敗象，怎不教他們大感訝異。

驀地一聲低吟，起自疏林之內，接著寒芒一閃，黑衣大漢潮水般翻跌倒地，來人已到了戰場的最內圍處。

雖說己方之人注意力全擺在圈心的戚長征身上，但來人這駭世絕俗的劍術，足令絕天滅地驚駭欲絕。

劍到。

強烈的劍氣使人連呼吸也難以暢順。

絕天滅地捨下戚長征，刀、劍齊往來人迎去。

劍芒大盛，而更使人奇怪者，敵劍雖有催魂索命的威勢，但其中自有一種悠然的姿態。

以絕天滅地兩人高強的武功，一時也捉摸不到敵劍若鳥跡魚落、無縫可尋的劍路，駭然下各自回兵自保，不敢再作強攻。

「叮叮！」兩聲清音，絕天滅地竟給對方硬生生震退了四、五步，倒撞進己方人裡，圍攻之勢立時瓦解冰消。

劍芒暴漲。

圍在戚長征旁已呈混亂的黑衣大漢不是兵器離手，便是給點中了穴道，一時人仰馬翻，潰不成軍。

由劍吟聲起而到全局逆轉，只是眨了幾眼的工夫，可知來人劍法是如何超凡入聖。

劍芒消去，來人現出身形，正是淡雅如仙的秦夢瑤。

戚長征刀插地上，支撐著搖搖欲墜的身體，大口喘著氣，望向秦夢瑤，眼中射出感激神色。

絕天滅地見所有倒地的手下，均只是穴道被點，大生好感，揮手命各人散開，只是把兩人重重困在內圍。

秦夢瑤來到戚長征身側，纖手搭在他肩頭上，一股眞氣送進他體內，訝然道：「原來戚兄踏入了先天眞氣的初段，不過現在有氣脈逆行的現象，再不宜動手，否則將會五臟爆裂而亡。」

戚長征自家知自家事，點頭苦笑道：「我也不想動手的。」

絕天施禮道：「小魔師座下十大煞神絕天滅地，見過夢瑤姑娘。」

秦夢瑤秀眉輕蹙道：「看樣子你們還是不肯罷休，這是何苦來由。」

滅地出奇地恭敬道：「若有選擇，我們絕不願與夢瑤小姐爲敵。」

絕天道：「不知夢瑤小姐是否相信，敝上已預計到小姐會來此處，故早有準備。」

秦夢瑤輕嘆一口氣，向戚長征道：「戚兄請盤膝坐下，將眞氣好好調息，甚麼也不要理，其他一切有我應付。」

戚長征深深看了秦夢瑤一眼，坐了下來，眼觀鼻，鼻觀心，進入萬緣俱寂的定境。

秦夢瑤對他沒有絲毫拖泥帶水的反應大感欣悅，放下了心事般，俏目掃過絕天滅地兩人，然後移往與疏林相對另一邊的茅草深處，淡淡道：「四密尊者既已到此，還要等甚麼呢？」

騾車穿過桂樹林。

林外是個斜坡，接著一條小河流過，河上有道石橋，連接著兩邊的碎石路，通往一個長滿蒼翠樹木的峽谷去。

峽內隱見房舍，雜在紅葉秋色裡，如詩如畫，極是寧謐恬靜。

風行烈奇道：「爲何形勢如此危急，雙修府仍像全不設防那樣，也不見有人走出來打個招呼。」

烈震北道：「這樣美麗的景色，使人滌慮忘俗，若有拿劍、拿刀的大漢巡來巡去，豈非大煞風景，我但願雙修府永遠是這個樣子。」卻沒有答風行烈的問題。

騾車駛過石橋。

橋下流水淙淙，風行烈胸襟大暢，放目領略眼前怡神悅目的美景，忘憂去慮。

谷倩蓮在風行烈懷裡醒了過來，這時騾車駛進峽內，兩道清溪沿峽流出，溪旁長滿樹木花草，鳥兒唱和爭鳴，好不熱鬧。

轉了一個彎，前面有個大石牌匾，匾上鑿著「雙修秘府」四個大字，牌匾左邊兩條石柱各掛著一個「囍」字的大紅燈籠。

谷倩蓮皺起黛眉，臉色轉白，呆看著那兩個代表了婚筵喜慶的紅燈籠。

風行烈關心地道：「倩蓮！你是否不舒服？」

谷倩蓮咬著下唇，向烈震北顫聲道：「婚禮何時舉行？」

烈震北道：「明天就是姿仙大喜的日子。」

谷倩蓮淚水簌簌流下，悲叫道：「爲何這麼急，小姐不是說要待到過年後嗎？」

風行烈心中也不知是何滋味，感到事情似與自己有關，惟有輕輕拍著谷倩蓮的粉背，冀能對她有多少慰藉。

烈震北平靜地道：「姿仙是想我親眼看到她的婚禮。」

風行烈和谷倩蓮兩人駭然道：「甚麼？」

烈震北像說著別人的事般淡然道：「我只剩下三天的命，否則姿仙也不會那麼急著成親。」

谷倩蓮不顧一切爬了起來，跨往烈震北旁御車的空位，投進烈震北的懷裡，嚎啕大哭道：「小蓮自幼沒爹沒娘，現在你又要離開我，教我怎麼辦？」

烈震北把車子停下，伸手愛憐地摩娑著谷倩蓮烏黑閃亮的秀髮，微笑道：「傻孩子，女大了自然要離開父母，將來自會有丈夫愛惜你，風世姪！我說得對嗎？」他這麼說已是視谷倩蓮爲女兒了。

風行烈心中一酸，道：「只要我風行烈有一天命在，定會好好照顧倩蓮。」

烈震北欣悅點頭。

谷倩蓮悲叫道：「以先生絕世無雙的醫術，難道不能多延幾年壽命嗎？」

烈震北失笑道：「我本應在四十年前便死了，我已偷了天公四十年歲月，到現在我眞的感到非常厭倦，罷了罷了。」頓了頓又道：「在這最後三日裡，我希望見到我的小蓮像往日般快快樂樂，每天日出前便來到我山上的小屋，陪我一齊去採掘山草藥物。」

谷倩蓮哭得更厲害了。

烈震北無計可施，策騾前進。

過了峽口，眼前豁然開朗，梯田千頃，層疊而上，最上處是片大樹林，巍峨房舍，聚在林內，氣象萬千，田間有很多人在工作著，見到烈震北和谷倩蓮回來，都爭著上來打招呼，親切而沒有做作。

三人跳下騾車，沿著梯田間石砌的階梯，拾級而上。

谷倩蓮平靜下來，但紅腫的雙目，任誰也知她曾大哭一場。

烈震北指指點點，興致極高地向風行烈介紹著沿途的草樹，原來大部分都是他從別處移植至此的。

風行烈感受著他對花草樹木的深厚感情，想起他只有三天的命，不禁神傷。

谷倩蓮默默伴行，一聲不響。

不一會兒，三人到了位於半山的林樹區，景色一變，另有一番幽深寧遠的風貌。

一名管家模樣的老人迎了出來，躬身迎迓道：「震北先生和小蓮回來了，小姐在府內待得很心焦呢！」再向風行烈施禮道：「這位仁兄相貌非凡，定是厲爺愛徒風公子了。」

風行烈慌忙還禮。

烈震北道：「這是雙修府總管譚冬，這處每塊田的收成，都漏不過他的賬筆，人人都喚他作譚叔。」

譚冬道：「三位請隨小人來。」在前帶路。

一座宏偉府第出現眼前，左右兩方房舍連綿，使人聯想到在這偏僻之處，需要多少人力物力，才可建出如此有規模的世外勝景。

來到府第的石階前，烈震北停了下來道：「我先回山上蝸居，你們若閒著無事，可上來找我，我還有話想和風世姪說。」

谷倩蓮眼圈一紅，一把扯著烈震北衣袖，不肯讓他走。

烈震北呵呵笑道：「待會你也來吧！看我有甚麼禮物送給你！」

風行烈走前勸開谷倩蓮，烈震北微微一笑，飄然去了，有種說不出淡泊生死的氣概。

府第正門處張燈結彩，幾名青年漢子正忙著布置，見到谷倩蓮都親切地打招呼。

剛踏上石階，一名雄偉如山、樣貌戇直的青年大漢腳步輕盈，神情興奮地衝了出來，驟然見到谷倩蓮，臉上泛起不自然的神色，期期艾艾道：「小蓮！你回來了，我很高興。」

谷倩蓮冷哼一聲，毫不客氣地道：「不高興才眞吧！」轉身向風行烈道：「來！不用理他。」

風行烈大感尷尬，向那生得像鐵塔般的青年拱手爲禮，才隨谷倩蓮往內走去。

一把響亮清脆的女聲由內傳來道：「成抗！快找多幾條彩帶來，這處不夠用了。」

谷倩蓮聽到女子的聲音，臉色一沉，走了進去。

寬廣的大廳內喜氣洋洋，一名嬌巧的女子，正扠著蠻腰，威風八面地指揮著十多個男女婢僕，布置舉行婚禮的大堂。

風行烈暗忖，難道這就是雙修公主？

不過他很快便知道自己錯了，谷倩蓮看也不看她半眼，扯著風行烈的衣袖，逕自穿過大堂，往內廳走去。

那嬌巧女子與高采烈，竟渾然不覺兩人在身旁走過，反而當那隨行而至的譚冬步過時，給她一把截著，提出了一連串要求，使譚冬脫身不得。

谷倩蓮放開風行烈衣袖，步進內廳，十多名丫鬟正在整理喜服，鶯聲燕語，一片熱鬧，見到谷倩蓮，雀躍萬分，又拿眼死盯著風行烈，羨慕之情，充溢臉上。

谷倩蓮情緒低沉之極，勉強敷衍了幾句，把風行烈介紹了給眾丫鬟後，領著風行烈由後門走進清幽的後院去。

簫音忽起。

吹的曲似有調似無調，就像大草原上掠過的長風，淒幽清怨。

風行烈往簫音來處望去，林木婆娑間，隱見有一女子，坐在一塊大石上，捧簫吹奏。

兩人來到女子身後。

簫音忽止，但餘音仍縈繞不去。

女子身形纖美文秀，自有一種高雅的氣質。

她放下手中玉簫，緩緩轉過身來。

風行烈眼前一亮，只見女子雅淡秀逸，高貴美艷，令人不敢逼視。一對翦水雙瞳，似是脈脈含情，又似冷傲漠然，非常引人。

谷倩蓮輕輕道：「小姐！」

雙修公主谷姿仙美目落到風行烈身上，大膽直接地上下打量了他一會兒，才道：「果是人中之龍，難怪厲門主對你期望如此之高。」

谷倩蓮再提高了點聲音道：「小姐！」

雙修公主美目寒光一閃，冷冷道：「明天是我大婚之日，小蓮你縱使不願幫手布置，也不得有任何破壞行為，若違我之令，就算是你，我也絕不輕饒。」

谷倩蓮豁了出去，堅決地道：「公主你曾說過沒有更佳的選擇，現在我將比成抗那小子好上百千倍的選擇帶來了，你快趕那傻小子走吧！」

谷姿仙怒道：「大膽！」接著向風行烈婉轉地道：「公子莫要見怪，這小婢我一向寵慣了她，故此才如此不知輕重，公子遠道來此，不若先到外廂歇息，今晚讓姿仙設宴爲公子洗塵。」

風行烈正尷尬萬分，見她如此體貼，心中感激，連忙稱謝。

豈知谷倩蓮喝道：「不要走！」

谷姿仙臉色一寒，道：「這裡哪有你說話的餘地。」

谷倩蓮挺胸道：「想小蓮不說話，小姐一掌殺了我吧！」

風行烈僵在當場，不知如何是好。

谷姿仙秀目射出寒芒，盯著谷倩蓮，到連風行烈也在擔心谷姿仙會否盛怒下把谷倩蓮殺了時，她輕嘆道：「小蓮！我的心情絕不比你好，你也不想我爲難吧？」

谷倩蓮出奇地沒有哭，平靜地道：「小姐爲何要重蹈覆轍，把自己終身的幸福孤注一擲地投在一個茫不可知的目標上，就算要揀人，也該揀個你喜歡的，告訴我！風行烈有哪方面比不上成抗？」

谷姿仙這次反沒有發怒，望向兩人柔聲道：「像風公子這種人才，天下罕有。但小蓮你是不會明白的，正因爲風公子條件這麼好，我才絕不可選他爲婿，好了！這事至此結束，由此刻起，小蓮你不得再提此事。」

風行烈心中苦笑，他雖然從沒想要當谷姿仙的快婿，但身爲男人，給人這樣當面說他沒有資格入選，無論對方說得如何漂亮，亦大不是味兒，抱拳道：「公主不須將此事放在心上，風行烈今次來此，只希望能爲貴府盡上一分綿力，應付小魔師來攻的大軍，捨此外再無其他目的。」

谷姿仙斂衽道謝，向谷倩蓮道：「還不帶公子去客廂休息。」

谷倩蓮道：「來此之前，小蓮曾見過夫人。」

谷姿仙一震道：「她肯見你嗎？」

谷倩蓮昂然道：「她不但肯見我，還和我說了話，又將雙蝶令交了給我，爲她向小姐傳話。」

谷姿仙淡淡道：「你不用說出來了。」

谷倩蓮愕然道：「你不信我有雙蝶令嗎？看！」攤開手掌，赫然是鑄有雙蝶紋飾金光閃閃的一個小令牌。

谷姿仙嘆道：「據先朝規矩，在大婚的三日前我便自動繼承了王位，再不受夫人之令約束，小蓮你白費心機了，和風公子去吧！」

谷倩蓮手一震，令牌掉到地上，眼淚終奪眶而出，悲叫道：「小姐！爲何你要如此作踐自己，爲的只是一個遙遠渺茫的目標，那些事發生在百年之前，祖國現在已不知變成了甚麼樣子，那些人早忘記我們了……」

谷姿仙怒道：「住口！他們正活在暴政之下，朝夕盼望我們回去，小蓮你放恣夠了，快給我滾出去。」接著提高聲音喝道：「人來！」

四條人影分由左右高牆撲入，跪在谷姿仙之旁。

風行烈留神一看，這四名壯漢背掛長劍，形態豪雄，均非弱者。

谷姿仙平靜地道：「給我將小蓮帶走，若非看在風公子面上，今天便教你好看。」然後，向風行烈歉然一笑道：「風公子請勿見怪，今晚筵席前，姿仙再向公子請益。」

走出後院時，風行烈仍忘不了她簫聲裡含蘊著的淒怨，就若小鳥死前在荒原的悲泣。

# 第十章　中藏之爭

秦夢瑤說話剛完，茅草叢內數人響起唸誦藏經的聲音，悠和一致。

四密尊者以哈赤知閒爲首，穿過由黑衣大漢讓出來的路，來到秦夢瑤前，一字排開，形成與秦夢瑤及閉目趺坐的戚長征成爲對峙的局面。

誦經停止，四人向秦夢瑤合十問好。

秦夢瑤檢衽回禮，平靜地道：「四位尊者唸的是龍藏的《誅魅經》，是否把夢瑤當了作妖魅。」

秀俏若女孩的寧爾芝蘭手捏法印，不慍不火地道：「夢瑤小姐莫要見怪，到頭來仙佛妖魅，俱是妄空，故何須放在心上。」

此喇嘛一上來便和秦夢瑤打機鋒，指出秦夢瑤斤斤計較自己是否妖魅，顯是未能通透佛法。

秦夢瑤笑了笑，予人一種毫不在乎的瀟灑，淡然道：「執著者虛空不空，反之無不虛空。若我們能放下執著，還有何事須爭？」

容白正雅邊數著他的佛珠，微笑道：「執著也有眞假之分，有執眞爲假，有執假爲眞。法雖有千萬種，卻只有一種是眞，若能只執其眞，執著又有何相干？」

對答至此，圍聽的絕天滅地等人均覺得茫然無得，只隱隱知道雙方語帶玄機，正在針鋒相對。

哈赤知閒仍是那閒適模樣，像個旁觀者多過像個局內人。

苦別行則苦著臉，好像天下每一個人都欠了他點甚麼似的。

秦夢瑤黛眉輕蹙，淺淺嘆了一口氣，「鏘」一聲拔出了名爲「飛翼」的古劍，斜指四人。

四密尊者散了開去，形成一個大半圓，圍著俏立戚長征旁的秦夢瑤。

哈赤知閒雙手下垂，苦別行雙手將鐵缽恭捧胸前，寧爾芝蘭手捏法訣，容白正雅手捏佛珠，四人神態各異，但自有一股森嚴的氣勢，使人膽寒心怯。

眾人都不自覺往外移開，騰出更廣闊的空地，予這來自青藏的四大絕頂高手，與中原兩大聖地的傳人，一決雌雄。

秦夢瑤神色恬靜如常，俏臉無憂無喜，有若下凡的仙女，對這塵世毫不動心。

四密尊者心中懍然，他們四人雖一招未出，其實已發動了最強大的攻勢，聯手催發體內先天眞氣，一波一波向對方湧去，估計秦夢瑤起碼須揮劍破解，因爲若往後退，戚長征便會首當其衝，全身血管爆裂而亡，但立在原地的話，則只有動劍化解一途。

哪知秦夢瑤只是以纖手輕輕握著「飛翼」古劍，便自然生出劍氣，在他們眞氣形成的壓力網打開了個缺口，恰恰護著自己和戚長征，怎不教他們訝異。

更使他們煩惱的是，他們勢不可永無休止地發放眞氣，當氣勁中斷時，若他們沒有新的攻勢，在微妙的氣機牽引下，秦夢瑤的劍將會在此消彼長間，達到了最強的氣勢，那一劍將會是無人可以抵禦的。

所以唯一方法，就是四人須乘勢而攻，且必須是全力合擊，以圖一舉粉碎秦夢瑤的劍勢，在這種絕無花巧的短兵相接裡，雙方以強攻強，勝敗可能出現在數招之內。

其實所有關鍵都出在秦夢瑤沒有先出劍這事上，才呈現了這局面。

也可以說劍一出鞘，秦夢瑤便佔了先機，再像上次那樣，牽著四密尊者的鼻子走。重蹈覆轍的窩囊感，也使這四個精修密法的喇嘛僧大不是味兒。是否眞的比不上她呢？

四密尊者無懈可擊的強大氣勢，相應地減弱了少許。

秦夢瑤的劍立時出生感應，開始緩緩劃出一個完美無缺的小圓周，衣袂飄飛如欲乘風而去的天仙。

當她劃至一半時，四密尊者已知要糟，若讓她劃滿整個圓圈，他們的氣勁將全被破去。他們的眞氣甚至會被對方的劍圈吸掉小半，再轉過來對付他們。

雙方間曠地上的野草，混著塵土，連根拔起，在空中旋舞著。

哈赤知閒兩手拱起，掌心向內，先提起貼在胸前，再緩緩前推，腳下踏著奇異的步法，似欲前又似退，其實仍是留在原地不動。

黃袍鼓滿，一股強大的氣旋，往秦夢瑤捲去，成爲對秦夢瑤正面最強大的攻擊。

苦別行鐵缽離手旋飛，來到雙方中間三丈的高空處，定在那裡急轉，發出刺耳的嘯叫聲，苦別行一對眼，瞬也不瞬地看著秦夢瑤的劍。

容白正雅和寧爾芝蘭分在左右最外圍，位於秦夢瑤左右兩側的方位，前者手揚珠飛，珠串中分而斷，抖得筆直，一百另八顆佛珠排隊般一粒接一粒，成「一」字形，向秦夢瑤左脅下激射而去，既好看又怪異。

寧爾芝蘭皙白修美的手掌分飛起舞，右掌不住平削直砍，方正厚重；左手圈翻搖擺，卻有著強烈的圓靈盈飄的氣派，對比下使人有種極不協調的感覺，並生出一重一輕的兩股氣勁，到了秦夢瑤右側五步許外，竟融匯爲一，變成正反交集的狂飆，颳向秦夢瑤，若對方不懂應付，純以陽勁或陰勁化解，將立時吃上大虧。

這四密尊者，武技早臻先天之境，這時全力出手，均採遙攻，以避去了和秦夢瑤的劍做近距離交接。

秦夢瑤面對如此強大無儔，籠罩了前側三方的駭人攻勢，四種不同方式的進擊，仍是那副雅淡寧逸的姿勢神態。

平靜通圓的禪心使她對整個凶險的形勢沒有半分遺漏地看個通透，也清楚對方之所以能把自己陷於這種險境，全是看通了她必須留在該處，以保護趺坐地上的戚長征。

從某一角度去看，這四人是有些不擇手段，務求在這代表了藏派和中原佛門的決戰中成爲勝方。也可以說對方再沒有信心在公平較量下勝過她秦夢瑤。

他們的信心已被削弱。

秦夢瑤拈劍微笑，劍芒暴漲，往正面的哈赤知閒激射而去，快逾電閃。

四密尊者眼見秦夢瑤仍靜守原處，但「飛翼」卻像長了數丈般，破入哈赤知閒狂湧過去的氣勁裡，心中都駭然狂震。

至此他們才明白爲何秦夢瑤能超越了慈航靜齋三百年來所有上代高手，成爲第一個踏足塵世的人。

她已練成了《慈航劍典》的劍道至境——先天劍氣。

達到劍隨意轉，物隨心運的最高劍道心法。

天下間，除了浪翻雲的覆雨劍外，她是第一個達到這種道境的人。

寒芒一漲即收，接著繞身而轉。

秦夢瑤「飛翼」貼體，旋舞急轉，層層劍氣，將她和戚長征完全包裹其內。

「蓬！」

哈赤知閒的袍袖推勁，與秦夢瑤的先天劍氣正面交鋒。

由肩而下的整截寬袖化作碎片，揚舞於哈赤知閒身前整個空間，這四密尊者之首臉色轉白，赤著兩手，往後退了小半步。

苦別行一聲佛號，鐵鉢由上而下，飛襲秦夢瑤頭心，那也是她唯一的弱點和空隙。

一字珠串和包含了方圓重輕的氣勁亦左右襲至。

「劈劈啪啪！」

一百另八粒佛珠撞上劍網，炸成碎粉，繞軀而去，眼看要射往右側的寧爾芝蘭。

氣勁則被秦夢瑤人劍合一產生的氣旋所牽引，竟分解還原爲方重和輕圓兩股力道，也繞過了她，剛好迎上激射而來的珠碎。

「蓬蓬！」

兩下悶雷般的轟鳴，同時在秦夢瑤兩側響起。

容白正雅和寧爾芝蘭兩人遙生感應，同時一震，不往後退，反踏踉衝前了兩步。

氣勁狂旋，塵土飛揚，四密尊者便若在狂風裡逆行那樣，袍服向後狂飄。

「叮！」

秦夢瑤飛翼劍沖天而起，點正缽底。

鐵缽竟黏貼在劍尖上。

繞體寒芒消去，露出秦夢瑤優美動人的嬌軀。

四密尊者受到牽引，身不由己，八掌翻飛，齊往秦夢瑤狂攻而去。

他們終於守無可守，惟有改遠攻爲近攻。

秦夢瑤劍尖輕顫，鐵缽旋起，向哈赤知閒飛去。

飛翼劍化作千萬道寒芒，洪流般將四尊者全捲了進去。

哈赤知閒雖然移前強攻，仍是那悠閒模樣，使人懷疑即管被人當場擊斃，那悠閒的樣子仍不會改變。

飛缽已至。

哈赤知閒雙手一探，竟將急旋的飛缽拿個正著。

鐵缽眼看已給他執個結實，竟奇怪地又在他雙手內多轉了小半圈。

哈赤知閒有若觸電，一聲慘哼，失控地往後連退數步，被逼退出戰圈之外。

掌、劍翻飛。

劍、掌勁氣交擊似爆竹般連串響起。

在旁圍觀的絕天滅地等人看得呆若木偶。

只見茫茫劍影裡，三尊者以驚人高速倏進急退，但始終逸不出劍圈之外。

哈赤知閒臉色轉白，額上冒出冷汗，捧著鐵缽動也不動，似乎完全不知己方的人正和敵人生死決戰，閒適之態再不復見。

「嘶……」

劍氣破空聲掩蓋了其他一切雜音。

功力稍淺者不自覺伸手掩耳。

劍影消斂。

苦別行、寧爾芝蘭、容白正雅踉蹌而退，回到原處。

秦夢瑤回劍鞘內，神情莊嚴聖潔，俏臉上閃著動人心魄的采輝，使人生出下跪膜拜的衝動。

「噹！」

鐵缽由哈赤知閒手中掉到地上。

哈赤知閒臉色回復先前模樣。

四尊者齊向秦夢瑤合十敬禮。

哈赤知閒變回一向的閒適自在，從容道：「我們四人輸得口服心服，立即回返青藏，永不出世，鷹刀之事，交由紅日法王處理。」

寧爾芝蘭恭謹地道：「夢瑤小姐使我等得窺劍道之至，獲益不淺，請受我等謝禮。」再向她合十致敬。

容白正雅道：「紅日法王乃自八師巴以來，我藏最傑出的武學天才，夢瑤小姐遇上時小心了。」

苦別行的苦瓜臉罕有地露出笑意，隨著開始往後移的其他三尊者向後退去，道：「我等今次輸的非關乎武功，而是輸在道法的較量上，這戰果將會如實帶回青藏，不會有半字誇大，也不會有半字低貶。」

藏經誦讚中，四人速度加快，沒入茅草叢的深處。

由哪裡來，從哪裡去。

絕天乾咳一聲，抱拳施禮道：「這處若沒有小人的事，我等也告退了。」

秦夢瑤溫婉地道：「請！」

眾人來得突然，退得突然，轉眼退得一乾二淨。

秦夢瑤凝立不動，忽地嬌軀一顫，掏出白巾，檀口微張，一口鮮血，吐在巾上。

她看著白巾上觸目驚心的血跡，不自覺地想起落在韓柏手上的另一條白巾。

戚長征呼吸轉重。

秦夢瑤知他快要醒來，收起白巾，面容回復平時的清冷自若。

戚長征一聲長嘯，跳了起來，看到四下無人，不能置信地向秦夢瑤道：「他們走了？」

秦夢瑤點頭道：「戚兄現在打算往何處去？」

戚長征道：「大恩不言謝，夢瑤姑娘今番援手，戚長征永誌不忘。」

秦夢瑤微笑道：「若非戚兄受傷在前，功力未復，何須夢瑤相助，若戚兄由今天起，閉關百日，功力將可更晉一層樓，有望進軍刀道至境。」

戚長征眼中射出渴望神色，旋又嘆道：「可惜我俗務纏身，不能若小姐般無掛無牽，現在我須立刻趕返朋友處，看看他們的情況，夢瑤小姐仙蹤何往，有沒有用得著我戚長征的地方？」

秦夢瑤搖頭道：「你最好歇息十天，才作他想，否則遇上里赤媚這類高手，必能以種種戰略，引發你的內傷，使你永不能成爲眞正的刀道宗師。」

戚長征透出一口涼氣道：「這妖人的確非常厲害，小姐有把握對付他嗎？」

秦夢瑤搖頭道：「他的天魅凝陰已大功告成，令人頭痛之極。戚兄！請吧。」

戚長征躬身行禮，依依不捨地離去。

秦夢瑤抹過一絲苦笑，四密尊者已敗返青藏，她和紅日法王之戰便在眼前。

她嘆了一口氣，收拾情懷，望著雙修府的方向趕去。

# 第十一章　由道入魔

位於雙修府左方客廂的靜室內，谷倩蓮在風行烈懷內哭得像個淚人兒。

風行烈胸前衣衫盡濕，也不無淒涼之意。他體會到烈震北即將而來的死亡，和雙修公主谷姿仙為了復國之事，犧牲個人幸福，嫁與自己不愛的人，凡此種種，對谷倩蓮的打擊是多麼嚴重。

谷倩蓮悲泣道：「沒有了！沒有了！一切也都沒有了。」

風行烈撫著她的嬌背，低聲道：「哭吧！好好哭一場吧！」

谷倩蓮抬起俏臉含淚問道：「你會否離開我，若會的話，早點告訴我也好，讓倩蓮一併消受吧！」

風行烈不知好氣還是好笑，見到她翹起來的高臀豐圓誘人，念頭一轉，一掌打了下去，發出「啪」一聲清脆響聲。

谷倩蓮痛得整個人彈了起來，立在床旁，看著坐在床緣的風行烈，好一會兒才怨道：「開心吧！人家給你打醒了。」

風行烈妙計得逞，長身而起，硬功後再來軟功，憐愛地以衣袖拭去她臉上的淚珠，柔聲道：「痛不痛！」

谷倩蓮點頭幽幽道：「當然痛！但卻很歡喜。行烈！若我惹得你不高興，你便那樣打我吧！但可不准打別的地方。」

風行烈湧起甜入心脾的感覺，輕輕把她擁入懷內，道：「好點了嗎？」

谷倩蓮點點頭，眼中射出熱烈的情火，仰臉看著風行烈道：「行烈！現在我把清白之軀交給你好嗎？」

風行烈嚇了一跳，道：「現在是大白天來的呀！」

谷蓮嘛嘴道：「怕甚麼！沒有人會來的，門又給我鎖上了，你不歡喜我嗎？」

風行烈道：「我怎會不歡喜你？」

谷倩蓮道：「方夜羽的人隨時會來，還有柳搖枝那淫賊。誰也不知明天會怎樣，我不想畢生人只落得個一無所有，行烈啊行烈！給倩蓮吧！」

風行烈完全了解谷倩蓮突如其來那抑制不住的春情，那是在極度失望和痛苦裡的一個反常行爲。她要在絕望的深淵裡抓著一點東西，那就是他「實質」的愛，肉體的交接。

像谷倩蓮這樣嬌俏可人、風華正茂的少女，沒有正常男人能拒絕她的獻身，何況雙方還有從患難中建立起來的眞摯感情。

風行烈毅然將懷中嬌嬈攔腰抱起，往大床走去。

谷倩蓮霞燒雙頰，在他耳邊低聲道：「我不要你的溫柔和憐惜，只要你的強暴和蹂躪，只有那樣，才可以減輕我的痛苦。」

當她被壓在床上時，風行烈微笑道：「對不起！現在應是你聽我的話，而不是風某要聽你的話。」

官船在四艘水師船護送下，朝鄱陽湖駛去。

這天天氣極好，陽光普照。

昨夜范良極以韓柏內傷未癒爲理由，又因陳夫人、陳家公子、兩名妾侍及一眾婢僕護院的離去，騰空了許多房間出來，於是命柔柔睡到隔壁房內，弄得韓柏牙癢癢地，恨不得生啖下范良極一片老肉來。

這時柔柔已返回韓柏房內，服侍他梳洗穿衣，范良極見兩人這麼久還不出房到下艙的主廳去，忍不住過去拍門。

步出房外，朝霞剛好路過。

范良極忍著心裡的愛憐，以最親切的態度向她問好。

哪知朝霞眼中閃過驚惶之色，略一點頭，急步下樓去了。

范良極滿肚疑雲，想不通朝霞昨天還是好好的，今天卻變成那樣子。

「叩叩！」

范良極一邊看著朝霞消失在階梯處，一邊敲響了韓柏的門。

內面傳來混亂的響聲和整理衣服的聲音。

范良極怒道：「快開門！」

門開。

韓柏一臉心虛，想乘機閃身出來，卻給范良極撈個正著，搭著他肩頭往內走去。

柔柔衣衫不整，釵橫鬢亂，俏臉嫣紅，歪著頭坐在床上，明眼人一看便知剛受過韓柏帶點暴力的侵犯。

范良極在他耳邊細聲道：「幹了沒有？」

韓柏苦笑道：「你不可以遲點來嗎？」

范良極出奇地沒有動氣，和聲道：「小柏！忍多幾天吧！」接著拉著他走出房外，低聲道：「你是否對朝霞發動了攻勢？」

韓柏奇道：「你怎麼會知道？」

范良極聽得心花怒放，鼓勵地大力拍著他肩頭，讚道：「好！好！不愧守諾言的天生情種，進行得如何？記得不要急進，免使她誤會你是大淫棍，雖然你可能眞是淫棍也說不定。」

韓柏怒道：「你再說這種不是人的鬼話，休想我再向朝霞下手，一切後果自負，莫怪我不言之於先。」

范良極嘻嘻笑道：「得了得了！胸襟廣闊點可以嗎？快告訴我，你施展了甚麼追求手段？」

韓柏正要說話，左詩由房內走出來，見到兩人鬼鬼祟祟模樣，知道沒有甚麼好事，半怒半嗔瞪了兩人一眼，才敲門走進浪翻雲在走廊尾的房內去。

范良極瞠目以對，好一會兒才回過神來，向韓柏道：「你究竟做了甚麼傷天害理的事，連她也會用那種看淫賊的眼光看我們？」

韓柏怒道：「你又說鬼話了。」

范良極聳聳肩膊，表示今次不關他的事，追問道：「快說！」

韓柏剛想說，步聲在樓梯響起，朝霞走了上來。

這兩人作賊心虛，嚇得分了開來，裝作若無其事的站在廊中，可惜唯一可以做的事卻只是望著長廊的空壁，神態說不出的尷尬和不自然。

朝霞垂著頭來到兩人身前，以低不可聞的微音道：「老爺著我上來問范老爺子有沒有空，和他再下一盤棋。」

范良極悶哼道：「這一局我定不會讓他！」

韓柏愕然道：「怎麼？原來昨晚你輸了。」

范良極怒道：「勝負乃兵家常事，昨夜我精神不佳，讓我這就去將他殺得人仰馬翻、俯首稱臣給你這小子看看。」言罷怒沖沖去了。

朝霞慌忙轉身逃跑。

韓柏低呼道：「如夫人！」

朝霞停了下來，耳根立即紅了起來，卻真的沒有繼續逃走。

韓柏來到她身後，張開了口，忽地發覺腦中一片空白，不知說甚麼才好。

他可以說甚麼呢？

柔柔這時走了出來，興奮地道：「大哥又要和陳老下棋嗎？我要去搖旗吶喊。」

朝霞聽得柔柔出來，嚇了一跳，匆匆往下走去。

柔柔這時才發覺朝霞也在，微笑來到韓柏身旁，低聲道：「只要你對她施出剛才向我挑逗的手段，我保證霞夫人明知你是頭老虎，也心甘情願讓你吃進肚去。」再送他一個媚眼，才嫋嫋婷婷去了。

韓柏知柔柔怪他剛才硬逼她親熱，致被范良極撞破。搖頭苦笑，暗忖赤尊信生前必是非常好色，累得自己也要步他後塵，不過無可否認，那是世上最美妙的事情，若果秦夢瑤也像柔柔那樣任他胡爲，眞是朝幹夕死也甘願。

左詩忽推門把俏臉探出來道：「喂！你進來一下！」

韓柏指了指自己的鼻尖，奇道：「你找我？」

左詩道：「誰找你！是浪大哥找你呀。」

韓柏慌忙進房。

浪翻雲坐在窗前几旁的椅上，伸手請韓柏在小几另一邊椅子坐下。

韓柏受寵若驚，連忙坐下。

這間房比韓柏那間上房最少小了一半，韓柏坐了唯一的空椅子，左詩自然地坐到床上，她自幼在怒蛟島長大，不像一般閨秀的害羞畏怯，但始終是浪翻雲的床，這舉動亦顯示了她對浪翻雲親暱的態度。

浪翻雲先對左詩道：「詩兒吃了早點嗎？」

左詩道：「吃了！但你還沒有。」

浪翻雲道：「不要說早餐，有時我連續十天、八天也不吃任何東西，只是喝酒，就算要吃，一天內也絕不多過一餐，且是淺嚐即止。」

韓柏奇道：「你的肚子不會餓嗎？」

浪翻雲上下打量了他幾眼，問道：「你試過幾天半粒米也沒有進肚嗎？」

韓柏想了想，拍腿道：「的確試過，不過那時我顧著逃命，根本忘了肚子餓。」

浪翻雲道：「不是忘記了，而是你已能吸收大地的精氣，你不妨試試十天、八天只喝清水和吃水果，看看有甚麼感覺？」

韓柏臉現難色，道：「放著這麼多好東西不吃嗎？我……」

左詩低罵道：「大哥在指點你的武功，還像傻子般糊塗。」

韓柏如夢初醒，道：「哦！原來不吃東西也是練功的一種，想來也有點……」望了浪翻雲一眼後，立即知機改口道：「噢！不！是大有道理，起碼也可練成面對美食不動心的耐力。」

浪翻雲失笑道：「小弟你的性格確很討人歡喜，連詩兒也這麼容易和你混熟，來！你將赤尊信和你說過的話，做過的事，詳細道來，看看我有甚麼方法使你更上一層樓，莫要辜負了赤兄對你的期望。」

韓柏大喜，忙將整個過程，一五一十，細說其詳。

他說得繪影繪聲，一會兒扮赤尊信，學著他的語氣；一會兒又扮回自己，活靈活現，非常生動。連對武功一向不感興趣的左詩，也聽得津津有味。

浪翻雲不時發問，每個問題都是韓柏想也未想過的，例如當他說到躲在土內，偷聽地面上的龐斑和靳冰雲對答時，浪翻雲便皺眉道：「這事非常奇怪，以龐斑的神通，怎不知土內的人是生是死？難道是他故意放你一馬？這其中必有重要的關鍵。」

足足個多時辰，韓柏終把經歷說完，乘機問道：「和里赤媚一番大戰後，我有一個奇怪的感覺，就是我雖非他的對手，但捱打的本領卻似乎比他好一點，若能在這方面更進一步，說不定可教他頭痛一番。」

左詩哂道：「眞沒志氣，不去想怎樣勝過人，偏想怎樣去捱打。」

浪翻雲笑道：「詩兒！你想不想有個這樣的弟弟？」

左詩慌忙拒絕道：「噢！不！我才不要這樣的弟弟。」話雖如此，但俏臉上卻露出了笑意。

左詩雖是韓柏不敢染指的美女，也聽得心中一蕩，感受著左詩對他的親切和好感，故作失望地嘆了一口氣。

浪翻雲回入正題道：「小弟你若是一般高手，我要指點你易如反掌，但你是龐斑外第一個身具魔種的人，只有你自己才清楚應走甚麼道路。」

韓柏失望地道：「但我眞的不知這條路應怎樣走。」

浪翻雲沉吟半晌道：「你剛才說那天在酒樓上，忽地湧起強烈要殺死何旗揚的慾望，壓也壓不下去，後來見到秦夢瑤，忽然又拋開了殺人的念頭，對嗎？」

韓柏喜道：「正是這樣！不知如何，自有了秦夢瑤在心中後，我便像脫胎換骨變了一個人似的。」

左詩瞪了他一眼道：「你是否見一個便要喜歡一個呢？長年累月下去，會變成甚麼局面？」

韓柏攤手自白道：「事實上我最早喜歡的是秦夢瑤，你們也知後來我是怎樣遇上柔柔的，也知朝霞是怎麼一回事，不過最後我也確是歡喜上了她們。」

「呀！」

他像記起了甚麼事似的，不過看了看左詩後，立時欲言又止。

左詩半怒道：「是否有甚麼怕爲人知的事，要不要我迴避一下？」

韓柏道：「我雖覺得說出來沒有甚麼大不了，卻怕詩姑娘覺得不堪入耳。」

浪翻雲笑道：「詩兒，韓小弟說的必是有關男女歡好的事，故怕說出來時，你會感到尷尬。」

左詩俏臉升起兩朵紅雲，但又的確很想聽下去，咬牙道：「只要他不是故意說些淫邪的穢事，詩兒不會怕的。」

韓柏大感冤屈道：「我又不是淫邪之徒，怎會故意說淫邪之事。」

浪翻雲哈哈一笑道：「不愧左伯顏之女，全無一般女兒家的裝模作樣，韓小弟說吧！」

於是韓柏將和花解語的事避重就輕地說出來，最後道：「自那事之後，我感到整個人也不同了，對自己更有信心，否則也不能在里赤媚手下逃命，也不敢大著膽厚著臉皮去纏秦夢瑤。」

左詩本已聽到面紅耳赤，但當韓柏說到自己「厚著臉皮」時，心想這人倒有自知之明，不禁「噗哧」一聲，笑了出來。

浪翻雲忽又問起韓柏與秦夢瑤交往的情況來，問得既深入又仔細，最後微笑道：「小弟你眞是福緣深厚，艷福齊天，假設我沒有看錯，基於男女陰陽相吸的道理，秦夢瑤的道胎仙體，恰好和你的魔種生出了天然的互相吸引，所以即管以她超離凡俗的仙心，也感到對你難以抗拒，那或者是比愛情更要深入玄奧的東西，抑或那才配稱爲眞正的愛情。」

韓柏全身一震，狂喜道：「若眞是那樣，我便是世上最幸福的人了。」

旋又頹然道：「不！我看她對我雖有好感，甚至與別不同，但頂多也只當我是個好朋友。唉！況且我也不敢像碰柔柔般去碰她，她瞪我一眼我便要心怯了。」

浪翻雲道：「任是誰人，也會像你般患得患失。不過你也要小心點，在花解語的奼女心法影響下，魔種的元神雖與你結合為一，但因結合的過程成於男女交合之中，使你擁有了對異性強大的吸引力，這事微妙非常，微妙非常。」

韓柏點頭道：「我自己身在局中，當然明白大俠的話，因自與花解語做了那事後，我的確常有難以遏止的愛慾之念，不過我算非常小心，自問可克制自己。」

左詩看了韓柏一眼，坦白想了想，也不得不承認他有種非常吸引女性的特異氣質和性感，若非自己心神全放在浪翻雲身上，說不定也會被他吸引，難以把持。即管如此，自己仍是愛和他玩鬧，愛看他難堪時的傻樣子，甚至喜歡和他在一起時的感覺。

浪翻雲忽道：「不對！」

韓、左兩人愕然望向他。

浪翻雲眼中精芒閃過，沉聲道：「我忽然直覺感到韓小弟的問題出於何處。」

韓柏固是露出渴想知道的神情，左詩亦大感好奇，追問道：「大哥還不快說出來。」

浪翻雲道：「這是連赤尊信也沒有估計到的情況，就是兩種不同性格的衝突，致產生互相壓制的情況，試想赤尊信和韓柏在性格上根本是南轅北轍，沒有半點相似，若非秦夢瑤的出現，韓小弟早變成性格分裂的狂人。」

韓柏駭然道：「那怎麼辦才好？」

浪翻雲道：「放心吧！你早過了那危險期，還得多謝『紅顏』花解語，若非她將你和赤尊信唯一相同的一點引發出來，魔種才能使你有這麼強大的生命力，使你覺得自己挺捱得打。」

左詩奇道：「他和赤尊信有何相同之處？」

浪翻雲淡淡道：「那就是男人的色心。」

左詩俏臉一紅，似嗔似怨地橫了浪翻雲一眼。

韓柏大感尷尬，道：「那可如何是好？」

浪翻雲道：「古時大地被洪水所淹，大禹採用疏導而不是乃父圍堵的方法，才解去了水災之禍。小弟你體內的魔種也有若洪水，若只用堵塞之法，終不能去禍，唯有疏導之法，才可將洪水化去，以爲你用，明白了嗎？」

左詩皺眉道：「那韓柏豈非要學赤尊信那樣，歡喜便殺人，歡喜便姦淫婦女嗎？」

韓柏點頭道：「看來這不大行得通吧！否則異日來除我的，說不定就是大俠你自己。」

左詩失笑道：「你這人哩！」

浪翻雲悠然道：「這就是由道入魔之法，但這『魔』已不同了，是有道之魔，我不是叫小弟你去作奸犯科，想赤尊信何等英雄，行爲光明磊落，只不過因不隨俗流，率性行事，才被視爲邪魔外道。只要小弟放開懷抱，在緊要關頭拿緊方寸，以疏導之法，將魔種納入正軌，由道入魔，再由魔入道，將來成就，實不可限量。」

韓柏聽得全身輕鬆起來，說不出的自在舒服，看了左詩一眼後，低聲道：「假設我和歡喜的女子相好，會不會因沉迷色慾，傷了身體，又或以後永遠沉溺慾海，變成個……大淫棍。」

左詩黛眉蹙起，不滿道：「你在說甚麼？我一句也聽不清楚。」

韓柏暗忖我正是要你聽不到。

浪翻雲道：「你具有魔種後，我一眼便看出你身負先天奇陽之氣，所謂孤陽不長，所以你這人特別沒有耐性，時常也想到處鬧事生非。你對女人有特別的需求，就是魔種這股奇氣在作祟。換了是別的修武者，自然有色慾傷身的問題，但在你而言，卻剛剛相反，女色對你有利無害，但須緊記不能隨意始亂終棄，若是兩廂情願，逢場作興，也是無妨，我們幫會中人，少年時誰不風流，你本性善良俠義，我也不用擔心你會出亂子，惹來一身情孽。」

聽到浪翻雲說「兩廂情願，逢場作興」，左詩的俏臉又紅了起來，偷望浪翻雲一眼後，垂下了頭。

韓柏哈哈笑道：「聽大俠一席話，實勝讀萬卷書，甚至勝過行萬里路，眞想將范老鬼也捉來聽聽，哈哈！有利無害，待會我定要和柔……噢！」

左詩終抵受不住韓柏的「魔言魔語」，站了起來道：「我還是找霞夫人聊聊。」

范良極恰於此時，連門也不敲，推門便進，差點和左詩撞個滿懷。

左詩逃命般去了。

范良極大步來到韓柏身前，兩手拿著他的衣襟，將他小雞般提起來，凶神惡煞地道：「剛才誰說要捉范老鬼？」

浪翻雲莞爾道：「看范兄神色，定是又輸了一局。」

范良極頹然放下韓柏，無奈道：「這陳老鬼別的本事沒有，但高麗話卻的確比我們說得好，棋術也比我高明。」再嘆一口氣道：「誰能教我勝回他一局，我願將所有偷來的東西全贈給他。」

韓柏跳了起來道：「你們聊聊，我有事出去一趟。」

范良極反手將他抓個正著，悠悠道：「是否想去找柔柔？」

韓柏道：「是！是……噢！不！」

范良極道：「對不起，專使上堂的時間到了。」

# 第十二章　洞庭戰雲

洞庭湖。

離怒蛟島西面五十里近沅水一條漁村的一間石屋內，燈火明亮，洋溢著酒肉的香氣，怒蛟幫主上官鷹、凌戰天和八名幫中的領袖人物，正在用膳。

翟雨時走了進來。

自有人為他加設倚子，請他坐下。

翟雨時臉色凝重，毫無動箸的打算。

眾人不由放下碗筷，十對眼睛都落到他臉上。

上官鷹道：「有甚麼最新的消息？」

翟雨時道：「仍沒有長征的消息，自他闖韓府後，就像突然從人間裡消失了那樣，不過曾有人看到方夜羽的人昨天大舉出動，往武昌東郊去了，看來在追殺長征，事情有點不妙。」

凌戰天道：「遠水難救近火，現在只有望這小子吉人天相了。」

上官鷹道：「怒蛟島那邊的情勢如何？」

翟雨時道：「方夜羽的詭計確教人一時難以看得透，怒蛟島附近半點敵人的影蹤也沒有，不過胡節的水師、黃河幫和卜敵的戰船，正分批離開鄱陽，往洞庭駛來，看情形他們是決意先封鎖洞庭的所有出口，再攻佔怒蛟島，然後來個甕中捉鱉。」

凌戰天道：「除非我們能棄船上岸，否則以他們結合後的龐大實力，遲早能逐一找上我們。」

上官鷹道：「還有的問題在於我們不能將幫內所有船艦集中一處，那樣將會立刻給他們找到我們的。」

頓了頓，上官鷹又道：「是否應趁怒蛟島仍未落在敵人手內，回師怒蛟島，和敵人決一死戰，也好過被他們逐一殲滅我們的實力。」

翟雨時搖頭道：「方夜羽正想我們這樣做，在實力上我們太吃虧了。」

凌戰天點頭道：「和敵人硬拚，實是下下之策，不過他們若要找上我們，縱有官府協助，仍非易事，只要大哥回來，我們便有把握多了。」

上官鷹道：「胡節等既已往這裡來，不是說雙修府之圍已解嗎？」

翟雨時道：「方夜羽手中的胡節水師和黃河幫，從一開始便是用來針對我們，我們既不到鄱陽去，他們自無須再在水路上包圍雙修府，但並不代表他們肯放過雙修府，假設我估計無誤，雙修府之戰將在一兩天內爆發。」

眾人沉默下來，都有種有心無力的失落感。

凌戰天道：「放心吧！大哥定不會讓惡人得逞。」

翟雨時道：「還有三個消息，其中一個明顯不利我們，但另兩個消息則是禍福難料了。」

眾人呆了一呆，連忙追問。

翟雨時道：「第一個消息來自京師的眼線，以楞嚴爲首對付我們的『屠蛟小組』已傾巢而出，除了楞嚴外，包括『矛鏟雙飛』展羽在內的十二名特級高手，正來此途中，使我們對比下更顯得勢單力弱。」

眾人一齊色變，這屠蛟小組是專門爲對付怒蛟幫而成立的精銳隊伍，組員的身分保密且神秘，但既是楞嚴挑揀出來，又有展羽這黑榜級高手在內，其他人也必是一時俊彥，極不好應付。

凌戰天道：「看來他們是想趁大哥上京之機，一舉擊潰我們了。」

翟雨時道：「另一個消息，是八派聯盟的『元老會議』，即將在京師舉行，至於時間、地點和目的，現在仍未被洩露出來。」

凌戰天道：「此事不要輕忽視之，八派的元老會議竟在西寧劍派道場所在的京師舉行，顯是由西寧三老召開，事情並不樂觀。」

各人都明白凌戰天的話，因爲西寧派等若朱元璋的近身親兵，也許這會議由朱元璋下旨召開也說不定。若八派眞的來對付怒蛟幫，那可能縱使加上了浪翻雲，怒蛟幫也要全軍覆沒，因爲強弱之勢實在太懸殊了。

翟雨時道：「最後一個消息，是近日突然才流傳於江湖，說的是傳鷹的厚背刀，落到鬼王的舊部『赤腳仙』楊奉手內，現在整個武林也沸騰起來，試問誰不想把鷹刀據爲己有，連朱元璋也難免要找來看看，或可使自己成爲永生不死的神仙，那時便可千秋萬世做其皇帝了，唉！這事也不知將如何了局。」

這時有人進入屋內，到了翟雨時旁，湊在他耳邊低聲說了幾句話。

翟雨時臉色一變道：「我們的神醫常瞿白失蹤了。」

上官鷹一震道：「監視他的人怎會如此疏忽？」

凌戰天道：「小鷹莫要動氣，我早猜到這老狐狸有此一著。」

上官鷹想起殺父之恨，臉也漲紅了，咬牙道：「我們立即發動所有人手，務要把他找出來。」

凌戰天和翟雨時齊道：「萬萬不可。」

上官鷹道：「爲甚麼？」

翟雨時淡淡道：「若我沒有猜錯，屠蛟小組已到了洞庭，否則給個天常瞿白作膽，也不敢這樣逃去。」

上官鷹一掌拍在桌上，碗碟連著飯餚全跳了起來，喝道：「來吧！我上官鷹若有半絲懼怕，就非男子漢！」

眾人沉默下來。

在整個怒蛟幫的歷史裡，從沒有一刻比現在更令人感到絕望和沮喪。

# 第十三章　愛情保家

正午時分。離開封寒隱居處十里外的一座密林內。

絕天滅地兩人掠進林裡，來到里赤媚前跪下敬禮，絕天稟告道：「里老所料不差，秦夢瑤果然及時趕到，並與四密尊者動上了手。」

里赤媚冷冷截斷他道：「秦夢瑤敗了嗎？」

絕天道：「恰恰相反，四密尊者全受了傷，當場大方認輸，並願立即回返青藏，秦夢瑤像耍了場漂亮的劍舞般便贏了。」

里赤媚左旁的由蚩敵駭然道：「秦夢瑤的劍必是在絕天的腦海留下了非常深刻的印象，否則不會以這樣誇大的口氣說出來。」

滅地恭敬地道：「由老！我可以保證絕天沒有誇大，秦夢瑤的劍已到了傳說中所謂『仙刀聖劍』的境界，我相信天下間只有浪翻雲的覆雨劍或可堪比擬。」

蒙大蒙二、日月星三煞和各將一齊動容，感受到當時絕天滅地兩人觀戰時心內的震撼。

里赤媚搖頭低嘆道：「她果然到達了《慈航劍典》上所說劍心通明的境界，證明了劍道中確有這種虛無縹緲的境界存在，此戰足使她躍登爲慈航靜齋近千年歷史上最高的典範，但可惜她卻須像那剛盛開的牡丹，也愈接近萎謝的終局。」

由蚩敵愕然道：「除了龐老外，我一向最服老大你，但這句話卻大是欠妥，若秦夢瑤如此厲害，恐怕你的天魅凝陰只能和她平分秋色，爲何反說可摧殘她？」

里赤媚微笑道：「假設剛才絕天說的是『看不到有任何人受傷』，我現在會立即下令全軍撤退，因爲雙修府之戰將因秦夢瑤的介入必敗無疑，但現在我可告訴你們，秦夢瑤的劍心通明仍有破綻，那破綻就是韓柏，因爲她眞的愛上了韓柏。嘿！好小子。」他不由想起韓柏反踢在他小腹的那一腳。

眾人聽得齊感茫然，爲何看不到有人受傷，反代表秦夢瑤的劍心通明更臻極境？

里赤媚道：「龐老曾翻閱過《慈航劍典》，事後告訴我劍心通明的最高意境，在於『無念勝有念，無跡勝有跡』十個字，若連絕天也可看到有人受傷的痕跡，秦夢瑤仍差了那麼一點點，所以我判斷出她亦受了一定程度內傷，四密尊者均達先天秘境，豈是易與之輩。」

眾人聽得心悅誠服，無話可說。秦夢瑤那種高手，等閒不會受傷，若受傷的話，必然非常嚴重，難以痊癒。

里赤媚沒有半分自傲，淡然道：「我本想親自截擊秦夢瑤，現在實無此需要，何況紅日法王一得到四密尊者以藏密心法傳給他的敗訊，必會拋下一切，立即趕去與秦夢瑤決一雌雄，我們亦無須向紅日爭取頭籌，只須在適當時機插上一手就足夠了。」

由蚩敵道：「趁還有些時間，我們不若去把戚長征幹掉！」

眾人均表贊成，顯示出和戚長征所結下的仇恨，已深不可解。

里赤媚搖頭道：「萬萬不可，那等若硬要將封寒逼出山來，多他這樣一個能使平淡趨於絢爛的強敵，於我們有百害而無一利。」

蒙大皺眉道：「那我們是否應找個地方喝杯酒、吃碗麵，並且歇歇腳？」

里赤媚笑道：「這眞是個好提議，就讓我們到南康去，因爲不捨也到了那裡，我們今晚可順道看看他去那裡幹甚麼。明天才上雙修府。」

接著雙目寒光一閃道：「只要鷹飛知道戚長征弄了他的女人上手，我包保他立刻趕上兩人，貓捉耗子般把他們弄死。」

范良極和韓柏這對難兄難弟，剛上完課，苦著臉往上艙走去。

這位置近於船頭的兩層船艙，和上艙頂的望台是其他守衛的禁地，全由范豹和增援而至的二十八個怒蛟幫精銳，扮作護院和家丁把守，范豹還特別調來了四位聰明嬌俏、武功高強的女幫眾，扮作婢女，服侍各人。

一邊步上樓梯，韓柏一邊怨道：「扮甚麼鬼專使，現在想到雙修府湊湊熱鬧也不成。」

范良極兩眼一瞪道：「你是想去找秦夢瑤伺機混水摸魚般佔佔口舌便宜才眞吧？」

韓柏氣道：「不要以小人之心，度我君子之腹，我是爲大家著想，才有這個想法。若不用扮神扮鬼，起碼不用像是兩個高麗棄嬰般牙牙學語！你也不用困在這裡，捉一盤棋輸一盤棋，受盡陳老鬼的凌辱糟蹋。」

范良極頹然往上走去，嘆道：「說得有點道理，連陳棋聖也因教我們這兩個不肖學生弄致疲勞過度，滾了回房去睡午覺。」

兩人這時走至上艙，長廊靜悄無人，一片午飯後的寧靜安詳。

韓柏乘機打了個呵欠，道：「我也睏了，趁還有兩個多時辰才到鄱陽，讓我好好睡一頓午覺吧！」

范良極伸手搭著他肩膀，嘻嘻笑道：「你眞的是去睡覺嗎？」

韓柏老臉微赤，道：「凡事都要保持點含蓄神秘才好，告訴我！假若雲清刻下就在房中等你上床，你會否回去睡午覺？」

范良極一愕道：「這亦說得有點道理。」

韓柏得理不饒人，道：「我這樣做，也是爲人家好，若我功力盡復，楞嚴派人來救那八個小鬼時，就不用你四處奔波，疲於奔命了。」

因到了鄱陽後，他們的船將會停泊下來，等待浪翻雲行止。敵人若要來，就應是在那數天之內。

范良極嘿嘿怪笑道：「韓大俠眞偉人，你即管回去找柔柔睡覺，看來我惟有串串浪翻雲的門子，讓時間過得快一點。」

韓柏一把抓著他，低聲道：「你不怕浪翻雲正在睡午覺嗎？」說完猛眨了兩下左眼。

范良極笑罵道：「你眞是以淫棍之心，度聖人之腹，你看不出浪翻雲爲詩姑娘治病嗎？而且浪翻雲從不以你那種淫棍式的眼光看詩姑娘。」

韓柏愕然道：「治甚麼病？」

范良極啐道：「你連詩姑娘經脈鬱結都看不出來，令我眞擔心你那淺小如豆的眼光見識，將來如何應付滿朝文武百官。」

韓柏落在下風，反擊道：「若他兩人眞的……嘿！你也不會知道吧！」

范良極兩眼一翻，以專家的語調道：「怎會看不出來，常和男人上床的女人自有掩不住的風情，噢！我差點忘了告訴你，自我碰上朝霞後，從沒有見過陳令方到她房內留宿，所以你若肯細看朝霞，當可發覺她眉梢眼角的淒怨。」接著撞了他一肘，怪笑道：「懷春少婦，哪耐寂寞，表演一下你的風流手段吧！」

韓柏聽得呆了起來，難道陳令方力有不逮，否則怎會冷落這麼動人的美妾？

范良極嘆道：「不要以爲陳令方這方面不行，當他到其他妾侍房中度夜時，表現得不知多麼威風，還勇猛得使我懷疑他是否眞是惜花之人呢！所以我才想爲她找個好歸宿，在沒有其他選擇下，惟有找你這個廖化來充充數，白便宜了你這淫棍。」

韓柏出奇地沒有反駁，眼中射出下了決定的神色，默然片晌後，往自己的上房走去。

范良極則逕自找浪翻雲去了。

韓柏看過自己的房和柔柔的房後，大爲失望，兩房內都空無一人，柔柔不知到哪裡去了。

他走出房外，正躊躇著好不好去參加浪翻雲和范良極的小敘，開門聲起，左詩由朝霞的房中出來，見到他俏臉微紅道：「找你的專使夫人嗎？」說完臉更紅了，顯是洞悉韓柏不可告人的意圖。

韓柏心急找柔柔，厚起臉皮道：「詩姊姊請指點指點！」

左詩嗔道：「誰是你姊姊？」

韓柏使出他那煞像無賴的作風道：「當然是詩姊姊你，小柏自幼孤苦無親，若能有位姊姊時常責我教我，那眞是好極了。」其實這幾句話他確是出自肺腑，絕無半點虛情假意，事實上他也極少作違心之言。

左詩橫了他一眼道：「我這個姊姊有甚麼好！我最愛管人罵人，你這頑皮的野猴受得慣嗎？」

韓柏見她語氣大爲鬆動，心中大喜，認左詩爲姊本是浪翻雲一句戲言，但對他這孑然無親的人來說，卻觸正癢處，何況是這麼動人的姊姊，給她罵罵管管也不知多麼稱心，連忙拜倒地上，涎臉叫道：「詩姊姊在上，請受弟弟一拜。」

左詩只是和他鬧著玩玩，豈知這無賴打蛇隨棍上，立時面紅耳赤，慌了手腳，扶他起來不是，但若讓他那樣拜在地上，給人撞見更加不好，只有急叫道：「快站起來！」

韓柏人樂道：「詩姊姊先答應認我作弟弟再說。」

左詩頓足道：「你現在就不聽教了，教我如何當你的姊姊？」

韓柏大喜站起來道：「詩姊！詩姊！詩姊！」連叫三聲，眼圈一紅，低聲道：「我終於有了個親人了。」

左詩亦是心頭一陣激動，自己何嘗不是除了小雯雯外，孑然一身，浪翻雲對自己雖是關懷備至，但他總像水中之月，似實還虛，難以捉摸。

兩人各有懷抱，一時默然相對。

好一會兒後左詩如夢初醒，道：「你不要以爲我認定了你作弟弟，還要觀察你的行爲，才可以決定。」

韓柏苦著臉道：「我只是個野孩子，不懂規矩，詩姊最好教我怎樣做才算是正確。」

左詩「噗哧」一笑道：「不要這樣子，你做得挺不錯了，只是急色了點。」接著轉身往浪翻雲的房間走去，到了門前停下，轉過身來道：「你的柔柔在霞夫人房內。」再甜甜一笑，才敲門進房。

韓柏喜得跳了起來，覺得自己愈來愈走運，愈來愈幸福，唯一的缺陷只是秦夢瑤不在身旁。他整整身上的高麗官服後，走到朝霞房門，曲指剛想叩下去，想道，這是朝霞的閨房，是除陳令方外所有男人的禁地，自己這樣闖進去，豈非眞的變成登徒浪子，狂蜂浪蝶？

正猶疑間，門給拉了開來，香風起處，溫香軟玉直撞入懷內。

韓柏怕對方跌傷，猿臂一伸，將她摟個正著。

隨之在門後出現的赫然是柔柔，和他面面相覷。

懷內的朝霞給他摟得嬌軀發軟，嚶嚀一聲，若非給韓柏摟著，保證會滑到地上。

這時雖是秋涼時分，一來時當正午，二來艙內氣溫較高，兩人的衣衫都頗爲單薄，這樣的全面接觸，只要是成年的男女便感吃不消，何況兩人間還已有微妙的情意。

要知此時韓柏得浪翻雲提點後，不再刻意壓制心內的感情慾念，又正値情緒高漲，要找柔柔胡天胡帝的當兒，恰似箭在弦上，蓄勢待發。

另一方的朝霞卻是深閨怨女，飽受苦守空幃的煎熬。

正是乾柴烈火，這下貼體廝磨，箇中反應，可以想像。

韓柏不堪刺激，慾火狂升，若非柔柔擋在門處，怕不要立即抱起朝霞，進房內大逞所欲，甚麼道德禮教，都拋諸腦後，更何況妻不如妾、妾不如偷，現在是「理直氣壯」去偷人之妾，更刺激起體內魔種本性。

朝霞臉紅耳赤，尤其她並非未經人道的黃花閨女，身體立時感觸到韓柏的「雄風」，一時喉焦舌燥，迷失在這可愛、有趣的年輕男子那具有龐大誘惑力的擁抱裡。

柔柔「呵」一聲叫了出來，道：「公子！」

朝霞全身一震，醒了過來，纖手無力地按上韓柏的胸膛，象徵式地推了一把，求饒似的呻吟道：「專使大人！」

韓柏強忍著慾火似要爆炸的感覺，用手抓著朝霞豐滿膩滑的膀子，把她扶好，歉然道：「是我不好，剛想拍門……你就……嘿！」

朝霞嬌柔無力地站直身體，輕輕掙了掙，示意韓柏放開他的大手。

韓柏戀戀不捨地鬆手，往後退了小半步。

朝霞仰起燒得紅透玉頸的艷麗容顏，櫻唇輕啟，微喘著道：「不關專使的事，是朝霞不好，沒有看清楚就衝出門來。」這時她早忘了韓柏不論任何理由，也不該到她房內去。亦忘了以韓柏的身手，怎會不能及時避往一旁。

兩人眼神再一觸，嚇得各自移開目光。

朝霞背後的柔柔橫了韓柏一眼，道：「公子是否找奴家？」

韓柏期期艾艾道：「噢！是的！是的！」

朝霞乘機脫身，往膳房走去道：「讓我弄些點心來給專使和夫人嚐嚐。」

直到她撩人的背影消失在長廊轉角處，韓柏的靈魂才歸位，一把拖著柔柔，回到自己的房內去，還把門由內關緊。

范良極步進房內時，浪翻雲正憑窗外望，喝著久未入喉的清溪流泉，見他進來，笑道：「范兄請坐，我很想和你聊幾句哩。」

范良極接過浪翻雲遞來的酒，一口喝乾，劇震道：「天下間竟有如此美酒，使我感到像一口吸乾了大地所有清泉的靈氣。」

浪翻雲微笑道：「這是女酒仙左詩姑娘釀出來的酒，用的是怒蛟島上的泉水，名爲清溪流泉，范豹知我心事，特別運來了兩罈，我見雙修府之行在即，怎可無酒盡歡，才忍痛開了一罈來喝，范兄來得正好。」

范良極正容道：「無論浪兄如何捨不得，我可以坦白對你說，當你由雙修府回來時，必然半滴酒也不會有得剩下來；因爲無論你把餘下那罈藏到了哪張床底下，我誓會把它偷來喝了。」

浪翻雲失笑道：「你這豈非明逼著我要立即喝光它？」

范良極陰陰笑道：「那還用說嗎？」

兩人齊聲大笑，都有酒逢知己千杯少的痛快。

浪翻雲像忽然回到了和上官飛、左伯顏、凌戰天等對酒高歌的遙遠過去裡，重新感受著酒杯裡的眞情。

范良極讓浪翻雲斟滿了清溪流泉，互相碰杯後，各盡一杯，感慨地道：「難怪你能和左詩相處得如此融洽投機，因爲一個是女酒仙，一個是男酒鬼。媽的！眞是好酒，使我整個人全放鬆了，一點憂慮也沒有。媽的！清溪已是厲害，還要在其中再來一道流泉，眞要操他奶奶的十八代祖宗。」

浪翻雲含笑聆聽著這名震天下的首席大盜醉後包含著深刻智慧的粗話，靜默了片晌才道：「范兄不知是否與我有同感，只有清溪流泉才使人眞正體會到『醉』的妙境，其他的都不行，包括她父親左伯顏的紅日火在內，仍嫌邪了半分。」

范良極挨在椅背上，掏出盜命桿，燃著了菸絲，一口一口地吞雲吐霧起來。不旋踵又踢掉鞋子，竟然蹲踞椅上。

浪翻雲看進酒杯裡去，想著天下間還有甚麼比酒更美妙的事物？只有在酒的迷離世界裡，他才能盡情地去思念紀惜惜。

范良極奸笑一聲，道：「浪兄會否因愛上了清溪流泉，也因此愛上了創造它出來的女主人呢？」

浪翻雲微微一笑，道：「你吸的菸絲眞香，給我嚐一口。」

范良極見有人欣賞他的東西，而且更是「覆雨劍」浪翻雲，喜得呵呵一笑，特別加了把菸絲，遞過去給浪翻雲，道：「除了清溪流泉外，保無對手。」

浪翻雲深吸了一口，再運氣扯入肺內，轉了幾轉，才分由耳孔、鼻孔噴射出來，動容道：「這是武夷的『天香草』！」把盜命桿遞回給范良極。

范良極接過旱煙桿，愛憐地看著管上的天香草，嘆道：「我正在後悔上次去偷香草時偷得太過有良心。」

想起清溪流泉，浪翻雲感同身受，和他一齊長嘆。

這時左詩推門進來，見兩人在聊天，微笑坐到床緣。

浪翻雲溫柔地道：「詩兒！爲何如此意氣飛揚？」

左詩心中嚇了一跳，暗忖難道自己是爲多了韓柏這個義弟而開心嗎？這令她太難接受了。慌忙道：「沒有甚麼，只是剛才和柔柔及霞夫人談得很開心吧。」

浪翻雲嘴角抹過一絲另有深意的笑意，才望向范良極道：「不知范兄有否想過一個問題，就是當楞嚴的手下來救人時，只要你和韓柏一出手，立時就會洩了底細。因爲他們正在找尋著你們，故特別留心敏感。」

范良極得意笑道：「我怎會沒想過這問題，且早想好妙法應付，包保對方看不穿我們。唉！可惜卻沒有了你浪翻雲，惟有靠詩姊姊的義弟柏弟弟了。」

左詩本聽得津津入味，到了最後那幾句，如在夢中驚醒地「哦」一聲叫了起來，立時羞紅了俏臉，這才知道剛才和韓柏的說話，沒有一字能漏過這兩大頂尖高手的法耳。不由暗恨起韓柏來。或者眞要管管這害人的傢伙了。

想到這裡，左詩芳心一震，省悟到自己確有點情不自禁地喜歡韓柏，而浪翻雲卻在一旁像個親大哥般鼓勵著她，告訴她這才是好歸宿。想到這裡，不由幽怨地看了浪翻雲一眼。

浪翻雲長身而起，來到左詩旁邊，伸手搭在她香肩上，輕鬆隨意地道：「詩兒！不要在只有一個選擇時下任何決定，讓自己多點時間，多些選擇，你才知哪個才眞是最好的。」頓了頓再道：「無論你是哪個選擇，只要你認爲是最好的，浪翻雲都有信心保證他會接受，且范兄就是保家。」

# 第十四章　天兵寶刀

谷倩蓮一洗先前慘淡的花容，毫不避嫌地拉著風行烈的手，在通往後山的小徑上走著，不斷唱著動人的江南小調，令人陶醉的秋波，毫不吝嗇地向剛佔有了自己處子之身的軒昂男兒拋送。

風行烈有種盡舒悒鬱的感覺。

怪疾已癒，心的枷鎖又在谷倩蓮美妙的肉體處找到了打開的寶匙。那並非代表他心中再沒有靳冰雲，而是拾回往昔被摧殘了的自信心，否則他怎會在光天化日下，佔有身旁的美麗少女。

谷倩蓮的婉轉承歡，自己前所未有的酣暢興奮，使他真切地感受到兩人間千眞萬確的熱愛和狂戀。到現在才能確切肯定他眞的和谷倩蓮墜進了那愛的長河裡，以前他始終只是半信半疑。

這時來至雙修山的高處，俯瞰山腰處連綿的府第，有種離開了煩囂塵世的感覺。

谷倩蓮半挨在他懷裡，以出谷黃鶯般的嬌嗲聲音，向他介紹雙修府的形勢和勝景。

風行烈向著這剛由少女變成了小婦人的美女微笑道：「假設雙修府之戰我們能倖而不死，又應到哪裡去？」

谷倩蓮嬌軀一顫，將俏臉後仰，枕在風行烈寬闊安全有若淵渟嶽峙的肩膊處，驚喜地道：「行烈！你是第一次和倩蓮談及我們的將來，噢！求你吻吻我吧！」

風行烈重重吻了下去，享受著這美女丁香暗吐那銷魂蝕骨的滋味。

谷倩蓮俏臉火般滾熱飛紅，嬌軀不堪刺激地扭動著。

風行烈感到整個人興奮起來，離開了對方的小嘴，讚嘆道：「倩蓮你眞美，不過若我每次吻你，你也如此熱烈，恐怕會把我變成耽好床笫之歡的貪色之徒了。」

谷倩蓮嬌羞嗔道：「都是你，弄得人家這麼易動情，是你不好，還怪人。」

風行烈哈哈大笑，不理谷倩蓮的抗議，將她攔腰抱起，繼續往後山走去，嘆道：「我多麼希望雙修府事了之後，找個山林隱逸之地，和你雙宿雙棲，過一段神仙日子，順道潛修武技，待攔江之戰後，才再決定何去何從。」

谷倩蓮纖手緊摟著他的脖子，欣悅地道：「小蓮會好好做你的妻子，全心全意伺候你，爲你浣衣造飯，烹茶煮酒。」

風行烈愕然道：「你不用理你的小姐了嗎？」

谷倩蓮玉容轉冷，好一會兒才狠狠道：「我恨她！恨她！恨她！恨她將自己嬌貴的身體白送給那傻子。我再不能忍受留在這裡。」

風行烈憐惜地吻上她的臉蛋，道：「我明白你的感受。不用傷心！無論我到哪裡去，會把你帶在身旁，永遠不會捨棄你。」

谷倩蓮嬌軀劇顫，主動送上香唇，以比上次熱烈百倍的深吻獻上內心湧出的感激和情焰。

不知過了多久，四唇分了開來，喘息仍劇烈繼續著。

谷倩蓮小嘴湊到他耳邊半喘著低聲道：「行烈！你會否時常像剛才般那樣和我親熱纏綿？」

風行烈開懷大笑，攀過山巓，往下走去，大聲答道：「谷小姐請勿擔心，你早撩起了我的烈火情焰，打後去想不幹都不行。」

谷倩蓮欣喜道：「這可是我求之不得！不過我又不想你因色慾過度，妨礙了武道進修；但又怕你用這藉口冷落了人家。倩蓮心內正矛盾得很呢？」

風行烈衷心體會到懷內嬌嬈對他的愛戀和關懷，哂道：「風某又不是有著甚麼成仙成佛的大志，只希望快快樂樂過了這一輩子就算了，連你這樣一個毛丫頭也要教你落得怨懟，還稱甚麼男子漢大丈夫？」

谷倩蓮喜上眉梢，香吻雨點般落在這個和自己有了肉體關係的男子臉上，指著下面林木掩映裡的一所小石屋道：「那就是震北先生的『忘仙廬』了。」

水柔晶緩緩醒轉，驚喜地發覺自己正睡在戚長征懷裡，坐在屋前的一張木椅內。

封寒戴著竹笠，在水田裡工作著，漫天陽光下，一切景物都給提升到一種超越了現實的奇異層次裡。

乾虹青坐在旁邊的椅子上，正和戚長征親切地閒聊著。

小谷內蟲鳴鳥唱，有種使人懶得動也不想動的氣氛。

水柔晶忽地記起正被人追殺，一驚下在戚長征腿上坐起來，驀然感到懷內有團毛茸茸的東西，「呵」一聲喜叫道：「噢！小靈貍！」

小靈貍熱烈地擺著尾巴，大鼻子往她粉頸又鑽又嗅。

乾虹青笑道：「柔晶你醒來了，快多謝長征吧！若非他以眞氣助你復元，恐怕你要今晚才能醒過來哩。」

水柔晶抱起小靈狸，讓牠能好好地和自己親熱，絲毫沒有離開戚長征腿上的意思，向乾虹青道：「我只謝青姊你，不會謝他，因爲我是他的女人，保護我是他的天職。」

戚長征哈哈大笑，道：「到現在我才明白凌大叔教我們拈花惹草時要小心的訓誨，因爲一不小心，會多了很多的天職。」

乾虹青像看著個頑皮的弟弟般瞪了他一眼道：「你也不知哪裡修來的福分，得到柔晶以身相許，還在說風涼話。」

水柔晶坐側了少許，向著乾虹青，也讓小靈狸和戚長征正臉親熱親熱。

看到小靈狸的大鼻湊往戚長征時他的尷尬樣子，水柔晶不住發出奔放爽朗的嬌笑。

封寒這時由水田走回來，脫下竹笠，用搭在肩上的汗巾拭掉臉上的汗水，望著像個快樂純眞小女孩的水柔晶，點頭道：「這是年輕人才會有的開懷忘憂，看到水姑娘，我才感到自己老了。」其實他心中想到的卻是水柔晶必是天生樂觀的人，否則爲何醒來後像完全忘了自己背叛了方夜羽，忘了四周仍是危機四伏的險惡環境。

水柔晶站了起來，將小靈狸放在肩上，走到封寒身前，小嘴竟在封寒臉上吻了一口，感激地道：「叔叔！水柔晶很感謝你。」才一陣嬌笑，毫無避忌地坐回戚長征大腿上。

封寒呆在當場，忽地哈哈一笑，來到乾虹青旁的椅子坐下，朝著長征道：「里赤媚的人撤走了，我知你心急趕回怒蛟幫，不過我看最好你能在這裡多留兩三天。」

戚長征嘆道：「我實在很想留在這個美麗的小谷，但卻做不到，早先柔晶告訴我，我幫的形勢險惡非常。」

乾虹青見封寒呆看著水田景色，伸出玉手過去，讓封寒握著，柔聲道：「你是否捨不得這地方？」

封寒微笑道：「我再也當不成刀手了，因爲已沒有了以前能捨棄任何物事的襟懷，也沒有了爭霸天下的壯志，虹青！隨我到塞外去吧！我自幼便憧憬著在荒原上逐水草而居，坐看朝陽從大地升起來，黃昏落下去的壯麗美景。」

乾虹青點頭道：「無論你到哪裡去，我也會跟在你身旁，直至老死。」

戚長征歉疚地道：「前輩……」

封寒喝止道：「不用說多餘的話，橫豎也要走，我們立即就走。」

乾虹青站了起來，道：「我去收拾細軟。」回屋去了。

水柔晶也站起來道：「青姊！讓我助你！」抱著小靈貍追著去了。

剩下兩個男人，一老一少兩代的用刀高手默然坐著。

封寒拿起挨在椅旁的寶刀，遞過去給戚長征道：「此刀名『天兵』，乃百年前一代名匠北勝天採自天山冷泉內稀有的寒鐵打製而成，鋒利無倫，與浪翻雲的『覆雨劍』、龐斑昔日的『三八雙戟』、言靜庵的『飛翼劍』、厲若海的『丈二紅槍』，並稱江湖上的五大名器，今天對我已無關重要，我就把它傳給你，戚長征你絕不可辜負我這番心意。」

戚長征連忙跳起來，在封寒前跪下，雙手高舉接過「天兵」寶刀，口中應諾。

封寒嘴角露出一絲笑意，道：「趁現在還有點時間，我便將多年左手用刀的竅要，盡傳與你，但你卻不可當我是師父，明白嗎？」

戚長征大喜應道：「小子明白！」

# 第十五章　種魔大法

柔柔坐在梳妝鏡前整理著高起的美人髻，換了另一套有暗鳳紋的絳紅色高麗女服，眉梢眼角盡是掩不住的春情，俏目閃耀著幸福滿足的華采。

坐在一旁的韓柏嘆道：「范老頭說得沒有錯，現在連我都懂看了。」

柔柔拋來一個媚眼道：「范大哥教曉了你甚麼？」

韓柏坦言道：「你的老頭大哥教曉了我怎樣去把有男人寵愛的女人分辨出來。」

柔柔橫他一眼，若嗔若喜地低罵道：「你們都是大壞蛋！」

韓柏心頭一酥，站了起來；由身後抱緊她道：「我看你似還未夠呢！」

柔柔顫聲求饒道：「人家現在動也幾乎動不了，未夠的是你才對，是否後悔這麼快放我下床。噢！求求你，不要弄皺我的袍服，否則任何人都知道你碰過我哪裡了。」

韓柏嘆了一口氣，剛想說若全身衣服都弄皺了，不是沒有問題了嗎？

范良極的聲音在門外突然響起道：「浪翻雲要到雙修府去了，你們不出來送行嗎？」

隆隆聲中，官船緩緩往碼頭泊去。

韓柏應了一聲，走出門外，浪翻雲和左詩都站在長廊裡。

左詩見他出來，垂下了目光，神態有點異乎平常，看得韓柏心中升起一股奇怪的感覺。

浪翻雲向他微笑道：「小弟這個午覺睡得好嗎？」

韓柏老臉一紅，期期艾艾答非所問地道：「我並不是那麼習慣睡午覺的。」

這時柔柔走了出來，到了左詩旁親熱地挨挽著她道：「浪大俠定要快點回來，免得詩姑娘掛心了。」

范良極冷然道：「只爲了清溪流泉，浪翻雲自會趕回來。」

浪翻雲失笑道：「范兄眞知我心。」轉向左詩道：「聽說雙修府有一種叫香衾的特有名花，我摘回來給詩兒插在鬢邊上。」

左詩喜道：「你最少要摘三朵回來，讓我可送給柔柔和霞大人。」

陳令方的笑聲傳來道：「好一個愛花惜花之人，陳某佩服佩服！」

跟在後面的是垂著頭的朝霞。

韓柏和范良極對望一眼，同時猜到對方所想到的問題。

現在陳家實質只剩下陳令方和朝霞兩人，伺候陳令方起居的工作，自然落到朝霞肩上，使兩人接觸機會大大增加，說不定陳令方會對朝霞燃起新的愛意，那樣問題便大了。

若朝霞不再是怨婦，他們亦失去了「勾引朝霞」的「道德支持基礎」。

浪翻雲淡淡道：「陳老心情看來甚佳。」

陳令方道：「我的心情本來大大不好，但一見到你們，甚麼煩惱都給拋諸腦後，甚至變成了樂趣。」

范良極嘿然道：「麻煩來了！定是與胡節有關。」

左詩道：「陳公煩些甚麼事呢？」

陳令方長嘆道：「明晚這艘官船，將會比沿江任何一間妓院都要熱鬧，因爲胡節聯同了鄱陽五府的府督，召來名妓，在船上設宴歡迎我們，你說我們應否煩惱。」

浪翻雲伸手拍拍范良極老削的肩膊，啞然失笑道：「希望你勿忘記曾保證過有應付的方法。對不起！我要失陪了！」

風行烈和谷倩蓮踏進忘仙廬的小廳時，烈震北攤開紙墨，運筆疾書。

他的手握著長筆管的盡端，手肘離桌，垂直大筆，以中鋒寫出令人難以相信的蠅頭小字，字體秀麗整齊，就若以最細的筆鋒寫出來那樣。

見到兩人，烈震北放下毛筆，蒼白秀氣的臉上綻出一絲微笑，眼光落到谷倩蓮身上，慈和地道：「在這裡一住就是七年，小蓮你也由一個整天作弄人的黃毛丫頭，變成亭亭玉立的出眾少女，現在夫婿都有了。」

谷倩蓮像忘記了烈震北只還有兩天的命，不依地道：「先生取笑人家！」

風行烈有點作賊心虛，改變話題道：「今早先生說及道心種魔大法，說到一半，沒有再說下去……」

烈震北揮手打斷他的話，沉吟片晌，長嘆一聲道：「這是牽涉佛道兩家和魔門所傳說的『最後一著』。」

風行烈和谷倩蓮愕然齊聲道：「最後一著？」

烈震北眼中射出憧憬和渴望的神色，緩緩點頭道：「是的！最後一著。」

兩人知道他還有下文，靜心等候著。

烈震北望往窗外陽光漫天下的山巒遠景，長長吁出一口氣道：「無論是魔或道的修煉過程，由入門開始，直至最高深的層次，無不有前人的典籍可尋，像慈航靜齋的《慈航劍典》、藏密的《智慧書》、傳說中的《戰神圖錄》、少林的《達摩訣》、淨念禪宗的《禪書》，又或流傳下來的佛經道典。惟有這能超脫生死、成仙成佛的最後一著，卻不見於任何典籍。」頓了頓，喟然道：「因為知道這最後一著的人，就像找到了這生死囚籠的缺口，飄然逸走，再也不回來，或者根本回不了來，就像我佛釋迦牟尼的涅槃，大俠傳鷹的飛馬躍空而去，對尋求仙道的人來說，這最後一著始終是千古奇謎。」

風、谷兩人聽得目定口呆，古往今來，修仙修道的人多如恆河沙數，但真正悟通這最後一著，致成仙成聖的究竟有多少人？

烈震北道：「魔門的道心種魔大法，就是針對這最後一著竭盡無數智慧人力憑空構想出來的偉大功法，但能否就此達至破空仙去的境界，卻從未有人試過。」

風、谷兩人不約而同深吸一口氣，以壓下心中的震撼和激動。

烈震北眼中射出緬懷和憂哀的神色，嘆了一口氣道：「十六年前，我曾摸上慈航靜齋，見到言靜庵，可惜我比龐斑遲去了七年，否則我和靜庵或將不止是知心好友。」

風、谷兩人對望一眼，均知烈震北原來暗戀上武林兩大聖地至高無上的兩個領袖之一的言靜庵，也感受到烈震北傷心人的懷抱。

烈震北完全沉緬在當年使他既心醉又心痛的回憶裡，長長吁出一口梗在心頭的悲鬱之氣，徐徐道：「靜庵告訴我龐斑的魔功已到了登峰造極的化境，只差那最後一著，便可超脫塵世，成仙成聖。」

風、谷兩人頭皮發麻，這個對龐斑的批評，出自言靜庵之口，使人連懷疑的想法也起不了，如此說來，浪翻雲亦非他對手。

烈震北續道：「龐斑雖出身魔門，卻非殘忍好殺之人，但事實上黑白兩道死於他手上的頂級高手，又確是難以計數。」

谷倩蓮皺眉道：「先生這話不是有些矛盾嗎？」

烈震北微笑道：「行烈！你明白我這些話背後的含意嗎？」

風行烈點頭道：「當年傳鷹大俠決戰八師巴於高崖之上，其時情況雖無人可知，但觀乎八師巴立即拋開一切，返回布達拉宮，觸地成佛，可見在生死決戰的時刻，會把決鬥者靈力提升至生命的最巔峰，發生一些在平日裡絕無可能發生的事，甚至悟破這最後一著的玄虛。」

烈震北點頭讚道：「說得眞好！六十年來，龐斑一直在尋找一個相埒的對手，現在他終於找到了，那就是浪翻雲。」接著一陣狂笑，仰天叫道：「靜庵呵！你終於成功了，只有你才可助龐斑練成道心種魔大法。」

兩人爲之愕然，爲何言靜庵竟會助龐斑去練那邪異無倫的道心種魔大法？

烈震北沉默下來，待情緒平復後，緩緩道：「道心種魔大法乃魔門秘法裡最詭異莫測的『鎖魂術』，一般的鎖魂術就若天竺的催眠法，在某一短暫時間內把兩人的心靈連接起來，但道心種魔大法卻高了無數的層次，可把兩個人的元神鎖起來，一個是種子，一個是爐鼎，鼎滅種生，種子便吸收爐鼎死亡時三魂七魄散離釋放出的龐大能量，超脫生死，離凡入聖，確是勘破生死的千古奇術。」

風行烈蹙起劍眉道：「這種魔大法既古今從未有人試過成功，又是憑空構想出來的方法，龐斑怎肯花二十年苦功去追求這麼虛無縹緲的功法？」

烈震北哈哈笑道：「這世上還有甚麼比仙道之說更不實在，更難把握的。修仙煉道的人，就像被困在一座沒有出路的塵世大監獄裡，只要知道某處或有一出口，誰耐得住不去試試看，道心種魔大法正是這樣一個可能的神秘出口。」

烈震北不理兩人的震駭，道：「種魔大法整個竅要，植基於魔門的魔種和道家的道胎兩種極端不同的功法而來，簡而言之，就是如何把魔種和道胎合二為一，龐斑雖因行烈體內奇異的生氣，不能滅去爐鼎，但卻成功地將魔種轉化成道胎，獲得了元神的再生，只差小半步，便可跨越天人之隔，烈某真是佩服得五體投地。」

兩人聽得茫無頭緒，連問問題也不知從何問起。

烈震北道：「你們感到難以明白箇中玄妙，是非常合理的，因為那牽涉到人類神秘的心靈力量。也許我簡單些向你們說出道心種魔的過程，或可助你們有多點的了解。」

風行烈虎軀一震，因為他知道烈震北即要說出來的事，將直接和他有關，也和靳冰雲有關。

韓柏的房內，陳令方、范良極、韓柏和范豹四人在商量怎樣應付明晚的盛宴。

陳令方道：「我本以安全作為理由，推了按察使司檢校白知禮安排在他公廨內的洗塵宴，但到他們要到船上來時，我卻是再難推搪，因為這是不可廢的禮節應酬，我想拒絕亦說不出口來。」

范良極瞪他一眼道：「這可好了！數百人擁了上來，教我們如何應付，范老宗，你有沒有辦法？」

范豹苦笑道：「有宗兄在，本來我是一無所懼，但胡節如此明來搶人，我們反拿他沒法，若我們立即由水路把人運走，又恐逃不出他們勢力龐大的魔爪。」

陳令方道：「不若殺了他們，一了百了。」

范良極瞇著雙眼仔細看了他一會兒，點頭道：「無毒不丈夫，這不失為一個辦法，雖然是可惜了點，總好過洩出了浪兄在船上的秘密。」

韓柏哈哈一笑，站了起來，搖頭擺腦往房門走去，道：「唉！有人在浪大俠前誇下海口，我倒要看看那是個怎麼樣的口。是河口？溪口？還是井口？又或只是一泓死水內的臭渠口？」

范良極大怒由椅上跳了起來，在韓柏開門前老鷹捉小雞般一把將他攫著，正要曉以大義，重重教訓，韓柏及時迅速在他耳旁低聲道：「你把陳老鬼拖在這裡，我乘機去勾引朝霞。」

范良極微一錯愕，鬆開了手，讓韓柏逃出房外，出了一會兒神，緩緩轉過頭來，倏地捧腹大笑道：「我想到了個很蠢、很簡單，但又是個很有效的方法！」

韓柏走出長廊，往朝霞的房間走去，經過左詩的房門前，忽地聽到房內柔柔的聲音響起道：「那你是否愛上了浪大俠？」

韓柏明知偷聽女兒家私語是不對的，可恨這句話確有無比魔力，又由於對這新認姊姊的關心，硬是邁不開腳步。

一陣沉默後，左詩幽幽嘆道：「我都弄不清楚我們間是兄妹之愛多一點，還是男女之愛多一點，但我知他確是疼惜我，肯爲我做任何事。柔妹！我的心很亂。」

柔柔道：「浪大俠說得對，詩姊給自己點時間吧！讓一切事自然地發展，終有一天你會得到最好的選擇。」

左詩嘆道：「攔江之戰一天未分出勝負，我都不會有安樂的好日子過，只是擔心就可把我煩死了。唉！這也是我最憂心的地方，在攔江之戰前，我絕不想大哥爲我的事分心，不想他有任何牽掛。」

聽到這裡，韓柏本要走，但柔柔忽低聲問道：「假若浪大俠不幸戰敗身死，你會怎麼辦？」

左詩平靜但堅決地道：「我會以死爲他殉葬。」

柔柔道：「這正是浪大俠最擔心的地方，難道你想小雯雯連母親亦沒有了嗎？」

左詩道：「就算我不自殺，也會活生生鬱死，我最清楚自家的事。」

柔柔道：「那你爲何還懷疑自己對浪大俠的愛？」

左詩幽幽再嘆道：「柔妹你不明白的了，我和浪大哥的關係很複雜，他是自幼藏在我心中一個美麗的傳說和神話，是我父親最親愛的酒友，也是最懂欣賞我釀出來的酒的偉大酒徒，和他一起時，每一刻都是美妙無倫的，但那是否男女之愛，我卻不知道。」

柔柔低聲道：「那你有否渴望和他親熱歡好？」

這句話又把門外欲走的韓柏留在原地，不知如何，他確想聽聽這香艷刺激的答案。

左詩沉默了一會兒，才輕輕道：「人哥有種瀟灑然超脫於男女肉慾之外的氣概，即使他碰我的身體，甚至把我抱著，我會感到很快樂、很滿足，卻從沒往男女情慾方面想過去，但若他不嫌我，我會毫不猶豫把一切都交給他，可我知道他不會這麼做的，在他心裡，只有一個紀惜惜，再容納不下別的女人。不要以爲我在怪他怨他，我絕對沒有這意思，只要大哥肯喝我爲他釀的酒，我就再無他求了。」

韓柏聽得肅然起敬，因爲秦夢瑤亦有那種氣質，但他仍渴想得到她的身體，嘆了一口氣後，終邁步往朝霞的房艙走去。

# 第十六章　乾柴烈火

烈震北道：「種魔大法有三個條件，就是種魔者、爐鼎和魔媒。」頓了頓續道：「首先要種魔者達到類似元神出竅的境界，才有資格借鼎播種，以今次來說，種魔者就是龐斑，爐鼎便是行烈了。」

風行烈一呆道：「魔媒是否靳冰雲？」

烈震北點頭道：「傳統的種魔大法，魔媒是某樣物件而非人，總之這魔媒無論是塊玉牌，又或一條絲巾、一把刀，都帶有種魔者的精神異力，使種魔者和活人爐鼎生出微妙的感應和連繫，無論活爐鼎去到天涯海角，也逃不出種魔者的精神感召，邪詭非常。所以歷代敢修此法者，莫不是魔門擁有大智大慧，出類拔萃之輩。」

谷倩蓮伸出纖手，握緊了風行烈顫震著的手。

烈震北眼下所說的，莫不是超越了一般武功範疇的魔功邪術，教聞者怎不心驚膽跳。

烈震北仰天一笑，搖頭道：「至於以人爲媒，以情爲引，橋接種魔者與爐鼎的元神，實乃龐斑妙想天開的創舉，眞虧他想得出來。不過若非靜庵，龐斑也不會想出這妙絕古今的魔媒。」

谷倩蓮看著面若死灰的風行烈，已明白了幾分，悲叫一聲，顧不得烈震北的存在，上身伏進風行烈懷裡，將他摟個結實，以自己的嬌軀予愛郎一點慰藉。

風行烈摟著谷倩蓮火般灼熱的身體，舒服了點，深吸一口氣道：「言靜庵爲何要這樣助他？冰雲與言靜庵是甚麼關係？」

烈震北道：「言靜庵看出當時天下無人是龐斑百合之將，若任由他這樣逐家逐派挑戰下去，不出十年，武林將元氣大傷，一蹶不振，而且若任由龐斑如此肆虐下去，連當時各地正在努力推翻蒙人的力量遲早也會冰消瓦解，所以唯一之法，就是助他練成道心種魔大法，起碼可以使中原武林有了喘息的機會，而事實證明了全因龐斑退出了江湖的鬥爭，蒙人才能給趕出中原，於此可見靜庵這一著是多麼厲害，影響是多麼深遠。」

風行烈閉上眼睛，好一會兒才睜開來，道：「我明白了！看來龐斑愛上了言靜庵，為何言靜庵不以愛情將他縛在身旁，豈非兩全其美？」

烈震北搖頭道：「靜庵知道這並不是最好的方法，所以憑著龐斑對她的愛，逼他退隱二十年，而龐斑亦藉此良機，退修魔門最高境界的種魔大法。其中再有細節，就非外人所能知了。」

風行烈道：「為何冰雲會給捲入其中，成為魔媒？」

烈震北望往窗外，微微一笑道：「太陽快下山了，我們到屋外看看夕陽美景好嗎？」

風谷兩人的心同時抽搐了一下，想到這將是烈震北這生人能看到的最後第二個黃昏。

到了門外，韓柏鼓起勇氣，輕輕叩響了兩下。

房內傳來衣衫窸窣的微響。

輕盈的腳步聲來到門後，朝霞的聲音響起道：「請問是哪一位？」

韓柏聽到朝霞語氣裡的戒備和防範，差點臨陣退縮，拔腳就跑，但待會范良極必會追問他事情進行得如何，那怎樣交代？惟有硬著頭皮道：「如夫人！是我！是韓柏。」

朝霞在門後靜默下來。

韓柏見沒有動靜，催促道：「開門吧！」

朝霞在門後急道：「不可以，專使你快走吧！會給人知道的。」

韓柏道：「如夫人不用擔心，你先給我開門再說。」

朝霞沉默下去，但她急促的喘息聲卻非那道門阻隔得住。

韓柏其實亦是情迷意亂，提心吊膽，既想朝霞快點開門，以免給人撞見他在串門子；另一方面，又不知假若朝霞眞的拉開房門，自己應該說些甚麼，或做些甚麼？

朝霞幽幽一嘆道：「公子！求求你不要這樣！朝霞很爲難哩。」

韓柏大喜道：「你終於肯不叫我作專使了，快開門，我和你說幾句話兒後，立即就走，否則我會一直拍門，直至你開門才止。」沒有辦法下，他惟有施出看家本領——無賴作風。

朝霞懷疑道：「眞的只是幾句話嗎？」

韓柏正氣凜然道：「我以高麗專使的身分保證這是眞的。」

朝霞「噗哧」一笑嗔道：「人家怎能信你，你連這專使身分亦是假的，還能做甚麼保證。」

韓柏見她語氣大有轉機，忙道：「身分是假，說話卻是眞的，這可由韓柏保證。」

「咿呀！」

房門拉了開來，朝霞俏立眼前，一對翦水雙瞳紅紅腫腫，顯是剛哭過來。韓柏很想趁機香她一口，終是不敢，由她身旁擠進房內。

朝霞把門關上，轉過嬌軀，無力地挨在門上，垂下目光，不敢看他。

房內充盈著朝霞的香氣，錦帳內隱見被翻皺浪，氣氛香艷旖旎，偷情的興奮湧上心頭。

韓柏轉身走回去，到身體差點碰上朝霞時，才以一手撐在朝霞左肩旁的門上，上身俯前，讓兩張臉距離不到一尺。

氣息可聞。

朝霞呼吸急促起來，比柔柔還高挺的酥胸劇烈地起伏著，檀口控制不住地張了開來，紅霞滿面，眼光怎樣也不肯望往韓柏，卻沒有抗議韓柏如此親近她。

韓柏暗罵陳令方暴殄天物，放著這麼動人和善良的尤物不好好疼愛，任她春去秋來孤衾獨枕，天下間再沒有比這更有損天德了。

當他剛想替天行道時，朝霞以僅可耳聞的聲音道：「求求你快說吧！給老爺知道我便不得了。」

韓柏傲然道：「知道又怎樣？有我在，包保你安然無恙，我還要罵他冷落你多年呢！」

朝霞一震抬起迷人的大眼，駭然道：「你怎會知道的？」

韓柏暗叫糟糕，表面卻若無其事，暗忖不若栽贓到范良極身上，道：「是老范告訴我的，他的棋雖然下得差，但看相卻是功力深厚，連你平時愛穿甚麼衣服，是否喜歡餵雀他亦可以看得出來。」

朝霞震驚地道：「這也是他告訴你的？」

韓柏點頭應是。

朝霞想了想，輕咬著唇皮道：「你以爲他肯否爲我看相？」

韓柏輕鬆地道：「有我專使大人在這裡，哪輪得到他區區侍衛長擅表意見。」

朝霞「噗哧」一笑道：「你現在哪像專使，只像個頑皮的野孩子。」

韓柏見她在眼前近處輕言淺笑、吐氣如蘭，意亂情迷下，湊嘴往朝霞香唇吻去。

朝霞大駭，慌急下伸出手掌，按上韓柏的大嘴。卻給韓柏的嘴壓過來，掌背貼上自己櫻唇，兩人變成隔著朝霞的纖纖玉手親了一個吻。

朝霞另一手按在韓柏的胸膛上，想把他推開，總用不上半分力氣。

韓柏只吻到朝霞的掌心，已是一陣銷魂蝕骨的感覺，心想一不做二不休，先吻個飽再說，想要拉開朝霞護嘴的玉掌，忽感有異。

兩行清淚由朝霞的美眸滑下來。

韓柏手忙腳亂下，掏出了一條白絲巾，爲朝霞拭去淚漬，叫道：「不要哭！不要哭！」忽地呆了一呆，想起這是秦夢瑤的絲巾，登時像給冷水蓋頭澆下來，慾火全消。

假若自己如此半強迫地佔有朝霞，那自己和採花淫賊有何分別。秦夢瑤也會看不起他。

這時朝霞掩嘴的手已無力地按在他胸膛上，若他想嚐這美女櫻唇的滋味，只消稍微俯前，即可辦到。

韓柏心中充滿歉意，拭乾她俏臉上的淚珠，見再沒有珠淚流出來後，才移開身體，珍而重之收起秦夢瑤的香巾。

朝霞的手因他移了開去，滑了下來，垂在兩旁，緩緩睜開美目，以幽怨得使人心顫的眼光掃了他一眼，才垂下頭去，低聲道：「你是否當我是個歡喜背夫偷漢的蕩婦，否則爲何這樣調戲人家，不尊重人家？」

這罪名可算嚴重極矣。

韓柏知道自己過於急進，唐突了佳人，忙道：「我絕沒有不尊重你的意思，請相信我！求你信我吧！」說到最後，差點急得哭了出來。

朝霞抬起俏臉，責備地望著他道：「你剛才不是曾保證過只說幾句話便走嗎？現在看你怎樣對人家，教人如何信你？」

韓柏充滿犯了罪的懊悔，嘆道：「是我不好，你責罰我吧！」

朝霞見他神態真誠，氣消了大半，幽幽一嘆，把門拉開道：「妾身哪來資格責罰堂堂專使大人，你先出去吧！我想一個人獨自安靜安靜。」

韓柏垂頭喪氣走出門去，站在走廊裡，卻聽不到關門的聲音，愕然回首，朝霞半掩著門，露出艷麗的玉容，美目深注道：「韓柏！」

她還是第一次直叫他的名字，聽得他心神一顫，順口應道：「霞姊！」

朝霞給他叫得垂下了頭，好一會兒才低聲道：「告訴我！你對朝霞是否只是貪著玩兒？」

韓柏衝口溜出道：「不！我想娶你爲妾。」才說出口，立知要糟，對方怎知自己和范良極有這協議，這樣擺明只納人爲妾，誰受得了。

豈知朝霞不但沒有立即給他吃閉門羹，還仰起俏臉，幽幽道：「你這樣說，我反而相信你，因爲沒有人會用這樣的蠢話去騙女人的。」頓了頓又道：「你是否心裡一直這麼想，所以忍不住衝口說了出來？」

韓柏對朝霞的善解人意，大是感激，抹過一把冷汗後，拚命點頭。

朝霞幽怨地望著他，淒然道：「你知否朝霞身有所屬，再沒有嫁人做妾的自由。」

韓柏心道，我怎會不知，現在擺明是誘你這個他人之妾。口中卻道：「道德禮教是死的，人是活的，我韓柏絕不吃這一套。」

兩人隔著半掩的門，反各自說出了心事。

朝霞眼中掠過複雜之極的神色。

她雖是出身青樓，但初夜卻落入陳令方之手，接著由陳令方贖身，所以從未和別的男人有過肉體關係。本下了決心，這一世便從良做這比自己大了近三十年的男人的小妾算了；豈知只過了十多天後，陳令方對她的熱情不住冷卻，最後連她的閨房也不肯踏足半步，使她獨守空房，箇中的淒涼傷心，自苦自憐，唯她個人自知。現在遇上這充滿了攝人魅力，但又天真有趣的年輕男子，怎不教她心亂如麻，欲拒還迎。

和這可恨又似可愛的人相對的每一刻，都是驚心動魄，卻沒有絲毫困苦了她多年的空虛或苦悶。甚至每當想起他時，深心裡都會充滿著既怕且喜的奇異情緒。感情的天地由冰封的寒冬，轉移至火熱的夏季，但她卻要壓制自己心中高燃的情火。

這感覺她從未曾由陳令方身上得到半點一滴。可是她又怕韓柏只是貪色貪玩，逢場作興，那她會給害慘了，以後的日子更難過，像剛開了眼的失明人，忽又被逼不准看東西。

這仍不是她最大的矛盾，而是無論陳令方對她如何不仁，終是她的丈夫，背叛丈夫使她有很重的犯罪感！但又偏是這犯罪感，使她有向陳令方報復的快意。

朝霞的芳心亂成一片，要把門關上嘛，又有點捨不得。

開門聲響。

韓柏望去，見到被推開的正是有范、陳兩人在內自己的房門，這時要避開也來不及了，一個人走了出來。

「砰！」

情急下朝霞大力掩門。

韓柏心叫完了，若給陳令方聽到看到，和捉姦在床實沒有太大分別。

定睛一看，來的原來是柔柔。

柔柔向他招手道：「公子！你過來。」

韓柏如釋重負地走過去，順口問道：「他們在裡面幹甚麼？」

柔柔甜甜一笑道：「下棋！」

韓柏裝了個不忍目睹的鬼臉，心想范良極爲了朝霞，表現了偉大的犧牲精神，竟肯再次接受陳老鬼的凌辱。

柔柔一把拉著他的手道：「你跟我來！」

韓柏大喜道：「原來你忍不住了。」

柔柔媚態橫生地瞅了他一眼道：「誰忍不住了？」

韓柏給她拖到左詩的房前，一呆道：「要到裡面去嗎？」

柔柔道：「你不想讓你的詩姊閒來管教一下你嗎？」

# 第十七章　姊弟情深

夕陽在西天散發著動人的餘暉。

烈震北看了一會兒，微微一笑道：「十六年前的一個黃昏，我和靜庵在靜齋後山觀看夕陽西下的美景，我向她問道：『假設我比龐斑來早一步，你會否喜歡上我呢？』靜庵笑著答我道：『傻子！靜庵怎會知道假設的事呢？』到了十六年後的今天，我仍記得當時她眼角逸出的憐意，靜庵啊！你是烈震北一生人裡最敬愛的女子。」

谷倩蓮一陣心酸，挽起烈震北的手，乖女兒般靠緊著他，安慰著他。

風行烈心中也感淒然，一時忘了追問冰雲的事。

烈震北道：「慈航靜齋傳授武功的方法非常特別，講求『心有靈犀一點通』，所以師父選徒最是嚴格，靜庵費了三年工夫，遍遊十八省，才能找到靳冰雲。」

風行烈心中一震，掌握到了烈震北的意思，靳冰雲因自小和言靜庵有著微妙的心靈感應，氣質神態會逐漸轉化，變得愈來愈肖似言靜庵，所以若龐斑向言靜庵索取靳冰雲，在某一個程度上等若得到了言靜庵，而言靜庵亦有若將部分的自己獻上給龐斑，其中確是非常微妙。

烈震北仰天一陣狂笑，嘿然道：「龐斑確非常人，竟以這樣的方法得到了靜庵，又免去陷身情局之苦，以情制情，確是妙著。」

風行烈全身劇震，狂叫道：「我不想聽了！」

他終於明白了整件事的始末，龐斑得到了冰雲後，故意收她為徒，再蓄意鍾情於她，造成一段充滿乖逆倫常的畸戀，使那種愛更刺激更深刻，然後利用冰雲來做魔媒和橋樑，又利用他做播種的爐鼎。

冰雲是無辜的，只因她要遵從師門的命令，也可能是抵受不了龐斑的魔力。

谷倩蓮驚惶地由後面摟緊他，淒叫道：「行烈！有倩蓮在關心你呢！」

風行烈喘著氣，心中想到的是無論如何也要再見上靳冰雲一面。

烈震北看著逐漸深黑下去的夜空，淡淡道：「你們須動身到前山去，否則會趕不及姿仙為行烈設的洗塵宴了。」

韓柏和左詩、柔柔這兩位絕色美女親切對坐小房內，一個是新認上的義姊，一個是心愛的女人，不由充滿幸福的感覺；但又有點為左詩和浪翻雲的關係擔心，因為若浪翻雲只知喝酒而不去慰藉左詩，左詩豈非第二個朝霞？

胡思亂想間，左詩向他道：「你不是挺能說會道的嗎？為何進房後變了啞巴。」

韓柏恭謹地道：「弟弟正專心要聆聽詩姊的教誨，忘了說話。」

左詩俏臉一紅嗔道：「誰是你的詩姊！我還未正式答應哪！」

柔柔在旁笑道：「詩姊將就點，就收了他做弟弟吧！」

沒有人比她更清楚左詩的心意，只憑左詩著她召韓柏到自己房內傾談，可知左詩對韓柏確有點意思了。

但更深一層來看，左詩最愛的依然是浪翻雲，無論是哪一種愛。所以她心甘情願聽浪翻雲的話，依從他的指示，試著可不可以另行找到眞正的愛情，使浪翻雲再不用爲牽掛她而分心，好好準備應付攔江之戰。

柔柔有信心左詩遲早會受到這弟弟的吸引，因爲韓柏對女人實有近乎魔異的誘惑力，尤其是他那顯露出來無拘無束的眞性情，更增女性對他的傾心，這是她自家的親身體會，絕對錯不了。

韓柏並不是個有野心或大志的人，只愛隨遇而安，又不喜斤斤計較，亦是這種性格使他更能品嘗愛情的滋味；他也不缺乏女性傾慕的條件，正義任俠、不畏強權、膽大包天、任性不羈、調皮多情，在在都使有慧眼的女性心儀意動。

他是個能令女人眞正快樂的男人。

和韓柏有了肉體的關係後，柔柔更深刻體會到他能帶給女性靈慾交融的迷人滋味。

莫意閒是精於男女之道的高手，在這方面仍遠及不上韓柏。

韓柏的聲音響起道：「爲何詩姊姊和柔柔你兩人都忽然不說話了。」

柔柔倏然望向左詩，後者亦是俏臉微紅地低垂著頭，不知在想甚麼，不禁催促道：「詩姊！你有話爲何還不說出來？」

左詩瞄了正搔頭抓耳的韓柏一眼，輕輕道：「我忽然想起，若說了出來，豈不是做了幫凶，助他去勾引良家婦女嗎？」

韓柏聽得似和朝霞有關，大喜道：「詩姊姊快說出來！」

柔柔在旁道：「詩姊說吧！霞夫人實在很可憐哩。」

左詩向柔柔道：「我已告訴了你，由你轉述給你的公子聽吧。」

柔柔狡猾一笑，站了起來，道：「這是你們姊弟間的事，我怎管得著。」竟不理左詩的反應，逕自推門去了，留下兩人在房內。

左詩嬌羞無限，想隨柔柔逃去，卻怕更著形跡。

韓柏是玲瓏剔透的人，對事物的直覺尤其敏銳，立時察覺到事情的異常，望向這秀麗無倫的姊姊，忍不著怦然心動，吞了口涎沫，暗叫道，柔柔在弄甚麼來著，難道不知道左詩是浪翻雲的嗎？

忽又想起早先柔柔勸左詩聽浪翻雲的話，給自己多點時間，好作選擇，當時聽過便算，沒作深思，現在回想起來，隱隱中指的選擇可能就是他呢！

天呀！究竟是甚麼一回事，爲何會如此三千寵愛在一身，船上三位美女，一個是自己的了，另兩位則似乎正等著自己去接收，連義姊也不能例外嗎？

如此下去，怕最後眞要廣納姬妾，不過想起若家內有十來位嬌妻美妾，包括了秦夢瑤和靳冰雲，不要說朱元璋以皇位來交換他不會答應，連神仙也沒有興趣去當了。

愈想愈興奮，一時忘形下，不禁拿那對賊兮兮的眼偷偷打量左詩，看的方式自然失去了對義姊應有的尊重。

左詩怒道：「你看甚麼？不准你胡思亂想。」

這兩句眞是欲蓋彌彰，說完後她連耳根都紅透了。

韓柏不知她是眞怒還是假怒，嚇了一跳，垂頭自責道：「我該死！確是該死！」

他這麼說，擺明了他是以左詩爲對象胡思亂想，這次輪到左詩暗叫一聲天呀，這義弟爲何如此懂得引誘自己，又偏做得那麼自然眞誠，討人歡喜，教人難以責怪。

她忙藉想起浪翻雲來加以對抗，可是只能想起假若她嫁了給韓柏，浪翻雲會泛起安慰欣悅的面容。

小雯雯定會和這毫不拘束計較的義弟相處得來的。

想到這裡，自己嚇了一跳，暗責道：左詩啊！你是否春心動了，你不知羞恥的嗎？

韓柏見她神色喜怒交替，心下惴然，重新湧起對這義姊的畏敬，試探問道：「詩姊！你不是有話和我說嗎？」

左詩吸了一口氣，壓下波動的情緒，以所能做到最平靜的語氣道：「你想不想知道陳令方冷落霞夫人的原因？」

韓柏一呆道：「當然想！」

左詩橫了他一眼，心想這小子一聽到有關美女的事，立時眉飛色舞，往後不知還要納多少妻妾，不過亦是他這種風流多情的性格，故特別易得女性傾慕，不似有些人一輩子笨拙古板，不解風情。嘆了一口氣道：「陳公太迷信了，認爲朝霞命格不好，一進門就累他丟了官，所以才會有把朝霞送人的念頭。」

韓柏兩眼爆起精芒，形相忽地變得威猛無儔，充滿豪雄俠士的成熟氣概，勃然大怒道：「甚麼？這樣的情事也會發生，他當朝霞是甚麼東西？」

左詩從未見過韓柏這威猛豪情的一面，看得秀目一亮，盯著他捨不得移開目光。

韓柏忽又回復天眞神態，喜形於色地自言自語道：「這麼看來，假設我要了朝霞，反是對陳老鬼做了件好事，這眞是太好了，太好了。」

他本性善良，雖覺追求朝霞理直氣壯，可是陳令方怎樣不好總算是個戰友，何況陳令方除了朝霞一事外，其他各方面都和他們合作愉快，妙趣橫生，若能不傷害他，自是最理想。

左詩見他爲這「好消息」得意忘形，竟無端升起了一絲妒意，有點狠狠地道：「不要樂翻了心，做出傻事，男人的心很奇怪，他可以樂意把朝霞送給你，但若給他發覺你在暗地勾引強搶他的小妾，又可能會變成極端不同的另一回事。」

韓柏唯唯諾諾，一副欣然受教的表情。

不知如何，左詩對他的神態更看不順眼，微怒道：「這消息是大哥告訴我的，他並沒有著我告訴你，只是我怕你闖出禍來，才自作主張告訴你。」

韓柏感激地道：「我知詩姊愛護我。」

左詩跺腳道：「我不要做你的義姊。」

韓柏一呆道：「那你要做我的甚……噢！對不起！」

心想今次糟糕透了，這麼樣的說話也可口沒遮攔，以左詩一向的作風，可能以後不會睬自己了。

哪知左詩雖氣得漲紅了俏臉，卻出奇地沒有發作，只是怒瞪著他。

韓柏低聲下氣道：「詩姊不要不認我這弟弟吧，若我做錯了甚麼，即管罵我好了！」

左詩幽幽嘆了一口氣，道：「韓柏！我有一個提議，至於做不做得到，你自己瞧著辦吧。」

韓柏過了關般心花怒放道：「詩姊囑咐的，弟弟必可做到。」

左詩瞅他一眼道：「不要說得那麼篤定，別人或會做得到，你卻要困難得多。」

韓柏好奇心大起，道：「求詩姊快點說出來！」

左詩猶豫片晌，俏臉再飛起兩朵紅雲，難以啓齒地輕輕道：「你最好多點耐性，不要那麼急色，若你和霞夫人……眞弄出了事來，會把事情搞得更複雜的。」

韓柏心知肚明這確不易辦到，自和花解語初試雲雨情後，幾乎每和心愛的女性親近時，都自然地想發展到進一步的肉體關係，不過左詩既這麼說，唯有恭謹答道：「弟弟一定會在緊要關頭，記起詩姊的勸戒，及時懸崖勒馬。」

左詩招架不住他大膽露骨的「髒話」，站了起來，想逃出房去，韓柏早先她一步，把門拉開。

左詩芳心忐忑狂跳，瞪他一眼道：「在那種情況下，不准你想起我。」接著紅著俏臉，帶著一陣香風去了。

剩下韓柏一個人愣在門旁，不知是何滋味。

# 第十八章　夫妻情仇

窗外天色轉暗，房內燃著了油燈。

易燕媚赤裸著嬌軀，嬌慵無力擁被而臥，眼光卻落在坐於窗前檯旁正翻閱各地傳來報告書的乾羅身上。

看著這充滿男性魅力，舉止瀟灑不凡的黑道大豪，心中充盈著前所未有的幸福感和合體交歡後的滿足感。

她清楚感到乾羅是以眞心愛她和寵她。

雖是秋涼天氣，乾羅只是穿著長褲，卻任上身精赤著，露出瘦不露骨，一點沒有衰老之態，反充滿著力量的強壯肌肉。

武功到了乾羅這級數，早超脫了老病的威脅。

易燕媚嬌俏而又均勻豐滿的胴體離開了大床，來到乾羅身後把他緊抱著，肉體的接觸使她全身掠過火燙般的快感，忍不住呻吟起來。

乾羅這花叢老手微微一笑道：「剛剛才伺候完你，還不夠嗎？」

易燕媚輕咬著乾羅耳珠，喘著氣道：「燕媚全是城主的，以後也是屬於你的，城主不須理我夠不夠，只須問自己夠不夠和還要不要。」

乾羅露出傾聽的神色，道：「老傑來了，你先披上外衣吧。」

易燕媚忙走回床邊，在地上拾起給乾羅隨手抛在地上的長袍，蓋往動人的肉體上。

叩門聲響。

乾羅道：「老傑請進！」

老傑推門而入，看也不看雲雨過後神態誘人的易燕媚，逕自在乾羅身旁的椅子坐下，問道：「少主的傷勢有何進展？」

乾羅眼中精光一閃，沉聲道：「只看你問這句話，便知有些迫在眉睫的事發生了。」

老傑點頭道：「少主請先回答我這問題。」

乾羅道：「幸好我精擅男女採補之術，又有燕媚豐盛的元陰養我的元陽，不出十天，定能完全復元，但若要現在立即動手，遇上大敵時會有一定的壞影響。」

老傑道：「少主復元得這麼快，眞是天下喜訊，使我們在部署方面，可以更揮灑自如。」

乾羅道：「怒蛟幫方面的情況如何？」

這時易燕媚來到乾羅身後，溫柔地爲乾羅按摩背肌。

老傑道：「近日江湖上流傳著一個消息，就是朱元璋正和蒙人餘孽聯手掃蕩大明開國後殘留下來的地方勢力，事成後朱元璋會把一個省的地方，劃入蒙人勢力範圍內，當作獎賞。至於是哪一個省，卻是無人知道。」

乾羅啞然失笑道：「這必是怒蛟幫放出來的消息，要弄至地方上人心不安，再由地方官報上朝廷，造成對朱元璋的壓力，這一著不可謂不厲害，又不用費一兵一卒，定是凌戰天和翟雨時想出來的妙計，長征便不會有這種心術。」

老傑道：「現在怒蛟幫的人都潛進了地下活動，洞庭一帶布滿了方夜羽的人，使我們在偵察上出現困難，不能掌握眞正的形勢。假若這謠言屬實，怒蛟幫會有動輒全軍覆沒之險。」

乾羅關心地道：「有沒有我兒長征的消息？」

老傑搖頭表示沒有消息，道：「我很想見見這小子。」

乾羅笑道：「你定會喜歡他，此子天生是吃江湖飯的人，前途無可限量。」頓了頓又道：「看來眼前當急之務，就是要援助怒蛟幫，先不說長征和我有父子關係，只衝著和浪翻雲的交情，我們便不能袖手。」

易燕媚道：「傑老！雙修府的情況如何？」

老傑道：「若我所料不差，雙修府的大戰最遲會在明天爆發，剛才我接到少章傳來的消息，有一批形相怪異的人剛抵南康，但立即失去影蹤，其中有對孿生老叟，看來就是蒙大蒙二那兩隻怪物，另有一人，是『人妖』里赤媚也說不定。」

乾羅眼中厲芒一閃，冷哼道：「里赤媚！」

易燕媚擔心地低聲道：「城主康復前，萬萬不要和他動手。」

老傑同意點頭，乘機向易燕媚道：「易小姐曾跟了方夜羽一段時間，知否他手下尚有甚麼能人？」

易燕媚聽到方夜羽的名字，玉容一黯，道：「方夜羽對自己的事，從來都諱莫如深，教人摸不到他的深淺，但我曾在一偶然場合，聽到他們談起一個叫鷹飛的青年人。我印象特深的原因，是因爲這人乃當年八師巴愛徒，名震大漠冷血殺手鐵顏的曾孫。連白髮紅顏兩人對他都極爲推崇，隱有視他爲蒙古新一代的第一高手，照他們當日所說，此人應已抵達中原。」

老傑道：「這消息非常重要，若這人的功力與方夜羽相埒，就非常不好應付了。」見到乾羅皺眉苦思，問道：「少主想到甚麼問題？」

乾羅道：「我在想里赤媚爲何不怕露出形跡，不繞過南康往雙修府，卻到這裡盤桓，究竟有何目的呢？」

雙修夫人谷凝清靜坐禪室之內，眼觀鼻、鼻觀心，正數著佛珠唸經，驀地停下手來，望往長方禪室另一端打開了的門外夜色裡，淡然道：「何方高人駕臨？」

一把斯文柔和的聲音在外面平靜地響起道：「大人！是不捨來了。」

到最後一字時，僧袍如雪、孤傲出塵的不捨出現在入門處。

谷凝清秀目閃過殺機，飄身而起，烏黑長髮無風自拂，寬大卻無損她曼妙身材的尼姑袍貼體波動，足不沾地下，有若來自幽冥的絕美精靈，似緩實快地往不捨掠去，雪白纖美的右掌，直往不捨胸膛印去。

不捨嘴角閃過一抹苦笑，負手身後，傲立不動。

谷凝清倩影一閃，玉掌印實不捨胸前。

不捨踉蹌跌退，落在靜室前空地上，嘴角溢出血絲。

谷凝清停在門前，冷冷道：「你爲何不避？」

她不怪自己打人，卻怪人不避她。

不捨苦笑道：「夫人爲何收起了五成功力，一掌把不捨殺了，我們的恩怨不是一了百了嗎？」

谷凝清冷然自若，緩緩移前，來到差點與這仙風道骨的清秀白衣僧碰在一起的近距時，才停了下來，伸手按上他的胸膛，低聲道：「只要我掌力一吐，包保你甚麼武林、天下蒼生、爲師報仇、決戰龐斑諸事，再也休提，你眞不怕壯志未酬身先死嗎？」

不捨淡淡一笑，迎著谷凝清凌厲的眼神，柔聲道：「我踏入凝清靜修之地時，早預了你一見小僧會立下殺手，也準備了如何躲閃，但當凝清你眞的攻來時，小僧卻忽然不想避了。」

谷凝清玉掌輕按下，感覺到這曾和自己有夫妻親密肉體關係的男子的血脈在流動著，芳心掠過一陣莫名的戰慄，眼睛雖瞪著對方，心內卻是一片茫然，不旋踵又湧起一股恨意，冷冷道：「你再稱自己一句小僧，我立時殺了你。」

不捨依然是那溫柔斯文的語調道：「不捨怎會故意惹起夫人怒火？」

谷凝清玉掌仍按在不捨胸膛上，美眸殺機轉盛，一字一字道：「你以前的法號不是叫空了嗎？爲何改作不捨？你捨不得甚麼？捨不得你要重振少林的大業？還是擊敗龐斑的美夢？」

不捨眼中閃起淒色，苦笑道：「我改名不捨時，想到的只有一個谷凝清。」

谷凝清嬌軀一震，往後連退數步，才勉強立定，顫聲道：「你……你……」

不捨移往前去，來到谷凝清身前，保持著剛才相若的近距離，憐惜地細看谷凝清淒美絕俗的容顏，柔聲道：「凝清你以爲我可把你忘記嗎？整個少林的佛經加起來也比不上你的魅力。」

谷凝清雙目淚花滾動，怒道：「既是如此，爲何你不盡丈夫的責任、父親的責任，卻要回去當和尙？袖手不理我們復國之事，累我變成無雙國的千古罪人。你既然走了，爲何又要回來？你說沒有忘記我，爲何這二十多年來，對我們母女不聞不問？」

不捨舉起衣袖，想爲谷凝清拭掉玉臉上剛滾流下來的淚珠，谷凝清先一步叫道：「不要碰我，先答我的問題！」

不捨頹然收手，凝望著這曾和自己同衾共枕，整整一年，每晚都作肉體親密接觸，共修雙修大法的絕代嬌嬈，語氣轉冷道：「因爲你並不愛我！」

谷凝清呆了一呆，俏臉血色退盡，往後踉蹌退了兩步，捧著胸口，悻然道：「竟是這個理由，當年你爲何不說出來？」

不捨仰天長笑，充滿了悲鬱難下之意，好一會兒才道：「許宗道難道是求人施捨一些根本沒有多餘的愛給他的人嗎？」

谷凝清垂下雙手，神態回復冷漠，平靜地道：「現在爲何你又說出來？」

不捨神態自若道：「我中了你一掌，受了嚴重內傷，自問遇上強敵時有死無生，再不讓你和姿仙知道我不是一個不負責任的丈夫和父親，恐怕沒有第二個機會了，這答案凝清你滿意了沒有？」

谷凝清扭轉身去，背著不捨，不想讓他看到臉上的熱淚，悲聲道：「爲何當年你又說，天下無事比追求佛法更重要，說甚麼世事盡是虛幻，爲何不把眞相說出來，這算是負責任嗎？」

不捨淡然道：「因爲當時我想傷害你，我想看你被我捨棄的模樣，因爲我嫉妒得要發狂了。現在厲若海死了，但我仍在妒忌他，爲何我只能得到你的身體，但在你心中卻無分毫席位？」

谷凝清霍地轉過身來，淚珠不斷流下，好一會兒才稍微平復，淒然搖頭道：「許宗道，你是不會明白的。」

不捨瀟灑一笑道：「不明白就算了，我今次來，只是忍不住想再見你一面，再無他求，夫人請了。」

谷凝清喝道：「不准走！」

不捨柔聲道：「夫人有何吩咐？」

谷凝清聽得呆了一呆，昔日兩人相處，不捨最喜說的就是這句話，這刻聽來，就像依然停留在那段時光裡，心中一軟道：「你知否我是不能對你動情的嗎？」

不捨愕然道：「這話怎說？」

谷凝清緩緩移前，直至動人的身體完全靠貼著不捨，才仰起明媚美艷的俏臉，輕柔地道：「到了今天，我再也不用瞞你，雙修心法，男的須『有情無慾』，女的卻須『有慾無情』，大法才可望修成。當年我自問不能對你無情，所以故意逼使自己全心全意去思念若海，甚至在夢中也喚著他的名字，心想待雙修大法功成，才向你吐露眞相，以後好好地愛你，做你的賢妻，豈知你大法一成，便要走了，我根本沒有機會向你說出來。」

不捨全身劇震，向後連退六、七步，臉上現出痛苦神色，呻吟道：「有情無慾！有慾無情！」

谷凝清道：「我早發現你髮內有戒疤，看穿你是和尙，但這正合有情無慾的心法，所以並不揭破，事實亦證明我是對的，我們的雙修大法終於修成，眼看復國可期，你卻走了，你說我應否恨你？」頓了頓幽幽一嘆道：「但這一刻，我對你再無半點怨恨，唉！當年若我早點告訴你我懷了姿仙，宗道你恐也不會如此不顧而去吧？」

經過了二十多年的分離後，這對恩怨交纏的男女，終於各自說出了自己的心事。

谷凝青嬌體再度移前，貼上了不捨，纖手探出，摟緊了他的腰，仰起俏臉喟然道：「這二十多年來，每天我也在恨你，到了今夜，我才知道自己這麼恨你，全由於我其實是深愛著你，對若海的傾慕，已是發生在前世的舊事，來！到我的靜室去，讓凝清把她的肉體獻上，為你療傷。」

不捨搖頭道：「凝清！以前總是我聽你的話，現在你可以聽一次我的話嗎？」

谷凝清道：「說吧！凝清在聽著。」

不捨道：「乖乖地返回靜室內，當甚麼事也沒有發生過，若不捨死不了，終會再回來見你，拋開一切，與你攜手共度餘生。」

谷凝清一顫道：「你語氣中隱含一去不復回的憂哀，是否有強敵在旁窺伺，使你知道自己命不久矣，所以要把我騙回靜室內？」

不捨伸手將她緊擁懷內，輕嘆道：「我真傻，竟想瞞過你的慧心靈智。」

谷凝清全身抖顫，俏臉泛起紅霞，呻吟道：「宗道，我是第一次感到你對我既有情，亦有慾。」

不捨道：「我亦是第一次感到凝清對我的愛意。走！」

兩人緊擁一團，沖天而起。

# 第十九章　憤怨填胸

韓柏回到房內時，范良極蹲在椅上，望著棋盤上自己被殺得七零八落的棋子皺眉苦思，喃喃道：「其實我並不比陳棋聖差多少，只是在定石和收官子這一頭一尾上比不上他，唉！我第一盤僅以五子見負，但打後都以大比數落敗，若我不能恢復棋盤上的信心，怕他讓我兩子也能勝過我了。」

韓柏對圍棋一竅不通，那天逼自己看了陳、范兩人下了半局棋，才有了點眉目，他天性厭倦鬥爭廝殺，對棋道爭鋒更絲毫不感興趣，顧左右言他道：「柔柔哪裡去了？」

范良極和顏悅色道：「朝霞來喚了她去，好像到膳房幫手弄飯，嘿！小子眞有你的，朝霞這乖妮子的眉梢眼角開始露出生機和風情，你是否碰過她了？」

韓柏傲然道：「甚麼？你當我是急色鬼嗎？現在我先要取得她的芳心，至於她的身體嘛，異日待我明媒正娶，才……嘿……你明白啦。」

范良極見這淫棍居然如此有原則，肅然起敬道：「有始有終，小子確有你的。告訴我，你使了甚麼手段，竟然弄得這小妮子對我也尊敬起來，還說要向我請教。異日你弄了她上手，記得要她做我的妹子，哈！眞妙！竟然多了兩個乖妹子。」

韓柏一聽下嚇了一驚，知道朝霞的請教其實是要范良極替她看相，硬著頭皮道：「我剛才告訴她你是鬼谷子的第一百零八代傳人，看相之術天下無雙，若她要你給她算命，最緊要應酬幾句，免得拆穿了我的謊言，破壞了我的形象。」

范良極色變道：「甚麼？那我的形象怎麼辦，異日她知道我這大哥曾騙過她，還會尊敬我嗎？何況我對看相就像你的棋藝，一上場即給拆穿。」

韓柏「啐啐」連聲哂道：「誰叫你眞的去看相，只須將過去兩年你偷看偷聽回來的東西，把幾件重要的說出來，包保朝霞更佩服尊敬你。」

范良極想想也是道理，心情轉佳，跳了起來，到韓柏身前，兩手輕按他肩上，誇張地由不同角度審視著韓柏的臉。

韓柏愕然道：「你要看甚麼？」

范良極怪笑道：「讓我這鬼谷子第一百零八代傳人看看你的相，爲何能如此艷福齊天，將所有美女大小通吃。」

韓柏伸手推開他道：「我有一個重要消息告訴你，有沒有興趣聽聽？」

范良極道：「有屁快放，不要憋在裡面，弄得你說出來的話也帶著臭氣。」

韓柏對他的粗言鄙語早習以爲常，當下把陳令方認定朝霞命格不好的事，說了出來。

范良極一聽下勃然大怒，罵了足有小半炷香的時間，才洩了點火氣，嘆道：「陳老鬼這人本不大差，只是迷信了點，唉！不過也便宜了你這小子。我們只要針對這點下工夫，可能你和朝霞不用私奔就可把事情解決。」頓了頓皺眉道：「不過可要快一點，我看陳令方對朝霞的態度好多了，若他因妻妾離去，一時耐不住寂寞再和朝霞修好，可能甚麼好命格壞命格全忘了，再捨不得把朝霞送人，那就糟透了。」

韓柏倒沒有他想得那麼周詳，腦海中登時浮現出朝霞給陳令方摟在床上行雲布雨的情狀，大感不舒服。

范良極看了他兩眼，道：「算你這小子有些良心，來，讓我告訴你一件包保你喜翻了心的事，就是你的詩姊對你挺有意思呢！」

韓柏早猜到三分，聞言心中升起甜絲絲的感覺，卻故作不快道：「不要亂說，詩姊愛的是浪大俠，我怎比得上浪大俠。」

范良極不理他，逕自搖頭擺腦，大讚道：「浪翻雲是這世上唯一讓我在各方面也心悅誠服的人，不似你這小子，只得一項優點，就是夠傻，所以才傻有傻福。」

韓柏抗議道：「不要整天說違心之言，你最清楚我有數也數不盡那麼多的優點，全賴了我的福蔭，你才改變了孤獨怪僻的痛苦人生，看！現在多麼好玩，上京後才精采哩！」

范良極給他說得啞口無言，唯有道：「唉！肚子真不爭氣，又餓了，讓我到下面看看飯局預備好了沒有，或者先到膳房偷些東西祭祭五臟廟。」

范良極這類高手，等閒十天八天不進粒米都不會肚餓的，韓柏怎會不知他在胡謅，故意吊他癮子，一手抓著他瘦削的肩頭道：「我也想知道浪大俠怎樣偉大，好讓我尊敬他時多點資料。」

范良極斜兜他一眼，嘿嘿怪笑道：「恐怕你是想知道多點資料，教你可以好好挑逗你的詩姊吧！我的偉大淫棍。」

韓柏的厚臉皮也掛不住，怒道：「不說便不說吧，難道我還要求你，不過我也不會告訴你朝霞和我說過甚麼親熱話兒，以後都不會。」

范良極對朝霞是出自真心的關懷和愛惜，聞言立即投降道：「小柏兒何須那麼認真，請聽我詳細道來。」

韓柏忍著笑，緊繃著臉道：「有屁快放！」

范良極絲毫不以爲忤，嘻嘻一笑道：「專使大人請入座，本侍衛長有事稟上。」

兩人分別在窗旁的椅子坐下。

范良極蹺起二郎腿，取出盜命桿，吞雲吐霧起來，好一會兒沒有作聲。

岸旁遠處萬家燈火，一片入黑後的安靜和寧洽。

范良極不知想到甚麼，搖首嘆道：「浪翻雲你真行。」

韓柏心癢難熬，明知這死老鬼在吊他胃口，可是想起快要下去吃飯，忍不住道：「你究竟說還是不說？」一副變臉拉倒的架勢。

范良極望著裊裊升起的煙圈，道：「你的詩姊不知爲了甚麼傷心事，經脈鬱結，再受鬼王丹毒氣所侵，本是大羅金仙亦救不了的絕症，幸好浪翻雲這小子，想出妙絕天下的藥方，就是以自己作藥，打開了你詩姊緊閉的心扉，挑開了她的情竇，使她脫胎換骨，重現生機，乘勢逐步打通她閉塞了的經脈。」

韓柏一聽下大爲洩氣，道：「若是如此，你以後提也不要提詩姊對我有意思這句話，我韓柏最尊敬的人便是浪翻雲這小……噢！不！這大俠。」

范良極徐徐噴出一個大煙圈，微笑道：「聽東西不要只聽一半，浪翻雲對左詩或者有三分愛意，但兄妹之情卻最少佔了七成，所以發展到如今便到了尷尬階段，左詩需要的是他實在的愛和承諾，是成熟男女的親熱和歡好，小子你明白嗎？柔柔對你的要求，就是左詩對浪翻雲的要求，又或是……

嘿！雲清那婆娘對我的期待。」

看著他提到雲清時那張放光的老臉，韓柏頹然道：「詩妡愛的是浪翻雲，我們不若想方法玉成他們的好事吧！你和我都莫要想歪了。」

范良極搖頭道：「可能是你的道行太淺，武功太低，所以不明白浪翻雲已達由劍入道的境界，更驚人的是他不須像禪道高人般由宗教入手，而是自然而然到了那種境界，就像當年的令東來和傳鷹，早超脫了男女的愛慾，達到有情無慾的境界，試問他怎能予左詩她想要的東西。你的詩妡需要的是你這樣的一個淫棍。」

韓柏皺眉怒道：「你再說我是淫棍，我立刻和你決鬥。」

范良極連聲道：「大人息怒！大人息怒！待本侍衛長找到更適合形容你的詞語時，才棄淫棍不用，好嗎？」

韓柏啼笑皆非，拿他沒法。

范良極愈說興致愈高，續道：「所以浪翻雲現在面對的難題就是，假若左詩發覺他對她只純是兄妹之情，甚或父女之情，必會自悲自憐，經脈再次鬱結，那就甚麼也完了。幸好有你這淫……不……有你這情種出現，而左詩亦對你甚有意思，於是浪翻雲想了招移花接木之計，左詩是花，你就是木，嘻！既是接花的木，不是淫棍是甚麼？」

韓柏剛要發作，敲門聲響，忙應道：「進來！」

推門而入的是范豹，向兩人道：「開飯了，有請兩位大人。」

雙修府。

風行烈提著燈籠，另一手摟著谷倩蓮的蠻腰，走在下山的路上。

雙修府在下方燈火通明。

谷倩蓮忽地停下，投進風行烈懷內，顫聲道：「行烈！我很怕，你一直沒有作聲，我感到再不能像往日般了解你。」

風行烈放下燈籠，用力將她抱緊，道：「傻孩子，怕甚麼，無論將來如何，我風行烈向天立誓，絕不會拋棄你，也捨不得拋棄你。」

谷倩蓮驚喜道：「你眞的不是騙我？」

風行烈感受著懷中美女火般熱的愛戀，心中的悲痛和無奈大減，道：「這裡事了後，我帶你去找一個人，說幾句話後，便和你隱居山林，到攔江之戰時，才再出江湖，你會反對嗎？」

谷倩蓮畏怯地低聲問道：「你是否要去找靳冰雲？」

風行烈點頭道：「是的！」

谷倩蓮欣喜地道：「你肯把我帶在身旁去見她，表示你眞的肯要我，行烈！小蓮很開心，只要你不會不理我，其他一切都沒關要緊。」

風行烈重重吻在她香唇上，心中充滿了感激，谷倩蓮的善解人意，確令他感到自己的幸福。他取回燈籠，改爲與谷倩蓮手拉著手，以較前輕鬆得多的步伐，往下走去。

谷倩蓮忽道：「行烈！我可否不陪你去參加晚宴，你會怪我嗎？」

風行烈皺眉道：「當然會怪你，而且敵人隨時會來，我不想你有片刻離開我丈二紅槍的保護網，晚上則要摟著你來睡。」

谷倩蓮眉開眼笑地吻了他一口道：「行烈！你眞好，我全聽你的話，你要我幹甚麼也遵命。」

風行烈順口問道：「今晚會有甚麼人出席？」

谷倩蓮回復平日的嬌癡活潑，數著指頭道：「有譚冬叔啦，他的妻子譚嫂啦，譚嫂最是好人，府內所有婢女都喜歡她；有左右二將趙岳叔叔和陳守壺叔叔啦，專責府外的事務，若非情勢危急，也不會回府來。」接著想了想道：「不知素香姊回來了沒有，她也像我那樣，是夫人收養的孤女，不過不是姓谷而是姓白，和我最要好，你定會喜歡她的。不要看素香姊平時溫婉可人，調皮起來時最愛扮作醜女，弄粗聲線，作弄那些纏她的男人，嘻！」

風行烈道：「那位雙修快婿呢？」

谷倩蓮的臉色陰沉下來，道：「那小子和那婆娘當然不會不來，行烈啊！想起他們，我眞想立即遠走高飛，永遠不回來，不想聽任何有關雙修府的事。」

風行烈明白她的心情。這成抗看來是個老實的好人，但和容色不遜於乃母的谷姿仙卻是絕不匹配，連他這刻想起來亦有點不舒服，更何況是把谷姿仙敬若女神的谷倩蓮。

主府在望。

譚冬迎了上來，道：「好了！公子和小蓮回來了。」

一聲「小蓮」響自府門處，一道纖美修長的人影掠了過來。

谷倩蓮淒叫一聲，撲了過去，投進那女子懷裡，竟哭了起來。這女子比谷倩蓮要高上半個頭，一雙腿特別長，教人一見難忘。

那女子不住勸慰，可是谷倩蓮反哭得更厲害，在旁的譚冬慌了手腳。

風行烈走到三人旁邊，責道：「倩蓮！不要這樣。」

那女子抬起俏臉，往風行烈望來，美目閃著亮光，道：「這位定是風公子了。」

風行烈在燈籠光下，看到這女子容貌極美，稍缺谷倩蓮的嬌巧俏麗，卻多了谷倩蓮沒有的爽朗英氣，眞是春蘭秋菊，各擅勝場，施禮道：「這位定是倩蓮提過的素香姊了。」

白素香大膽的眼光上下打量了他兩眼，然後向懷內的谷倩蓮道：「你再哭，我就向風公子揭發你以前的頑皮事。」

谷倩蓮悲泣道：「香姊！小姐要嫁給那大個子了。」

風行烈伸手抓著谷倩蓮香肩，半硬半軟將她拉開，向白素香和譚冬兩人歉然道：「讓我先陪小蓮在外面走兩步，待她好點後，才到裡面去。」

谷倩蓮一挺胸膛，停止了哭泣，傲然道：「不！讓我們立即進去。」

白素香憐惜地道：「看你眼也哭腫了，怎樣見人？」

谷倩蓮使起小性子，道：「哭便哭，何須瞞人，我們進去！」當先帶路，走進府內去。

大堂內燈火通明，才到門口，成麗信心十足的聲音傳入眾人耳內，在她旁有四個人，一個是有點不知如何是好的成抗，一個是位面日祥和的中年美婦，另兩人一高一矮，眼目精明，年紀在四十至五十許間，氣度不凡，明眼人一看便知是高手。

成麗興奮地介紹著自己怎樣布置這人婚的禮堂，除了那中年美婦稍微點頭回應，那高矮兩人只是禮貌地聆聽著，沒有作聲。

谷倩蓮領頭進來，嚷道：「譚嫂！趙叔、陳叔，小蓮來了。」擺明不把成抗姊弟放在眼內。

三人也不知是否故意，拋下了成麗兩姊弟，迎了上來。

谷倩蓮親切地挽著那兩名中年人，介紹給風行烈，高的那人是趙岳，矮的是陳守壺，中年美婦則是總管譚冬的妻子譚嫂。

一番客氣後，譚嫂瞪了谷倩蓮一眼，責道：「小蓮你的脾性真改不了，一回來便惹小姐生氣，看看！剛哭過了是不是？」

谷倩蓮委屈地垂下頭去。

譚冬把愣在一旁的成抗、成麗招呼過來，為他們引見風行烈。

成麗帶著警戒的目光在風行烈身上轉來轉去，露出不屑的神色，仰臉擺擺身分，一副沒有興趣理會閣下的模樣。

成抗見風行烈英偉軒昂，一派高手風範，眼中閃過自慚形穢之色，謙卑地道：「成抗甚麼也不懂，風兄以後請多多指點。」

風行烈對這被排擠的青年憐意大生，正想說上幾句好話。豈知成麗向成抗喝道：「成抗你要記著，明天你就是雙修府的半個主人了，說話不可以沒有分寸。」顯是不滿己弟的卑躬禮下。

各人臉色都不自然起來，試問成抗怎能服眾。

谷倩蓮冷哼一聲，便要發作。

風行烈施出大丈夫的威嚴，淡淡看了谷倩蓮一眼，嚇得後者立時不敢作聲，然後向成抗微笑道：「成兄相貌堂堂，一臉正氣，將來雙修府必能發揚光大，成兄努力吧。」

成抗露出感激的神色，應道：「多謝風兄指點。」這弟弟在人情世故上，確遠勝乃姊。

成麗見風行烈讚她弟弟，立時變出另一副臉孔來，笑道：「風公子是江湖上的名人，成抗他甚麼也不懂，公子最緊要指點他。」

這時一個小婢走前來請他們到偏廳去，說谷姿仙正恭候他們。

眾人往偏廳走去。

白素香走到風行烈另一旁，邊走邊道：「風公子真有本領，只有你才能收拾我們雙修府的小精靈。」說完兜了風行烈另一旁垂著頭走路的谷倩蓮一眼。

風行烈苦笑道：「素香姊言之過早了。」

白素香見他像谷倩蓮般喚她作素香姊，甚是歡喜，改變稱呼道：「行烈不要擔心，我從未見過小蓮剛才那乖樣子的。」

谷倩蓮何等厲害，癟著小嘴笑著反擊道：「我也從未見過素香姊對男人這麼和顏悅色，行烈不若你把她也娶過門來，讓我們這對好姊妹永不用分離。」

這些話一出，風行烈既大感尷尬，白素香更是紅霞滿面，不知所可，幸好這時到了偏廳內，雙修公主谷姿仙盈盈俏立，美目含笑，歡迎他們到來。

成抗見到谷姿仙，一對大眼立時亮了起來。

谷姿仙大方地站到成抗身旁，向各人微笑道：「不若我們入席再談吧！」

眾人隨著谷姿仙移步到設在偏廳一角的酒席，依主次入坐。

谷姿仙和成抗坐在主位，剛好對著風行烈和谷倩蓮。

成麗有點不知禮貌地坐到谷姿仙旁的座位處，白素香有意無意間坐到風行烈的另一旁，其他人隨意入座。

這一席是素宴，下女送上齋菜後，退了下去，偌大的偏廳只有這圍坐著的十個人。

酒過三巡，風行烈也被敬了三次酒。

風行烈禮貌地回敬谷姿仙，再舉杯向成抗祝賀他明天的婚禮。

成抗有點忸怩地舉杯。

眾人紛紛舉杯，只有谷倩蓮綳著臉，並不參與。

谷姿仙冷冷瞪她一眼，顯是忍著才沒有發作。

谷倩蓮對谷姿仙責備的眼色視若無睹，垂著頭悶聲不響。

成麗眼中閃過怒意，向風行烈甜甜一笑道：「風公子！小蓮是這裡的丫頭，一向野慣了，你最好多點管她教她，讓她多懂些禮貌道理。」

眾人一齊色變，這幾句話既帶貶意，語氣又重，谷倩蓮怎受得了。

谷倩蓮霍地抬頭，秀目射出銳利的光芒，正要反唇相稽，谷姿仙喝道：「小蓮！」

谷倩蓮冷冷瞅了谷姿仙一眼，把到了口的話忍著不說出來，垂下頭去。

谷姿仙這次沒有發怒，美目掠過一絲哀怨，瞬又消去，回復平靜道：「我們剛接到南康來的消息，胡節的水師解除了對我們水路的封鎖，今早離開了鄱陽，進入長江，目的地看來是洞庭湖。」

趙岳道：「黃河幫的三十艘船艦也於昨夜趁黑離開，我看怒蛟幫現在的形勢危險非常。」

成麗道：「怕甚麼，有『覆雨劍』浪翻雲兄在，會怕誰人？」一副和浪翻雲非常熟絡的模樣。

陳守壺道：「成小姐有所不知了，浪翻雲早離開了怒蛟島，至於他為何離開，到了哪裡去，卻是無人知道。」

風行烈眼光何等銳利，當成麗提到浪翻雲的名字時，谷姿仙嬌軀輕輕一顫，秀美的眸子一陣悃然，不由心中一動，難道她和這天下第一劍手有著不尋常的感情關係。

在旁的谷倩蓮低哼一聲道：「無知！」

這「無知」自是針對成麗而說，沒有人會誤會她的意思。

谷姿仙大怒道：「我若非看在風公子面上，小蓮你這樣沒上沒下，我會立時把你逐出雙修府。」

谷倩蓮「嘩」一聲哭了出來，掩臉起身便走，連椅子也撞跌了。

風行烈說聲「對不起」，追著去了。

谷姿仙目送兩人走出偏廳，淒然一笑道：「今晚的洗塵宴就這樣算了吧！」

# 第二十章　相法如神

官船寬敞的艙廳裡，筵開一席。

馬雄和方園兩人都到岸上去辦事，預備明晚的盛宴，剩下這班自己人圍桌進膳。左詩、柔柔、朝霞三女都特別打扮了自己，看得陳令方、韓柏、范良極三人目眩神迷，滴酒未進先醉了三分，三杯過後，陳令方和范良極兩人忍不住酒興大發，在言語上親熱一番，唇槍舌劍，鬧個不亦樂乎。

氣氛熱烈起來。

左詩和柔柔兩人，分坐韓柏兩旁，兩人隔著韓柏，輕言淺笑，看得韓柏「魔性大發」，尤其想到或能把這可人的義姊據爲己有，肆意輕薄；心中那股火熱燒得他差點呻吟出來，茫然間忽聽到朝霞的聲音道：「聽說范先生的相術天下無雙，不知可否給朝霞看個相？」

韓柏一震醒了過來，想不到一向畏怯的朝霞竟會在陳令方前，公開提出這請求，回心一想，明白到朝霞正是要說給陳令方聽，讓外人看看她的命爲何這麼苦？而韓柏予她的困擾和折磨，亦使她有點不顧一切地想知道未來的命運。她苦無可苦，還怕甚麼？

左詩和柔柔爲之愕然，美目集中往朝霞臉上。

陳令方呆了一呆，以奇怪的眼光兜了朝霞一眼，哈哈大笑道：「想不到范兄有這麼多興趣和老夫相同，老夫也最喜研玩相學。」

左詩和柔柔交換了個眼神，既驚異朝霞如何會知道連她們也不知道的事，亦想到原來陳令方如此愛好這種江湖小術，難怪這麼迷信。

韓柏則和范良極面面相覷，暗忖這次可要出大岔子了，原來陳令方竟懂得相術，那豈非可立時拆穿范良極這一竅不通的假相師。

范良極乾咳一聲，藉掏出盜命桿裝上菸絲的動作，掩飾心中的慌張，把賊眼一瞇道：「說到棋藝，我暫時或不如你；但相道嘛，你永遠連我的邊兒也沾不上。」

韓柏心中嘆道，你這死老鬼，話怎可說得這麼滿呢？

陳令方呵呵一笑，歡喜地道：「范兄這麼自信，必有驚人相技，真使老夫驚喜莫名，范兄定要指點老夫一條明路，好讓我能趨吉避凶。」

范良極道：「國有國法，家有家規，我鬼谷派規矩限定，每次只能看一人，看完後百天內不得看第二個相，現在貴如夫人先提出請求，那就恕我不能給陳兄看相了，只能贈如夫人兩句。」

韓柏差點拍案叫絕，以示佩服范良極的詭變百出。

陳令方失望道：「既是如此，老夫不敢勉強。」旋又喜上眉頭道：「看不可以，教總可以吧，相書中有幾句話說：『觀人臉，不若觀其神；觀其肉，不若觀其骨』，這四句話我常覺很有道理，用起上來又有無從入手之感，范兄請指教！」

韓柏暗嘆這回比看相更慘，范老鬼可以拿甚麼夫教人？

范良極心中罵遍了對方的諸祖列宗，表面則從容不迫道：「這些話有啥道理？不過是江湖術士故作高深莫測的虛語，陳兄給他們騙了。」

陳令方瞠目結舌道：「甚麼江湖術士，這是相學經典名著《相林摘星》開首的四句話。」

范良極一不做二不休，噴出一道煙箭，吹到陳令方臉上，哂道：「甚麼摘星，我看甚麼也摘不了。」

朝霞眼露敬佩神色，心想范神相果然與眾不同，相學經典都不放在眼內，難怪連自己喜愛餵雀他亦知道。

陳令方有點懷疑地端詳著范良極道：「那就有勞范兄指點我應讀哪本相書？以免摸錯了路子。」

范良極懂甚麼相書，兩眼一翻道：「那些相書有何好讀，燒了還嫌要掃灰呢！」

陳令方一咬牙，轉向朝霞堅決地道：「朝霞，把你的看相優先權讓給爲夫吧！」

朝霞嬌軀一震，委屈地垂下俏臉，無奈點頭，看得范、韓兩人義憤塡膺，差點要動手打陳令方一巴掌。

陳令方望向范良極正容道：「范兄先看老夫的過去吧！」他亦是厲害的老狐狸，暗忖若你胡謅將來的事，我自是無法揭破，但若說早成了事實的過去，可立時對照，不能狡辯。

一時間艙廳內靜至極點。

左詩和柔柔這時都聽出范良極在胡說八道，亂吹大氣，不由擔心起來，怕他出醜時下不了台。

韓柏亦後悔起來。

只有朝霞一人對范良極有信心。

范良極好整以暇吸了幾口菸，驀然喝道：「舉起右手！」

陳令方一愕後舉起右手，立又迅速放下。

范良極煞有介事地道：「陳兄二十八歲前苦不堪言，二十八歲後官運亨通，一帆風順，直至四十九歲，我有說錯嗎？」

陳令方呆了半晌道：「范兄怎能看得出來？」二十八歲流年部位在印堂，而陳令方印堂受眉勢影響，窄而不開揚，在相學上來說並不理想，所以相士都批他要三十一歲上了眉運後才可大發，范良極這幾句批辭，即可見功夫遠超於他以前遇過的相士了。

范良極得意道：「天機不可洩露，除非你入我之門，否則休想套得我隻言片語。」

韓柏鬆了一口氣，暗忖以這老鬼的靈耳，那兩年內陳府上下所有人的談話可能全都落進他耳內，對陳令方過去了解之深，或會比陳令方自己還有過之而無不及。

左詩和柔柔當然想到這點，垂下頭去，苦忍著心內的笑意，憋得兩女差點淚水也流出來。

朝霞讚嘆道：「范先生眞是相法如神。」

范良極嫩懷大慰，道：「陳兄曾有三次意外，一次是八歲那年差點在一條河內淹死；第二次是三十歲那年失足跌下石階，我看最少要躺上十天；第三次是三十五歲那年，給人在右肩劈了一刀，那疤痕絕不應短過三寸。」

陳令方聽得目定口呆，呼出一口涼氣道：「范兄眞是相門千古第一奇士，陳某佩服得五體投地，不知范兄可否收我爲徒？」

范良極笑言道：「國有國法，家有家規，我門每代只准傳一人。」

陳令方急道：「那就傳我吧！」

范良極道：「你又遲了，我昨天才收了徒兒，那就是他。」說完，用旱煙桿敲敲韓柏的大頭，正容道：「還不再叫聲師父我聽聽。」

韓柏心中破口大罵，表面當然做足工夫，低聲下氣叫道：「老師父在上，請再受小徒一叫。」

左詩和柔柔終忍不住，趁陳令方失望地呆看著范良極，掩嘴低笑，那種辛苦眞是苦不堪言。

陳令方喘了幾口氣，緊張地道：「那范兄快指點老夫將來應走哪條路吧！」

范良極肅容道：「你眼前有一大劫難，恐怕陳兄難以度過。」

陳令方色變道：「有沒有化解之法？」

范良極嘆道：「念在你現在名符其實和我共乘一船，理應同舟共濟，就看在這點緣分上，我拚著洩露天機，減壽七七四十九日，也要告訴你化解之法，使你能因禍得福，官運再登坦途。」

陳令方大喜道：「范兄請說！」

范良極道：「不可以！」

陳令方愕然道：「你不說出來，老夫怎知如何化解？」

范良極冷冷道：「陳兄！竟不知法不可傳第五隻耳嗎？」

韓柏的心忐忑狂跳著，猜到了范良極想要幹甚麼了。

沖天而起時，谷凝清雙腿提高，箍在不捨腰間，四肢八爪魚般緊纏著不捨，正是男女交合纏綿的妙姿。

雙修大法源於天竺秘術，專講男女交合之道，所以凡修此法者必須是夫婦，二人同心，才有望修成。其心法更是怪異無倫，全由女方引導主動，故而不捨直至練成大法，也不知雙修心法竟要男的有情無慾、女的有慾無情，致誤會重重，鑄成恨事。

早先谷凝清按在不捨胸前一掌，雖說只有五成功力，但像不捨這級數的絕頂高手，等閒不會輕易內傷，若眞受內傷，必是非同小可，後患極長，所以谷凝清明知強敵環伺，仍不顧一切，施展男女相修大法，擺出交合之姿，「借」出功力，一方面保持不捨傷勢不至惡化，另一方面使不捨可以運用她的眞氣，應付強敵。

只要能逃出去，她會樂意獻出肉體，為愛郎療傷。

谷凝清臉上泛起春情蕩意、情思難遏的迷人表情，香唇封上不捨的嘴唇。

不捨臉上露出莊嚴聖潔的表情，盡吸谷凝清由香唇和肉體幾個重要接觸點渡過來與他體內絕對相容的先天眞氣，倏地凌空橫移，剎那間越過圍牆，眼看可往遠方暗處逸去。

三聲斷喝響起，三道矛芒，由下而上，直擊兩人。

谷凝清嬌軀生出一股奇怪力道，湧向不捨，不捨借勢竟凌空倒轉過來，變成兩人頭下腳上。

谷凝清秀髮瀑布流水般散垂下來，好看之極，然後像靈蛇般捲纏往不捨頸項，那情景確是怪異無倫。

不捨的嘴大力一啜，借來一道眞氣，右手一抹背後，以之成名的「無雙刃」立時來到手中，化作萬點精芒，往下灑去。

矛至。

「叮噹」之聲不絕於耳。

伏擊他們的自是日月星三煞，三人雖見不捨這一劍凌厲之極，不過欺他一人之力，又凌空不易著力，哪擋得住三人由實地而上蓄勢以赴的三下重擊，遂以強對強，誓要把不捨的劍罩護網擊破，好讓其他人窺空撿拾便宜，豈知三矛撞上劍網時，竟有種軟軟綿綿、無從發力的感覺，吃了一驚下，矛勁立時由剛轉柔，希望能像泥鰍般滑進對方劍網內，就在這時，對方劍上驟生出一股剛猛無儔的狂勁，透矛而至，三人這時由小驚變大驚，猛吸一口氣，沉身往下墜去。

狂勁由持矛的雙手分流而入，三人尚未及落回地上，忙催動內氣迎上，「蓬」的一聲體內真氣相擊，不捨藉劍傳來的狂勁由一股化作千百道陰細氣勁，竟隨處亂竄，三人魂飛魄散，急切間不及化解，唯有回氣守住通往五臟六腑的各處要脈。

三人足沾實地，同時一個踣踉，口噴鮮血，只是一個照面，全受了不輕的內傷。

雙修大法，確是非同凡響。

三人初次遇上這連龐斑也要讚賞不已的兩極歸一奇異內功，立時當場吃了大虧。

不捨帶著谷凝清，借劍、矛交擊之勢，倏地加速，橫移開去。

兩道人影忽地攜手由地上竄升，半途凌空截擊，正是精於橋接連體的蒙氏雙魔。

蒙大蒙二今次左肘扣右肘，旋了起來，眨眼間連人也認不出來，只剩下一捲旋風。

兩人上次受挫於戚長征，全由於輕敵下給戚長征搶了先手，落在下風，若戚長征力戰下去，兩人必可以驚人韌力和心意相通下的聯手妙技，佔回上風，可恨戚長征也看出這點，借最強之勢時乘機逸走，使兩人遺恨當場，所以今次一上來即全力以赴，不讓不捨兩夫妻佔絲毫便宜。

由此亦可見武家爭戰之道，千變萬化，戰略和眼光可使強者弱、弱者強。當日武庫大戰，韓柏正是憑狡計逃出里赤媚的魔爪。

同一時間「禿鷹」由崙敵由左旁一棵大樹盤旋而下，劃出一道美妙的弧線，彎往纏在不捨上身的谷凝清背後，手中連環扣展個筆直，劍般刺去。

明眼人只要一看由崙敵旋飛下撲的路線，便可知此人實是一等一的高手，因爲他已把握了自然的天理，藉掠下的弧度恰好把攻擊之勢增強至最佳的力道和速勁。

更驚人的是，若隨現時的形勢發展，當由崙敵的連環扣追上谷凝清時，恰是蒙大蒙二兩人截擊到不捨的同一瞬間，於此可見這三人的合擊之術如何到家，拿捏時間如何準確，這也是針對不捨兩人的雙修大法的最佳戰略，務要使兩人分頭迎敵。

不捨被龐斑譽爲八派第一人，豈是倖致，若非身負內傷，功力發揮不出平日的六成，雖或未必能勝過三人，但逃走定不成問題，眼下卻必須另以妙法應付。

兩人的嘴唇仍黏在一起，交換了情深若海的一眼後，兩人的身體倏地分開。

不捨仍緊吻著谷凝清香唇，吸著她渡過來似帶著她芳香卻珍貴無比的先天內氣，身體彈得筆直，與地面平行，兩腳一屈一彈，閃電般向追至丈許內的蒙大蒙二撐去，另一端兩手握劍，似拙實巧，掉劍迎往由崙敵的連環扣。

谷凝清的修美動人身體虛站半空，全賴纏在不捨頸項的秀髮，保持著嘴連嘴親密香艷的接觸。

那情景既詭異又好看。

尤其以不捨出塵佛姿，配以谷凝清的絕代風華，任何人只看一眼，包保這一世也忘不了那情景。

蒙大蒙二想不到對方有此一著，不過隨機應變是每個高手的基本要求，兩人同時分開，鐵尺、短矛分別一掃不捨脆弱的腳踝，一挑不捨另一腿的腳板，暗笑任你護體眞氣如何厲害，總不能遍及全身，何況兩人的內勁正橋接連了起來，等若兩人合力運矛先挑，再轉勁到另一邊蒙大的鐵尺處，這等最上乘的合擊之術，對方何能抗拒？

更何況不捨還要分神分力去應付「禿鷹」由蚩敵在另一方的強攻？

若要比較蒙大蒙二的橋接和不捨兩人的雙修大法，就是前者乃後天功法的極致，而雙修大法則已臻先天秘境，所以才能產生出不捨的兩極歸一神功。

谷凝清雖因於天分和基礎功夫及不上不捨，尚未入兩極歸一的法門，但亦是不可多得的高手，所以她才不出手，而把功力全借給不捨，待他盡展所長。

劍、環交擊。

「蓬」一聲的強烈氣震下，由蚩敵往後飛退，只感全身忽冷忽熱，難受之極，若非功力深厚，怕要當場氣絕而亡。

矛挑腳板。

不捨不知如何，腳像脫了關節般一扭一踢，腳尖竟蹴中鋒側。

一股怪異無倫的力道透矛傳來，蒙二感到全身虛若無力，竟提不起半點勁道，往下墜去，拉得蒙大也往他這方倒側過來，鐵尺立時失了準頭，變成掃往對方腳板。

「啪！」

鐵尺掃個正著，卻如中敗革，發出不應有的聲音。

不捨與地面平行的身體往下飄落，谷凝清的嬌軀則往上迎去，回復先前緊纏著的男歡女愛誘人姿態。

兩人旋了起來，升高了少許，再借體內正反相生的力道，迅速橫移三丈，才落在地上。

兩人看似大獲全勝，但當不捨腳尖觸地，卻是一個蹌踉，差點倒往地上。

一個人影無聲無息迫近兩人身後，快若鬼魅。

不捨看也不看，反手一劍往身後刺去，雖看似平平無奇，卻生出一種淒厲慘烈的懾人氣勢。

那偷襲者冷哼一聲，身體一搖，竟破入劍勢裡，一掌切向不捨持劍的右腕，另一手伸出中指，飄忽不定地點往不捨背脊。

不捨心中一懍，知道來人武功遠勝剛才三人，甚至比三人聯手之威有過之而無不及，暗嘆一聲，不退反進，劍往回收，硬以背脊往那人撞去。

偷襲者正是里赤媚，若他繼續點出那一指，必可教不捨和谷凝清兩人全身經脈爆裂而亡，可是亦必來不及撤走而給兩人撞入懷裡，以這兩大高手臨死前的反擊，他自問可挺著不死，但那傷勢非要一兩年不能復元，在這等爭霸天下的時刻，這種事情怎可讓它發生，身體再扭，竟閃到不捨身側，肩頭一移，硬撞在不捨肩頭上。

不捨和谷凝清兩嘴終於分開，各噴出一口鮮血，斷線風箏般往橫飛跌，投往那方的樹林裡。

里赤媚哈哈一笑，如影附形，往兩人追去，竟後發先至，眼看追上。

一聲暴喝，來自其中一棵樹後，一座肉山攔著里赤媚的進路。

里赤媚定睛一看，原來是個胖婆婆，手中大蒲扇往他搧來，勁氣撲臉。

只是這一下遲緩，不捨帶著谷凝清沒進林內深黑處。

里赤媚心中狂怒，一掌掃開對方蒲扇，竟硬撞入那胖婆子懷裡，雙掌交互拍出，倏忽間在胖婆婆身上拍了十多掌。

胖婆子竟不遠跌，只是不住跳動，眼、耳、口、鼻鮮血激濺。

當里赤媚退開時，胖婆子全身骨骼盡碎，仰天倒下，慘死當場。

但不捨和谷凝清逃走了。

里赤媚臉色陰沉，向趕來的由蚩敵等人喝道：「不用追了！這兩人休想再去雙修府援手，要殺他們，哪怕沒有機會，正事要緊，我們立刻到雙修府去，否則趕不及參加婚禮了。」

# 第二十一章　贈君美妾

谷倩蓮直衝出府外，奔進府旁的園林裡，伏在一棵大樹上痛哭流涕。

風行烈來到她身後，輕拍著她劇烈搐動的香肩。

谷倩蓮轉過身來，投入他懷內，狂哭道：「我恨她，恨她，恨她！」

風行烈見她差點哭得暈厥過去，知道這種過了度的悲慟，害處可大可小，想輸氣過去，又怕因她現在八脈逆亂，反惹得她走火入魔，無奈下想起一法，舉手一掌重重打在她高挺的圓臀上。

「啪！」

豈知谷倩蓮這次無動於衷，反哭得更淒涼、更厲害。

風行烈想抬起她的俏臉，谷倩蓮卻死也不肯把埋在他胸膛處的俏臉抬起來。

風行烈無計可施，手向下移，在她動人的背臀上下來回愛撫，助她行氣暢血，也不無挑逗之意，憑他的魅力轉移她的悲憤。

谷倩蓮不一會兒給他在身後無處不到的手摸得全身抖顫發軟，哭聲漸收，代之而起是近乎低泣和抽咽的嬌吟。

風行烈絕非荒淫之徒，心中一片清明，沒有半分慾念，見她復元過來，立即停下了對這嬌癡少女的撫摸。

谷倩蓮兩眼紅腫，粉頰泛起紅霞，喘息著仰起俏臉，呻吟道：「行烈啊！想不到你這麼壞，人家傷心落淚時，你卻作弄輕薄人家，使人哭也哭不出來。」

風行烈深情地道：「只要你快樂，我是會不擇手段的，況且摸摸你的臀背，算得甚麼一回事？」

谷倩蓮喘息著道：「你弄到人家這個樣子，還在自誇多情，我不依啊！」

腳踏枯葉的聲音在後方響起。

風行烈心中一震，知道對方來了應有一段時間，現在只是故意弄出聲音，驚醒他們，以他的耳目，平時當然不會任人來到身後亦不知道，但自己剛才心神全放在谷倩蓮身上，才有這種疏忽，可知自己眞是全心向著懷內美女。

兩人分了開來。

風行烈轉過身去，見白素香緩步走了過來，霞燒雙頰，避過風行烈的眼光，來到谷倩蓮旁道：「你沒有事了吧！」

不用看她羞人答答的神態，只是這句話，可知這英氣迫人的美女把剛才他的「色行」盡收耳內眼底，不禁有點不好意思，幸好自己沒有存心不良，輕薄谷倩蓮的其他部位，否則就更尷尬了，對方始終是個黃花閨女呢！

谷倩蓮投入白素香懷內，輕輕道：「好多了！」

白素香輕輕道：「風公子！小姐想單獨見你。」她本已親熱地稱呼他作行烈，現在又改口稱風公子了。

艙廳內剩下范良極和陳令方兩人。

前者悠悠吐霧吞雲，一道接一道煙箭朝對方射去；後者活像個患了絕症的病人，等待著神醫開出回天妙方。

陳令方見范良極沒有一點開口說話的意思，投降道：「范兄！不要吊老夫胃口了。」

他絕非容易受騙的人，只是發夢也想不到范良極曾斷斷續續監視著他陳府的一動一靜達兩年之久，所以才拜倒在對方的假相術眞資料之下。

范良極做戲做到足，七情上臉地一聲長嘆道：「唉！范某實有點難以啓齒。」

陳令方焦急地道：「現在只有你我兩人，甚麼都可以攤出來說個清楚。」接著有點遲疑地道：「是不是和……」

范良極喝止道：「有甚麼是我看不到的，只可由我的口說出來。」

天下竟有如此神相，陳令方益發心悅誠服，不住點頭，表示范良極教訓得好。

范良極知是時候了，微俯向前，伸出盜命桿，搭在陳令方的肩頭上，以認眞得不能再認眞的權威口吻道：「陳兄犯的這個名叫桃花惡煞，應於你四十九歲那一年，若我沒有看錯，此煞臨身第十二日你便要丟官，這叫『桃花十二追魂煞』。」

陳令方拍檯叫道：「我果然沒有看錯。」

范良極心中暗罵，表面卻故作驚奇道：「甚麼？這桃花煞天下無人懂看，憑你的三腳貓相術，照照鏡就可看到嗎？」

陳令方赧然道：「我當然沒有范兄的功夫，只是切身體會到這甚麼桃花十二日追……追魂煞的厲害，我本準備將她送人，但這些日子相處下來，又有點捨不得。」

范良極暗叫好險，詐作訝然道：「你在說甚麼？」

陳令方嘆道：「我說的是朝霞，范兄批得眞準，眞是她入門十二天我就丟了官，現在怎麼辦呢？」頓了頓：「今次我特別攜她上京，本就是希望她由哪裡來，便往哪裡去，看看可否解煞，可是現在她知道了我們這麼多事，送人又實在有點不妥。」

范良極道：「若你將她隨便送人，不但有損陰德，而且絕化不了這桃花煞，其禍還更烈也更難消擋。」

陳令方再次色變道：「那怎麼辦？」

范良極差點笑出來，強忍著道：「化煞的唯一方法，就是要找個福緣深厚的人，才能盡納煞氣，這一送才有效。」

陳令方拍案道：「有了！就送給專使大人，他天庭廣闊、兩目神藏不露、山根高聳、龍氣由額透眉心、貫鼻梁、人中深淺適中、地閣又托得起，此人非他莫屬……嘿！對不起，我一時興奮，這些看相法都靠不住的，是嗎？」

范良極終忍不住，藉機狂笑起來。

陳令方一顆心七上八下，暗嘆難道今次又眞看錯了。

范良極收起笑聲，取回按在他肩頭的盜命桿，燃著菸絲，深吸兩口後道：「你這老小子才是福緣深厚，連這人也給你找了出來，你說得對，以我閱人千萬的無敵相眼，天下間只有韓柏一人才可消受朝霞，爲你解煞，從今以後，起始時或有阻滯，不過包保你官運比我的大便更順暢，唉！眞是便宜了你這老小子。」忽又眉頭一皺道：「不好！你今年多少歲？」

陳令方給他嚇得提心吊膽，戰戰兢兢地道：「老夫今年五十一歲，流年部位剛好是人中這大關口，有……有甚麼不妥嗎？」

范良極色變道：「若你不能在生日的四十七天前將朝霞送給韓柏，大羅金仙都救不了你。」

陳令方發著抖，豎起震個不停的手指逐個數著，來來回回數了十多次，忽地跳了起來，衝往門口去。

范良極一個翻身，攔著去路，喝道：「你瘋了嗎？」

陳令方顫聲道：「今天剛好是生日前第四十八日，我要立即去找韓柏，跪地哀求也要他把朝霞接收過去。」

左詩和柔柔才走出廳門，立即你推我撞苦忍著笑往上逃去。

剩下韓柏和朝霞落在後面。

朝霞奇怪地看著兩人消失在樓梯轉角處的倩影，暗忖爲何她們會如此興奮？

韓柏怕她看穿他們的詭計，掠她說話道：「不若我們到上艙的看台，欣賞一下岸上的夜景，吸兩口涼風好不好？」

朝霞低下頭，想了想，竟出乎意料之外地點點頭表示同意。

韓柏大喜，差點就要去拉她的手，伸了出去又縮回來，傻兮兮地道：「如夫人！請！」

朝霞嘴角露出一絲笑意，往上走去。

韓柏跟在她身後，口涎欲滴地望著她搖曳生姿的動人體態，心想若能摟著她睡覺，必是人生最快樂的事情之一。

朝霞到了上艙，回頭嫣然一笑道：「我怕上面風大，讓我先回房取件披風。」

韓柏道：「我陪你去！」

朝霞嚇了一跳，連聲拒絕，急步走了。

韓柏見不到左詩和柔柔兩人的蹤影，暗忖可能是回房躲起來笑個飽，不若先上艙頂，於是往上走去。

走上了幾步梯階，左詩和柔柔的笑聲由上面傳來，原來兩女早一步到了望台去。

韓柏來到樓梯頂，站在門旁，往外看去，只見左詩和柔柔笑作一團，開心到不得了。秋夜江風，吹得兩女秀髮飛揚，衣袂飄拂，有如天上仙女下凡，一時忘了走出去。

左詩這時雖面向著他，眼光卻望往江上去，沒有發覺他呆立門旁。

柔柔背對著韓柏，向左詩笑道：「詩姊！我從未見過你這麼開心的，看你是愈來愈歡喜和你的義弟及我的大哥走在一塊兒啦。」

左詩呆了一呆，然後點頭道：「我很少會這樣忘形的，剛才憋得我真辛苦，和這兩個人一起很易會笑氣絕的。」

柔柔輕輕問道：「詩姊！告訴我，你是否只想當韓柏的義姊？」

左詩俏臉立時飛起兩朵奪人眼目的艷紅，嗔怪地橫了柔柔一眼，垂下頭去，想了好一會兒後，抬起臉來，剛想說話，一眼瞥見韓柏呆頭鳥般站在入口處，嚇得花容失色，顫聲道：「韓柏你站在哪裡有多久了？」

柔柔轉過身來，甜甜一笑道：「公子來了！」

韓柏嘻嘻一笑道：「剛剛來到，見詩姊你臉紅紅的不知想著誰，所以不敢立即走過來，怕擾了你的思路。」

左詩芳心稍安，馬上又羞得要找地方鑽進去，因為她剛才千真萬確是全心想著韓柏一個人。

看到美麗的義姊給自己調弄得不勝嬌羞，比對起她平時對他的「疾言厲色」，分外得意，心中又酥膩又甜蜜，直走到兩女之側，在氣息可聞的近距離下，向左詩道：「詩姊的臉為何會愈來愈紅，是否因為弟弟我來了。」這句話已偏離了義姊弟的關係，明顯地帶著男女調情的成分。

左詩泛於雙頰的紅暈，恍似瘟疫般蔓延至耳根和粉頸。她想發惡罵他一頓，偏又心中全無半點怒氣；想跺腳走嘛，那對美腿硬是邁不開那第一步。

忽然間她發覺韓柏實在是很好看，很懂男女情趣，很真誠的一個人，誘得人想這一生一世也讓他輕薄調戲。

他的笑容有種陽光般的攝人魅力。

一個念頭從深心處湧上來，為何自浪翻雲走後，她一直沒有像以前般苦苦想著浪翻雲呢？剎那間，左詩知道了自己真的愛上了韓柏。

朝霞的聲音由後面傳來，帶點意外道：「原來詩姑娘和柔柔夫人都在這裡。」

這樣一說，兩人立時知道韓柏成功地約了她到這裡悄敘。

韓柏轉過身去，暗叫我的天，她竟然這麼漂亮。

朝霞蓋著鵝黃色的長披風，俏臉如花，　對美眸閃著帶點野性的采芒，那種嬌柔姣艷，確使人神爲之奪。

韓柏一瞬不瞬地呆瞪著她。

朝霞大方地走過來，親熱地和左詩、柔柔打招呼。

韓柏看著三女，差點連秦夢瑤都忘了。

柔柔向他道：「公子你爲何不作聲？」

韓柏老實地答道：「我只希望能永遠和三位姊姊這樣站在一起就好了。」

左詩知道不可再任這小子如此無法無天，目無她這個尊長，嬌嗔道：「韓柏……」

韓柏打斷她道：「這是我心內的眞話，不說出來會像你不笑出來般憋死，詩姊若怪我以下犯上，請打我或罵我吧。」

左詩俏臉再紅，知道這小子剛才把她和柔柔的對話全收入耳內，所以才步步進逼，調戲自己，可恨愈給他調戲自己愈快樂，暗叫一聲罷了，看來是鬥不過他的了，幽幽地瞅他一眼道：「誰責怪你呢？」言罷羞得垂下頭去。

韓柏想不到她肯如此迅快公然向自己表示情意，靈魂兒立時飄至九霄之外，就在這時急驟的腳步聲由樓梯傳來，陳令方以他所能達到的最高速度往韓柏「電射」過來，施起大禮下拜，嚇得韓柏慌忙扶著，愕然道：「陳公你要幹甚麼？」

朝霞花容失色，叫道：「老爺！」

陳令方道：「韓兄！老夫有一事相求，務請你立刻答應，否則過了子時我便完蛋了。」

韓柏這時哪還不「雞食放光蟲」，心知肚明甚麼一回事，道：「假設能幫陳公的話，我一定會幫，赴湯蹈火，在所不辭。」

陳令方大喜道：「君子一言！」

韓柏止氣凜然答道：「快馬一鞭！」

陳令方鬆了一口氣道：「老夫想把朝霞贈你爲妾！」

朝霞「啊」一聲驚呼起來，舉起衣袖，遮著羞紅了的俏臉。

心中又怒又喜。

怒只有一分，怨怪陳令方將自己像貨物般送給人，雖然她也知道官貴每有贈妾、贈婢的事，但想不到會發生在自己身上。

喜的卻有九分，天！我竟眞能當他的小妾。

韓柏轟然應道：「這絕對是我韓柏可以幫得上忙的事，成交！」

范良極的笑聲傳來道：「陳兄！恭喜你了。」接著向他施個曖昧的眼色。

陳令方心領神會，向韓柏道：「讓老夫立即送你們到新房去。」

# 第二十二章　花間派主

風行烈在花園的那小亭內見到雙修公主谷姿仙。

谷姿仙雖是玉容莊嚴，但風行烈卻看穿了那只是個外殼，內中實有無比的溫柔和熱情。這純粹是一種直覺。

谷姿仙和他對坐亭心石檯，微微一笑道：「剛才我雖對小蓮疾言厲色，只是嚇嚇她，教她不敢放恣，風公子莫要放在心上。」

風行烈失笑道：「我根本沒有想過這問題。」

谷姿仙美目掠過驚異，想不到風行烈是如此胸襟灑脫的一個人，道：「公子曾多次與敵人對壘，當會清楚敵人的實力。」

風行烈義不容辭，詳細說出了所知的事，然後想起一事道：「由柳搖枝夜訪魅影劍派的大船後，那北公南婆兩人即失去影蹤，看來是去找那『劍魔』石中天了，這人極不好對付。」

谷姿仙嘆道：「若再加上花間派的高手，今次我們恐怕凶多吉少了。」

風行烈愕然道：「花間派，為何我從未聽過這個門派？」

谷姿仙道：「公子當然未聽過，但花間派在域外卻是無人不知，派主『花仙』年憐丹，和紅日法王以及『人妖』里赤媚並稱域外三大宗匠。」

風行烈點頭道：「這年憐丹我曾聽先師提過，確是非同小可的人物，但他為何會來對付雙修府呢？」

谷姿仙道：「因爲他想斬草除根，即管以他已達十八重天的『花間仙氣』，對我們的雙修大法亦不無顧忌。」

風行烈道：「就是他們奪去了你們在域外某處的國家。」

谷姿仙道：「花間派只是最大的幫凶，但若我們能殺了年憐丹，復國只是舉手之勞的易事。」

風行烈聞言恍然大悟，原來是這樣一回事，又想起另一問題，道：「你怎知他們來了？」

谷姿仙道：「因爲在無雙國內，很多人的心都是向著我們的，所以當『花仙』年憐丹接到龐斑發出的邀請書，率領雙花妃趕來中原時，立即有人把消息由萬里外傳過來。今次方夜羽攻打我們，自是換取年憐丹出力的交換條件，所以方夜羽的人今次若來，其中定有年憐丹和他的兩位美艷淫蕩的花妃。」

風行烈倒吸了一口涼氣，雙修府內現時可眞正稱得上高手的，怕只有烈震北和他兩人，谷姿仙或者可勉強算計入內，以這樣的實力，如何對抗敵方如雲的高手呢？

谷姿仙微笑道：「風兄勿要絕望，我們或者會有個無可比擬的幫手。」

風行烈愕然道：「誰？」

谷姿仙露出動人的笑臉，美目爆出彩芒，肯定地道：「浪翻雲大俠！我料著他定會及時趕來。」

竟是這天下第一無敵劍手。

風行烈咬牙道：「公主！風某有一個請求。」

谷姿仙一呆道：「風公子請說。」

風行烈道：「待浪翻雲見過公主後，公主才決定是否應下嫁成抗兄好嗎？」

忽然間，他知道了天下間只有浪翻雲才可以改變谷姿仙的命運。

戚長征和水柔晶親暱地挨坐著，享受乾虹青爲他們製好了的肉包子。

柴火昏暗的紅光，照耀著野廟破落的四壁，和積了塵垢蛛網的神像。

小靈貍蜷伏在水柔晶懷裡，給她纖長的手指拂拭著頸毛，舒適得眼也睜不開來。

經過了一天的全速趕路後，兩人分外感到歇下來的寫意和舒適。

從水柔晶口中，戚長征得悉了怒蛟幫的緊急形勢，恨不得立時趕回上官鷹身旁，共抗大敵。可是自己和水柔晶兩人都仍未完全復元，欲速反而不達，才不得不在這野廟度夜。

水柔晶吻了他一口後，抱著小靈貍站起來，移到行囊旁，取出乾虹青爲他們準備好的鋪蓋，整理今晚睡覺的安樂窩，小靈貍的床就是戚長征帶著的那小包袱。

戚長征看著水柔晶動人的背影，想起此女武功專走水性的陰柔，全身軟若無骨，若和她合體交歡，箇中滋味定然非常引人入勝，喉嚨不由焦燥起來，小腹發熱。

弄好睡窩，水柔晶回到他身旁，俏臉多了先前沒有的艷紅，顯也朝戚長征思想的方向起了遐想。她親熱地靠著戚長征坐下。

戚長征一手摟著她的香肩，另一手伸過去把她雙手全握進他寬厚有力的大掌裡去。

水柔晶美目往他射來，水汪汪的迷人黑眸閃著誘人的光采。

戚長征待要吻她，水柔晶輕輕道：「長征！我有一事求你，你不要因此責怪我，或不理我。」

戚長征愕然道：「甚麼事？」

水柔晶淺嘆道：「你找個地方安置我好嗎？待將來辦好事後，才再來接我，唉！這決定是多麼困難，我眞不想有片刻離開你的身旁。」

戚長征微一沉吟，想到水柔晶不想正面與方夜羽爲敵，雖然她並非蒙人，但始終和出身受訓的師門有著深厚的感情，昔前爲了救他戚長征，她不惜背叛師門，但若要她正式與師門爲敵，終是很困難的一回事。

這也表示她是個重感情的人，心生敬意道：「這個完全沒有問題。」

水柔晶垂頭低呼道：「戚長征你莫要死去，否則我定會追著你到黃泉下去。」

戚長征感動道：「放心吧！我老戚福大命大，哪會這麼容易被人殺死，只要我有空，會來看你，好好疼愛你。」

水柔晶閉目呻吟道：「只是這幾句話，我就算立即死了，都心滿意足了。」

戚長征怒道：「不准你提『死』這個字，否則我絕不饒你。」

水柔晶睜開美目，歡喜地道：「柔晶全聽你的話，以後只聽你一個人的話。」頓了頓，忽想起甚麼似的道：「若你遇到一個叫鷹飛的蒙古青年，千萬要小心一點。」

戚長征一愕道：「這人是誰？」

水柔晶道：「這人是方夜羽的秘密武器，也是方夜羽最尊敬的好朋友，無論智計、武功，都非常高明，龐斑也很看得起他。」

戚長征心中一懍，暗忖方夜羽最可怕的地方，就是教人怎樣也看不破他眞正的實力，摸不通他的底細。既是這人能得龐斑的看重，當知是非同小可的人物。

水柔晶道：「這人生得非常英俊邪氣，在我印象裡，沒有女人不被他迷倒，不過他亦是個無情的魔鬼，無論多麼美麗的女人，給他弄到手上後，玩厭就走，絕不回頭。」

戚長征心中有點不舒服，很想問水柔晶有沒有被他迷倒？有沒有給他玩過？又怕知道那答案。幸好他對任何事都很看得開，立即把這些擾人的思想拋諸腦後。

水柔晶沉默了片刻，輕輕咬牙道：「我知道你想問我有沒有給他搞過，是嗎？」

戚長征的心像給利針刺了一下，道：「你不用說出來，我知道答案了。」同時想到水柔晶之所以想找個地方躲起來等他，大概也是不想碰上這個鷹飛，證明這人對她仍有很大的誘惑力。

想到這裡，一陣煩躁，暗恨水柔晶不該告訴他這些惱人的往事。

忽爾想起追求仙道之輩，爲何要斬斷男女之情，因爲其中確有很多負面的情緒，教人失卻常性，沒有了「平常心」。

想到這裡，吃了一驚，暗忖我老戚怎會像一般人那樣，妒恨如狂，何況水柔晶那時仍未認識他戚長征，硬要管她過去的事，豈非自尋煩惱。

至此胸懷大開，手中一緊，將水柔晶摟進懷裡，吻個痛快，一對手不規矩起來，水柔晶的衣服逐一減少，當她身無寸縷，在他懷內顫震喘息時，戚長征柔聲道：「過去的事老戚絕不管你，不過由今夜開始，你只能愛我一個人，若給我發現你有不貞行爲，立即將你趕走，絕不寬饒。」

水柔晶喘息著道：「人家早說過以後全聽你的了。」又把小嘴湊到他耳旁低聲道：「我第一眼看到你，便知你可以使我把那魔鬼忘記，這些天來我的心中只有你一個人，真的！相信我吧！」

戚長征又再一陣煩躁，暗忖這妒火確不易壓下，自己若過不了這關，刀術定難有再上一層樓之望。將來若見到浪翻雲，定要向他請教。

水柔晶道：「長征！佔有柔晶吧！她以後全屬於你的了。身體是那樣，心也是那樣。」

戚長征心中苦笑，說說倒容易，我便不信你可把他完全忘記，否則也不會怕再遇上他，現在亦不會不斷提著他了。

再想深一層，水柔晶的背叛，說不定也是深心裡對鷹飛的一種報復行為，讓他知道她可以傾心於另一個男人。

鷹飛若知道水柔晶跟了他，說不定會對他恨之入骨，故而水柔晶才特別警告自己，著他小心。

想著想著，才記起自己「無惡不作」的手停了下來，往懷中美女望去，水柔晶正畏怯驚惶地偷偷看著自己。

戚長征一聲長笑，抱著她站了起來，往被窩走去，心中偏想起了韓慧芷。

這紙般雪白的女孩子，定不會像水柔晶般為他帶來這麼多困惱的問題。

他很想再見到她！

# 第二十三章　洞房花燭

韓柏輕輕關上門，看著嬌羞無限的朝霞，背對著他在整理預備著他們今夜洞房的床鋪被褥，藉以避免與他四目相對。

朝霞豐匀婀娜的背影確是非常動人，以前每次看到，他都會難遏衝動之感，想不到有著這美妙背影的女主人，現在終於名正言順全屬於他，可任他恣所欲爲，那種心癢難搔的快感，差點使他要引吭高歌，以作舒洩和慶賀。

朝霞弄好床鋪，背著他坐在床緣。

韓柏搓著手，有點誠惶誠恐地走過去，到她背後學她般側身坐在床緣，一對大手按上她兩邊香肩，手著處柔若無骨，朝霞的髮香早鑽鼻而入。

朝霞身體頓起一陣強烈的顫抖，以微不可聞的低聲道：「剛才下來時，范先生在你耳旁說了些甚麼話？」

他暗忖范良極叫他今晚定要把生米煮成熟飯，讓陳令方無從反悔，這樣的話，怎可以告訴她，隨口應道：「他要我把你給他做義妹。」

朝霞道：「你們不覺得騙人是不對的嗎？」

這句話有若冷水澆頭，把他奪得美人歸的興奮心情沖洗得一乾二淨，怔了怔，心想自己全是爲了她好，竟給她以「騙人」這兩個不好聽之極的字來總括了他和范老鬼的偉大「義舉」。深吸一口氣後，站了起來，走到窗旁，望往左遠方南康城的稀疏燈色，似正要向天上的明月分爭幾分光采，冷然道：「爲了你，我殺人放火也肯做，何況只是騙個人！」

朝霞抬起發著光的艷容，「噗哧」笑道：「相公怎會是殺人放火的那種人，但騙人則是無時無刻，隨時隨地都會做，否則朝霞怎會給你騙到手上。」

韓柏聽到她喚他作相公，驚喜地轉過身來，腦筋恢復靈活，道：「你喜歡被我騙嗎？」

兩人眼光一觸，立像兩個鉤子般扣個結實連環。

朝霞眼中閃過爲他顛倒迷醉的采芒，用力點頭道：「喜歡！」

韓柏喜得跳了起來，然後以一個人動作屈膝跪在朝霞跟前，仰首道：「請娘子再喚三聲相公來聽聽！」

朝霞羞人答答不依地扭動了兩下，然後咬著下唇輕輕道：「相公，相公，相公！」

韓柏大樂，伸手欲往朝霞的玉手抓去，忽縮了回來，認眞地道：「我不要這麼快碰你，我先要把你看個夠，和你說個夠，才慢慢一寸一寸地碰你，保證不會有半寸的遺漏。」

朝霞看著跪倒跟前的英偉男兒，只覺自己整個身體都像被火焚燙著那樣。直到這刻，她才明白甚麼是戀愛，甚麼是幸福。只要能做眼前這風流倜儻的男子的女人，不管他用甚麼手段得到自己，她也不會計較。當喜運臨身時，誰還有餘暇去理會別的事情？

朝霞甜絲絲地站了起來，把他從地上拉起，柔聲道：「相公！妾身爲你寬衣好嗎？很夜了！」

韓柏微笑道：「夜有甚麼關係？今晚我絕不會讓你睡的，你相公我會令你快樂足一晚。」

朝霞的俏臉更紅了，玉手輕顫，怎樣也解不開著指處的那顆衫鈕。

自懂人事以來，從沒有男人的調情話曾令她這樣意亂神迷、臉紅心跳、手足發顫的。

更使她心動的是韓柏一言一語、一舉一動都是那麼出乎自然，發自眞心，教人對他絕對信任。

朝霞橫他一眼道：「相公不准我睡，朝霞只好拚著整晚不睡。」

韓柏的忍耐力和定力終於崩潰，近乎粗暴地一把將她摟個結實，使她豐腴的肉體緊密無間地靠貼著自己。

朝霞「嚶嚀」一聲，爲他解衣的一對纖手給夾在兩人胸口處，向離她俏臉不足三寸的韓柏嗔道：「你看夠說夠了嗎？」

韓柏邪笑道：「今次你再沒有手可騰出來阻隔我親你的嘴了。」

朝霞勉力仰開挺茁的酥胸，把玉手抽出，纏往韓柏強壯的頸項，深情無限道：「今次你怎還須恃強行凶呢？」腳尖微一用力，往韓柏靠去，自動獻上香唇，任這使自己傾醉的風流浪子品嚐。

兩人的熱情似熔岩般由火山口流出來，燒焦了彼此身心內整片大地。

兩個年輕的軀體劇烈交纏廝磨著。

韓柏的頭腦忽地清明起來，整個人鬆弛冷靜。燈火下房內的一床一椅，都像突然間清晰起來，而他甚至能透視每件物品背後存在著那神秘的眞義。

朝霞一對美目卻再也張不開來，仍是熱烈地以她的丁香小舌伸捲著。

韓柏掠過一個奇怪的想法，就是這美女以後再也離不開他，完全在他的操控裡，自己要她快樂，她便快樂；要她痛苦，她便會受盡磨折，想到這裡，憐意大盛，離開她的櫻唇，低聲道：「我以專使大人和韓柏的雙重身分保證，我會令你一生幸福快樂。」

朝霞嬌軀一顫，眼裡亮起感動的采芒，無限溫柔地道：「還差一個身分我才可以安心信你。」

韓柏愕然道：「我還有別的身分嗎？」

朝霞羞澀地點頭道：「當然有！就是朝霞的好夫君。」

狂喜湧上韓柏心頭。

忽然間，那種澄明清晰的感覺更強烈了，對象是朝霞，她身體的每一部分，上下裡外、言笑動靜均給他窺視個透徹無遺。

至此他才明白浪翻雲今早告訴他的話內眞正的含義。

他修煉魔種的其中一個方法，就是要藉男歡女愛的時刻進行。只有當生命達到那麼濃烈的境界時，他才能體會和把握魔種的潛能，加以發揮和吸收，至於如何做到，則天下間只有他自己一個人能去摸索尋找。不過現在總算有點眉目了。

朝霞伸手過來待要替他繼續寬衣，給韓柏一把揪著了她的玉手，以看獵物那滿帶飢饞的眼光瞧著她道：「娘子！讓爲夫來伺候你。」

只要是女人，在那種情況下，都應知道男人向她說「伺候」的意思。朝霞渾體發軟，倒入這眞正愛惜自己的男人懷裡。

天地在旋轉著，充滿了希望和生機。

幸福塡滿了她寂寞了多年的芳心。

自懂事以來，她首次眞正熱烈地渴望著被男人侵犯，被男人佔有。

韓柏亦是全身一震，忽然間感知到身體內每一道經脈的確切狀況，清楚無誤地知道內氣流走的情態和路徑。

他用手輕輕捏著朝霞巧俏的下巴，抬起她火燒般赤紅的俏臉，輕吻一口後道：「我還未看夠，沒有說夠，不過卻想一邊愛你，一邊好好地看你和跟你說話。」

風行烈離開谷姿仙所在的後花園，白素香提著燈籠在等候他，爲他引路回客館去。

兩人並肩走出府堂，踏足在碎石鋪成的路上。

白素香低聲道：「倩蓮得到公子的愛寵，我這做姊姊的很爲她高興，若不是有你在旁，我們怕她會以屍諫來阻止小姐的婚禮，我最清楚她外柔內剛的性格。」

風行烈嚇了一跳，提心吊膽道：「現在有沒有人看顧她呢？」

白素香欣賞地瞟了他一眼，輕聲道：「放心吧！譚嫂現在陪著她，公子眞的多情，倩蓮幸運透頂哩。」

風行烈英俊瀟灑，文才武略莫不超人數等，出道以來，對他表示情意的江湖嬌娃，數也數不清有多少位，不過他爲人高傲自負，等閒姿質者絕不放在眼內，直至遇上了艷絕當世的靳冰雲，才墜進情網，不能自拔。

甚至以谷倩蓮這可人兒對他的情深一片，也是在飽經患難後才逐漸打進他緊鎖著的心扉。

白素香雖姿容出眾，仍未能使他心動，換了她不是谷倩蓮一同成長的好姊妹，早已含蓄地使她知難而退，但現在愛屋及烏，無情話半句也說不出口來，惟有默然不語。

這時來到客館前。

白素香停了下來，舉起燈籠照著路旁長出來的花卉道：「行烈！你看看。」

藉著燈光，風行烈看到花叢裡長著幾株香蘭，花作紫色，美麗奪目。

白素香在他旁柔聲道：「這種紫蘭長出來的小紫花名『香衾』，插在鬢邊，只要每天灑一兩滴水，十天半月也不會凋萎，香氣襲人，是敝府的名花，別處都沒有，你嗅到那香氣嗎？」

風行烈早已滿鼻溢著清甜沁心的香氣，點頭讚道：「眞香！」話一出口才感不妥，白素香分明巧妙地向自己示愛，因爲她的名字恰好有個「香」字，香衾豈非正是她白素香的羅衾？

白素香含羞道：「行烈要不要摘兩朵，送給心中所愛的人。」

她不說一朵而說兩朵，分明把白己和谷倩蓮都包括在內。

風行烈知道在此等關頭不能含糊混過去，若無其事道：「花摘下來始終會萎謝，不若讓她們留在那裡，等待明天出來的太陽拂煦不是更好嗎？」

白素香玉容一黯道：「花若得不到惜花人的欣賞，怎麼香怎麼美不是也沒有意思嗎？震北先生告訴我們，香衾之所以這麼香，是要把蜜蜂引來，讓牠們吸啜，好將花粉傳播，生命才可延續下去，開花結果。」

風行烈想不到她如此坦率直接，錯愕下向她望去，在燈籠映照下，低垂著頭，高挑窕窈的白素香，有種說不出的神秘淒艷，頗有幾分斬冰雲飄逸如仙的氣質。

他心中嘆了一口氣，很想摘一朵來插在她鬢旁，使她笑逐顏開，但又知這必會惹來情孽，自己仍未有再納一妾的野心，猶豫間，白素香伸出玉手，摘下一朵香衾，溫柔地插在他襟頭，平靜地道：「行烈！香不香？」

風行烈欲拒無從，苦笑道：「好香！」

他不但嗅到香衾的香氣，還有這美女肉體散發的女兒幽香。

白素香幽怨地瞅他一眼，領頭進入客館，道：「來吧！不要教人家等得心焦了。」

語帶雙關，風行烈魂爲之銷。

雙修公主谷姿仙坐在亭內，持著玉簫，美目神色不住變化，一忽兒露出緬懷迷醉的神色，一忽兒哀傷無奈，教人生憐。

浪翻雲的影子不住在她心湖裡浮現。

他會否及時趕來？

趕不來也罷了，自己縱使死了，只要他能間中想起她，她就死而目瞑。

一股自暴自棄的情緒填據了她的芳心，甚麼復國大業，對這時的她來說一點實質的意義也沒有。

不過她知道很快便可以回復過來，她有這種堅強的意志，只浪翻雲是唯一能令她心軟的人。

爲何她的命要比別人苦？自懂事以來，她就知道自己與快樂無緣，注定不能和愛上的人結成夫妻。

成抗是個很單純的青年，對她畏敬有加，但她卻知道對方永遠得不到她的芳心，有慾無情，而這亦是她選擇上他的一個最重要條件。

當然！成抗亦是個修煉雙修大法的好材料。

想到這裡，心中一動道：「成公子，是否你來了？」

成抗的聲音在亭旁的小徑響起道：「是的！公主。」

谷姿仙聽出他語氣中帶著堅決的味道，心中奇怪。

這時雄偉高大的成抗來到她身前，兩眼一改平時看也不敢看她的畏怯，深深地盯在她美艷的俏臉上。

谷姿仙柔聲道：「公子坐吧！姿仙也想和你聊聊。」

成抗搖頭道：「不用坐了，我只想向公主說幾句話。」

谷姿仙迎著他比平時大膽了不知多少倍的眼光，點頭道：「公子有話請說，不要藏在心裡。」

成抗終於敵不過她清澈明媚的眼光，垂下頭去，鼓足勇氣道：「公主！我想走了。」

谷姿仙平靜地道：「婚姻是你和我間的事，爲何要理會第三者的想法？」

成抗痛苦地道：「成抗配不上公主。」

谷姿仙柔聲道：「公子怎可有這想法，若你不配，姿仙就不會選你作爲夫婿，異日你修成大法，躋身一流高手之位時，你會發覺現在這想法是多麼可笑。」

成抗抓緊鐵拳，猛地抬起頭來，額上青筋暴現，有點聲嘶力竭地叫道：「我不配！每次在公主面前，都感到自慚形穢，我……」

谷姿仙緩緩站起，來到他身前，伸出玉指按在他嘴唇處，眼中充滿憐惜之意，溫柔地輕輕道：「我們太缺乏接觸和了解了，成公子，吻我吧！」

當谷姿仙的手指離開他的唇邊時，成抗三魂七魄所餘無幾。

谷姿仙仰起俏臉，閉上美目，靜待他的親吻。

成抗提起大手，想把她擁入懷裡，倏又垂了下來，向後連退數步，喘息著道：「公主是我心中不可冒瀆的女神，我……我做不到。」

谷姿仙嘆道：「回去好好睡一覺吧，過了明天，你便是姿仙的丈夫，而姿仙再不是高高在上的女神，而是和你同床共枕的妻子。」

成抗頹然道：「可是我知道公主愛的是浪翻雲，而不是成抗。」

谷姿仙愕然道：「爲何你會有這想法？」

成抗道：「公主那次用來烹茶給浪大俠的茶具，到今天仍放在床几上，我……我不是怪你，成抗和浪大俠根本無法相比，而且我最尊敬浪大俠，怎能和他爭你？」

谷姿仙美眸掠過使人心碎的幽思，輕嘆道：「浪翻雲怎會和你爭我，不要胡思亂想了，明天會很忙呢！」

成抗欲言又止，最後毅然點頭去了。

谷姿仙再嘆一口氣。

這等隱秘的事究竟是誰告訴成抗呢？

應不會是谷倩蓮，因爲她並不知道自己和浪翻雲的關係。

難道是白素香？

# 第二十四章　仙道之戀

繡床上，韓柏劇烈地動作著，朝霞在高張的情慾和陣陣蝕骨銷魂的快感衝擊下，完全改變了往昔的畏縮羞怯，忘情呼叫，用盡所有力量，所有熱情逢迎著，將肉體和靈魂一起獻上。

當攀上靈慾的最高峰時，韓柏一陣顫抖，停了下來，伏在朝霞羊脂白玉般的豐滿胴體上。

韓柏一片平靜。

每一下交觸，都使他體內的眞氣更凝聚、更確實，若別人的練功是要打坐冥思，他的練功則是男女歡好，陰陽融和。

他感到自己的力量，不住流往朝霞，又不住由朝霞回流到他體內，使他身心都達至前所未有的適意境界，意到神行，說不出的暢快。

眞要多謝浪翻雲的提示。

以後柔柔、朝霞，啊！或者還有左詩，都會變成他寓練功於歡樂的對象，自己是多麼的幸運。

他並不是個勤力的人，這種練功的方式，對正他胃口。

朝霞把他摟緊道：「柏郎，朝霞從未試過這麼快樂滿足，整個天地像全給我們擁進了懷裡，柏郎是天，朝霞是地。」

韓柏撐起身來，一對色眼肆無忌憚地在她像花蕾般赤裸的身體上來回巡視，微笑道：「快樂才是剛開始，我還得繼續，不要這麼快作結論。」

朝霞驚呼道：「專使大人請體諒朝霞，她現在滿足得要斷氣了，再承受不起大人的恩澤，不若我喚柔柔，又或你的詩姊來接替吧。」

韓柏一愕道：「你也知我和詩姊的事？」

朝霞風情萬種地橫了他一眼，道：「連瞽子都可看出詩姊對你的情意，怎瞞得過明眼人。」

韓柏見她善解心意，心中欣慰，知道朝霞在陳令方處失去了的自信和自尊，已由他身上得回來，微笑道：「你不覺得我這樣做，會對浪大俠不起嗎？」

朝霞道：「怎會呢？我第一次和他們一起時，便感到他們像一對感情好到不得了的兄妹，浪大俠是以兄長之情待詩姊，詩姊亦當浪大俠是她大哥，只是詩姊自己不知道吧！」

韓柏心想女人的細心和直覺一定錯不了，尤以朝霞這麼善感的美女爲然，於是樂得心花怒放，連僅有一絲對左詩的顧忌也拋開，暗忖明天定要情挑這美麗的義姊，把她收個貼伏。得意忘形下仰天打個哈哈，才往朝霞湊下去，熱吻雨點般落在她如鮮花盛放的胸蕾上，喘息著道：「假設你現在有力下床，即管去請她們來替你吧。」

朝霞只顧著嬌吟急喘，哪有餘暇答他的話。

韓柏的魔種元神再次活躍起來。

他的心不由飛到美逸如女神的秦夢瑤身上，假若自己能和她來這一套，讓她的「道體」接觸自己的「魔身」，那將是怎樣的極樂美事呢？

秦夢瑤在迷茫的月色下，趕至鄱陽湖畔。

她本應在黃昏前便可來到這古渡頭，找船送她往雙修府去，可是由午時開始，她發覺到被一個非常高明的高手跟蹤著，爲了甩開跟蹤者，展盡輕功，雖數次拋下那可怕追蹤者的緊躡，但不久又給對方綴上，如此斷斷續續，至午夜時候才又成功地把對方暫時甩脫，趁機趕到渡頭。

渡頭泊滿大大小小不下五、六十艘漁舟，但看那烏燈昏寂的樣子，船上人都應酣然入睡，不禁大感頭痛。

她或可把其中一艘小舟的人弄醒，動之以厚酬，但這會耗去她寶貴的時間，說不定那跟蹤者又會趕上來。

她通明的慧心隱隱感到追著她的是西藏第一高手紅日法王，而這你追我走，亦正是對方和她在決鬥前的熱身賽。

既明知她會趕往雙修府援手，里赤媚怎會不千方百計把她攔截，只要能阻她一段時間，待雙修府被徹底覆滅後，她亦只能徒呼奈何。那時敵人將可從容回過頭來全力對付她。

以里赤媚和紅日法王的高明，只憑別人在事後的描述，當可猜知她與四密尊者的對陣中受了不輕的內傷。故現在的形勢實對她不利之極。

湖風拂來。

一點燈火，在對開的湖面迅速移動著。

秦夢瑤功聚雙目，只見一艘窄長的小風帆，以高速劃過湖面。

只是一瞥間，她知道操舟者必是水道上的大行家，因爲若非深悉湖水流動的方向、湖上的遊風沒有可能使風帆達致這樣驚人的高速。

思忖間，風帆來至前方，眼看就要遠去，秦夢瑤一提氣，像隻美麗的小鳥沖天而起，髮揚衣拂裡，橫過水面，落往小風帆的船頭，船身晃也不晃。

一個氣度雍容樣貌粗豪的大漢，悠然坐在船尾，一手操控著的風帆，另一手拿著一壺酒，咕嚕咕嚕地喝著，在他腳旁放了一把特別長窄的劍，似見不到她這不速之客駕臨船頭。

秦夢瑤平靜無波的道心猛地一震，默默看著對方，從容坐在船頭處。

這人究竟是誰？

為何能使自己的心生出奇異的強烈感應？

大漢把壺內的酒喝得一滴不剩，隨手把壺投往湖內，以衣袖抹去嘴角酒漬，才定睛打量秀美無雙的秦夢瑤。

兩人目光交擊。

大漢一對眼似醉還醒，像能透視世間所有事物的精芒在眸子中一閃即逝，嘴角逸出一絲淡淡的笑意。

以秦夢瑤超凡入聖的修養，也給他看得芳心一顫，泛起奇異至極的感覺。

這時風帆又偏離了湖岸，朝湖心破浪而去。

整個湖面黑壓壓一片，只有小舟給罩在掛於帆桅處那孤燈的光暈裡。

這是她和他的小天地。

大漢的眼睛上下打量著她動人的嬌軀，每寸地方似也不肯放過，卻沒有予她分毫色迷的感覺。

那人眼中亮起欣賞的神色，微微一笑道：「姑娘何去何從？」

他的聲音自有一種安逸舒閒的味兒，教人聽得舒服到心坎裡。

除了言靜庵、龐斑和那無賴韓柏外，她從未感到樂意和另一人促膝相談，但由坐在船頭那一刻開始，她自知正衷心想要享受和這人的對處。

秦夢瑤淡然道：「你到哪裡去，我便到哪裡去。」

若換了是別人，便會認爲秦夢瑤對自己一見鍾情，所以才有這等話兒；若換了聽的是韓柏，更可能喜得掉進水裡去。

大漢則只是灑然一笑道：「姑娘天生麗質，爲我生平僅見，請讓我敬你一壺。」往懷中一探，掏出另一壺酒來，珍惜地送到眼前深情一瞥，才往秦夢瑤拋去。

秦夢瑤一把接著，蹙起黛眉，有點撒嬌地道：「浪翻雲呵！夢瑤不懂喝酒，從未曾有半滴沾唇，你想迫夢瑤破戒嗎？」

浪翻雲絲毫不因對方叫出名字爲異，笑道：「這酒名清溪流泉，乃『酒神』左伯顏之女親自釀製，包保你喝一口後，對其他俗釀凡酒全無興趣，如此一喝即戒，豈非天下美事。」

秦夢瑤拿著酒壺，皺眉道：「若夢瑤喝上了癮，不是終日要向你求酒嗎？那豈非更糟？」

浪翻雲一笑道：「這是我最後一壺，其他的怕都給小偷喝光了，所以你不戒也不成。」

秦夢瑤啞然失笑，美眸深深看了這天下無雙的酒鬼一眼，拔開壺塞，凌空高舉，仰起巧俏的小嘴，張口接著從壺嘴傾下像道銀光般的美酒。

飲罷隨手將酒壺平推過去，穩穩落回浪翻雲手裡。

浪翻雲接過酒壺，搖了一搖，嘆道：「一人半瓶，一分不多，一分不少，公平得緊。」一飲而盡。

酒香四溢。

美酒下肚，秦夢瑤清美脫俗的玉容升起兩朵紅雲，輕輕道：「眞的很香很醇！若由此變成女酒徒，夢瑤會找你算賬。」

浪翻雲搖頭道：「我只打算請你喝一口，現在夢瑤一喝就是半壺，中毒太深，怎能怪我。」

除了韓柏外，秦夢瑤從未試過對著一個男人時，會這麼暢意開懷，「噗哧」一笑道：「請人喝酒，哪能如此吝嗇？」

浪翻雲哈哈一笑，目光掃過右方黑壓壓的湖岸，淡然道：「有人竟斗膽追著夢瑤嗎？」

秦夢瑤心內佩服，直至浪翻雲說這句話時，她通明的慧心才再次泛起被人追蹤的感覺，點頭道：「是紅日法王！」

浪翻雲若不經意道：「是西藏第一高手紅日法王？」

秦夢瑤輕輕點頭，有些許慵倦地半挨在船頭，纖指輕挽被風拂亂了的幾絲秀髮，姿態之美，教人不忍移開目光。

浪翻雲看得雙目一亮，嘆道：「夢瑤千萬不要在韓柏面前喝酒，否則那小子定會忍不住對你無禮。」

聽到韓柏之名，心湖平靜無波的秦夢瑤嬌軀輕顫，俏臉竟前所未有地再添紅霞，輕輕問道：「那無賴現在哪裡？」

浪翻雲先啞然失笑：「無賴？」才又淡然道：「他本和我一道乘船上京，雙修府事了之後，夢瑤隨我同去見他吧？」

秦夢瑤美目亮了起來，深深看著浪翻雲，靜若止水地道：「為何浪翻雲想我回去見他？」

浪翻雲道：「夢瑤不喜歡見他嗎？」

秦夢瑤垂下目光，幽幽一嘆道：「浪翻雲的邀請，教夢瑤如何拒絕。」

浪翻雲有點霸道地進逼道：「夢瑤為何要避開我的問題？」

秦夢瑤迎上他像龐斑般看透了世情的眼神，緩緩道：「是的，夢瑤喜歡再見到韓柏，不過浪翻雲為何要挑起夢瑤這心事呢？」

浪翻雲微微一笑道：「若將來夢瑤得窺至道，當會明白我這刻的用心，來！坐到我身旁來，讓我好好看看言靜庵調教出來的好徒弟。」

若換了普通的男女，這幾句話必被誤會成調情的開場白，但對這惺惺相惜的兩個頂尖劍手來說，卻絲毫沒有這味兒。

秦夢瑤輕移嬌軀，聽話地坐到浪翻雲之旁，狹窄的船身，使兩人的肩頭不得不觸碰相連。

除了韓柏外，浪翻雲是第一個接觸到秦夢瑤芳軀的男子。

浪翻雲探手過去，將秦夢瑤一對玉掌，全握進他的大手裡。

秦夢瑤一臉澄潔，任由這男子握著雙手，沒有絲毫驚駭或不自然。

浪翻雲神色平和，露出靜心細察的神情，好　會兒才鬆開大掌，讓秦夢瑤尊貴不可侵犯的玉手回復自由。

秦夢瑤低頭無語，她雖知道對方握她玉手的目的，但仍想到浪翻雲是除韓柏外，第一個使她心甘情願讓她觸碰的男人。

這完全與男歡女愛無關。

而是由她落在船頭開始，便和這能與龐斑相埒的高手生出一種微妙親密的精神關係，那就像她和言靜庵與龐斑間的情形。但她絕不會讓龐斑碰她。

浪翻雲側頭往她望去，低聲道：「你剛和人動過手嗎？」

秦夢瑤別過臉來，向近在咫尺的浪翻雲道：「是青藏的四密尊者，他們已折返青藏，只剩下現正追著我來的紅日法王。」

浪翻雲眼中射出憐愛之色，道：「只要夢瑤一句說話，我立即把紅日法王趕回西藏。」

秦夢瑤眼中射出感激的神色，將螓首緩緩側枕在浪翻雲可承擔任何大事的寬肩上，幽幽道：「可惜夢瑤不能夠這樣做，我和他的事，定須由我去解決，否則中藏這持續了數百年的意氣之爭，將會永無休止地持續下去。」

浪翻雲沒有因秦夢瑤的親暱動作有分毫異樣，愛憐地道：「夢瑤若傷上加傷，恐怕內傷永不能痊癒；若只以你目前傷勢，我有九成把握可以在攔江之戰前把你治好。」

秦夢瑤舒服地枕在浪翻雲肩頭上，忽地感到一陣前所未有的軟弱，輕輕道：「解決中藏之爭，是夢瑤身上的唯一責任，也是對師父的一個交代，無論會帶來任何後果，夢瑤亦甘願承受。」

浪翻雲哈哈一笑道：「可惜無酒，否則必再分你半壺。」伸手過去，輕擁了她一下，再拍拍她的香肩，柔聲道：「乖孩子，前面有人等待著我們呢！」

秦夢瑤依依不捨地離開他的肩膊，美目深深看著浪翻雲道：「除了敝師之外，夢瑤從未試過對一個人像對你般生出想撒嬌戀慕的情懷。」

浪翻雲開懷大笑，拿起腳旁的蓑衣，披在身上，又戴上竹笠，登時變成個地道的漁民，向秦夢瑤道：「那就再不要稱呼我作浪翻雲，要甜甜地喚我作浪大哥才對。」

秦夢瑤柔順願意地甜甜道：「浪大哥！」

她終於明白到爲何連不可一世的龐斑，也對這絕世劍手生出相惜之意，他那種灑然超於塵世的浪蕩氣質，連她的道心也感傾醉迷戀。

那絕不是人世間男女相慕之情，而是追尋天道途中一種眞誠知己之交，超然於物外的深刻情懷。

浪翻雲知道這點，她也明白。

船頭正前方遠處的湖面上，出現了一多點燈光，扇形般往他們包圍過來。

其中是否有一個紅日法王呢？

# 第二十五章　妒恨難平

戚長征忽地醒了過來。

水柔晶八爪魚般把他纏個結實。

篝火只燒剩幾小塊深紅的炭屑，秋寒侵體。

他感到有點異樣，很快就知道緣故，小靈狸不見了。

戚長征輕輕拍醒水柔晶，在她耳邊道：「小靈狸不見了！」

水柔晶一震醒來，鬆開緊纏著他的身體，嘬唇呼喚。

小靈貍仍是蹤影渺渺。

戚長征爬了起來，迅速穿上衣服。

水柔晶怔怔地坐著，有點茫然混亂。

戚長征坐回她身旁，低聲道：「牠會否到了外面去覓食？」

水柔晶搖頭道：「不會的，何況牠每天吃一餐便夠了，不需要再找東西吃。」

戚長征道：「你快穿衣服，我往外面看看，記著若有任何事，立即示警，我不會去遠的。」

水柔晶拉著他的手臂，道：「小心點，可能是他來了。」

戚長征一愕道：「你是說那鷹飛？」

水柔晶美目射出痛苦的神色，道：「就是那魔鬼，這人天性殘忍，有非常強的佔有慾，玩過的女人雖給他棄之如敝屣，但若給他知道被他拋棄的女人真心愛上其他男人，會毫不猶豫把那些男人殺死，因爲他要曾被他佔有的女人因思念他而痛苦畢生。」

戚長征聽得差點狂叫出來，剛才他和水柔晶歡好時，早發覺這美女有著很豐富的床笫經驗，非常老練，當時心中已不大舒服，現在水柔晶如此一說，教他更受不了。

他是個非常有風度的人，藉站起來的動作掩飾自己壓得心頭像要爆裂開來的情緒，沉聲道：「快穿衣！」提起封寒的天兵寶刀，閃出門外。

迷蒙的月色下，遠近荒野山林黑沉一片。

秋風吹來，使他脹裂般的腦筋冷靜了一點。

他收攝心神，運功往四周掃視。

「滴答！滴答！」

異響從前方的樹上傳來。

他進入最高的戒備狀態，往聲音傳來處掠去。

到了一棵樹前，他倏地停下，駭然望往樹身處的一團毛茸茸的東西。

小靈貍被一枝袖箭釘緊在樹身處，雖死去多時，鮮血仍不住滴下，發出剛才傳入耳內的響聲。

戚長征心叫不好，轉身回掠。

就在此時，廟內竟亮起火光。

戚長征刀護前方，全速飛掠，眨眼穿門而入。

眼前的情景使他髮指皆裂。

一個身穿白衣的高瘦青年，正摟著赤裸的水柔晶，熱烈地親吻著。

使他不能立即出手的原因，是水柔晶也熱烈地摟著對方，嬌軀不住扭動，半睜半閉的美目充滿了慾火，正瘋狂地回應著。

戚長征轟然一震，刺激妒忌得差點鮮血狂噴。

水柔晶忽地身子一軟，滑往地上，顯是給對方制住了穴道。

那人任由水柔晶倒在地上，緩緩轉過身來，微微一笑道：「戚兄！這騷貨還不錯吧！」

幸好戚長征乃天生灑脫不羈的人，知道強敵當前，立把水柔晶和燒心的瘋狂妒火完全拋開，刀略往上提，一股森寒的刀氣湧出，遙遙把對方罩定。

這鷹飛確是生得非常好看，雙目星閃，如夢如幻裡透著三分邪氣，確有勾攝女性魂魄的魅力。

他看來並不像蒙古人，皮膚白皙嫩滑得像女孩子，稜角分明但略嫌單薄的唇片，掛著一絲似有若無的笑意，更增他使女人顛倒迷醉的本錢。

背上交叉插著雙鉤，筆挺瘦長的身體有種說不出的懶洋洋，但又是雄姿英發的味道，構成整個人迸發的強烈吸引力。

最使戚長征驚異的仍非他英俊無比的臉龐，而是他兵器尚未出手，就那麼輕輕鬆鬆一站，便從容地與戚長征迫去的刀氣抗個平手，使他欲發的一刀無隙可乘，硬是劈不出去。

這人的武功就算比不上里赤媚，也不應相差太遠。

深吸一口氣，戚長征冷然道：「閣下是否鷹飛？」

那渾身帶著詭邪魅力的青年微笑點頭道：「正是在下。」

他也是心中驚異，原先的計策是利用水柔晶刺激起戚長征瘋狂的妒恨，再乘隙出手，把對方制著，讓他親眼旁觀自己淫辱水柔晶，以洩心頭之恨，豈知對方似毫不受影響，守得全無破綻，穩若泰山，使他大爲失算。

他眼力高明之極，從對方湧來的刀氣，已看出對方晉入先天之境，兼且鬥志昂揚，自己雖有把握收拾對方，但難保全無損傷，所以絕不划算，腦筋一轉，想出另一毒計。

「鏘！」

背後雙鉤之一來到手中，閃電往前橫掃。

戚長征心中駭然，想不到在自己龐大的刀氣壓力下，對方要打就打，輕鬆寫意，只是這點，知道對方實勝自己一籌。

在這種洩氣的情況下，他堅毅卓絕的性格發揮了作用，反激起強大的鬥志，夷然不懼，上身微向前俯，天兵寶刀閃電劈出，劈中對方的鐵鉤。

「噹！」

鷹飛竟給他一刀劈得像狂風吹的落葉般，往後飄去。

戚長征暗叫不好，對方已由背後的破窗穿出廟外，倏忽沒在黑夜的山林裡。

一股涼意由後脊升起。

戚長征尚未遇過如此莫測高深的敵人，更不知他爲何要走。

插在神檯的火把正燃燒著，照耀著水柔晶躺在地上美麗赤裸的胴體。

戚長征來到水柔晶旁，壓下的妒火又湧上心頭，想起她和鷹飛熱烈擁吻的情形，暗忖若我一刀把這女人殺了，不是一乾二淨嗎？

風行烈和白素香進入客館的小廳，譚嫂迎了上來，低聲道：「小蓮很累，倒在床上睡著了。」

風行烈叫了聲不好，撲入房內。

床上空無一人。

風行烈心有所覺，往右方望去。

谷倩蓮剛倚窗轉過身來，見到他情急之狀，臉上綻出個迷人笑容，撲過來投進他懷裡，喜叫道：「噢！你好緊張倩蓮哩！」

白素香和譚嫂剛衝進來，見到兩人緊抱著，大感尷尬。

風行烈也不好意思，但乍失乍得的喜悅，卻蓋過了一切，竟捨不得把谷倩蓮推開。

譚嫂道：「不阻公子休息了。」自行離去。

白素香本應隨譚嫂一齊退出，但一對長腿像生了根似的，提不起來。

風行烈知她未走，不捨地輕輕推開谷倩蓮。

谷倩蓮「咦」一聲道：「怎麼你襟頭有朵香衾，看！差點給我壓扁了。」

白素香羞得臉也紅了，怕給谷倩蓮耍弄，忙道：「夜了，我應該走了。」

谷倩蓮追了過去，在出門處一把將她拉著，笑道：「走甚麼，今晚誰睡得著，不若我們到『眾僧石』去浸溫泉。」

風行烈全無睡意，他曾聽過厲若海談及雙修府有三大名勝，就是溫泉、蘭坡和芝池，這時想起，雅興大發，應道：「谷小姐有此興致，風某定必奉陪。」

谷倩蓮挽著白素香來到他面前，一洗先前悲傷之態，笑道：「你看！我和香姊的皮肉如此細滑，全賴常在泉內浸浴。」

風行烈的眼光隨即落在兩女的俏臉和粉頸處，谷倩蓮自然任由愛郎看個夠、看個飽，白素香則是嬌羞不勝，偏又逃不出谷倩蓮的挽扣。

風行烈見兩女各具醉人風姿，兩張俏臉互相輝映，暗忖若三人組成一個小家庭，畫眉之樂，必是其趣無窮。

旋又想到，風行烈啊！你怎可在未解決和冰雲間的事前，便時刻見色起心，風流快活。

白素香給風行烈看得垂下頭去，輕輕道：「小蓮！你陪風公子去吧。」

谷倩蓮嗔道：「怎可以沒有你這好姊姊，讓我們一齊在泉水裡，浸個和說個痛快，直至天明，不是挺美嗎？」

白素香靦腆地道：「這怎麼可以呢？」

風行烈本打算只是去看看，想不到谷倩蓮竟想三人共浴，那豈非硬迫自己娶白素香，此事如何使得。

可是看到谷倩蓮的快樂樣兒，又有點不想掃她的興。

說自己對白素香毫不心動嗎？那只是騙自己，再回心一想，敵人大軍隨時壓境而來，浪翻雲能否趕至，只是個渺茫極矣的希望，以敵方實力之強，縱使有烈震北和自己，亦是必敗無疑，說不定明天雙修府上下給殺個雞犬不留，自己這刻還推推搪搪，豈非可笑之極嗎？

對酒當歌，人生幾何。

說到底，冰雲無論有何理由，終是騙了他的感情，自己要做甚麼事，誰也管不了。想到這裡，豪情大發，拋開一切，正要說話，谷倩蓮這小靈精已道：「香姊啊！你的身體終有一日都要給男人看，你不想那個人是行烈嗎？」

白素香垂首低聲道：「我只是蒲柳之姿，公子怎看得入眼？」

對婦道人家來說，沒有話比這兩句更表示出以身相許之意，若風行烈拒絕的話，白素香除了自盡外，再沒有別的保存體面的法子了。

風行烈恍然大悟，知道兩女自幼相處融洽，心意相通，攜手合作下，一步一步把自己迫上了退無可退的窮巷裡，而且只是一夜間的事。他同時想到，若硬將兩女分開來，她們兩人誰都不會快樂。

說不定谷倩蓮一早打定主意，希望他能娶谷姿仙爲妻，然後她和白素香做妾，共事他這一夫。

唉！自己總是鬥不過這小精靈。

在不知還有沒有明天下，爲何不可及時行樂呢？

豪情再起，風行烈哈哈一笑道：「來！趁天還未亮，我們到溫泉去浸個暢快。」

靳冰雲離開他後，直到此刻他才眞正回復以前風流自賞的男兒本色，而大功臣就是這小精靈。

就算明天戰死當場，也不虛此生了。

今晚就荒唐個夠。

# 第二十六章　竊玉偷香

朝霞一聲嬌呼，軟癱繡床上。

韓柏埋首在她香美膩滑的粉頸和秀髮裡，貪婪地嗅著她動人的體香，知道自己的魔種又再精進了一層。

朝霞略張少許倦慵的媚眼，求道：「柏郎！我真的不行了，求求你放過朝霞吧。」

韓柏體內的精氣正前所未有地旺盛，暗忖自己真要多娶幾個嬌妻才行。

男女交合時陰陽相交之氣，對魔種裨益之大，實在難以估計。

若問他的魔種有何需要，則必是這二氣和合所產生的養分。

魔門的採補和藏密的歡喜大法，求的無非是這種能造出生命的男女之氣。自己身具魔門最高境界的魔種，自然而然能採納這種「生氣」據爲己有。由此亦可見道心種魔大法是如何詭異神秘。

只要想起里赤媚，他絕不會疏於練功，想到這裡，暗忖趁自己現在狀態如此之好，不若到鄰房找柔柔繼續練功，豈不美哉。吻了朝霞一口後道：「你既再難消受，就乖乖地在這裡睡覺好嗎？」

朝霞無力地點了點頭，閉上秀目。

韓柏暗忖若現在摸到左詩房內，她會有甚麼反應？

旋又放棄這個想法，因爲左詩比朝霞更臉嫩，人又正經，若如此向她施襲，縱使心內千情萬願，怕也下不了台，會怪自己不尊重她，若鬧僵了，可能會有意想不到的反效果。

他離開了朝霞的身體，迅速披上衣服。

朝霞均勻滿足的呼吸聲由床上傳來，竟酣然入睡，想來她的夢定必甜美非常。

韓柏心中一陣自豪，切實地體會到自己成爲眞正的男子漢大丈夫，一個能令女人完全滿足的男人。

他躡手躡腳推門走出房外，還未看清楚，已給人一把揪個正著，范良極的聲音在身旁響起道：「小子！你到哪裡去。」

韓柏低聲道：「不要那麼大聲，會把人吵醒的。」一眼瞥見范良極脅下挾著個大酒罈，滿口酒氣，吃驚道：「你喝光了浪大俠的酒，不怕他回來跟你算賬嗎？」

范良極嘿然道：「來！坐下再說。」硬拉著他靠牆坐在靜悄無人的長廊內。

韓柏的心早飛到柔柔動人的肉體處，又不敢不應酬這喝醉了的大盜，惟有暗自叫苦。

范良極遞過酒罈道：「讓你喝幾口吧！見你伺候得朝霞這麼周到，也應有些獎勵。」

韓柏接過酒罈，剛舉起來，一震停下道：「甚麼？你一直在偷聽我們行事？」

范良極嘻嘻笑道：「你當我是變態的淫蟲嗎？只聽了一會兒，朝霞叫了那一聲後，我便閉起耳朵，直到你把地板踏得像雷般響，我才給驚醒過來。」

韓柏恨得牙癢癢的，但自問不會因范良極的耳朵而放棄男歡女愛，惟有迫自己相信他不是變態的淫蟲，舉罈小心翼翼地先喝一小口。

一股清醇無比的芳香沿喉貫入臟腑的最深處，連靈魂兒也飄飄欲飛起來。

韓柏一震道：「好酒！」

范良極道：「喝多兩口，包保你甚麼壞事都做得出來。」

韓柏再舉罈痛飲，放下酒罈時，整個世界都變得不同了。再沒有半絲憂慮、半分擔心。

喝酒原來是這麼好的。

范良極道：「試過清溪流泉後，其他酒都沒啥癮頭的，真慘！所以你定要把左詩弄到手，讓她天天釀酒給我們喝。」

韓柏同意點頭，心中叫道，好詩姊呀，我定要你乖乖跟著我，喚我作相公、夫君，又或柏郎，間中再來聲好弟弟，嘻！

范良極一把摟著他的肩頭道：「小柏兒，我真的很感激你。」

酒醉三分醒，韓柏受寵若驚道：「你也懂說人話嗎？」

范良極喟然道：「剛才終於聽到了朝霞的歡笑聲，我真的很快樂。」

這回輪到韓柏心中感動，范良極對朝霞的關懷，真的是出自肺腑，絕無半點花假。由他帶自己去偷窺朝霞開始，到了此刻，其中的經歷，只有他們兩人才會明白。將來老了，回想起來，會是怎樣的一番滋味呢？

范良極大力拍了他一下，縮回手去，道：「去吧！」

韓柏愕然道：「去哪裡？」

范良極出奇和善地反問道：「剛才你想到哪裡去？」

韓柏這才想起柔柔，不由覺得非常好笑，咭咭笑了起來。

范良極本要問他有何好笑，話未出口，自己早笑得前仰後合，失去控制。

喝醉了的人，笑起來時，哪須任何笑的理由。

韓柏一邊笑，一邊扶著牆搖搖晃晃站了起來，按著牆走到柔柔的房門前，輕輕一推，竟推不開來，原來在裡面拴上了門關。

韓柏怎會給個木栓難倒，內勁輕吐，一聲輕響，木栓斷成兩截。

韓柏推門入內，再把門關上，然後輕叫道：「柔柔！你相公我韓柏來了。」

大床繡帳低垂，裡面的柔柔一點反應都沒有。

韓柏留心一聽，帳內傳來兩把輕柔的呼吸聲。

韓柏嚇了一跳，酒醒了一半，暗忖難道柔柔這麼快便去偷漢子，旋又暗責自己，柔柔怎會是這樣的女人。

月色由窗外斜斜透射入來，溫柔地灑遍繡帳那半邊的房內。

韓柏輕輕走了過去，心兒忐忑跳著，戰戰兢兢攏起紗帳，一看下暗叫我的媽啊！這回真是天助我也了。

原來帳內有一對玉人兒並肩作海棠春睡。

柔柔身旁睡的不是他的詩姊姊還有誰。

柔柔向牆側臥，睡在內邊的美麗胴體在被內起伏有致；左詩俏臉仰起，被子輕起輕伏，使他不由幻想著被內誘人的情景。

月色斜照下，兩女美豔不可方物。

這兩個大美人，昨夜必是在床上相擁談心，話題怕也離不開他。心中一甜，坐在床緣處，俯頭下去，貪婪地細看左詩秀麗無倫的俏臉。

忽覺左詩的俏臉開始紅了起來，不一會兒連耳根也紅了。

韓柏大奇，喃喃道：「詩姊眞怪，連睡覺都臉紅，可能有先見之明，說不定夢到了我會對她輕薄。」

又突有所覺，眼尾餘光一掃，見到左詩露在被旁的玉手揪緊被邊，輕輕顫抖著，恍然大悟，原來這美麗的好姊姊在裝睡。

韓柏心中大樂，藉著七分酒意，俯下頭去，在她兩邊臉蛋各香一大口，低叫道：「詩姊姊，弟弟愛你愛得快要發狂了。」

左詩全身呈現一陣強烈的顫抖，被子都掩藏不了，隱見朝著他的酥胸正急遽起伏，櫻桃小口張了開來，不住喘氣，卻怎也不肯把秀目睜開。

韓柏被逗得慾火狂燃，暗忖我若讓詩姊你今晚不獲雨露潤澤，可眞個是對你不起了。

對男女之事，他早非初哥，而是經驗老到的高手，坐言起行，湊下唇去，痛吻左詩微張的紅唇，另一手探入被子裡去，恣意對這認了不到三天的美麗義姊盡情輕薄。

左詩在他的魔手侵襲下抖震扭動，喉頭咿唔作聲，小嘴卻熱烈反應著，緊貼韓柏嘴巴，丁香舌展捲翻騰，教韓柏這色鬼魂爲之銷。

面牆而臥的柔柔原本均勻的呼吸倏地急速起來。

韓柏心中暗笑，原來兩個都在裝睡，柔柔當然不怕被他侵犯，甚至非常歡迎，刻下的裝睡，是讓自己更無顧忌去偷香竊玉而已。

這時他連甚麼魔種，甚麼練功全都忘了，完全沉醉在左詩身上。

左詩也算作繭自縛，若非她的清溪流泉，可能韓柏的膽子未必會大到這包天地步。

連韓柏自己也不知道，現在他正踏上由道入魔的過程。

道心種魔確是玄妙詭秘之極的魔門至高功法。

赤尊信將魔種強灌進韓柏的體內，與他作肉體和精神兩方面的結合。

肉體的結合在赤尊信來說，是他可以控制的。他把自己強橫的生命力和魔功，藉著類似藏密灌頂大法的魔門秘術，一股腦兒輸進韓柏體內，使他體質和外形都出現了天翻地覆的變化，轉變成現在充滿奇異魅力的外貌和身形。

但精神的結合，卻牽涉到兩個迥然有別的元神，非是赤尊信所能控制或預估，只能聽天由命。這也等若在韓柏的心靈內，有兩個元神在鬥爭排斥著，爭取控制權，這過程非常危險，動輒會把韓柏變成狂人。

幸而韓柏福緣深厚，遇上了秦夢瑤，才把他的魔性壓下去。但有利必有害，若魔種的力量眞被完全制伏，那魔種便再也不能進一步舒展發揮。而韓柏的成就將止於此，再難更有精進。

豈知花解語想吸取韓柏元陽裡那點眞陰，誤打誤撞下竟使兩個一直互相排斥的元神藉愛慾爲橋樑，融爲一體，由那刻開始，兩個元神合二爲一，也可以說韓柏就是魔種，魔種便是韓柏，再無彼我之分。

這魔種成孕於男女愛慾之中，只有在那種情況裡，魔種才能成形成長，有若胎兒在母親體內，藉臍帶的連貫才能吸取養分和成長。

韓柏體內不住出現的性慾衝動，實基於魔種本身對男女肉慾的渴求，就像胎兒對母體全心全意的索求。

只有在那情況下，魔種才能茁長，其理實是微妙非常。

愈熱烈的情慾，愈能使魔種成長。

這成長的過程絕非一蹴可成的。

由柔柔到朝霞，以至現在的左詩，都提供了韓柏體內魔種最需要的愛慾。因爲三女都深深愛上了他，對他既有情亦有慾，培植著他的魔種，若換了和花解語合體前的韓柏，怕連半句大膽無禮話兒也不敢向朝霞或左詩說出來，更遑論對她們挑情輕薄、恣意侵犯了。

亦是他這種由魔種衍發的風流浪子情性，使三女死心塌地愛上了他，迷上了他。

男女之道，本來就是無所拘束，恣情任性。在魔種來說，行雲布雨，便若呼吸般自然和重要。

她們欲拒還迎的反應，更進一步刺激著韓柏的魔種，使他沉醉其中，更想挑逗和反擊她們。

這樣往往來來，滾雪球般使魔種不住成長著。

幸如浪翻雲所云，這魔種非是當日赤尊信植進他體內的魔種了，因爲魔種的核心處，正是俠義善良的韓柏，此所以才能不流於魔道邪行。

當有一日魔種內最核心處那韓柏的元神，擴展成長至極限，魔種會變成道胎，而這道胎也是魔種，這才是魔門道心種魔大法的最高層次。

在韓柏來說，唯一能使眞正的道心把整個魔種包容轉化，就只有男女之愛，那是使魔種成長的眞正養分。

他如此渴想得到秦夢瑤、朝霞和左詩，亦是這個道理。

不明內情的人看去，會覺得他是個貪花好色的浪子，哪知內裡另有緣由。

由道入魔，再由魔入道，致魔道交融，就是道心種魔大法的過程和理想。

唇分。

左詩美目緊閉，劇烈地喘息著，再沒有辦法裝睡。

韓柏站了起來，迅速脫去衣服，鑽入被內，把美麗的義姊壓在體下，爲她解帶寬衣。

左詩感覺著自己身上的束縛逐件減少，情慾卻不斷高漲，芳心叫道，來吧！我的好弟弟，詩姊姊心甘情願做你的好妻子，心甘情願把身體交給你，任你無禮，任你爲所欲爲。

當韓柏強壯的身體深深融入她體內時，她四肢纏了上去，眼角洩出歡樂的情淚，因爲在那一刻，她知道空虛和苦難全過去了。

她衷心感激著浪翻雲，沒有他，絕沒有今夜的幸福和快樂。

而在這霎間，她亦清楚無誤地知道自己深愛著浪翻雲，絕不會比她對韓柏的愛爲少。

爲了浪翻雲，她會更全心全意去愛韓柏。

她和韓柏的第一個孩子，將會以「雲」作名字。

就叫作韓雲。

# 第二十七章　溫泉夜浴

三人由客館後的山路往上走，白素香提著燈籠，默默走在前方引路。

谷倩蓮親熱地拉著風行烈的手，回復了平時的心情，似把谷姿仙明天的婚禮完全忘掉了，向前面走著的白素香怨道：「香姊扔了那燈籠吧！今晚的月色雖不大亮，我們仍可看得清楚。去！行烈！你去拖扶香姊姊吧。」

白素香佯嗔道：「小精靈！不要欺負我。」

谷倩蓮嬌癡笑道：「行烈快去欺負她，香姊不許我欺負，卻喜歡給你欺負哩。」拉著他趕到白素香身旁。

風行烈頑皮起來，伸手打橫攔著白素香，搶過她手上的燈籠，吹熄後插在路旁一叢小樹處，溫柔地挽起白素香的玉手。

白素香垂著頭，任他施爲，那柔順溫婉的樣子，能教任何男人心花怒放。

風行烈拉著兩人，往上走去。

突然生出一個奇怪的想法。

自烈震北把他的傷勢治癒後，他感到自己像脫胎換骨般變了另一個人似的。若是以前，縱使是出於谷倩蓮請求，他也不會於光天化日下在一個並不適合的地方，和谷倩蓮共赴巫山。

更不會與白素香這個相識了不滿一天的美女攜手同行，這對他是前所未有的異行。

往日的他對愛情是非常慢熱的，即管是一見鍾情的靳冰雲，他也是和她朝夕共處了三個月後，才在一個風雨交加的晚上，奪去了她處子清白之軀。

今晚，他竟起了佔有白素香的衝動，絕不願讓白素香到明天仍是個未經人道的少女。

只有這樣才有暢快適意的感覺。

爲何他會有這樣的轉變呢？難道是因爲體內的三氣交匯？

看來有需要向烈震北問上一句。

他並非害怕這轉變，因爲決定了要在今夜佔有白素香後，他感到拋開了道德禮法枷鎖的暢美感覺。

一男兩女默默往上走，享受著夜深的寧靜和空寂。

穿過一叢密林後，樹木逐漸疏落起來，路旁多了很多形狀奇怪的巨石，在夜色裡活像匍伏的怪獸異物。

風行烈挑逗地揉捏著白素香置於他掌握中的豐軟玉手，湊到她耳旁道：「早先在府外的林木間，你是否看到我和倩蓮親熱？」

白素香微不可察地輕點了一下頭。

風行烈心中一熱道：「你想不想和我那樣親熱？」

白素香羞不可抑，卻仍再次點頭。

谷倩蓮別過臉來，眉開眼笑地道：「香姊！行烈眞的對你傾情了，他這木頭人識了我這麼長的時間，從不曾向我說過這類親密話兒呢！看來香姊今夜貞操難保了，是嗎？行烈！」

換了以前的風行烈，對谷倩蓮這樣大膽露骨的話，必難以招架和接受，此刻卻感到谷倩蓮的說話有趣之極，微笑向白素香道：「小生確有此意。」

白素香在兩人如此夾攻，即管她如何爽朗大膽，畢竟仍是個黃花閨女，臉紅心跳下，竟仆進風行烈懷中去。

風行烈哈哈一笑，鬆開拉著谷倩蓮的手，將白素香來個軟肉溫香抱滿懷，攔腰把她抱起，往上跑去，並開懷大笑道：「你們走得太慢了。」

谷倩蓮笑得直喘著氣追來，邊叫道：「香姊不用急，轉過上邊那塊老僧石就到了。」她不說風行烈心急，反指白素香心急，眞是促狹之至。

白素香全身發軟，把俏臉埋在風行烈頸側處，這時若風行烈忽然將她放下來，保證她站立不住。

風行烈感到前所未有的興奮，轉過大石，才往上望，立時愕然停下。

追著上來的谷倩蓮撞在他背上，忙伸手把他摟著，待要嗔怪，舉頭一看，赫然見到烈震北坐在一塊大石上，含笑看著摟作一團的他們，再上五十來步的高處，被群石圍繞的溫泉正熱氣騰升，池後是筆直陡峭的石山壁。

烈震北呵呵笑道：「人不風流枉少年，世侄不須感到不好意思，想我年輕時偎紅倚翠的狂放，世侄尚差得遠哩。」

白素香由他懷裡掙落地上，和由風行烈背後走出來的谷倩蓮一齊往上奔去，來到烈震北兩旁，親熱地左右把他挽著。

烈震北伸手摟著兩女的小蠻腰，仰天笑道：「這兩個都是我的乖女兒，倩蓮承繼我的醫術，素香承繼我的針術，老夫尚有何憾？」

風行烈恭敬施禮道：「想不到先生來此養靜，我們打擾了。」

烈震北微笑道：「想起大敵即臨，還怎能窩在後山裡。」

風行烈想起早先的問題，向兩女道：「你們先到溫泉去，我向先生請益後，自會上來找你們。」

兩人見他說話的語氣神態，都像丈夫向妻子吩咐似的，芳心既甜蜜又歡喜，乖乖地齊聲應諾，嘻笑著往上追逐奔去。銀鈴般的嬌笑在空山裡迴盪著。

風行烈想起大敵即來，暗下決心，除非戰死當場，否則絕不讓兩女受到任何傷害。

烈震北感嘆道：「行烈要記著，能令女人快樂的男人，才是眞正的男子漢。」

風行烈想起以前對谷倩蓮的冷淡，是否因爲他把自己的情緒放在最重要的位置？這樣算不算自私呢？心內一陣歉疚，決定待會定要好好補償給她們。

烈震北道：「你是否想問我魔種的事，希望你的情緒不要再像上次那麼波動。」

風行烈立即道歉，並將自己奇怪的改變感受說了出來。

烈震北留神聆聽，沉吟片晌後道：「很感謝世姪告訴我這麼珍貴的第一手資料，使我死前終於弄清楚種魔大法的一些關鍵問題。」

風行烈心中一酸，想起烈震北只餘下兩天的壽命，難得他仍是如此安然自如，想了想道：「我既是種魔大法的爐鼎，目下死不了，是否因而習染了魔氣，改變了氣質，做出以前不會做的事來。」

烈震北呼出一口氣道：「可以這樣說，也不可以這樣說，其中確是玄妙非常。」頓了頓續道：「要明白我這兩句話，首先要明白天地之理，凡物分陰陽，故有生必有死，有正必有反，有男必有女，有道胎亦有魔種，誰也不能改變這情況分毫。」

風行烈點頭表示明白。

烈震北道：「種魔大法亦不能例外，有生亦有死，而它正是針對此點而引發，不過在說及這關鍵處前，先要明白魔種究竟是甚麼一回事。」

風行烈有點緊張地吸了兩口氣，他真的很想知道，難得現在終於有人肯告訴他了。

烈震北仰首望天，徐徐道：「不論道胎魔種，都來自人類最本源的生命力，這生命力不是普通的生命力，而是先天的生命力，道家的返本歸原，『本原』指的就是這先天的生氣。」

風行烈道：「既是如此，爲何仍有魔種道胎之別？」

烈震北道：「分別在於其過程，道胎是由人身體內的陰陽而來，魔種則是由男女交合而來。」

風行烈一震道：「甚麼？」

烈震北道：「你想到了，所以靳冰雲這魔媒才如此重要，當她以處子之身和你結合時，在精氣交融裡，一點先天生氣便會成形，龐斑通過魔門詭異莫測的秘術，就在那關鍵性的一刻，利用那點生氣撒下魔種，以後你們每次交合，他都潛進你們的心靈裡，培養種子，然後在成熟時刻，與魔種結合，把種子生氣的精華攝爲己有，有生必有死，其死氣則歸你承受，故有種生鼎滅的後果。」

風行烈吐一口涼氣，打個寒戰道：「這實使人難以置信。」

烈震北點頭道：「事情就是如此，不過因你體內有一道奇異的生氣，使你逃過種生鼎滅的大禍。現在這生氣已和死氣渾融結合，加上若海兄的奇氣，三氣合一而成完全不同的另一樣昇華，那就是現在的你。相信我吧！不要受任何事物的拘束，也不用怕別人議論而縛手縛腳，因爲你是古往今來，惟一有這機緣的人，只有你自己才能找到應走的道路。」

風行烈一拜到地感激不已。

烈震北微笑道：「到上面溫泉去找尋你的幸福和快樂吧，本人就在此地迎風賞月，如此良宵，怎可虛度。」

風行烈恭敬地叩了三個響頭，往上走去，穿過兩塊高達兩丈的巨石後，眼前豁然開朗，群石環拱下，一個方圓達十丈的大石水池呈現眼前，熱氣騰升，兩女全裸浸浴池裡，載浮載沉，眞是人間仙景。

谷倩蓮游了過來，招手道：「行烈！快脫衣下來，今晚的泉水沒有那麼熱，舒服得很哩。」

風行烈邊脫衣，順便欣賞溫泉的美景，只見石池貼著山壁那邊由石隙間噴出兩道泉水，左邊的泉水熱氣騰騰，右邊那道卻沒有熱氣，就像大自然以這冷熱兩泉爲他們調校熱度，不愧雙修府第一勝地。

風行烈終於脫掉身上最後一絲衣縷，完全赤裸地立在池旁，筆挺的男體閃著攝人的光澤，沒有半分多餘脂肪的肌肉均勻有力，傲若天神。

正在嬉戲鬧玩的兩女像給攝了魂魄般停了下來，呆看著他，露出傾倒迷醉的神色。

風行烈吸引她們的不僅是完美的男體，英俊的臉龐，更攝人的是他有種難以言喻的氣質，既有厲若海的英雄氣概，某一種超脫凡俗的仙氣，還帶著點邪異的魅力，融合而成令人無法抗拒的誘惑力量。

谷倩蓮像第一次看清楚他，心中叫道，烈郎啊！你怎會忽然變得這麼好看的。

白素香忘記了嬌羞，嬌軀抖顫起來，忽然間她知道以後再離不開他，這一生都會爲他傾醉。

風行烈兩足微一用力，一個倒栽蔥，插進溫熱的泉水裡，往兩女潛游過去，冒出水面時，兩手摟著了她們赤裸的纖腰。

兩女情不自禁地反摟著他。

風行烈帶著兩人來到池邊水淺處，只覺每個毛孔都吸進溫熱，那種舒服的感覺實是難以形容。側頭吻在白素香的唇上，接著是谷倩蓮。

溫熱的泉水內，熱氣騰升裡，兩女的嬌喘中，風行烈還記著烈震北的提點，完全地開放自己，恣意享受著男女肉體接觸所能帶來的極度歡娛，在雙方高漲的熱情裡，他再一次佔有了谷倩蓮，同時也取得了白素香珍貴的貞操。不足十二個時辰的時間內，他得到了兩位美女的身體，這是他以前從未夢想過的事。

最後他們並排坐在池旁一塊平滑的大石上，三對腳都濯在水裡。

風行烈摟著她們滑嫩的香肩，微笑道：「就算我明天立即死去，也不會有絲毫覺得老天待我風行烈不公道。」

兩人應道：「我們也是。」

三人又再來一番親熱的動作，池旁立時春色無邊，這種事一開始了便沒法停下來，也沒有人想停下來，肯停下來。

良久後，谷倩蓮喘著氣道：「行烈！讓我告訴你雙修府那個大秘密。」

風行烈坐了起來，大笑道：「你不怕又有事發生嗎？」

兩女軟躺在他身旁，欲起無力，那嬌慵樣兒，使風行烈大為得意。

谷倩蓮忽又一笑道：「香姊由你來說。」

白素香一呆道：「甚麼秘密？」

谷倩蓮鑽入風行烈懷內，湊過頭去，瞪視著白素香道：「我和你那個約定呢！」

白素香撐起嬌軀，藉風行烈按在裸背上的大掌勉強坐了起來，軟靠著風行烈，小嘴湊到風行烈耳旁道：「素香曾和小蓮約定，假若我們任何一人找到如意郎君，都必須帶他到來讓對方看看，假若我或小蓮在當時沒有更好的人選，則必須效娥皇女英，共事此君，使姊妹倆永不分離，而當素香第一眼看到公子時，立即心甘情願投降了，這是你最清楚知道的。」

風行烈向谷倩蓮失聲道：「這就是所謂雙修府的大秘密嗎？」

谷倩蓮嘟起小嘴送給他一個迷人的笑容，伸手撫著他英俊的臉龐，輕輕道：「風公子啊！這裡不是雙修府嗎，這既關係到人家兩姊妹的終身大事，又是秘密得只能給你一人知道的，不是『雙修府』大『秘密』是甚麼。」

風行烈為之氣結，轉變話題道：「為何你忽然變得不把你小姐明天的婚禮放在心上呢？」

谷倩蓮爬了起來，小嘴對著風行烈媚笑道：「你親我十次嘴，我讓你也知道這小秘密。」

風行烈待要說話，白素香在旁低聲道：「因為我給成抗寫了一封信，告訴他小姐眞正愛的人是誰。」

風行烈為之愕然，望向白素香。

一直以來，白素香對谷姿仙的婚事都像沒有意見，哪知她暗中卻有這麼厲害的一著，不由對她作出新的估計。

谷倩蓮低聲道：「行烈！敵人若來，你不用記掛著我們兩人，盡力出手對付，假設你有甚麼不測，我們姊妹都會陪你一道去，絕不會玷污了風家的清譽。」

# 第二十八章　鄱陽逐浪

來船點點火光亮起。

秦夢瑤至靜至極的道心一塵不染，澄明如鏡。圍過來的廿八艘快艇，乍看似是雜亂無章，其實隱隱分作三組，左右兩翼每組十艘，中間略墜後的一組只有八艘。

眞正的好手應在那八艇之上。

秦夢瑤俏立在艇頭，迎著夜風，衣袂飄飛，儼若凌虛御風的仙子。

敵艇上船尾處各有六名壯漢，運槳如飛，迅速迫近。

火箭均架在弓弦上，蓄勢待發。

浪翻雲頭頂竹笠，身披簑衣，神態閒逸，一點不似感到事情的急迫性。

終於進入射程裡。

「嗤嗤」聲響個不絕。

右邊那組快艇百多枝燃燒著火油的勁箭射上鄱陽湖的夜空，劃著美麗的弧線，往秦、浪兩人的小風帆火雨般灑來，照得方圓十多丈的湖面血紅一片，既好看又可怖。

秦夢瑤感到艇尾有一枝船槳探進湖水裡。

她眼看前方，自是看不到浪翻雲落槳，甚至聽不到任何聲音，卻能像是自己伸展肢體般感到木槳探進湖水裡那微妙的力感。

浪翻雲出手了。

眼前盡是點點火芒，驟雨般往首當其衝的秦夢瑤射過來。

小風帆速度遽增。

驚人的速度！

小風帆忽地給舉上了湖面，飛魚般順著水勢往外斜衝開去。

火箭全部落空。

敵船上傳來驚訝的呼叫。

秦夢瑤心中暗笑，若浪翻雲這駕船的大行家竟會給這些小輩難倒，傳出去將會是天大的笑話。

敵船鼓聲雷動。

三組艇再分了開來。

最接近的右方那一組改變方向，打橫搶來欲攔腰截擊。中間那組八艘艇，轉了個急彎，改由尾後追來。最遠左方那組則掉頭斜斜向正前方駛去，準備在去路處布下包圍網，教他們即管避過由左方衝來的攔腰截擊，仍脫不出他們這下一重的封鎖。

只要能攔上他們一陣子，後面的八艇即可趕至，前後夾擊。

在戰略上，敵艇的應變確是無懈可擊，只從這點推之，當知對方有高手在主持。

可惜對手是天下無雙的浪翻雲。

秦夢瑤閉上美目，無視敵人射來的第一批火箭，感受著浪翻雲持著的木槳在湖水裡劃著曼妙無比的線條。

船槳忽地急顫了一下，帶起一道強烈的暗流。

暗湧激撞在船底處。

小風帆再次給托離湖面，同時改變了船向，偏往左方。

浪翻雲哈哈一笑，船槳一收一伸，激撞在船尾的湖水裡。

浪花爆上半天，反映著漫天激射而來火箭的閃光，小艇箭矢般往攔腰迫來的敵艇射去，第二輪的火箭全部射空，落到船的後方。

浪花落下時，一點都濺不到小風帆上去，可見小艇逸離速度是如何迅快。

秦夢瑤閉上的美目洩下了一滴晶瑩淚珠，因為她終於「看」到了浪翻雲天下無雙的覆雨劍了，不過這一次是一枝木槳。

那又有何分別？

秦夢瑤只憑感覺，就知道浪翻雲掌握了劍道的至理。

那就是天道，亦是自然之道、天然之理。

浪翻雲覆雨劍法的精粹是來自洞庭湖的湖水。

這明悟使她心生感動。

掌握了水性，就是掌握了天道。

所以他才能玩魔術般利用了水性，做出眼前所有這些不可思議的事來。

敵陣隊形立時亂了起來。

秦夢瑤通明的劍心甚至可感到敵艇上的人心中的寒意。

故有此不戰自亂的情況。

氣勢上浪翻雲全面地壓倒了他們。

一個接一個的水花在船尾爆往天空。

浪翻雲再一聲長笑，運腰下坐，船頭翹了起來，速度激增下，敵人連第三輪火箭尚未及射出時，小風帆破入了敵艇的中間處，擦身而過。

「鏘！」

秦夢瑤飛翼劍出鞘。

漫天劍氣由她手裡似太陽光束般往左右兩艇激射而去。

兩艘敵艇上共二十多人，連秦夢瑤的劍是長是短還未看清楚，不是給劍氣撞得兵器脫手，東歪西倒撲進水裡，就是知機伏下避禍。這還是秦夢瑤劍下留情。

小風帆狂風拂過般由敵艇陣中穿出去，半刻停留也沒有，距離拉至五丈之遙。

本由前後方夾攻過來的另兩組快艇，全落了空，急忙轉舵追來，和吃了虧的那組快艇擦身而過。

浪翻雲木槳彈上半空，忽變成數十道槳影，以肉眼難以覺察的高速，拍擊湖水，沒有先前爆上丈許高的水花，連一滴水都沒有激起。

秦夢瑤感到十多道暗湧往追來的敵艇激射過去。

「蓬蓬」之聲不絕於耳，前排的十二艘快艇似玩具般被暗湧掀起船頭，然後往側翻跌，敵人隨艇齊給掀翻到水裡去，後至的快艇則撞在翻覆了的艇上，也傾側翻倒，潰不成軍。

小風帆船尾再爆起水花，速度不減，迅速離開。

「鏘！」

飛翼回到鞘內。

驀地秦夢瑤秀目寒芒一閃。

浪翻雲則悶哼一聲，運槳一撥，小風帆奇蹟地往橫移開了五尺。

「蓬！」

水花四濺裡，紅日法王由水底弓背彈出，若風帆尙在原定航線，剛好給他的背撞個正著，保證會斷爲兩截。

眼看他用力過猛，要沖天而起時，他凝定半空，高度剛不過船桅的頂端。

要知他正全力上沖，這樣要停便停，實在有乖自然物性。

那停頓絕不超過眨眼的一半時間，然後他以比上沖更驚人的高速，往橫移來，一足伸出，點往船桅。

換了一般高手，定以爲他想踢斷船桅，但秦、浪兩人只從他身體移動帶起的風聲，知道了這一腳若給點在船桅處，力道會沿桅而下，落至船身，硬生生把小帆船從中折斷。

他的目的仍是要把秦、浪兩人分隔開來，好全力對付其中一人。

目標當然是秦夢瑤。

於此亦可見此人戰略高明，看出了浪翻雲的不好惹。

秦夢瑤靜立船頭，沒有半點動手攔阻的意思。

浪翻雲嘴角牽出一絲笑意，頭一搖，頂上的竹笠彈離頭頂，閃電般往紅日法王旋飛割去。

紅日法王「咦」了一聲，點往船桅的腳不得不收了回來，手掌暴漲，一把拍在竹笠旋轉著的邊緣處。

若他不收腳，竹笠會在足尖點上船桅的同時，割入他的腰裡，分了力道在那一踢的他，將擋格不了竹笠含蘊著的驚人勁道。

「蓬！」

竹笠在他的大手印下化作漫天碎粉。

浪翻雲遙生感應，上身晃了半晃。

紅日法王白髮、白眉一齊直豎，精光閃爍的眼往浪翻雲射去，一聲長嘯，人往船頭的前方拋去，借勢化勁。

小風帆破浪而前，往紅日法王落點衝去。

紅日法王鮮紅的喇嘛僧袍獵獵作響，濕透了的衣服就藉那下抖動灑出千萬點水珠，往船頭的秦夢瑤罩去。

秦夢瑤靜立不動，雨珠來到她身前三尺許處，像碰上隱形的牆壁般落下，重歸進湖水裡。

這時紅日法王有若金剛天神的雄偉身形，背著船頭，雙足接觸湖面。

小艇衝至他背後丈許的近距離。

紅日法王仰天一笑，雙足點在湖水上，如著實地般彈了起來，凌空運腰轉身，手掌暴漲，往秦夢瑤面門抓來。

秦夢瑤伸手拔出背後飛翼，往前似緩似快地推出，迎上紅日法王快得看不清楚的一抓，竟恰到好處地把對方狂猛的攻勢完全封擋。

要知兩人並非在實地上交手，距離位置隨著小艇的高速前進不住變化，所以看似毫不費力的互相一擊，其中計算的精確，實非一般高手所能想像。

紅日法王五指箕張，每隻指頭都動了起來，在有限的活動幅度裡做著奇異的動作，就像五件武器般往秦夢瑤的飛翼攻去。

秦夢瑤嬌叱一聲，飛翼一顫下抖出五道劍影，封鎖了對方每一指的攻勢。

「叮叮噹噹」連串爆響。

船頭窄小的空間兩條人影撞到一堆。

紅影、白影旋纏在一塊兒，再分不出誰打誰來。

指、劍交擊發出的勁響沒有刹那的停下。

驀地劍芒暴漲。

紅日法王仰身退離秦夢瑤的劍圈，到了船頭外的兩丈許處，「颼」一聲往橫斜下，沒入水裡。

船頭的空中飄下一塊紅色衣布，竟是紅日法王被割斷了的一小截袍服。

小風帆迅速前去，晃眼間由紅日法王下水處旁丈許掠過。

後面的敵艇在遠方亂成一團，再無法追來，也不敢追來。

紅日法王沒入水後再不見任何影蹤。

秦夢瑤回劍鞘內，靜靜站了一會兒後，輕嘆道：「若非紅日法王因大哥的竹笠以致元氣未復，夢瑤是否能把他迫回水裡，實是未知之數。」

戚長征看著躺在地上，剛和自己有合體之緣的赤裸嬌娃，心中的妒恨痛苦差點令他仰天嘶喊。剛才水柔晶摟上鷹飛脖子的景象，冤魂不散地糾纏著他。

他一聲悲嘆，欲掉頭離去，眼角掃到水柔晶腿上綁著的匕首。心中忖道，她能爲我自殺，顯然對我的愛毫無虛假，衝著這一點就不能置她不顧。

長刀點出，落到水柔晶的嬌體上。

水柔晶穴道被解，仍在迷糊間小口張開，淒叫道：「長征！」

她坐了起來，見到戚長征冷冷看著她，一點感情也沒有，就若看著個陌生人那樣。

水柔晶嬌軀一震，站了起來，待要撲入戚長征懷裡，戚長征喝止道：「你這水性楊花的賤人，由今天起你還你，我還我，休想我再會受騙。」

水柔晶俏臉血色一下子全部退掉，捧著胸口向後連退兩步，想起昏倒前的事，焦灼萬分叫道：「長征！你誤會了。」

戚長征仰天悲笑道：「親眼見到還有誤會，你這賤人一見舊情人，明知對方狼心狗肺仍投懷送抱，獻上肉體和香吻，這叫作誤會？大概你是想不到我這麼快會回來吧！」

水柔晶淚水不受控制湧出眼眶，嬌體搖搖欲墜，淒然狂叫道：「不是那樣的，你聽我的解釋。」

戚長征冷然道：「你做過的事，任你舌粲蓮花，休想使我改變主意。以後你行你的陽關道，我走我的獨木橋，各不相干，哼！」轉身便去。

水柔晶淒苦冤屈湧上胸臆，像給大鐵鎚當胸擊了一下，往後踉蹌跌退，直至裸背靠上荒廟的破壁。

眼看著戚長征出廟而去，耳內忽響起戚長征的傳音道：「乖柔晶，我愛你，快扮作自殺的樣兒，可不要眞的自殺。」

水柔晶呆了一呆間，戚長征走得無影無蹤。

她壓下心中的狂喜，直撲到門前，扮作絕望傷心地狂叫道：「長征！不要走啊！」

廟外靜悄悄的，只有秋風吹拂的呼嘯聲。

水柔晶無力地退到廟心處，拔出匕首，指著兩乳間心臟的位置，半瘋狂地笑了起來道：「你走吧！走吧！我要死給你看。」

「柔晶！」

一把柔和的聲音在廟外遠處響起，帶著一種使人願意順從的力量。

水柔晶至此不由深深佩服戚長征的智慧和策略，詐作一驚下匕首反指向聲音來處。

人影一閃，鷹飛嘴角帶著個懶洋洋的笑意，立在身前，微笑道：「死是那麼容易的嗎？」灼灼的目光集中到她動人的裸體上。

水柔晶狠狠道：「你這魔鬼，剛才以卑鄙手法，使長征誤會我而走了，我要和你拚命。」

鷹飛冷笑道：「左一句長征、右一句長征，你不怕我妒忌起來，待會和你相好時不懂憐香惜玉嗎？」眼光又在她赤裸的胴體上下游移著，笑道：「你的身體仍是那麼美，難怪能把那小子迷得暈頭轉向，連我都要舊情復熾呢！」

水柔晶往後退了幾步，靠著牆壁，尖叫道：「不要過來！」

鷹飛狂笑道：「你是我的女人，就永遠是我的女人，我要你生便生，死便死，哪由得你作主。」

水柔晶眼中射出堅決的神情。

鷹飛看在眼裡，一移身，往她姣空抓去。

水柔晶驚叫一聲，反手把匕首往自己胸口插去。

鷹飛心中暗笑，若你能在我眼前自殺，以後我的名字可要倒轉頭來寫才行，彈出兩道指風，刺向水柔晶的腕穴。

豈知水柔晶匕首倏地翻過來，向他推出，氣勁嗤嗤，竟是蓄勢而發，全力出手。

鷹飛心感不妥，難道自殺竟是假的，正要變招先拿下水柔晶，警兆倏起。

一道強至無可抵禦的刀氣，由大門湧入，接著刀光閃處，戚長征人刀合一，往他殺至。

鷹飛錯在心神全集中到水柔晶的胴體上，連背後雙鉤都未及取出，匆忙間分出小半力道一掌劈往水柔晶，另一掌全力往戚長征刀鋒迎去。

剎那間形勢逆轉，他變成兩面受敵。

戚長征這一刀挾著自己女人受辱的悲憤之氣而來，將刀法潛能發揮盡致，而鷹飛則是驚怒下倉皇應戰，此消彼長，高下立見，何況他不得不應付水柔晶的匕首。

心理上他更處於劣勢。

原本是他布局騙人，現在反墜入對方彀中，教他如何不憤恨難平。

鷹飛一聲悶哼，兩掌同時劈中匕首和戚長征的天兵寶刀。

三條人影一合即分。

鷹飛狂嘯橫移，撞破另一面牆壁，迅速逸走。

水柔晶歡叫一聲，投進戚長征懷裡。

戚長征摟著水柔晶，嘆道：「在這樣的形勢下，也只是令他給我的刀氣輕創，此人實在非常可怕。」

水柔晶道：「沒有一天兩天，他都沒有能力再追我們，長征！我多麼怕你真的誤會了我，剛才他……」

戚長征用手捂著她的小嘴，柔聲道：「若非你醒來後叫的是我老戚的名字，使我知道你暈倒前只想著我，眼前就是一個截然相反的局面。來！快穿衣，我們立即走。」

水柔晶低問道：「小靈貍死了嗎？」

戚長征痛心地點頭道：「放心吧，有一天我會向這殘忍的凶徒討回血債，現在卻不能不走。」

水柔晶的熱淚滴在他的襟前。

一向樂觀的戚長征，忽地感到前路一片黑暗。

今次能趕走鷹飛全賴對方的輕敵，下次再遇上時，他們恐難有今晚的僥倖了。

曙光初現。

風行烈和兩女整理衣服，離開令他享盡人間艷福的溫泉，走往下山的道上。

烈震北不知所終。

谷倩蓮驚異地不斷偷看他。

風行烈微笑道：「倩蓮！你又在打甚麼鬼主意？」

谷倩蓮伸手挽著他臂膀道：「行烈你現在特別好看，不知這是否情人眼裡出潘安呢？不過你早是我情人了，爲何現在我才發覺呢？」

白素香在另一邊摟緊風行烈道：「小蓮說得不錯，烈郎多了一種很特別的攝人神采，像整個身體都挺直硬朗了，有種難以形容的氣概。」

風行烈心中一動，知道昨夜與兩女的胡帝胡天，對體內匯聚的三氣定是大有裨益，因爲燎原槍法最重氣勢，發揮陽剛的氣魄，像厲若海那種境界，只須走出來站站做個樣兒，可以不戰屈人之兵，兩女感到自己不同了，正代表著自己眞的有了突破，否則不會生出如此戲劇性的變化。

心中豪情奮勇。

好！

由今早開始，就當我風行烈重新做人，放手大幹一番，才不致辜負了師父培育的苦心。

靳冰雲嘛！

讓我再見她一面，和她說個清楚。

假設她仍願做我的嬌妻，我將不究過往的事，否則事情就此完結，自己豈能爲一個不愛自己的女人牽扯一生。

想通了這點，整個人輕鬆無比。

兩女放開了挽著他的手，原來已到了主府大門前。

三人走了進去。

雙修公主谷姿仙獨自一人立在大堂中間，在充滿喜慶的布置襯托下，分外有種孤清冷艷的感覺。她冷冷看著三人的接近，神色平靜。

風行烈心中奇怪，為何一個婢僕的影子都不見。

白素香和谷倩蓮來到谷姿仙身前，作賊心虛，「噗噗」兩聲，跪了下去，垂著頭不敢作聲。

風行烈想不到兩人有此行動，呆在當場。

谷姿仙美目緩緩掃過兩女，幽幽一嘆道：「他走了！你兩人滿意了吧！」

白素香一震道：「不關小蓮的事，全是素香自把自為。」

谷姿仙的眼光來到風行烈身上，忽地神情一動，仔細地打量著他，秀目奇光迸射，好一會兒才斂去，柔聲道：「公子！昨夜睡得好嗎？」

換了往日，給這成熟的美女如此大膽的目光掃射下，他定會感到不自然，現在卻是欣然領受，正容道：「成抗兄真的不告而別嗎？我這就去把他追回來。」

谷姿仙幽怨地瞅他一眼，輕輕道：「走便走吧！谷姿仙難道要求人娶我嗎？」

谷倩蓮一聲歡呼，跳了起來，過去挽著谷姿仙，無限高興地道：「好了！真的好到不得了。」接著問道：「那個婆娘呢？」

谷姿仙心灰意冷地道：「也跟著去了，你開心吧！」

谷倩蓮一蹦一跳來到白素香旁，要把她拉起來。

白素香掙脫她的手，向谷姿仙道：「小姐！責罰我吧！」

谷姿仙嘆了一口氣道：「敵人怕已登上了蝶柳林，我哪還有心情和你們計較呢？浪翻雲啊！你在哪裡呢？」

風行烈心中一震，知道谷姿仙任出成抗姊弟離去，實含有不讓他們牽入此事之意，心中不由一陣感動，淡淡道：「素香現在是風某的女人，她犯的過錯我願負起全部責任，我雖不懂雙修大法，不過只要有一口氣在，誓要除去『花仙』年憐丹，助小姐收復無雙國。」

谷姿仙嬌軀一震，往他望來，定睛看著他，暗忖這人爲何忽然變得如此英雄氣概，敢作敢爲，沒有一點矯情之態，柔聲道：「當年『國時，敝祖曾立誓將來收復國土，只能憑自己的力量，公子的好意姿仙心領了。不過公子既有此意，足夠抵消素香的膽大妄爲，素香起來吧！」

在谷倩蓮的攙扶下，白素香半推半就站了起來，驚喜莫名，風行烈竟當著小姐明言自己是他的人，哪能不樂翻了心，感到身有所屬的幸福。

谷姿仙看在眼裡，一陣感觸，她和谷、白兩女自幼生活在一起，親如姊妹，現在這兩個最愛作弄男人的好姊妹，終找到能令她們傾心的如意郎君，自己卻注定與幸福無緣，上天怎會如此不公平。

想到這裡美目不由溜到風行烈身上，暗忖以自己銳利的目光，爲何昨天竟看不到此刻對方正散發著的男子魅力和懾人的英雄氣質。當時只感到他是個很好看的男子，他現在擁有的那種特質，卻一如浪翻雲般使自己心動著。

假若在遇上浪翻雲前碰上他，是否會對他傾心相戀呢？

谷倩蓮又過來纏著她道：「小姐不若嫁與行烈，我們兩人則做他的妾婢，如此不是一家人了，將來復國之事，就交到他手上，總好過你隨便找個人去練雙修大法，可憐將來是否成功還是未知之數。」

風行烈嚇了一跳，谷倩蓮如此口沒遮攔，全不顧人家小姐的尊嚴和面子，谷姿仙定會要她好看。

豈知谷姿仙俏目一亮，往他望來，好一會兒才收回目光，嘆道：「我們能否活過今天尚不知道，以後看看怎麼樣吧。」

這幾句話表明了她對谷倩蓮的提議並不反對。

谷、白兩女歡呼起來。

風行烈有一陣滿足的痛快感覺，知道這絕色麗人對自己心動了，禁不住生出爭回一口氣的決心，抵償了谷姿仙過去對他的冷淡，微微一笑道：「公主是否嫁與風某，絕對無妨，不過倩蓮和素香都是我的人了，風某好歹都算是半個雙修府的人，兼之年憐丹既助方夜羽為患中原，更是我的大敵。除非風某力有不逮，否則必教他不能生離中土，如此對小姐復國之業，當有幫助，那時小姐歡喜哪個人，就可嫁與哪個人，再不受任何害苦人的大法束縛了。」

谷姿仙聽出他說話中隱含的傲氣，想到這男子因著自己昨天的態度，做出反擊，故表示全不介意自己愛上誰人，和是否肯以身相許。嘆了一口氣，沒有說話。

這時譚冬匆匆走來報告道：「全府的人均撤往了後山的秘洞。而敵人則過了蝶柳林，正往這裡趕來。」

風行烈至此才明白為何見不到半個人。

譚冬接著神情一黯道：「接到南康來的消息，夫人的靜室發生了激烈的打鬥，胖婆子不幸慘死當場，夫人則不知所終。」

谷姿仙倏地轉身，叫道：「甚麼？」

風行烈三人愕在當場，谷倩蓮想起胖婆子，灑下熱淚。

譚冬道：「小姐不用擔心夫人，據南康傳來的消息說，極可能是老爺往探夫人時遇襲，不過看情形他們已突圍逃生了。」

谷姿仙想起給父親的那封信，正是要他去探看谷凝清，深吸一口氣，收攝心神後道：「震北先生哪裡去了？」

譚冬道：「我在路上遇到震北先生，他說要去迎接賓客。」

風行烈一震道：「甚麼！我立即去助他！」

白素香一把將他扯著，笑道：「你當先生是個只逞匹夫之勇的人嗎？」跟著玉容倏地慘白了起來，她想起了烈震北剩下只有一天的壽命。

眾人也隨著神色黯然。

谷姿仙強烈地想起了浪翻雲，自己堅拒撤出雙修府避禍，是否只是想再見這偉大的劍手一面呢？

# 第二十九章　毒醫揚威

韓柏伸了個懶腰，在無限滿足舒暢中醒了過來。

一種前所未有的感覺湧上心頭。

他感到三道眼光落在他身上，這種奇異的感覺清晰無誤，絕對錯不了，他甚至能感到那是朝霞、柔柔和左詩三女的目光，否則為何會含蘊那麼濃的愛意。

想到這裡他差點跳下床來，自己為何變得如此厲害了？

另一個想法冒了出來，使他壓下起床的衝動，借勢轉了個身，摟著枕頭詐作睡了過去。

他想聽聽這三位身心俱屬於他的女人會怎樣說他。

腳步聲響起，柔柔的體香傳入他鼻裡，接著是繡帳被掀起的聲音，然後聽到柔柔輕聲道：「這懶鬼又睡過去了，不過也難怪他的，昨晚像瘋了那般，讓他好好睡吧。」跟著放下繡帳，向其他兩女道：「今天整艘船上的人都瘋了，陳公晨早走到艙頂去唱他喜愛的崑曲，范大哥在房內醉得不省人事，范豹帶著他的兄弟把自己關在艙廳內不知幹甚麼勾當，朝霞則天未光就走來尋夫，詩姊死也不肯陪我出去逛逛，韓柏老爺又不肯起床……哈……」她花枝亂顫地笑了起來。

韓柏聽出柔柔心中的快樂，心頭湧起甜絲絲的曼妙美感。

左詩嗔道：「不想走出房外難道是錯的嗎？」

柔柔淡淡道：「當然沒錯，只不過詩姊以前每天大清早必走過去敲浪翻雲的門，風雨不改，所以我誤以爲你愛起床後立即四處走動吧！」

左詩低聲道：「若是浪大哥在，我今早的第一件事仍是過去敲他的門。」

朝霞笑道：「告訴他女酒仙左詩恨嫁了。」

左詩嬌嗔道：「你兩人夾攻我。」

柔柔笑了起來道：「詩姊不要著惱，告訴我們，若你今早找到浪翻雲，你會和他說甚麼話？」

左詩輕輕說道：「我甚麼都不說，但會向他多撒點嬌。」

床上詐睡的韓柏暗忖原來我這詩姊可以變得如此嬌嗲，教他骨髓也酥了起來。

柔柔坐回椅子的聲音響起。

左詩向朝霞反攻道：「霞夫人不是除非被迫的話，否則絕不踏出房門半步嗎？爲何今天天還未光就摸過來這斷了門栓的房呢？害得我們還以爲有第二個偷香賊來偷東西呢！」

朝霞伏在左詩身上的聲音響起。

朝霞笑得上氣不接下氣地道：「詩姊我投降了，人家過來是想避老……噢老……陳，怎知詩姊你會在床上，又沒有穿衣服，若是柔柔便絕不會笑我的。」

韓柏心中大樂，看不出嬌嬌怯怯的朝霞反擊起來如此凌厲。同時暗悔爲何不早點醒來，致錯過了這麼多精采的場面。

楞嚴的人若昨夜來偷人，成功的機會將是十拿九穩。

左詩終於敗下陣來，氣道：「我不來了，兩個欺負人家一個。」

柔柔道：「你是柏郎的好姊姊，誰敢欺負你呢？」

左詩嗔道：「你還不肯放過我嗎？」

接著是三女的低笑聲。

韓柏充滿幸福的感覺，扮作發出夢囈的模糊不清道：「詩姊呵！朝……霞，柔柔……我要你們……」

三女靜了下來。

朝霞走了過來，揭起繡帳，上身俯前，想看正在面壁而睡的韓柏。

韓柏向她眨著眼。

朝霞驚叫道：「柏郎是裝睡的，哎喲！救我！噢！」

原來韓柏一把將她摟到床上，封著了她的香唇。

柔柔和他荒唐慣了，見怪不怪。左詩卻抵受不住，臉紅過耳，站起來待要趁早逃命，豈知眼前人影一閃，身無寸縷的韓柏攔在門前，擋著去路。

左詩又窘又羞，轉身要逃到柔柔背後，早給韓柏兩手抓在香肩上，立時全身發軟，往後靠去。

韓柏有力的右手箍上她的蠻腰，大手挑逗地按在她的小腹處。

韓柏的臉湊到她的頸右旁，熱呼呼的氣直噴在她的小耳後，另一隻手繞過她的左頸，捉著她的下頷，硬將她垂下的螓首托高，移往至他可看到她整個側臉的角度。

左詩心叫，天呀！他竟在光天化日下做出這種事來，怎辦才好呢？

韓柏嘻嘻笑道：「詩姊還未叫我作夫郎呢？」

左詩以蚊蚋般的低音抗議道：「我何時答應過嫁給你的？」

韓柏像有冤報冤，有仇報仇般先在她臉蛋強香了一口，故作驚奇地道：「原來詩姊昨夜不是裝睡，所以連嫁了給我都不知道。」

柔柔笑得彎下腰去。

朝霞剛從床上爬起，又笑得倒了回去。

左詩不依道：「我今天是否犯了小人，所有人都對付我。」

韓柏道：「我教你一句解咒的暗語，一說出來包保沒有人再對付你。」左詩呆了一呆，第一次往韓柏的眼望去，問道：「甚麼暗語？」

韓柏微笑道：「心甘情願地叫聲柏弟弟吧！」

柔柔笑著道：「詩姊快叫吧！否則若有人撞進來，讓人看到你給赤裸的柏弟弟抱著，你可有得羞窘和尷尬了。」

左詩嚇了一驚，白了韓柏一眼後，紅著臉低喚：「柏弟弟！噢！」

原來她步上朝霞後塵，給韓柏封著了小嘴。

良久，唇分。

韓柏神魂顛倒地道：「詩姊的小嘴真甜。」

左詩大羞，不知哪裡來的力氣，乘機一掙脫出了魔爪，逃到柔柔椅後叫道：「柔柔救我！」

韓柏沒有半分羞恥心地來到兩女面前。

這時朝霞玉步輕移，捧著他的衣衫來為他溫柔地穿上。

柔柔笑道：「詩姊你莫要倚仗我來救你，對著你這柏弟弟，我亦是自身難保。」

韓柏哈哈一笑，伸手來拿左詩。

左詩跺腳嗔道：「柏弟你給我規矩點好嗎？」

韓柏立即縮手，恭敬地道：「詩姊教訓得是。」

「咿呀！」

門給猛地推了開來，腳步飄飄的范良極溜了進來，愕然道：「怎麼你們全都在一間房裡？」

韓柏以前所未有的親切語氣道：「老鬼快來坐下，讓你的義妹給你叩頭斟茶。」

范良極本聞「老鬼」兩字而不悅，不過聽到後一句時，立時笑容滿面，向韓柏豎起拇指做了個「兄弟！你真有本事」的誇獎手號，當仁不讓來到窗旁的椅子坐下。

朝霞乖乖地斟了一杯茶，來到他身前，盈盈跪了下去，當低垂著的頭仰起來時，已是一臉清淚，兩眼通紅，感激無限地舉起熱茶，送到范良極伸來的手上，顫聲道：「朝霞的好大哥！」

范良極那對賊眼破天荒第一次濕潤起來，哽咽著頭：「好妹子！乖妹子！大哥以後都疼你，若韓柏敢罵你一句，我便割了那小子的舌頭，快起來！不要哭了，以後再不用哭了。」

里赤媚和刁項兩人並排走在最前頭，言笑晏晏間穿過桂樹林，踏上石橋，就像遊人雅士般，沿著碎石路，往雙修府走去。

後面跟著的是柳搖枝和刁夫人，最後是由蚩敵和蒙氏兄弟三人，其他刁家的小輩和絕天滅地等一個不見。

一行七人，悠悠閒閒往目的地邁進。

里赤媚倏地止步。

走在他旁的刁項，愕了一愕停了下來，往前望去，見到烈震北好整以暇地由峽谷彎處緩步出來，見到各人抱拳道：「貴客遠道來此，有失遠迎，還望恕罪。」談說間，來至他們身前十多步處立定。

刁氏夫婦和柳搖枝見到烈震北，想起那天給他到船上大鬧一番，他們卻無奈其何，都感有點尷尬，現在對方一人昂然對著他們七個人，更使他們大爲洩氣。

里赤媚閃爍的目光上下打量了烈震北一會兒，微笑道：「先生到此迎客，給足我們面子，里赤媚先謝過了。」

烈震北負手傲立，攔在路心道：「甲兄今次此行，志在必得，爲何竟會漏了花間派主年憐丹呢？」

里赤媚失笑道：「年派主是愛花之人，見到滿山烈兄栽種的奇花異草，忍不住帶著花妃，瀏覽忘行，不過烈兄請放心，待會里某定會爲你引見，好讓你們親近親近。」

刁項悶哼道：「烈兄如此攔在路心，是否想以一人之力，把我們七人留在此處？」

烈震北一陣仰天長笑道：「正有此意！」

里赤媚鳳目一凝，神光閃過，迅如鬼魅的身形來至烈震北近處。

烈震北微微一笑，兩手揚起。

「蓬！」「蓬！」

路旁的長草立時烈焰沖天，濃煙捲起，把整截路陷進伸手不見五指的黑煙裡，敵我雙方八個人全失去了影蹤。

「蓬！蓬！蓬！」

數十下悶雷般的氣勁交觸激響由烈震北和里赤媚處傳出來，濃煙旋捲，卻不散去。接著是烈震北的長笑聲。

這時烈焰迅速波及方圓近半里的長草，烈焰濃煙，覆蓋著廣達數里的範圍。

沒有人明白火勢爲何如此凌厲迅速，只知道烈震北既名毒醫，這煙絕不會是好東西。

煙霧裡悶哼過招之聲不住傳來，顯是烈震北在濃煙裡不住移動，向各人展開狂猛的攻勢。

濃煙非常古怪，風吹不散，而且即管閉上呼吸，也會由眼、耳、皮膚侵進體內，除了里赤媚不懼百毒外，其他人都要運功抗毒，致功力大打折扣。兼且敵我難分，於是大大便宜了沒有爲這問題困擾的烈震北。

蒙二一聲慘叫，顯是吃了大虧，接著蒙大也叫了起來。

里赤媚勃然大怒，憑著聽覺趕到烈震北背後，一指點去。

「嗤」的一聲，烈震北的華佗針刺中他指尖。

一股尖銳氣勁透體而入，里赤媚暗呼厲害，在對方奇異氣勁沿腕脈走至手肘處時，硬以眞氣化去。

烈震北悶哼一聲，打橫移開，閃到另一人背後，下面飛起一腳，往那人腳踝踢去。

里赤媚左擺右搖，來到烈震北左側，一肘撞去。

「蓬！」

烈震北和那人交換了一腳，再和里赤媚戰在一起，暗嘆若非被里赤媚纏著，其他人休想有一人能倖免於難。

他在這條路上種的毒龍草，今早給他以秘法除去水分，又撒上易燃的特製藥粉，發出的濃煙劇毒無比，只要牽制得敵人一時疏忽下來不及運功抗毒，任對方內功如何深厚，亦要給劇毒侵入腑臟，飲恨當場。想到這裡，肩頭一搖，硬受了里赤媚一掌，乘勢衝入亂成一片的敵人陣裡，華佗針左刺右點，驚呼悶哼聲連串響起。

里赤媚狂喝一聲，往烈震北追去。

烈震北一聲長笑，迅速遠去。

毒龍草剛好燃盡，濃煙散去。

烈震北早人影不見。

里赤媚暗叫一聲厲害，回頭往眾人望去。

功力較次的蒙大蒙二坐倒地上，額上全是豆大的汗珠，顯是受毒氣所侵，正運功迫毒，蒙二傷勢較重，口、鼻、耳都滲出了血絲。

刁項情況較好，但也不敢移動，臉色蒼白，看來沒有一段時間亦難以復元。

里赤媚走到蒙大蒙二背後，伸掌按著兩人背心，送入真氣，助他們驅毒。

其他人行了一會兒氣，回復過來。

刁夫人忙助丈夫療傷。

柳搖枝和由蚩敵對望一眼，眼中驚怒交集。

烈震北確是手段驚人，竟能以一人之力，硬把他們阻在此處。

里赤媚站了起來，眼中掠過哀色，低聲：「老四和老五再無法與人動手了。」

由蚩敵怒道：「不殺烈震北，我誓不罷休。」

刁夫人駭然道：「這毒非常厲害，我必須和夫君覓地療傷，否則不堪設想。」

里赤媚冷然道：「烈震北中了里某一掌，雖化去了我大半力道，已夠他受的了，再見他時，就是他身死之刻。」向柳搖枝道：「搖枝！你和刁夫人負責護送他們三人回船上去，蚩敵你和我在這裡稍待一會兒。」接著微微一笑道：「除了里某外，還有年派主、紅日法王和石中天老師，就算浪翻雲和秦夢瑤來了都不用怕。」

# 第三十章　十大美人

范良極搭著韓柏肩頭，興高采烈回到韓柏的房裡。

范良極讚道：「想不到左詩眼角這麼高的妞兒，都給你一招兩式弄了上手，確有些三腳貓的泡妞功夫。」

韓柏傲然道：「這個當然。」

范良極心情大佳，掏出旱煙管，放在嘴邊，乾吸了幾口，瞇起眼道：「你有沒有聽過范豹他們說起有關江湖上新選出來的十大美人？」

韓柏眼睛亮了起來，道：「甚麼十大美人？」

范良極道：「這都是江湖上好事之徒閒著無聊想出來的玩意兒，你要不要聽聽？」

韓柏道：「我剛送了個老婆給你當義妹，還要賣關子吊我的癮？」

范良極連聲道歉後道：「其實這非正式的選舉是來自八派年輕一代的弟子，不過很快傳遍江湖，差點比我們黑榜高手更受人注意，女人的魔力真是厲害。」

韓柏不耐煩地道：「我不理是誰說的，只想知那十大美女究竟是誰？」

范良極又拿起旱煙管乾吸了幾口，悠然道：「你一定不會反對，排名首位的美人，就是使你神魂顛倒，但全無希望能真的弄上手來玩玩的秦夢瑤。」

韓柏心中一熱道：「誰說我不能弄她上手，我定要她乖乖跟著我，不過絕不是你所說的玩玩，我對她是很認眞的。」

范良極兩眼一翻道：「說倒容易，看到你面對她時的手足無措，我才替你難過呢！排第二位的是風行烈那小子的前度情人靳冰雲，這妞兒我也見過，姿容確可和秦夢瑤相比。」

韓柏一呆道：「她是風行烈的……的……」

范良極冷笑道：「朋友妻不可窺，我一直想提醒你，不過總是忘記了。」

韓柏吐出一口氣道：「好險！不過我有秦夢瑤就心滿意足了。」

范良極冷冷道：「秦夢瑤是你的嗎？」

韓柏頹然道：「第三位是誰？」

范良極道：「此女你很快可以見到，就是『鬼王』虛若無的獨生愛女虛夜月，不過你可要小心點，據聞此女最愛戲弄男人，江湖上的風流名士不知有多少人在她裙下英名盡喪，你韓柏怕也不能討好。」

韓柏嗤之以鼻道：「不要小看我，連浪大俠都說我對女人有法子，待我將來收拾了她，讓她乖乖做你的義妹，那時你才會明白我的獵艷手段。」

范良極哈哈笑道：「話誰不會說，到鬧得灰頭土臉時，不要來向我哭訴，求我這戀愛專家教路。」接著又興奮地道：「假若你能令秦夢瑤做我的義妹，我范良極才眞的服了你。」

韓柏愕然道：「你好像養成了收義妹的怪癖，眼前就有件現成貨，你有沒有興趣？」

范良極心癢難熬道：「你說左詩嗎？當然有興趣，剛才你應叫她立即認我，眞不明白你的腦筋爲何如此不靈光？」

韓柏失笑道：「這事容易之極，詩妡現在除了浪大俠外，全聽我的了，來！先說誰是第四位美人。」

范良極憧憬著美麗的將來，眉開眼笑地道：「第四位是雙修公主谷姿仙，可惜你們無緣相會，任你手段通天，亦無計可施。」

韓柏苦惱地道：「都是你不好，要我扮神扮鬼，弄到現在脫身不得，否則說不定能一親芳澤呢！」

范良極笑罵道：「你這大淫棍眞是死性不改，人都未見過就想著那回事，唉！我眞爲我的三個好妹子擔心。」

韓柏給勾起好奇心，催促道：「第五個美女是誰？」

范良極道：「這個更不得了，琴棋書畫無不精通，芳名憐秀秀，是當今最有名的才女，賣藝不賣身，你說多麼誘人，據說她在戲台上唱曲時，連三歲孩童、百歲老叟都要動心。」

韓柏悠然神往道：「那我定要一開眼界了。」

范良極續道：「第六和第七位你聽聽倒可以，想則不用想了。」

韓柏奇道：「她們是誰？」

范良極又把旱煙管拏到嘴角乾吸兩口。

韓柏終忍不住道：「這樣乾吸有甚麼樂兒呢？」

范良極嘆了一口氣道：「這兩大太刺激了，累我箭盡糧絕，餘下的仙草不夠十口，不乾吸怎行。」

韓柏同情地點頭，卻是愛莫能助。

范良極道：「這兩位美女一是朱元璋的陳貴妃，另一則是西寧派掌門人『九指飄香』莊節的么女『香劍』莊青霜。朱元璋的愛妃不用說了，莊節最重門戶之見，你說他肯否讓你這江湖浪子，不知哪裡鑽出來的淫棍去碰他的愛女？」

韓柏惋惜地道：「唉！又少了兩個機會，快說還有三人是誰？」

范良極道：「排第八位的是八派的另一個種子高手，可惜是個尼姑，你應沒有機會吧？」

韓柏愕然道：「這些人是怎麼選的，尼姑可以入圍嗎？」

范良極道：「這尼姑是雲清的小師妹，你未曾見過才會說出這類蠢話，若你見過她的話，包你要選她入圍，這麼美的尼姑實是天下罕有。」

韓柏不感興趣地道：「餘下的兩人是誰？不是尼姑或皇妃就好了。」

范良極道：「第九位叫寒碧翠，乃八派外另一大派丹清派的掌門人，此女十八歲便以劍術稱冠全派，二十二歲當上了掌門之位，今年二十五歲，傳聞她立誓永不嫁人，要把一生用在發揚丹清派上，與八派一較短長，你若可弄她上手，要我叩頭斟茶也可以。」

韓柏意興索然道：「怎麼會是這等貨色，第十個不會又是這樣吧！」

范良極笑道：「剛剛相反，排名最末的這位是江湖上著名的蕩女，和她有一手的人絕不會少。」

韓柏精神大振，因欲想多套取資料，故作驚奇道：「這樣的女人竟可入選嗎？」

范良極哂道：「又不是選最有貞節道德十大女人，她爲何不能入選？查實她的艷色絕不遜於其他美女，只是由於聲名欠佳，才給人故意排在榜末，不選她又實在不像話。」

韓柏搔頭道：「我受不住了，快說這美女是誰？你親眼見過她沒有？」

范良極挨在椅背上，道：「你答應一件事後，我才告訴你。」

韓柏嘆了一口氣道：「專使扮了，朝霞娶到了手，你還要我幹甚麼呢？」

范良極道：「我要你在今晚宴會前，學懂馬小子默寫下來的無想十式。」

韓柏一震道：「甚麼？」

范良極道：「我們中總要找個人出來冒充那擒下八鬼的神秘高手，才可以除去敵人的疑心，我老了，記憶力怎及你們後生的，只有靠你去充當少林的高手了。」

韓柏咬牙切齒道：「你在這時間才來認老，不是明坑我嗎？」

范良極道：「時間無多了，最後一位是『花花艷后』盈散花，此女行蹤飄忽無定，來歷神秘。」

接著眨眨眼道：「我不但見過她，還偷了她一點東西，更知道她一些很重要的秘密。」

接著跳了起來，往房門走去道：「我會通知我的義妹們莫來煩你，好好給我關在房內用功吧！今晚全靠你了。」

韓柏眼睜睜看著他離去，除了苦笑外，還能幹甚麼呢？這大盜究竟偷了盈散花甚麼東西？她又有甚麼不可告人的秘密呢？

風行烈和谷姿仙、谷倩蓮、白素香、譚冬四人，站在雙修府堂外，目定口呆望著峽口外沖上天空的濃煙。

谷姿仙道：「震北先生發動了他的毒龍火陣，真教人欽佩。」

風行烈皺眉道：「我應該去助他一臂之力的。」

谷姿仙道：「若你可幫上他的忙，他定會著你去，所以不用為此事不安。」

風行烈藉機問出心中一個問題道：「為何震北先生會隱居在這裡呢？」

谷姿仙奇道：「倩蓮沒有告訴你嗎？是令尊師厲若海先生特別邀請他來此的，否則怎請得他動。」接著露出笑靨道：「幸好他來此後愛上了這地方，還收了她們姊妹這兩個好女兒，他們相處得很好呢！」

風行烈這時正側頭看著她，見她笑起來時露出兩個迷人的小酒渦，禁不住怦然心動，暗忖她的心情似乎好多了，竟有這麼動人的美姿，一點不遜色於靳冰雲。

谷姿仙驀地發覺對方盯著自己，俏臉微紅，別轉臉去。

風行烈大感尷尬，望向身旁的谷倩蓮道：「守壺叔和岳叔兩人到了哪裡去？」

譚冬心不在焉答道：「他們到路上接應震北先生去了。」頓了頓道：「讓我去看看。」說罷匆匆去了。

風行烈見三女毫無動身之意，惟有壓下這衝動，向谷倩蓮道：「你是否不舒服，為何不說話了？」

平日總是只有這小精靈吱吱喳喳，現在一反常態，自是教他大感奇怪。

小倩蓮挨到他旁，在他耳邊輕輕道：「我們想你和小姐多說話兒，多多溝通，增進感情。」

她聲音雖低，谷姿仙仍聽得一清二楚，半嗔半怒責道：「倩蓮！」

風行烈為之氣結，知道谷倩蓮若要達到某一目的，通常都是不擇手段，目下就是製造形勢，硬架他兩人上轎，令人啼笑皆非，淡然道：「公主芳心早有所屬，倩蓮你再不知好歹，胡言亂語，我會對你不客氣的。」

谷倩蓮嘻嘻一笑道：「行烈息怒，小姐和浪翻雲只屬純潔的神交，現在如是，將來也如是，小姐！小蓮說得對嗎？」

谷姿仙玉臉一寒道：「我的事不用你管，若你再這樣沒上沒下，胡言亂語，風公子帶走你後，就永遠不准回來。」

谷倩蓮嚇得噤若寒蟬，一臉委屈。

風行烈看得心頭發痛，胸臆湧起傲氣，冷冷道：「公主乾脆俐落，明表立場，風某實在不敢高攀，亦高攀不起。由這刻開始，倩蓮、素香你兩人再不得提起此事，否則我拂袖即走。」

谷姿仙嬌軀微顫，知道自己語氣確是用重了，一陣難堪。谷倩蓮說得一點不錯，浪翻雲早超然於男女情慾之外，是修行中的有道之士，和自己只能止於神交，假若將來風行烈真的殺了年憐丹，自己不嫁他還嫁誰？

她自幼修煉雙修大法的基礎功，其中一項就是「觀男術」，那是一種基於男女相吸的玄妙直覺感應，所以當日和浪翻雲一見鍾情，就是此理。

昨日她遇上風行烈時，芳心仍被浪翻雲盤據，故對風行烈不以為意，到今天見面時，才忽然發覺風行烈對她有不遜於浪翻雲的吸引力，況且形勢逆轉，成抗已走，大禍迫在眉睫，雙修大法變成不切實際的一回事，自己實有權選擇喜歡的人，享受到夢寐以求的魚水之歡。

刻下卻為著面子，硬迫這驕傲的男子說出這番沒有回頭的強硬話來，真是何苦來由。

心中輕嘆，可能我注定是個苦命的女人。

四人間一時氣氛冷僵之極。

在谷姿仙另一旁的白素香眼中淚花打滾，向風行烈淒然道：「烈郎！小姐並不是那個意思，你……」

風行烈心頭火起，往她看去，正要喝止，眼光過處，驀地發覺谷姿仙黛眉含愁，秀目內藏著兩泓深無盡極的憂色怨意，心中狂震，知道這美女對自己並非無情，到了咽喉的重話，竟說不出來。

與烈震北幾番有關道心種魔大法的對話後，他清楚知道無論是龐班、浪翻雲又或厲若海，追求的都不是這世上的任何東西，包括世人歌頌的愛情在內，所以就算他對谷姿仙展開攻勢，亦絕無橫刀奪愛的問題。

爲何自己明知此理，仍以浪翻雲爲題，蓄意去傷害眼前這姿色、內涵，均能與靳冰雲相埒的美女呢？這大異自己一向的君子風度。

難道不知不覺間，早愛上了她，故愛深恨亦深？

谷姿仙見他呆看著自己，不由偷偷往他望去。

兩人眼光一觸，都嚇了一跳，各自別過臉去，心兒都卜卜狂跳起來，泛起一種意外之極的甜蜜感覺，好像忽然得到了從天降下的某一種珍貴的恩物。

谷倩蓮喜叫道：「先生回來了！噢！還有那一男一女是誰？」

谷姿仙忙收攝心神，往下望去，驚喜道：「浪翻雲來了！」

門開！柔柔閃了進來。

韓柏正捧著那十多頁手抄的無想十式看得愁眉苦臉，見到柔柔進來，大喜過望，一把將她摟到懷裡坐好，驚奇道：「你怎過得死老鬼那關的？」

柔柔憐愛地吻上他的臉頰道：「你要多謝詩姊了，她說你若沒有我們陪在身旁，甚麼事都提不起勁兒來的。」

韓柏呵呵大笑道：「眞是深悉爲夫的性子，她們爲何不來。」

柔柔道：「她們到膳房弄美點伺候你呢！快用心看，這是我們答應了范大哥的，有沒有字看不懂？」

韓柏將抄本擲在几上，哂道：「這樣的功夫，我一學就會，有甚麼了不起。」

柔柔道：「范大哥也這麼說，因爲你有赤尊信的魔種，所以天下武功到了你手上，都是一學就會，最怕是你臨急應敵時，忘記了使出少林心法，那就糟了。」

韓柏嘆道：「我看老范是白費心機了，這無想十式全是內功心法，甚麼招式都沒有，怎樣去騙人？」

柔柔道：「你太小覷范大哥了，其實他老謀深算之極，早想到這點，只要你是憑少林內家正宗心法和敵人交手，兼之你根本全無招法，動手時只憑意之所指，反會使敵人誤以爲你是故意隱瞞出身少林的身分，以致深信不疑呢！」

韓柏一愕道：「你的老頭大哥果然有點道行。來！橫豎我已大功告成，你昨晚又可能佔得太少，我們先快樂快樂。」

柔柔俏臉飛紅，求饒道：「不！你的詩姊和霞姊快來了，給她們看見怎麼辦呢？」

韓柏大奇道：「看見有甚麼問題？昨晚我才和詩姊及你在同一張床上胡天胡帝，你比平時更熱烈呢！爲何現在反害羞起來？」

柔柔抵擋不住，幸好這時門打了開來，左詩和朝霞捧著茶點進來，後面還跟著范良極和陳令方兩人。

柔柔嚇得跳了下來，裝作上前幫手捧東西，掩飾曾和韓柏親熱過。

左詩和朝霞同是興高采烈，范良極則笑至一對眼睜不開來，陳令方卻像變了另一個人，黃光滿面，就若以前臉上積有污垢，現在才洗乾淨了似的。

各人不拘俗禮，隨便在這船上最大最豪華的貴賓室坐下，由三女把茶點分配在三個男人旁的几上。

當朝霞把茶點放在陳令方的几上時，低叫道：「老爺請用點心。」

陳令方臉色一變道：「韓夫人以後叫我陳老、陳令方、陳先生、陳公、惜花老，總之叫甚麼也可以，絕不可再叫老……不……剛才那一個稱呼。」

朝霞欣喜地道：「我隨柏郎喚你作陳公吧！」

韓柏目不轉睛看著陳令方道：「陳公爲何今天的樣子像變了另一個人似的？」

陳令方眉開眼笑道：「嘻！這事我正想請教范師父呢！」

范良極正歡喜地從未來義妹女酒仙手中接過一盅熱茶，聞言嚇了一跳，正容道：「陳兄難道忘了我爲你犧牲了七七四十九天的陽壽，一年內都不可再給人看相嗎？」

陳令方愕然道：「不是一百天嗎？」

范良極道：「普通看相就是一百天，但是若給人化了惡煞，則至少一年內不可看相。」左詩第一個忍不住笑，藉故出房去了，接著是朝霞和柔柔，跟在左詩尾後逃命般走個一乾二淨。

陳令方失望地道：「如此由我試道其詳，請范兄記著我說錯了的，一年後給我糾正。」頓了頓又興奮起來道：「昨夜我照了十多次鏡子，發覺氣色不住轉好，自丟官後我一直烏氣蓋臉，由昨夜送了韓兄入房後，烏氣退卻，老夫還怕燈光下看不眞切，到今早一看，天呀！我的噩運終過去了。」

范、韓兩人面面相覷，心想難道眞有此等異事。

陳令方仔細端詳了韓柏一會兒，欣悅地道：「韓兄果是百邪不侵，氣色明潤，更勝從前，老夫安心了。」

韓柏首次細看陳令方的臉，道：「不過陳公鼻頭和兩顴均微帶赤色，這又是甚麼一回事。」

陳令方道：「難怪范兄肯收你爲傳人，韓兄確是天分驚人，這赤色應在眼前之事，看來今晚會有些許凶險，幸好老夫印堂色澤明潤，到時自有你們兩位貴人爲我化解。」

范、韓兩人見他如此高興，再無任何騙他的良心負擔，齊齊舉茶祝賀，滿座歡欣。

邊吃著左詩和朝霞弄出來精緻可口的美點，范良極向韓柏問道：「那無想十式你練上了手沒有？」

韓柏傲然道：「無想十式剛好和我體內行走的氣脈方向相反，非常易記，例如運轉河車時，我的氣是由任脈順上泥丸下督脈，無想十式則反由氣海逆上脊椎督脈，再由督脈過尾枕回任脈，所以我一學便會，噢！」

范良極和陳令方見他忽地陷進苦思裡，都不敢打擾，靜看著他。

自得到赤尊信的魔種後，韓柏體內的眞氣只依著以前赤尊信體內的路徑行走，自然而然地應用出來；但對體內究有何經何脈，實在一無所知，讀完無想十式後，最大的收益似乎只是多知道了經脈穴竅的名稱、位置。

現在他卻忽然靈機一觸，當日和里赤媚動手時，對方每次眞氣入侵，都是逆氣攻入，故能造成特別傷害，現在他學懂了無想十式這少林玄門正宗最高深的內功心法，豈非眞氣可順可逆，隨時轉變？假設給對方眞氣侵入，逆氣攻進內腑時，自己逆轉體內眞氣，對方入侵的眞氣，不是變了順氣而行，和體內眞氣融合，減少傷害。

不過當然不能任由對方順氣攻入臟腑，自己屆時或可轉順爲逆，如此順順逆逆，何愁不能化解對方的眞氣？

想到這裡，拍几喝道：「我想通了。」

范良極皺眉道：「又說一學就會，原來到現在才想得通。」

韓柏興奮道：「我想通的不是無想十式，是如何捱打的功夫。」

范良極啐道：「這樣沒志氣的人眞是少見，不想去打人，卻想著如何捱打。這麼喜歡的話，讓我揍你一頓來看看！」

陳令方此時充滿對韓柏的感激，爲他辯解道：「韓小兄奇人奇事，若他捱得打，和別人各揍一拳，他豈非大佔便宜，此眞絕世奇功呀！」

范良極不想長韓柏志氣，改變話題道：「來！讓我們商量一下今晚如何應付敵人的手段。」

陳令方精神一振道：「范兄的佈置妙至毫巔，我眞想不到胡節還有甚麼法寶。」

韓柏道：「范小子你有甚麼布置？」

范良極怒道：「你叫我作甚麼？」

韓柏嬉皮笑臉解釋道：「小子代表年輕，所以只有年輕小子，沒有年老小子，明白了嗎？范小子！」

范良極拿他沒法，道：「我著范豹等人在廳內設了幾個可藏人的平台，可將那八鬼藏於其中一個的台下，到時我們坐了上去，誰有本事來偷人。」

韓柏道：「不怕悶死他們嗎？」

陳令方代爲解釋道：「台後貼牆處開有氣孔，台底上下四方都鑲了鐵甲，敵人想破台而入都要費一大番工夫。」

韓柏皺眉道：「我看敵人今次來是志在陳公，不是那八個小鬼。」

他這說話最合情理，沒有了陳令方，誰還敢爲這件事出頭？何況最初的目標正是要殺陳令方。

范良極笑道：「所以我才要你扮不是少林高手的少林高手，小子你明白了沒有？」

韓柏啞口無言，站了起來道：「我在此困了整個早上，都應該出去活動活動，何況我還未看灰兒呢！」

范良極抓起手抄本喝道：「你忘記這功課了。」

韓柏笑道：「你可當菸絲把它吸下肚去，因爲所有東西都在我腦中了。」

范良極笑罵聲中，韓柏以最高速度出門去了，不用說又是藉看灰兒之名，去佔三女便宜了。

# 第三十一章　當眾迫婚

浪翻雲和烈震北並肩登階而上，言笑甚歡。

烈震北的臉色反常地紅潤，而不是平時病態般的蒼白。看得人心悸神顫，擔憂至極。

秦夢瑤悠然走在兩人身後，滿有興趣地聽著兩人的對答，不時露出會心的微笑，教人忍不住生出好感。

陳守壺、趙岳和譚冬跟在最後，不斷警覺地往山下回望下去，觀察有沒有敵人的蹤影。

谷姿仙一瞬不瞬看著浪翻雲，臉上現出動人心魄的喜意，和風行烈迎了上去。

浪翻雲目光落到谷姿仙的俏臉上，親切一笑道：「公主愈來愈美了。」

谷姿仙欣悅地垂下了頭，顯示出女兒家的嬌羞。

浪翻雲伸手扶起要向他拜倒的風行烈，拿著他的手仰天長笑道：「厲兄有徒如此，當能含笑九泉之下。」

風行烈心中湧起對長者的孺慕，激動地道：「浪大俠當日於行烈落難時的援手之情，行烈沒齒難忘。」

浪翻雲放開了他的手，親切地道：「見到你像見到韓柏，都不由我不打心底裡歡喜你們。」眼光落到兩旁好奇地打量他，又不時偷看秦夢瑤的谷倩蓮和白素香處，先向谷倩蓮道：「這位美麗姑娘定是連范良極和韓柏也要既頭痛又疼愛的小妹妹了，行烈你得妻如此，夫復何求。」

眾人想不到浪翻雲對他們的事如此清楚，大爲訝異。

谷倩蓮在浪翻雲的目光下，羞人答答地道：「大俠不要信他們兩人說的所有關於小蓮的壞話，我是很乖很乖的。」

浪翻雲哈哈一笑，向白素香道：「這位姑娘！我們是否曾有一面之緣呢？」

白素香嚇了一跳，想不到當日扮了醜女都瞞不過他的法眼，含羞報上了名字。

烈震北興致極高，向各人道：「來！讓我爲各位引見慈航靜齋三百年來首次踏足塵世的仙子秦夢瑤小姐。」

谷姿仙、風行烈等齊齊一震，往走上前來的秦夢瑤行見面禮。

風行烈看到秦夢瑤，生出一種奇怪之極的感覺，頓時想起了靳冰雲。

她們都有著某一種使人傾倒心儀的絕世氣質，卻又是迥然有異，非常難以形容。

谷姿仙想著的卻是爲何她會和浪翻雲聯袂而來，兩人究竟是甚麼關係？

秦夢瑤客氣地和他們招呼著，可是總令人感到她所具有那超然於人世的特質，形成了一種難以親近的距離感。

亦是這種距離和遠隔，使人覺得若能得她青睞，將是分外動人和珍貴的一回事。

烈震北伸手搭著浪翻雲的肩頭大笑道：「想不到烈某在這生人最後的一天裡，能和浪兄把臂同行，實乃生平快事，不若我們先進府內，邊喝酒邊等待貴客的來臨。」

浪翻雲絲毫不以爲意地向谷姿仙笑道：「我想著的卻是公主親手烹調的野茶，公主莫要讓浪翻雲失望了。」

谷姿仙由統率全府的英明領袖，一變而爲天眞可人的小女兒家，雀躍道：「那天烹茶的工具全保留在我房內，我立即拿出來招呼你，可不要笑我功夫退步了。」

谷倩蓮和白素香齊叫道：「讓我們去拿！」你推我撞，搶著奔進府堂內，大敵當前的愁懷，一掃而空。

眾人不禁莞爾。

烈震北道：「姿仙、行烈你們先陪浪兄和夢瑤小姐進去，我吃完藥便來。」逕自去了。

譚冬三人道：「我們留在這裡，好監視敵人的動靜。」

谷姿仙道：「切勿和敵人動手。」然後向浪翻雲道：「大俠請！」

浪翻雲深深看了她一眼，想起了紀惜惜，一陣感觸道：「公主請！」和她並肩往府堂走去。

風行烈向秦夢瑤微微一笑道：「夢瑤小姐請。」

秦夢瑤報以笑容，跟在他旁，追在浪、谷兩人背後，齊往府堂正門緩步走去。

前面的谷姿仙低聲道：「我知道你會來的，但又擔心你不來，現在你來了，眞的很好！」

浪翻雲道：「知道公主有事，無論怎樣我也會來的。」

谷姿仙偷看了他一眼後，輕輕道：「我還以爲長江一別後，以後無緣再見，不過是否不再見面，反而更美呢？我可以把最好的形象，永遠留存在你心中。」

浪翻雲微笑往她望去道：「你在我心中永遠是那麼風姿綽約、楚楚動人，甚麼都改變不了這印象，公主請放心。」

谷姿仙嬌軀一震道：「有了這幾句話，姿仙縱使立即死去，亦心滿意足了。」身子靠了過去，讓肩頭碰上浪翻雲的肩頭。

後面的風行烈把谷姿仙對浪翻雲的情款深深、親暱舉動盡收眼底，出奇地心中半絲嫉念也沒有，深切地體會到兩人間那超越了普通男女情慾的忘情愛戀，有的只是欣賞情懷。

身旁的秦夢瑤溫婉地道：「風兄消除了體內種魔大法的餘害，因禍得福，夢瑤真替風兄高興。」

風行烈往她望去，猶豫片晌，問道：「請問令師姊芳蹤何處？」

秦夢瑤平靜答道：「雲師姊應已回到靜齋去，風兄有甚麼打算？」

風行烈苦笑道：「我不知道！」

秦夢瑤感到他心中濃烈的哀傷和無奈，憐意大生。在她所遇到的年輕男子裡，除了韓柏、方夜羽和戚長征外，風行烈是第四個令她看了第一眼就生出特別好感的人，輕輕一嘆後，回復她那平靜無波的心境。接著心湖裡不由自主地泛起韓柏那惱人的面容，熱烈的眼神。

風行烈沉浸在對靳冰雲的思念裡，默然無語，跨過門檻後，忽然問道：「夢瑤小姐是否認識風某的好友韓柏？」

恬靜清冷的秦夢瑤，聞言嬌軀一顫，問道：「風兄為何忽然提起韓柏？」

風行烈愕然道：「我也不知道！」

秦夢瑤知道這天資卓絕的年輕高手感應到自己心中對韓柏的思念，幽幽一嘆道：「認識的！」不知是何緣故，自受傷之後，反更不能遏制地不時念著韓柏，想起被這無賴調情時自己反常的放縱和忘憂。

浪翻雲剛遇她時，曾出奇地逼她表白對韓柏的態度。浪翻雲並非普通的人，其中自有深意。

難道自己眞的對這可愛的小無賴情難自禁，眞是冤孽！

風行烈見提起韓柏後，秦夢瑤的冷漠立時煙消瓦解，代之而起是一種難言的幽怨和感懷，心中一震想道，原來她眞的愛上了韓柏，這傢伙眞個得天獨厚。

秦夢瑤嗔怪地瞪他一眼道：「風兄莫要胡思亂想！」

給她這麼一看一說，風行烈反感到有種打破了這仙女般的美女那與人世隔絕的禁忌的快意，忍不住哈哈大笑起來。

秦夢瑤出奇地俏臉紅了一紅，剛好此時浪翻雲聞笑回過頭來，看到秦夢瑤這罕有的神態，一笑道：「我歡喜夢瑤現在的樣子。」

秦夢瑤回復她的恬靜無波，淡然自若道：「韓柏何時把大哥你收買了？」

這時四人來到府堂裡一角的大檯旁，浪翻雲爲谷姿仙拉開椅子，讓她坐下，笑道：「有情而無情、無情而有情，在劫難逃，終有一天夢瑤能明白我這局外人的說話。夢瑤請坐，行烈爲你拉開椅子了。」

秦夢瑤俏臉再紅，原來她竟忘了坐下。心中驚叫道，爲何我受了傷後，竟不時爲那無賴臉紅？秦夢瑤啊！這究竟是怎麼一回事。

像她這種高手，無論在任何情況下，都不會心不在焉的。但剛才聽到浪翻雲「在劫難逃」一語，竟有片刻失神，怎不教她駭然大驚。

可惡的浪翻雲又故意指出這點，令她更是無以自處，芳心亂成一片。唉！自己二十年來的清修，難道就如此毀了嗎？

幸好這時谷倩蓮和白素香興高采烈捧著茶具從內堂跑出來，解了她尷尬的處境。

谷姿仙站了起來，迎了過去，在二女協助下，開始在一旁的茶几上開鑊煮水。

烈震北灑然而至，臉色回復清白，坐到秦夢瑤對面，沉聲道：「夢瑤今天絕不宜動手。」

風行烈懍然望向秦夢瑤，暗忖天下間除龐斑、浪翻雲外，誰可傷她？

秦夢瑤淡淡一笑道：「先生好意，夢瑤心領了，生死何足道哉，夢瑤與紅日法王之戰勢在必行，這是夢瑤對師門的唯一責任，絕不願逃避。」

烈震北仰天長笑，道：「好！只有靜庵才可調教出秦夢瑤來，誰也不行！」

風行烈心頭一陣激動。

先是浪翻雲對烈震北僅有一天壽命，表現得毫不在意；現在則是烈震北對秦夢瑤的視死如歸以長笑處之，都表現出他們視生死如無物的心胸氣魄。

谷倩蓮托著茶盤，上面的四隻小杯子均斟滿了滾熱的茶，香氣騰升，跟在谷姿仙後，來到几旁。

谷姿仙伸出纖美雪白的雙手，輕輕拿起一杯，遞給秦夢瑤道：「夢瑤小姐高義隆情，遠道來援，姿仙謹代表雙修府上下各人，敬小姐一杯。」

秦夢瑤含笑接過，一飲而盡，才放下小杯子。

兩女各具驚人美態、絕世嬌姿，看得浪翻雲和烈震北古井不波的心都不由油然驚嘆。

風行烈則不用說，眼都呆了。

谷姿仙提起第二杯茶，屈膝微一躬身，盈盈遞向烈震北道：「對先生姿仙不敢言謝，先生永遠是姿仙最敬愛的長者，姿仙和倩蓮、素香都是先生的乖女兒。」

烈震北一笑接過，啜個乾淨，肅容道：「有這麼三個乖寶貝，烈某還有何憾事？」轉向浪翻雲道：「浪兄當明白我今天的興奮心情，這是烈某期待了畢生的大日子。」

白素香嘩一聲哭了出來，伏在谷倩蓮背上，不住抽搐，累得谷倩蓮陪著她眼紅紅的，淚花滾動。

烈震北搖頭道：「傻孩子！」

谷姿仙把小嘴湊到白素香耳旁，安慰了兩句後，拿起第三杯茶，送到浪翻雲眼下，嬌癡地道：「由今天開始，姿仙要學夢瑤小姐那樣，喚你作大哥，喝了這杯茶後，大哥以後都要憐我疼我，不得反悔！」

浪翻雲仰天長笑，充滿歡娛之情，拿過杯子，送至鼻端，深深索了一下，道：「眞香！」一飮而盡，微笑道：「雙修大法，果是不同凡響，看看是誰家男子有福，可配得上我這迴異流俗、蘭心蕙質的好妹子，必然享盡人間仙福。」說到最後那句，眼光掃向風行烈，大有深意微微一笑。

換了其他人，都會對浪翻雲這幾句話，摸不著頭腦。但在場各人，均明白到浪翻雲所指的是谷姿仙因爲自幼修習雙修大法的基本功，是絕不如一般女性看異性的浮面膚淺，而是深入地感觸到對方眞正的內涵，故能看破浪翻雲已達到超越了人世內慾的道境，就若當年躍空仙去前的傳鷹。

讚她迴異流俗，自是因她清楚表示出會將對浪翻雲之情，轉化作純潔無瑕的兄妹之愛，如此蘭心蕙質的嬌嬈，怎能不教他嘆服。

浪翻雲想起左詩，希望她現在已得到了眞正的幸福。

風行烈聽到「享盡人間仙福」一語，一顆心卜卜跳了起來，想到谷姿仙精擅雙修大法，若能和她作魚水之歡，那種動人處確是不作他想。

這時谷姿仙把最後一杯茶送至他面前，垂頭道：「過去姿仙多多得罪，還望風公子大人大量，既往不咎，這杯茶算是我向公子賠罪了。」

谷倩蓮化哀爲笑道：「烈郎喝了這杯茶後，以後再不准向小姐說硬話兒，要像浪大俠般憐她疼她了。」

風、谷兩人都給她說得大感尷尬。

烈震北歡喜地道：「還不趕快把茶喝掉。」

風行烈從谷姿仙手上接過熱茶，當指尖相觸時，兩人同時輕顫，目光交纏了電光石火的剎那，才同時撤回目光。

風行烈舉杯朗聲道：「公主請原諒在下愚魯之罪。這一杯風某只喝一半，另一半當是在下向你回敬。」

他整個人忽然發出亮光，一時虎目神光電射，罩著谷姿仙，半點畏怯也沒有。

眾人呆了一呆，想不到一向儒雅溫文的風行烈有如此驚人之舉。

雖說是江湖兒女，不爲禮教餘風所拘束，但仍是深受男女之防影響的。

合喝一杯酒，只限於以諧秦晉的男女，稱爲合巹酒。

當日浪翻雲以共用一杯打開了左詩緊閉的心扉；今天的風行烈卻以半杯茶公開迫谷姿仙向他明示以身相許之意。

最明白其中究竟的是烈震北，知他因體內三氣匯聚，徹底提升了他的氣質，使他連平常的舉動，也深合燎原百擊那懾人的氣勢，教人無從抗拒。

風行烈輕啜一口，喝掉半杯茶，穩定的手把剩下半杯茶的杯子遞至羞得臉紅過耳的谷姿仙低垂螓首下的眼前去。

谷倩蓮放下托盤，和仍滿臉淚漬的白素香來到谷姿仙左右。欣喜地把她挾持著，教她欲逃無從。

浪翻雲拍几叫絕道：「快刀斬亂麻，得勢不饒人，小子眞有你的。」

秦夢瑤嘴角含笑，看著這對似有情似無情的男女，湧起溫馨的感覺，暗忖膽大妄爲的韓柏若如此對自己迫婚，眞不知應如何招架才好。

谷姿仙偷偷看著眼下那小半杯茶，心中既怨又喜。怨的是此人大男人得可以，竟在眾人面前以泰山壓頂之勢，硬架人家上轎，迫她投降；喜的卻是風行烈這種不可一世的英雄霸氣，和浪翻雲的放蕩瀟灑一樣，均是自己夢寐以求的眞正男子漢典型，教她身軟心顫，欲拒無從。

風行烈則是痛快之極，直至此刻，才感到自己眞正在享受生命，就像使出了厲若海所教的橫槍勢，心中充滿了廝殺於千軍萬馬間那一往無前的豪雄氣勢。就算給對方斷然拒絕，亦屬快事。

谷姿仙終忍不住抬頭望向風行烈，一看下暗叫一聲「罷了」，伸出手來，抓緊風行烈的大手，就在他手上低頭把茶啜乾了，然後若無其事地到浪翻雲旁的椅子坐下，風情萬種橫了風行烈一眼道：「風公子滿意了嗎？」

浪翻雲和烈震北齊齊鼓掌喝采，就若市井裡好事起鬨之徒，不世高手的風範蕩然無存。

秦夢瑤向浪翻雲笑道：「這時若有清溪流泉就好了，是嗎？浪大哥。」

浪翻雲啞然失笑，接著神色一動，悠悠往外喝去道：「貴客已臨，爲何還不上來一會？」

里赤媚的聲音由山腳下的遠方傳上來道：「浪兄休要如此客氣，折煞我等了。」

接著是喧天而起的奏樂聲。

# 第三十二章　春色無邊

秋陽當空。

戚長征和水柔晶連夜趕路，抵達洞庭南面湘水旁的長沙府。

尚未進城，已感到異樣的氣氛。

原來城門增設了關卡人手，嚴密地搜查和盤問入城的商旅。

戚長征大搖大擺地往城門走去，嚇得水柔晶畏縮地依傍著他，低聲勸道：「這些兵丁分明是針對你們怒蛟幫而來，你這樣進去，是否要找人打架？」

戚長征道：「放心吧！老戚在江湖上混了這麼多年，一個關卡也過不了，還有臉見人？」

水柔晶道：「我們大可在別處攀牆而入，爲何要捨易取難？」

戚長征道：「越牆而入才危險，敵人只要在城內的幾處制高點布下人手，在這樣的大白天我們保證無所遁形，對官府來說，由於人手充足，這是輕而易舉的事，還是由城門進入妥當。」

水柔晶芳心卜卜狂跳，無奈下硬著頭皮，追在他尾後往城門走去。

這時城門有十多人和幾輛運貨的騾車，正排成鬆散的隊伍，輪候檢查。

戚長征走路的動作忽地誇大起來，一副有恃無恐、昂揚闊氣的樣子，還不遵守規矩，帶著水柔晶繞到隊伍的最前頭，看樣子是打算做第一個進關。

城衛看到他這副「氣派」，愣了一愣，齊喝道：「立即給我滾回去排隊！」

戚長征兩眼一翻，舉手打了兩下手勢。

其中一個城衛微愕道：「老兄原來是長沙幫的人，不知是哪個堂口的兄弟，甚麼字輩的？你身旁這漂亮娘兒是哪個窰子的姑娘，待我們好去捧她的場。」

戚長征向水柔晶大笑道：「由你自己答他們吧。」

水柔晶心中暗恨戚長征玩世不恭的態度，偏又莫奈他何，垂頭道：「他是小婦人的丈夫。」眾衛均露出艷羨之色。

戚長征上去用江湖切口交談了幾句，眾衛均不由肅然起敬。

戚長征拖著水柔晶，輕輕鬆鬆進入了城內。

水柔晶心中佩服，問道：「你眞有辦法，但我仍不明白你怎能騙過他們。」

戚長征道：「不是我有辦法，而是老翟有辦法，他特別爲我找了幾個身分，都是些連官府也不輕易招惹的人物，身材相貌又都與我有幾分相像，兼之我們怒蛟幫一向嚴禁幫中徒眾冒充別些幫會的，所以現在臨急拿來一用，立即見效。」

水柔晶笑道：「你剛才扮得眞像，一副江湖惡少的模樣，眞怕你把我賣進窰子裡去。」

街上的人熙來攘往，好不熱鬧，兩人沿街緩行，另有一番悠閒味兒。

戚長征笑道：「若我眞把你賣進窰子裡，你會否和我拚命？」

水柔晶嫣然一笑道：「絕不會！你捨得便任你賣吧！讓你的良心整治你。」

戚長征心中一甜道：「我當然捨不得。來！」拉著她溜進一條横巷去。

在横街左穿右插，來到一處僻靜的荒地，一把將水柔晶壓在一棵樹後，貪婪地品嚐水柔晶的香唇。

水柔晶給他吻到嬌喘連連，由怨怪他不懂選擇時間、地點，至乎熱烈地回應著。

戚長征離開她灼熱的紅唇，身體仍擠得她緊緊的，讚嘆道：「你是老戚曾幹過的女人中最美、最動人的了。」

水柔晶摟著他的脖子道：「你想現在要我嗎？」

戚長征瞪大眼睛道：「在這裡？」

水柔晶道：「你吻我都可以了，有甚麼事是不可以的。」

戚長征嘆道：「難得你願意，這眞是想想也感到刺激的事，可是敵人隨時會來的。」

水柔晶嚇了一跳，慾念全消，駭然道：「甚麼？」

戚長征道：「這城內有個我們的暗舵，他們在城口留下的暗記，顯示他們遇到了麻煩，因爲由昨午開始，他們停止畫上代表時間的橫線。」

水柔晶明白這是江湖上慣用的手法，可藉特別的筆畫，顯示符號有效的時間，遂道：「他們可能是昨天撤離此處了。」

戚長征搖頭道：「我們進城後，竟沒有幫會中人來盤查或跟蹤我們，大不合理，定是對方故意不惹起我們注意，待我們自投羅網摸到暗舵處時才圍殺我們。」

水柔晶此時完全地信賴著戚長征的忖度和智計，問道：「我們躲到這裡來，不是明告訴著別人你看破了他們的詭計嗎？不走更待何時？」

戚長征堅決搖頭道：「我們不走！」

水柔晶吃了一驚，瞪大美目道：「不走？」

戚長征輕輕吻了她一下，微笑道：「我們等他們來。」

水柔晶把臉貼上他的臉，溫柔地摩擦著道：「征郎！你每一著都教我大出意外，但今次我眞的不能明白，你連敵方有甚麼高手都不知道，又有官府牽涉其中，難道你有把握勝過後援力量源源不絕的強大敵人嗎？」

戚長征露出他陽光般充滿生氣和光采的笑容，輕啜著她的耳珠道：「這是置諸於死地而後生的險中求勝法，若我不能在短時間內刀法大進，會在未到洞庭前給鷹飛殺死，你也會受他淫辱，故而我要盡量爭取時間，領悟封寒教我的左手刀，再融入我自身的刀法裡，所以不得不引敵人出來試刀，只有血戰中領悟出來的刀法，才是眞實的。」

水柔晶嬌體一震，俏臉後仰，望向這能使她完全忘掉鷹飛的男子，心中生出無窮敬意和愛慕。

戚長征柔聲道：「縱然我尚未能比得上他，可是他絕不夠我狠，絕不及我的不怕死。柔晶！我有絕對的信心保護你，讓你不會受到任何傷害。這是丈夫對愛妻的保證。」

西南方衣袂破風聲響起。

水柔晶像沒有聽見那樣，俏目射出令人心顫的情火，哀求地道：「征郎！痛吻你的小妻子吧！她不論生死，都是永遠屬於你一個人的私產。」

韓柏剛步出走廊，左詩恰好由隔壁柔柔的房中走出來，見到韓柏，招手叫他過去。

韓柏大喜，走到她身前，溫柔地拉著她柔軟纖巧的玉手道：「詩姊找我嗎？」

左詩霞生雙頰，玉手卻願意地任韓柏握著，悄語道：「她們兩個少見你片刻都受不了，催我出來找你過去陪她們。」

韓柏憐愛地揉捏著她的纖手，微笑道：「詩姊是否也想我過來陪你呢？」

左詩橫他一眼道：「早知柏弟你會以這問題來調戲我這管教無方的姊姊，答案就是假若詩姊不想你陪她，用刀架著詩姊的頸，詩姊都不肯過來找你，讓你可以得意洋洋。」

韓柏差點給心中的甜意淹死，熱切地道：「爲何詩姊忽然會變成現在這般寵我的樣子？」

左詩眼中射出萬縷柔情，輕輕道：「人家昨晚那樣讓你這壞弟弟得償所願，還不夠寵你嗎？」

韓柏感動地道：「詩姊爲何對我那樣好？」

左詩垂頭無限嬌羞道：「詩姊怎能不對你好呢？柏弟使詩姊首次嚐到戀愛的滋味嘛！」

韓柏大喜道：「快叫聲夫君來聽聽！」

左詩不依地橫了他一眼，搖了搖頭，又點了點頭，然後才以蚊蚋般的弱音輕喚道：「夫君！」

韓柏哪還按捺得住，放開她的左手，拉著她的右手便往她的艙房闖去。

左詩給他拖得急步隨著走，駭然道：「你想幹甚麼？」

韓柏直把她拉到門前，才停下反問道：「一個給你挑引得似火焚身的弟弟，帶你這樣一個傾國傾城的尤物姊姊到房中去會幹甚麼呢？」

左詩緊張地拉起韓柏另一隻大手，防止他用那隻手推門進去，求饒道：「柏弟！不可以呀！光天化日下，別人會知道的。」

韓柏反握著她的手，奇道：「白天不可以和嬌妻歡好的嗎？這是誰定下的規矩，知道了又拿我怎樣？」

左詩跺腳嗔道：「你再不到她們房中去，給知道了，會怪左詩沒有江湖義氣，說不定聯手起來整治我。」

韓柏失笑道：「起碼詩姊要讓我吻個夠和摸個夠吧。」

左詩嚶嚀一聲伏到他身上，幽幽道：「你只顧自己佔便宜，不理人家會難過死的嗎？」

纏綿情語，使韓柏更是心癢難熬，幾乎是呻吟著道：「不成了！我刻下已難過得要命，詩姊救我！」

左詩忘了害羞，花枝亂顫地笑了起來，小嘴湊到他耳旁道：「要好不如三個人一齊和你好，令別人不會暗怪詩姊全無義氣。」

韓柏一言不發，拖著左詩回頭走到柔柔的房前，推門入內。

朝霞和柔柔坐在窗旁的椅裡，前者正拿起一幅緞錦刺繡著，後者拿著一卷白香詞譜專心細讀，聽到開門聲，抬頭望來，恰好看到韓柏推上橫栓，把門由內鎖著，俏臉立時紅了起來，知道在劫難逃了。

左詩的手給他拉著，想逃也逃不了，何況根本不想逃呢？

韓柏差點要藉高呼狂叫把心中要溢瀉的滿足和幸福宣洩出來，放開左詩的手，改爲摟著她不盈一握的柔軟腰肢，向朝霞和柔柔下令道：「都給爲夫到床上去。」

朝霞顫聲道：「柏郎！不行呵！天還未黑。」

柔柔失笑道：「你眞不知我們夫君的脾性還是假不知，他幹這事時從不考慮是白晝還是黑夜，是房裡還是房外呢！」

朝霞向左詩求助道：「詩姊！你的柏弟最聽你的話，快要他改變主意吧！」

左詩低聲道：「對不起！現在左詩自身難保呢！」

韓柏哈哈一笑，摟著左詩坐到床緣，向朝霞威迫道：「你是否想做最不聽話的那一個？」

柔柔提醒道：「柏郎說話小心點，莫要讓范大哥割下你的舌頭來。」

朝霞「噗哧」一笑，放下手中的刺繡，俏生生地立了起來，輕搖玉步，來到韓柏的另一邊坐下，柔聲道：「出嫁從夫，朝霞怎敢不聽話，你愛怎麼樣就怎麼樣吧！」

韓柏樂翻了心，在左右玉人臉蛋上各香一口，然後向柔柔道：「我也不是第一次在大白天和你快樂，怎麼還不過來？」

柔柔狐媚地瞅他一眼，道：「左擁右抱還不夠嗎？讓我給你們把風吧！免得大哥過來時，沒有人抽空去應付他。莫忘記你還要練功啊！」

韓柏大笑道：「放心吧！若范老鬼過來拍門，我只要大叫『我在練功，不得騷擾』就可應付過去，誰敢去開門給他，莫怪我手下無情。」

柔柔皺眉道：「可是這張床睡三個人都嫌擠，怎可以睡四個人呢？」

韓柏哈哈大笑道：「柔柔放心，你們三個人睡下層，我則睡上層，保證你們睡得比昨夜還舒適快意，未睡夠的不肯走下床來。」

這幾句露骨話一出，朝霞和左詩固是羞得無地自容，連和他荒唐慣了的柔柔亦招架無力，飛紅了俏臉，橫他一眼道：「嫁了你這樣的丈夫，還有甚麼可說呢？」站了起來，走到床旁，鑽上床去，睡到靠壁的裡邊。

韓柏一副急不及待的樣子，迫著左詩和朝霞躺到床上去。

三女玉體橫陳，相挨躺在床上，柔柔在裡面，左詩居中，朝霞睡在最外邊，都羞得閉上美目，呼吸急促。

韓柏把床上的被鋪捧起，塞在床旁的椅上，走回來坐在床緣，嘆道：「我韓柏不知積了多少世的福德，竟能得三位姊姊垂青，任我胡鬧，我定會好好報答眾姊姊的恩情。」

左詩張開眼來，深情無限地看著他道：「你要記著這番話，將來莫要對我們負心無情呢！」

柔柔也睜開美目，嗔怪道：「剛才還是一副猴急樣兒，現在卻又好整以暇，專揀些廢話來說，還等甚麼呢？」

韓柏嘻嘻笑道：「不要當我只是個急色鬼，韓某是個天生懂得賞花之人，現在美景當前，看看三位乖姊姊的欲拒還迎，不知多麼動人，我才不肯囫圇吞棗，現在要先讓眼睛看個夠，享受個夠呢！」接著奇道：「我初識柔姊時，柔姊眞是乖到不得了，整天求我要你，爲何現在反愈來愈害羞，推三推四，又不時拿刁鑽話兒來耍弄我，令夫綱淪替，給我說說這是甚麼道理？」

柔柔白他一眼道：「柔柔現在還不夠乖嗎？」

朝霞伸出纖手，抓著韓柏的大手，張眼望著他嬌柔地道：「柏郎莫要怪柔柔，你自己有種玩世不恭、吊兒郎當的獨特氣質，教人忍不住要和你鬧玩兒，想看看你受窘時的有趣樣子。」

韓柏樂得哈哈大笑，伸出大手，由柔柔開始，在三女臉蛋各擰一記，平靜地道：「唉！看來我眞不是做大俠的料子，現在我只想找個地方，好和三位姊姊過些神仙生活，最好范老鬼肯借些銀兩給我，那我連工也不用做了。」

朝霞見他到這刻仍未有實際的行動，試探地坐了起來，挨在床頭處，欣喜地道：「若是那樣，我們三姊妹定會好好伺候你的。」

柔柔亦趁機坐起身來，瞪他一眼道：「說說倒容易，但你是個不甘寂寞的人，平淡的生活可能過不了三天就厭倦了，我們才不想看著你無精打采的悶樣子呢！」

左詩覺得一人獨躺大是不妥，忙爬了起來坐著，橫了韓柏一眼道：「只是我們三個你便夠了嗎？你的秦夢瑤怎辦呢？」

他對秦夢瑤的暗戀此時眞是天下皆知，更何況是枕邊人，韓柏搔頭抓耳一輪後，嘆了一口氣，踢掉鞋子，爬上床去，和三女促膝相對，熊熊慾火退掉了一半，想起秦夢瑤若知道自己放浪不羈，終日和三個美姊姊們胡天胡帝，心中定會鄙視自己，甚至以後不理睬他了。

左詩上身俯前，投入他懷裡，歉然道：「對不起！詩姊不應在這時候提起秦姑娘的。」

韓柏撫著她的粉背，稍有安慰，洩氣地道：「夢瑤是不食人間煙火的仙子，就算她肯讓我碰，怕我亦不敢對她有半點輕薄的舉動，嘻！不過若由她主動，則莫要怪我無禮。唉！她又怎會那樣便宜我呢？」

柔柔由床頭爬到床尾，來到他身後，爲他寬衣解帶。

韓柏故作愕然道：「光天化日下，柔柔你想幹甚麼？」

朝霞吃吃嬌笑道：「這叫自作孽，不可活。」把嬌軀移前，協助柔柔的大業。

左詩嬌呼道：「柏弟！」

韓柏涎著臉道：「橫豎我的手閒著無事，順便服侍詩姊寬衣吧！」

剛才因想起秦夢瑤而興的些許羞慚之心，這刻早置諸腦後。

也幸好如此，種魔大法乃千古以來最玄奧的秘術大法，完全超離了一般常理規法，假設韓柏受拘於世俗一般禮法和約束，便會落於下乘小道，永遠不能進窺無上武道，發揮不出魔種率性尋真，不滯於任何想法，仿似天馬行空的特性。

亦是他這種情性，才能和三女極盡女愛男歡之樂，陰迎陽，陽透陰，陰陽調和，使他的「魔力」不住增長。

# 第三十三章　血戰連場

樂聲喧天中，敵人終於步進府堂內，這時譚冬等三人退了入來，站在谷姿仙身後，各人目光落在來者身上。

帶頭的是里赤媚，嘴角含著淡淡的笑意，步伐輕鬆寫意。

和他並肩而行是個身材頎長，只比里赤媚矮了少許的中年男子，眉濃鼻高，臉頰瘦削，眼內藏神，背負長劍，自有一股懾人的氣勢和威嚴，教人不由生出警惕之心。

兩人身後是一男兩女。

那男人高鼻深目，一看就知非中土人士，一身華服，剪裁適身，令人感到他必是非常注重儀容的人，看來順眼而不俗氣，長衫飄拂，氣度不凡。

此人面目頗爲英俊，遠看像個三十來歲的精壯男子，細看下才發覺他眼尾布滿魚尾紋，透露出比他外貌大得多的年歲。

兼且此人目光閃爍，正好顯露出他絕非正派人物，屬於心性詭狡多變、陰沉可怕那類奸惡之徒。

他的高度與里赤媚大致相若，但因頭頂儒冠，高了出來，非常搶眼。

身旁兩女都是宮髻堆鴉，長裙曳地，配上婷婷玉立的身材，風姿曼妙動人，可惜臉上都用一塊紗布遮住了口鼻，使人難窺全豹，不過只是露出的眉眼，已教人感到她們必是非常美麗。

兩女一人吹奏著胡笳，一人把戴在兩邊手腕的銅環相互敲擊，發出高低不同、輕重無定的清亮脆響，充滿了域外音樂的感覺，也有種使人心蕩神搖的味兒。

走在最後的是「禿鷹」由蚩敵，一臉陰沉中透出尋釁生事的惡樣兒。

眾惡客踏進府堂內時，目光最後都集中在浪翻雲這天下第一名劍臉上，若非是浪翻雲，換了一般高手，只是給這幾道淩厲眼光看看，便要心顫膽怯，不戰而潰了。

浪翻雲哈哈一笑，依照江湖禮節，領著眾人長身而起，迎了過去，只有烈震北和秦夢瑤仍然安坐。前者自斟自飲，像不知貴客已臨的模樣，後者閉上秀目，如觀音入定，不屑理會凡塵之事。

雙方的人隔了十多步停下，打橫排開，成為對峙之局。

樂聲倏止，府堂一片靜默。

里赤媚暗中打量浪翻雲，見他手足移動時，有種渾然天成的感覺，他本想給對方來個下馬威，憑著鬼魅的身法，試試對方實力，可是直至浪翻雲立定，仍然無法出手，心中駭然，以前天下間，只有龐斑可令他生出這種感覺，想不到現在又多了個浪翻雲。

但兩人予他的感覺，卻是迥然有異。

龐斑是捉摸不到的；浪翻雲卻是無懈可擊的。

都是同樣地可怕。

浪翻雲微微一笑，望向里赤媚旁的頎長瘦削男子，抱拳道：「恕在下孤陋寡聞，武林出了如此高明的劍手，浪某卻眼拙認不出來，敢問高姓大名？」

那男子客氣一笑道：「在下石中天，一向閒雲野鶴，專愛躲在山林中聞花香，聽鳥語，不愛見人，浪兄不知有我這一號人物，乃理所當然之事。」

烈震北的聲音悠悠傳過來道：「『劍魔』石中天既不願見人，爲何老遠走來混這潭濁水，難道臨老糊塗，想當個蒙古官兒嗎？」

聽到他說話，里赤媚和由蚩敵雙目同時閃過深刻的仇恨，蒙大蒙二兩人的毒傷，使他們間結下了不可解的深仇。

石中天哈哈一笑道：「烈兄責怪得是，不過怕是有點誤會了，石某今次此行，爲的是領教浪翻雲的覆雨劍，免得因攔江之戰，錯失了一償這平生大願的機會，至於中蒙之爭，石某絕不插手，也沒有這閒情。」

他這樣說，分明表示不看好浪翻雲和龐斑的決戰，但浪翻雲卻知道這人極有心計，借龐斑來壓他的氣勢，同時抬高自己的身分，非常高明。

那不類中土人士的華服高冠男子仰天一陣哈哈大笑，操著微帶異域口音的華語道：「石老師好氣魄，『花仙』年憐丹佩服之至。」接著眼光落到遠處秦夢瑤身上，突爆起亮光，好一會兒後再在白素香等兩女身上放肆梭巡，然後才落到站在浪翻雲和風行烈間的雙修公主谷姿仙的身上，最後望向她的眼睛，眼神由光轉暗，由暗轉光，像生出吸力般鎖著谷姿仙的俏目，嘴角露出一絲難以形容，但又使人不能不同意是很好看的笑意，道：「若公主答應在下婚事，本仙立即和公主折返西域，我們生的兒子就繼位爲王。」

當他的眼光落在白素香和谷倩蓮身上時，兩女都生出完全赤裸的感覺，其目光有若實質，所到處身體竟泛起似有似無的暖意，直鑽內心，駭然下躲到風行烈背後。

首當其衝的谷姿仙更是心神迷惘，想把目光移開也有所不能，幸好她的雙修大法先天上能剋制他的「花魂仙術」，死命守著靈台一點清明，可是當他悅耳動聽的聲音響起，芳心竟湧起想跟隨對方的衝動，覺得那是最理想的安排，差點便想說「好」。

這時風行烈伸手過來，拉著她的手，強烈真氣透體而來。

谷姿仙嬌軀一震，完全清醒過來，反手握緊風行烈的手。

「花仙」年憐丹心中震怒，他趁各女猝不及防下，藉目光送出邪秘無比的玄功，先往秦夢瑤施術，豈知秦夢瑤有若一泓清潭，完全不受影響，於是改向白素香和谷倩蓮施術，兩女抵擋不住，生出感應，而年憐丹亦藉兩女的反應把邪功運行至頂峰，倏地全力向谷姿仙展開攻勢，哪知給風行烈窺破玄虛，破去他的邪功異術，以後要再使谷姿仙入彀，將困難百倍，冷冷道：「你是誰？」

風行烈雙目亮起精芒，刺進他眼內道：「卑鄙妖人，哪有資格問我名字。」

年憐丹雙目邪芒大盛，袍服無風自動，眼看便要出手。

浪翻雲冷哼一聲。

別人聽入耳裡，只覺這聲冷哼特別深沉有力，像能觸到靈魂的最深處，但落在年憐丹耳裡，卻如遭雷殛，渾身一震，轉往浪翻雲望去。

浪翻雲亦是心中微懍。

他這下冷哼，是以無上玄功送出，直入年憐丹耳內，對方只是略受驚震，可知此人確有驚世絕藝，連他也感到非常難惹。

年憐丹起始時並不像里赤媚般深悉浪翻雲的厲害，故此一上來便想以邪功先聲奪人，豈知先給風行烈破去，現在又吃了浪翻雲的暗虧。他也是不世高手，強敵當前，立即收攝心神，進入無憂無樂的境界，微微一笑抱拳道：「浪翻雲名不虛傳，領教領教！」退後了兩步，悠然立在兩名花妃間，一副袖手旁觀的樣子，就像從未曾出過手的閒適模樣。

浪翻雲嘴角露出一絲大感興趣的笑意，目光緩緩掃過里赤媚等人，道：「誰人來陪浪某先玩一場？」

府外風聲響起，柳搖枝掠了進來。

谷倩蓮一見是這大凶人，嚇得縮到風行烈身後，不敢正面對著他。

柳搖枝來到里赤媚旁，搖頭嘆道：「蒙二完了！」

由蚩敵大喝道：「甚麼？」

里赤媚伸手制止了由蚩敵，轉向浪翻雲道：「浪兄請稍待片刻，讓我和烈兄先算算我們間的血仇。」轉向烈震北喝道：「烈兄！請指教。」

浪翻雲心中暗讚里赤媚心術的厲害。

要知浪翻雲乃龐斑外天下無敵的高手，誰也不敢向他正面挑戰。

石中天看似專誠和浪翻雲比劍而來，可是觀乎他不單獨向浪翻雲挑戰，而與里赤媚等聯袂而至，便有想撿便宜的嫌疑。

年憐丹與浪翻雲巧妙過了一招後，便退下至第二戰線，擺明不會做第一個與浪翻雲對仗的人。

剩下便是隱然居於主帥的「人妖」里赤媚，若無人應戰，他就不得不出手一搏，可是現在他藉著蒙二的死訊，乘勢挑戰烈震北，則兩方的人也不能怪他，於是他便可躲過做第一個與浪翻雲對陣的人。

可以想像即管沒有蒙二的死訊傳來，他也會以這作藉口向烈震北挑戰。和烈震北同坐於後方一角的秦夢瑤卻有另一番想法。

自閉上美目後，她一邊凝聚玄功，一邊展開玄門天聽之術，把場內一動一靜全收進耳內，敵我之勢瞭然於胸。

乍看之下，雙方實力平均。

對方的頂級高手計有里赤媚、年憐丹和石中天三人，較次一級的是柳搖枝和由蚩敵，然後是那兩名花妃。

己方則有浪翻雲、烈震北、風行烈和自己四位特級高手，但打下的谷姿仙遜了最少兩級，谷倩蓮、白素香、譚冬、陳守壺等更是不堪里赤媚一擊的普通好手。

兼且自己和烈震北都受了嚴重內傷，不利久戰。

在這樣的情況下，對敵方來說，最利於混戰。

連浪翻雲和風行烈也要因分心照顧功力較次的人而會受到牽制，難以發揮全力。浪翻雲或者仍能遊刃有餘，但風行烈將會大大吃虧。況且他可能仍未及得上里、年、石三人的級數。

更可慮的是己方實力已然見底，對方起碼還有一直同行而至，但卻尚未出現的絕天滅地等人，說不定能在某一時間突然加入戰陣。

最後是神龍見首不見尾的紅日法王，此人功力之高，絕不遜於里赤媚等人，他是否正在暗處伺機出手呢？

明悟湧上了她通明的劍心，她忽地看破了今次雙修府之戰，對方要對付的人實是浪翻雲。

因著與谷姿仙的關係，浪翻雲實是不能不來。

方夜羽的智計確是驚人。

在一般情況下，即管里赤媚、年憐丹、石中天和紅日法王一齊圍攻浪翻雲，怕也困他不住，但處現在這種形勢下，浪翻雲卻絕不能孤身逃走。

這是一個針對浪翻雲而設的陷阱。

想到這裡，秦夢瑤的道心進入了完全寂然靜極的境界，漠然候著凶難的來臨。

這時烈震北長笑響起，一閃身離椅而去，足不沾地來到里赤媚前，微笑道：「里兄請！」

雙方的人往後退開，剩下這兩大頂尖高手對峙府堂中心處。

一種迫人的寂靜往四外蔓延。

里赤媚臉含笑意，兩手悠閒垂在兩旁。

烈震北容色靜若止水，華佗針夾在耳後處，負手傲立。

一個是當年蒙皇座前的第一高手，一個是黑榜上的名人，無論身分、武功都可堪作爲對手。

風行烈自拉上谷姿仙柔軟的玉手後，再沒有放開來，原因有一半是捨不得放開，另一半是谷姿仙反抓緊著他，不讓他脫身。

當往後退時，他感到這美女的手在顫震著，憐意大生，知道她看到了形勢對己方絕對不利。

若混戰爆發，可能除了浪翻雲外，沒有人能活著逃去。這時他也不由不佩服烈震北的先見之明，若讓蒙大蒙二和刁氏夫婦同來，形勢可能更是惡劣。

風行烈向身旁的谷倩蓮和白素香低聲道：「若出現混戰的情況，倩蓮和香姊記緊隨在我旁，其他甚麼也不要理。」

谷倩蓮和白素香歡喜地點頭。

浪翻雲仍是那副似醒還醉、毫不在意的神態，似乎天下再沒有可以令他煩心的事。

譚冬、陳守壺和趙岳這三個雙修府的元老高手，都是神情緊張，手放至隨時可拉出兵器的位置上。

烈震北和里赤媚靜靜地對視著，一點要大動干戈的跡象也沒有。

兩人甚至沒有凝聚功力的現象。

里赤媚鳳目忽地亮了起來，嘴角笑意擴大，衣袂亦飄拂而起，配著他高俊的修長身體，俏美的面容，確有種妖艷詭異的懾人邪力。

烈震北臉上露出一個耐人尋味的笑意。

然後兩人同時移動。

里赤媚速度之快，可教任何人看得難以置信，但又偏是眼前事實。

速度正是「天魅凝陰」的精粹。

「天魅」指的是迅如鬼魅的速度；「凝陰」指的是內功心法。

兩者相輔相成。

速度愈高，凝起的內勁愈是凌厲。

像那次給韓柏施巧計反踢了他一腳，可說是絕無僅有的事，一般情況下，連刀劍猛劈的速度，也及不上他身體倏進忽退的速度。

縱使對方兵器的速度追得上他，也因速度上分異不大，難以劈個正著，他便可以驚人的護體眞氣化去。所以當日秦夢瑤才對不捨有即管兩人聯手，怕也未必留得下他之語。

里赤媚的天魅凝陰已達至古往今來練此功者的最高境界，轉化了體質，陰氣凝起時，身體似若失去了重量，像一陣輕風般，可以想像那速度是如何駭人。

所以眾人幾乎在見到他開始移動時，已迫至烈震北身前五尺近處。

烈震北先是手提了起來，似乎要拔出耳輪夾著的華佗針，到里赤媚迫至近處，左腳才往前踏出了第一步。

一快一緩，生出強烈之極的對比。

里赤媚冷哼一聲，身子一扭，變成右肩對著烈震北的正面，右肘曲起，猛然往烈震北胸口撞去，漠然不理烈震北分左右擊來的拳頭。

谷倩蓮和白素香兩人最關心這義父，看得驚叫起來，烈震北難道連華佗針也來不及取出來迎敵嗎？

烈震北現在唯一應做的事，就是往後急退，避開里赤媚側身全力擊出的一肘，因爲以里赤媚迅比鬼魅的身法，確可以在擊中他脆弱的胸膛後，又在對方雙拳分左右擊上他的胸膛和背心前，退避開去。

可是誰也知道若烈震北向後退避，接著來的會是此消彼長下，里赤媚更發揮出排山倒海的攻勢。

烈震北冷哼一聲，不退反進，胸膛迎上里赤媚的鐵肘。

敵我雙方除了有限幾人外，全都大驚失色。

殺。

最吃驚的卻是里赤媚，這時已到了有去無回的形勢，但他卻摸不透烈震北爲何要借他的手肘自

「蓬！」

手肘猛撞在烈震北寬闊的胸膛上，縱使他穿上鐵甲，亦難逃五臟六腑俱碎的命運。

里赤媚打定主意一擊即退，絕不貪功，豈知手肘撞上胸膛時，竟滑了一滑，難以命中對方心窩，驚人處還不止此，對方的胸膛竟生出一股強大的吸力，使他退後的速度緩了一緩。

里赤媚臨危不亂，左掌移到胸前，護著心口要害，然後身體一搖一擺，連著胸前護掌主動撞往對方的右拳，也延長了對方左拳擊在背心上的時間，同一時間，撞上對方胸膛的右肘全力吐勁。

「蓬！」

另一聲氣勁交擊爆出的悶雷聲在烈震北的右拳和里赤媚護在胸前的左掌處響起。

里赤媚迅速急退，烈震北的左拳只能擊中他的右後肩，給他晃了晃借勢化去八成勁道。

此時烈震北才往後踉蹌跌退。

里赤媚迅速移後，到了二十步開外，倏地停下，再跌退兩步，張口噴出一小口鮮血，臉色轉白，眼中精芒畢露，往烈震北望過來。

浪翻雲趕到烈震北背後，把他從後扶著，眞氣源源輸入。

烈震北在他耳旁低聲迅快地道：「里赤媚的傷勢絕不若他外看般嚴重，你要小心點了。」

他說出來的話，連浪翻雲都不得不重視，因爲他既是絕頂高手，也是第一流的神醫。

里赤媚的聲音傳過來道：「烈兄五臟六腑俱碎，你我間血仇就此一筆勾銷。」

烈震北站直身體，若無其事道：「醫藥之道，豈是里兄所能知之，來此前我服了自配的五種藥物，死了也能復甦過來，里兄若是不信，我們可再鬥一場。」

里赤媚眼中精光閃過，驚疑不定。

浪翻雲大笑道：「烈兄請先到一旁歇息，喝杯熱茶，浪某手癢非常，想找個人來試劍。」

烈震北微笑道：「好！覆雨劍法烈某聞之久矣，卻從未見過，今天定要一開眼界。」言罷步履灑然走回原處，坐了下來。

對面的秦夢瑤張開俏目，關切地往他望來。

烈震北苦笑低聲道：「烈某永遠不能憑自己的力量站起來了。」

那邊的里赤媚眼睜睜看著烈震北坐下，搖頭苦笑道：「佩服佩服！無論勝敗，烈兄在里某心中永遠是條好漢子。」

浪翻雲等也不由對里赤媚的風度露出欣賞的神色。

「鏘！」

風行烈放開了谷姿仙的手，把丈二紅槍接上，擺了個橫槍勢，向「花仙」年憐丹喝道：「年派主，厲若海之徒風行烈向你請教高明。」

年憐丹微笑道：「你不是說我沒有資格問你的姓名嗎？」

谷倩蓮在風行烈背後探頭出來道：「現在不是你問他，而是他告訴你，那怎麼同。」

柳搖枝對風、谷兩人恨之入骨，冷笑道：「風小子你手腳眞快，不見幾天，就拔了這丫頭的頭籌，讓小生來陪你玩上一手吧。」

年憐丹大笑道：「對不起！這小子是年某的，誰也不能奪我所好。」

風行烈的挑戰，可說正中他下懷，他今次東來，主要的目的就是消滅有關雙修大法的任何人或物，免得這種能剋制他花間派的奇異內功心法能繼續存在世上。除去了風行烈，等若廢去了谷姿仙練成雙修大法的機會。

在公平的決鬥裡，連浪翻雲也不能插手，如此良機，他豈肯放過。

兩名花妃擁到他旁，吻上他的臉頰。

年憐丹哈哈一笑，春風滿面，由其中一名花妃手中接過一把黑黝的厚身重劍，扛在肩上，悠然走了出來。

谷倩蓮和白素香使了個眼色，齊齊奔到風行烈旁，學那對花妃送上香吻，才笑嘻嘻走了回去。

谷姿仙略一猶豫，也走了上去，把紅唇溫柔地印在風行烈的臉頰處，低聲道：「你要小心，記著！你比他年輕。」

風行烈點頭表示明白。

谷姿仙的意思是縱使風行烈現在比不上對方，但勝在年輕，大把好日子在後頭，終有一天可超越對方。

可是她卻不明白燎原槍法的精神，就是一往無回，絕不容許任何的退縮。

這也是爲何赤尊信能由龐斑手下逃生，而厲若海卻要戰死當場的原因。那不是因爲赤尊信勝於厲若海，而是由於燎原槍法根本是不留退路的。

年憐丹淡淡一笑道：「我肩上此劍，乃寒鐵所製，不畏任何寶刃，重三百八十斤，風兄小心了。」

風行烈橫槍而立。

全場各人均看得呆了一呆。

風行烈就像由一個凡人蛻變成一個天神那樣，散發著迫人而來的氣勢。

谷姿仙看得俏目亮了起來，心中湧起愛意，知道自己對這男子，已由「不理」、「欣賞」、「傾心」以至乎現在的「不能自拔」了。

若他戰死，她是不會獨活下去的。

# 第三十四章　左手刀法

柔柔推門回房。

朝霞正對鏡理妝，左詩幫她在頭上結髻，兩人一邊笑談著，寫意滿足。

柔柔向躺在床上的韓柏叫道：「他們快下完棋了，你還不起來？」

韓柏嚇了一跳，范老鬼下完棋後的心情照例不會好到哪裡去，若過來看到自己剛剛起床，後果眞是嚴重之極，忙爬了起來。

三女齊來伺候他穿衣。

韓柏出奇地沒有對三女動手動腳，問道：「現在是甚麼時候了？」

柔柔道：「剛過了午時。」

韓柏舒服地吐出一口氣道：「時間過得眞快，這樣上床一搞，就是兩個時辰。咦！你們的小肚子餓了嗎？」

朝霞道：「早點吃多了，到現在還不覺餓。」

韓柏點頭道：「我忘了剛把你們餵飽了，應不會肚餓才對。」

三女齊聲笑罵。

左詩嗔道：「求你不要整天對我們說這些輕薄話兒吧！好嗎？」

韓柏笑道：「我一是說，一是不說，你們揀哪一樣？」

三女呆了一呆，想起假若韓柏變成了規行矩步的人，那還得了！但若表示贊成他在言語上盡量佔她們便宜，立即會惹來不堪想像的後果，進退兩難下，惟有閉嘴不語。

韓柏大笑起來，充滿勝利的意味，向左詩道：「詩姊！剛才你趁無人時乖乖的叫了我作夫君，我覺得仍是不夠味兒，現在柔柔和霞姊都在，你給我大大聲叫來聽聽。」

這時左詩正在前面給他扣上鈕子，聞言渾身發軟，伏到他身上顫聲道：「不叫！」

柔柔和朝霞在旁推波助瀾，一人道：「快叫吧！我們都叫了，詩姊怎可以有不叫的特權。」

另一人道：「原來詩姊密實姑娘假正經，背轉面就偷偷向柏郎投降。」

左詩大窘，死命搖頭道：「不叫不叫！柏弟，求你不要迫人家。」

韓柏一手抱著左詩，笑道：「不叫也可以，我立即再抱你上床……」

左詩駭然尖叫：「不！」

韓柏道：「那是要上床了！」

左詩又羞又怕，終乖乖叫了聲「夫君」，橫他一眼道：「整天只懂欺負人家。」

韓柏忽地側耳細聽，奇道：「下面為何會有搬東西的聲音？」

柔柔答道：「方參事正在布置下面的廳堂，預備今晚的盛宴，現在搬的是樂器，今晚看來非常熱鬧呢！」

韓柏心中一熱道：「今晚來的姑娘不知樣子生得如何呢？」

左詩繃起俏臉道：「你若亂去勾引人家的姑娘，我們會對你不客氣的。」

韓柏苦著臉道：「柏弟怎敢不聽詩姊的管教。」旋又嬉皮笑臉道：「不過以後你也要喚我作夫君，這是交換條件。」

左詩白他一眼道：「我一是叫你作夫君，一是叫你作柏弟，你自己揀一樣吧。」

柔柔和朝霞拍手叫好，齊齊迫他挑揀。

韓柏道：「我兩樣都愛聽，都不捨得丟棄！」話題一轉道：「誰陪我去看灰兒？」

柔柔道：「我和詩姊尚未理好頭髮，朝霞陪你吧！」

韓柏在兩女臉蛋各香一口，拉著朝霞的手，出房去了。

來到走廊裡，因怕撞上范良極，讓他發覺現在才去探看灰兒，忙加快腳步。

在樓梯處朝霞拉著他擔心地道：「給馬守備和方參事看到我們走在一起，不大好吧！」

韓柏哂道：「放心吧！陳公今早已分別通知了馬、方兩人我們的關係了，這在官貴間乃平常之極的事，沒有人會奇怪，當然！羨慕是在所難免的了。」

朝霞放下心事，往下走去。

韓柏見上下無人，色心又起，一把摟著她，吻了個夠後才放開她道：「開心嗎？」

朝霞給這多情的年輕男子吻得面紅耳赤，含羞點頭。

韓柏待要往下走去，又給朝霞拉著。

他奇道：「這次擔心甚麼呢？」

朝霞白他一眼道：「你弄得人家這副模樣，教我怎樣見人。」

韓柏哈哈笑道：「橫豎沒有人會上來，我們就在這裡聊聊，嘿！這處真高。」用手指了指朝霞特別豐隆的酥胸。

朝霞雙頰潮紅，跺腳不依道：「你再逗人家，不是永遠下不去了嗎？你是否還想見灰兒？」

韓柏一想也是道理，道：「不若我們想想將來住在哪裡好嗎？讓我問老范借幾件賊贓，變賣後找個山靈水秀的地方，蓋所大房子，讓你們在那裡專心爲我生孩子。」

朝霞聽得悠然神往，挨在樓梯處，秀目亮了起來，無限憧憬道：「若是男孩，能有七、八分像你就好了，定能迷死女孩子。」

韓柏移了過去，用手按著梯壁，微往前傾，卻不碰觸朝霞的身體，俯頭愛憐地細看朝霞仰起的艷容，想起昨天在她房內把她迫在門處的動人情景，生出感慨，十年後他們會是甚麼樣子呢？

朝霞低呼道：「柏郎！吻我！」

韓柏愕然道：「你不想去看灰兒嗎？」

朝霞道：「想！但我忍不住，夫君只吻我的嘴，不碰我的身體就成了。」

韓柏吻了下去。

朝霞「嚶嚀」一聲，纖手纏上他的脖子，身體貼了上來，還不住喘息扭動。

腳步聲在上面響起。

兩人嚇得分了開來。

范良極大步走了下來，見到兩人哈哈一笑道：「你這小子眞是好色如命，甚麼地方也可以幹這種事。」

朝霞羞得無地自容，垂頭道：「大哥不要怪柏郎，是妹子不好！」

范良極愕了一愕，旋即笑道：「那又不同說法，男歡女愛，本就不受任何俗禮拘束，將來我和雲清那婆娘……嘿……」

韓柏道：「你的心情看來挺好呢！難道這次贏回了一局。」

范良極開心地道：「還差一點點，今次只以三子見負，算陳老鬼好運道。來！我們到下面看看。」

朝霞返身往上走回去，道：「你們去吧！我回房有點事。」

韓柏知她怕給人看到春心大動後的俏樣兒，含笑答應。

范良極一手搭著他的肩頭，往下走去，到了出口處才放開了他。

近樓梯處守著兩名扮作護院的手下，見到兩人下來，忙肅立見禮。

艙廳內熱鬧之極，范豹和一眾兄弟全在，監視著在布置大廳和搬東西的工作人員。

近樓梯處建了一個大平台，上面放了兩排八張椅子，正對著大門處，左右兩方各有三個較小的平台，放著椅子，椅旁几上擺著插了鮮花的花瓶，香氣四溢。

韓柏盯了那平台一會兒，發覺向這方的部分開有幾個透氣小孔，卻給鋪在台上軟氈邊垂下的長絲絨蓋著，不留心看實在難以覺察，推了范良極一下，打了個眼色。

范良極點頭道：「那八個小鬼給我用獨門手法制著，進入半休息的狀態，除了我的靈耳外，誰也不會聽到他們的呼吸聲，這招算絕吧。」

韓柏往大門走去，道：「讓我出去透透氣。」不理范良極的呼叫，逕自去了。

出門時剛好和馬雄撞個正著。

馬雄恭敬施禮，問道：「專使要到哪裡去？」

韓柏不用瞞他，道：「我要去看看我的救命馬兒。」

馬雄暗忖若他有甚麼意外，自己必然頭顱不保，忙跟在一旁，又召了四名守在門外的便裝兵衛跟著，道：「船上的兵衛都換了最精銳的好手，縱使對方是武林高手，也架不住我們這麼多人。」

韓柏怎會對這些所謂好手感興趣，順口問道：「今晚來的有甚麼漂亮的姑娘？」

馬雄興奮地道：「今晚來的全是鄱陽湖附近最有名的姑娘，聽說連九江白鳳樓的白芳華也肯賞臉來獻藝，除了憐秀秀外，長江兩岸就要數她最有名了。」

韓柏大感興趣道：「這位姑娘賣不賣身的？」

馬雄頹然道：「除非能得她青睞，否則白芳華誰也不賣賬。」

韓柏道：「那有沒有人曾得她垂青？」

馬雄道：「白小姐眼高於頂，到現在仍未聽過她看上了誰，不過她的橫笛和七弦琴號稱雙絕，無人聽過後不為之傾倒。」

韓柏對音律一竅不通，至此興味索然，連再問也免了。

這時兩人來到船尾下艙灰兒處。

灰兒見到韓柏，親熱地把頭湊過來。

韓柏抱著牠的馬頸，又摸又吻，親熱一番後，拿起一束嫩草，餵牠吃食，邊向馬雄道：「這白芳華既如此高傲，為何又肯到來演技？」

馬雄道：「誰也不明白，本來請的是她樓內其他姑娘，豈知她自動表示肯來，真教人費解。」接著壓低聲音道：「若專使對其他姑娘有興趣，即管告訴我，專使對馬雄如此恩深情重，我定會有妥善安排。」

他這幾句倒不全是假話，韓柏確是個討人歡喜的人，尤其是他沒有一點架子，更增馬雄對他的好感。

韓柏想了想，問道：「誰都知道仕青樓裡要保存清白是難比登天的一回事，白芳華憑甚麼辦到呢？」

馬雄壓低聲量道：「聽說京師有人保她，至於那人是誰，我可不清楚了。」

韓柏嚇了一跳，暗忖難道白芳華是楞嚴的人，若是如此，今晚的形勢看來並非如范良極想像般簡單。

韓柏道：「我要帶灰兒到岸上散步。」

馬雄嚇了一跳，想了想道：「為了專使的安全著想，最好只是在岸旁走走好了。」

韓柏道：「當然當然！」

戚長征離開了水柔晶的櫻唇，側耳傾聽，忽地一震道：「不對！」

水柔晶道：「甚麼不對？」

戚長征道：「我原本以為在這遠離洞庭的大城，敵人應不會有多少好手在此，但現在聽敵人來勢的迅捷，幾乎像肯定了我們大約的位置般搜索包圍過來，可知對方定是好手，而且是接到了消息，在這必經之路等我們入彀，如此我要略微變更計劃了。」

水柔晶道：「無論你要我做甚麼，我也會聽你的。」

戚長征一邊細聽四周遠處響起的風聲，鬆了一口氣道：「對方只有九個人，若我沒有猜錯，這批人必是官方的人，聽命於楞嚴。」

水柔晶道：「方夜羽手下有兩批中原高手，一批由卜敵統領，一批直屬方夜羽指揮，現在來對付我們的人，說不定是這些人，你怎會肯定是屬於楞嚴的？」

戚長征又露出他那使水柔晶心醉神迷的動人笑容，道：「道理很簡單，投附方夜羽的高手大多是惡名昭彰之輩，都是官府欲得之甘心的凶徒，這樣的人和官府合作會有很多實質和心理上的問題，而若是方夜羽手下聲名較佳的名家，則只會暗中行事，不肯暴露與方夜羽的關係，所以單看現在這種與官府公然聯合行動的情況，當知道應屬楞嚴的人。」

水柔晶佩服地親了親他臉頰，道：「告訴我現在應怎辦？」

這時林外的空地出現了一個中年人，身披長衫，臉白無鬚，貌相斯文，頗有點儒生雅士的味道，大喝道：「戚長征還不滾出來受死，想做藏頭縮尾的王八嗎？」

戚長征和水柔晶對望一眼，都想到對方既知他們身分，仍敢公開搦戰，定是有十分把握殺死他們兩人。

換言之，對方早知道他們所在，故布下天羅地網後，才向他們發動攻勢。

戚長征眼中射出強大無匹的信心，道：「待會我衝出去時，會把敵人完全牽制著，你趁機全力逃走，使我無後顧之憂，事了後我會到西南方二十里外蘭花鎮入鎮前的涼亭來會你。」

水柔晶明白地點頭，匆匆吻了他一口，深情地道：「我會等你三天，若還不見你，我便自殺陪你。」

戚長征肯定地道：「放心吧！老戚豈是如此容易被人殺死，我必會教他們大吃一驚，來！我們去。」

他刀交左手，一聲長嘯，人隨刀走，衝出林外，往那中年儒士撲去。

同一時間水柔晶拔出匕首，由林的另一端衝出，還未出林，前方已傳來兵刃交擊和那中年儒士的驚喝聲。

水柔晶全力衝出。

她乃方夜羽座下十大煞神之一，自幼受著最嚴格的訓練，武功高強不在話下，兼且精於應付種種惡劣的環境，縱使在這惡敵環伺的情況下，仍絲毫沒有半點懼意。

剛掠出樹林，人影一閃，一個頭頂光禿禿的高手，提著戒刀，攔著去路。

水柔晶一聲不響，匕首猛刺，氣勢凌厲無比。

那禿頭高手想不到她如此勇猛，慌忙挽起刀芒，欺對方女流力弱，兼之匕首短小，欲以強凌弱。

哪知水柔晶既名水將，武功走的是五行中水的路子。

水可剛可柔，衝奔時莫可抵禦。

水柔晶一聲嬌叱，柔軟的腰肢一扭，欺身而上，手中匕首上劃下扎、割腕挑心，凶毒無倫，全無留手。

那禿頭高手怪是厲害，雖然給對方殺個措手不及，仍能奇招迭出，堪堪守住。

這時水柔晶已從對方刀法認出是八派外另一派雁蕩宮的高手，這派的掌門季尚奇一向很熱心朝廷的事，希圖能與八派一爭長短，故有人加入楞嚴的陣營，是非常合理之事，不由更服膺愛郎的洞察力。

水柔晶手法一變，像變了個沒骨人般晃前仰後，左扭右擺，匕首從敵人完全意想不到的角度攻出，每一招都準、狠、辣不缺。

殺得那雁蕩宮的禿頭高手騰挪閃躍，不住避退。

勁風由左後方迫來。

水柔晶心中暗笑，她正是要迫這窺伺一旁的敵人現身。

一聲嬌叱，賣個破綻，先往左移，再移往右，「颼」一聲斜掠而上，躍上一道破落的矮牆，足尖一點，破空而去，逃得蹤影不見。

那撲出來的敵人是個四十來歲提著狼牙棒的瘦小漢子，與禿頭高手會合在一起，均感面目無光，苦笑下往戚長征的方向趕去。

戚長征從藏身處掠出來後，展開左手刀法，殺得那中年儒生全無還手之力。

對一般人來說，一是右手較左手靈活，或是反過來左手較好，但對戚長征這類自幼精修的好手來說，左右手都是同樣靈活，分別不大。

封寒的左手刀之所以能名震江湖，關鍵處在於獨門內功心法和險至毫巔的出刀角度。

別人要學封寒的左手刀，可能學一世也不能得其神髓，可是對戚長征這正步進先天境界的用刀大行家來說，卻是一點便明，欠缺的只是火候和感情。

所以才有找人試刀的必要。

不要小看感情這一環。

那代表著對刀法深刻的體會。

沒有體會，就沒有感情。

要把左手刀法使得像呼吸般自然，才能生出感情，那是需要一段歷練的時間，當那種感情出現時，左手刀的精華會融入戚長征本身的刀法裡，使他突破目前的境界。

「鏘鏘鏘！」

那中年儒士一聲慘哼，手中長劍落地，肩臂處鮮血飛濺，蹌踉跌退。

這時他的同夥才來得及趕來接應，可見戚長征這一番猛攻的速度和威勢，是如何出乎敵人料外。

戚長征倏地後退，回身一刀，把身後迫來的一名健碩壯漢劈得連人帶棍，跌往一旁。

左右兩方是一名白髮滿頭的老者和一個矮胖漢子，前者提著一支重達百斤的鐵杖，後者用的是開山斧，見戚長征似欲逃去，大喝聲中合攏過來。

戚長征哈哈一笑，改退爲進，迎上兩人，左手刀閃電劈出。

「噹噹！」

兩個敵人猝不及防下，給他殺得只有招架之功，全無還手之力。

早先給他劈退的壯漢，長棍一擺，再加入戰圈。

戚長征一聲長嘯，湧起萬丈豪情，把三人捲入刀勢裡，兔起鶻落間，天兵寶刀縱橫開闔，一時左手刀法，一時是平常慣用的刀法，不旋踵兩種刀法融渾無間，連他自己也不能分辨究竟使的是甚麼刀法，只知意之所之，得心應手，淋漓盡致之極。

能有如此高手試刀，確是難得的機會。

這時四周現出了五個人來，包括早先雁蕩宮的禿頭高手和那矮瘦漢子。另三人一個是梳著高髻的女人，風韻楚楚，體態娉婷，竟是個十分艷麗動人的花信年華少婦，背插長劍。

另兩人年紀和戚長征相若，一人兩手各提著一個流星鎚，臉上生了塊大黑痣，使他本來不大難看的臉極不順眼；另一人相貌樸拙老實，令人感到他手上的方天畫戟走的亦必是樸實無華的路子。

戚長征看得心花怒放，能與這麼多各門各派，內功武器均不同的高手交鋒，實比在怒蛟幫內與上官鷹等對練幾年更有實效。

想到這裡，哈哈一笑，天兵寶刀寒芒大盛，三名敵手幾乎同時中招，受了不輕的傷，跌退開去。

戚長征並不追擊，收刀卓立，只覺氣暢神馳，痛快之極。

九名敵人，到現在已有四人要因傷退出，再不能出手對付他。

其他五人為他氣勢所懾，竟不敢立刻攻上來，只是團團把他圍著。

戚長征知道自己的刀法正臨於突破的佳境，眞是別人讓開路請他走他也不肯走，大笑道：「何方高手，給老戚報上名來。」

那五人臉上均現出驚疑不定的神色，他們此來，確是奉命專門要殺死這怒蛟幫年輕一代的第一高手，故曾特別研究過對付他快刀的方法，豈知對方不但改用左手，而刀法的變幻無邊，更使他們早先研究出來的方法全派不上用場。

最使他們心寒的是戚長征絲毫沒有急急如喪家之犬的狼狽情狀，教他們怎能不心寒氣洩。

那矮瘦漢子冷喝道：「你勝過我們才說吧！」

基於異性相吸的道理，戚長征眼光自然落到那風韻迷人的少婦臉上，哂道：「原來都是無膽之輩，那爲何還敢向我幫挑釁？」

他這句話並非無的放矢，要知縱然這些各派高手肯爲官府賣力，始終仍是江湖中人，就算成功殺死戚長征，也要在事後嚴守秘密，唯恐傳了出去，惹得浪翻雲和凌戰天這類高手來尋仇，連所屬家派也給殺個雞犬不留。

故此若非穩殺戚長征，誰敢報出家派名字？

那艷麗少婦不知如何，抵受不得戚長征的輕視般，大怒道：「你聽著了！我就是湘水幫的褚紅玉，別人怕你尋仇，我卻不怕。」

戚長征微笑道：「算你有種，尚夫人生得這麼嬌艷可人，若我是尚亭，定不肯放你出來冒險。」

尚亭乃湘水幫幫主，褚紅玉是他師妹，武功不錯，名字更相當響亮，主因還是她生得貌美如花，特別容易被人記著，所以她一說出來，戚長征立知她是何人。

其他人見他語出輕薄，紛紛喝罵。

褚紅玉俏臉一寒，拔出長劍，往他刺來。

其他人配合著同時攻至。

戚長征冷哼一聲，天兵寶刀幻出滿天刀影，旋風般把五人全捲進去。

# 第三十五章　雨暴風狂

風行烈往前踏出三步，每一步也給人穩如泰山的感覺。

甚至在當他踏足地面時，生出了整個府堂似搖晃了一下。

這當然是一種幻覺。

搖的並不是府堂，而是觀者的心。

扛著玄鐵重劍的年憐丹斂起輕蔑的笑意，代之而起是凝重的神色，雙目奇光迸射，直望進風行烈眼內。

他的「花魂仙法」是近乎魔宗蒙赤行一脈的精神奇功，專攝人之魂。

風行烈立時露出惘然之色，腳步一滯。

年憐丹心中狂喜，一聲大喝，玄鐵重劍由肩上揚起，變成平指前方，身往前傾，炮彈般射出，人劍合一，往風行烈刺去。

谷倩蓮等眼力較次的人，看得臉色發白，連叫也叫不出來。

狂大的勁氣隨著年憐丹向風行烈直迫而去。

風行烈迷惘的眼神忽地回復銳利，一聲狂嘯，丈二紅槍化作一條怒龍，絞擊而上。

這一槍不屬燎原槍化內的任何一式，純屬因時制宜，隨手拈來，但又含蘊著燎原槍法的一著奇招。

年憐丹見他忽然回復清明，心中一懍。

尤使他震驚的是對方根本不受他的「花魂仙法」影響，剛才的迷惘只是假裝出來，引他主動出手。

「霍霍！」

槍、劍絞擊。

兩人齊往後退了半步。

接著槍影大盛。

年憐丹一聲斷喝，一劍劈出。

在僅只數尺的短距離內，重數百斤的玄鐵重劍，竟生出數種不同的變化，忽然重若萬斤巨鐵，忽又輕若隨風拂起的鴻毛，教人完全摸不到重劍力道的變化。

雙方的人無不動容，想不到年憐丹劍術高明至如此出人意表的地步。

「鏘鏘鏘！」

玄鐵重劍以疾逾閃電的速度，三次劈上丈二紅槍的槍頭。

丈二紅槍三次想展開攻勢，都給年憐丹精妙絕倫的劍法完全封死。

更難受者，是對方劍上傳來忽輕忽重的內勁，教人差點吐血，有種有力無處發揮的無奈感覺。

槍影散去。

年憐丹一聲長笑，由正方搶入，重劍連環擊出。

更駭人的事出現了。

在場的每一個人，無論功力高低，竟都能清楚地感到年憐丹要攻擊的部分、每一個企圖，那感覺鮮明之極，且偏有一種明知如此，也難以抵擋的感覺。

風行烈面容肅穆，施盡渾身解數，連擋對方七劍，也退足七步，完全失去了還擊的能力，起始時的一點優勢，消失殆盡。

雙修府那面的人固是看得一顆心提到了咽喉，但年憐丹的震駭卻一點不下於他們。

近二十年來，在西域能擋他一招半式的人寥寥無幾，所以今次應邀前來中原，除了要除去雙修府這禍根外，亦有不甘寂寞之意，想立威天下，成不朽功業，豈知遇上這第一個年輕對手，竟能擋著他全力的猛攻，怎不教他震駭莫名，也更增他殺意。

勁氣以兩人為中心，旋捲著府堂整個龐大的空間，掛著的燈籠吊飾狂風掃落葉般甩脫絞碎，在兩人頭上狂舞著，聲勢嚇人。

谷倩蓮看得差點哭了起來，往浪翻雲看去，只見他仍是好整以暇，挨在一邊壁上，興趣盎然地看著，這才安心了一點。

谷姿仙這時退到烈震北旁，眼中情淚流滿俏臉也不自覺，沒有人比她更清楚知道年憐丹的厲害，但仍想不到他強橫至此。

秦夢瑤張開俏目，平靜無波地觀看著場上的血戰。

烈震北伸出顫震的手，握上谷姿仙的纖手，淡然道：「不用怕！他不會那麼易輸的。」

「鏘！」

一下自開戰以來最清脆的激響震懾全場。

原來當年憐丹想劈出第八劍時，丈二紅槍竟不見了。

「無槍勢」！

年憐丹劈出第七劍後，剛提劍要劈，丈二紅槍由右腰眼退到風行烈背後。

年憐丹心中冷笑，暗忖小子想找死，手中玄鐵劍凝聚六十多年的精修，一劍劈下。

丈二紅槍由風行烈左腰眼吐出來。

無槍勢實是不世之雄厲若海嘔心瀝血創出來的絕代奇招。

就是藉背後左右手的交換，將整個人的精氣神凝在一槍之內。

當日連龐斑也要受傷。

年憐丹雖是一代武學宗師巨匠，仍難以與龐斑相提並論，他能擋得了嗎？

槍尖擊中劍尖。

年憐丹本想變招化解，但在這念頭剛起時，槍尖已烈射在劍尖處。

震撼全場的爆響就發生在此時。

兩人同時全身劇震。

年憐丹斷線風箏般往後飛退，落地後連續兩個踉蹌，才飄然立定，雙目神光閃閃回頭望來。

風行烈只向後退了三步，便穩立如山，但臉上血色退盡，蒼白若死人，好一會兒才恢復了少許血色。

府堂上空的碎屑雨點般灑下，落到兩人身上和地上。

兩人目光交鎖，毫不退讓。

浪翻雲長笑響起道：「這一戰就此作罷。」

年憐丹皺眉道：「浪翻雲你不覺得有點專橫嗎？」

浪翻雲並不理他，走到風行烈旁，向擁過來的三女道：「行烈你立即到後堂去，讓姿仙以雙修大法把處子元陰渡進你體內。」

風行烈微一點頭，任由急得一臉熱淚的谷姿仙拉著往內堂走去。

谷、白兩女當然追著去了。

浪翻雲這才往年憐丹望去，淡淡道：「年兄莫再說廢話，你若要躲到一角盤膝打坐，沒有人會怪你，否則莫怨不能活著離去。」

年憐丹眼中厲芒亮起，旋又斂去，點頭道：「好！浪兄如此關心年某，年某自當遵從，不過我定要看看浪兄待會如何殺我。」拂袖走到一角，眞的盤膝坐下，調息運氣。兩名花妃分立兩旁爲他護法。

兩人對答時，全場寂然無聲，氣氛沉凝之極。

浪翻雲雙目亮起前所未有的精芒，暴喝道：「石中天！動手。」

石中天驀然發覺浪翻雲整個人變得像劍般鋒利，心中一寒，硬著頭皮拔出他的「石中劍」，冷冷道：「浪兄請指教！」

話剛落，浪翻雲名懾天下的覆雨劍離鞘而出。

這邊的人除閉目趺坐的年憐丹外，以里赤媚眼力最是高明，一看下暗叫不好，知道石中天未動手心神已爲浪翻雲所懾，動手下去實有死無生。

不過一切都遲了。

不知何時，浪翻雲已迫至石中天身前十步許處，懷中爆起一天閃爍無定、眩人眼目的光點，鮮花般盛放著。

石中天一聲山崩地裂的狂喝，石中劍揮出，劍未及人，無堅不摧的劍氣破空響起。

眾人都生出想掩耳不聽的衝動。

只是這似拙實巧的一劍，似已可看出石中天確有挑戰浪翻雲的資格。

擴散的光點倏地內收，變成一團光球。

覆雨劍在空氣裡消失得不見一絲影蹤，有種玄之又玄的感覺。

光球以肉眼僅可察覺的高速，迎上石中天掃來的劍鋒。

「啪！」

光球像給劍鋒掃散了般，化作激濺往府堂每個角落的光點。

明知光點不會眞的射來，觀戰雙方的人都不由自主往更遠處退去。

遠坐一角的秦夢瑤秀目采芒閃閃，一瞬不瞬看著天下無雙的覆雨劍法，就像正目睹著一個神蹟的發生。

沒有人比她更能從中得益。

石中天的劍術確到了宗匠的級數，但比之浪翻雲仍是差了一大截。

浪翻雲的覆雨劍實已達到了百年前大俠傳鷹全盛期時的無上層次。

差的只是那「最後一著」。

否則他就是另一個傳鷹。

「叮噹」之聲不絕於耳。

一時間府堂中心盡是無窮無盡的光點和呼嘯聲。

「鏘！」

覆雨劍回到鞘內。

石中天持劍遙指浪翻雲，面如死灰。

潮水般湧退著的光點餘象到此刻才消去。

堂內靜至落針可聞。

石中天一個踉蹌後，回劍鞘內，往後飛退，穿門而出，一句話都沒有留下，就那樣離開了。

浪翻雲銳目望往里赤媚。

里赤媚嘴角洩出一絲詭異的笑意。

「轟！」

浪翻雲右旁的牆壁爆炸開來，紅影閃來。

同一時間閉目趺坐的年憐丹跳了起來，凌空馭劍掠至。

里赤媚沒有半分延遲，雙拳向浪翻雲全力轟出。

域外三大頂尖高手，就由紅日法王破壁攻入時，向浪翻雲發動最要命的攻擊。

這也是唯一對浪翻雲有可乘之機的時刻，他的氣勢在與石中天決戰時達至最高點，此時正是回落的時間。有起必有伏，這是宇宙的至理，浪翻雲也不能例外。

在紅日法王破壁前的剎那，一直默坐不動的秦夢瑤離座彈起，飛翼劍來到手中，人劍合一，以美至不能形容的嬌姿，恰恰迎上破壁穿入的紅日法王。

她一直等待著會發生的事，終於來臨。

其他人根本連腦筋運轉的速度都追不上眼前的突變，更遑論做出反攻。

烈震北肅坐不動，似是一點也不知道發生了甚麼事情。

浪翻雲看也不看紅日法王，覆雨劍又回到手內，射出千萬光點，迎向年憐丹和里赤媚排山倒海的攻勢。

# 第三十六章　白衣麗人

灰兒剛離船上岸，立即顯得非常興奮，不住躍起前蹄。

韓柏養了牠多年，看著牠由小馬兒成長到現在這樣子，豈有不知牠的脾性，心中一軟，向身旁的馬雄道：「我這馬兒多天沒有奔跑了，我必須讓牠盡情跑上一會兒，否則牠會悶壞了的。」接著壓低聲音道：「牠是我的救命恩馬，也是幸運的象徵，若牠有甚麼三長兩短，我的運道也完了。」

他故意說得有那麼嚴重就那麼嚴重，教馬雄難以拒絕。

豈知馬雄亦有他老到的應付方法，道：「這個容易，讓我指使手下兒郎，策著牠沿岸往下游縣外的大草原繞上幾個圈，包牠精神爽利，悶氣全消。」

韓柏心中暗罵，坐了那麼多天船，我這專使大人難道不會悶壞嗎？眉頭一皺，計上心頭道：「在我們高麗，這種叫作『運馬』，絕不可給別人乘騎，連拉著跑也不可以，所以只可由我來親自策騎。嘻！你明白了吧？」

馬雄知道這專使得罪不得，一聲令下，布防在碼頭兵隊牽出五匹戰馬來，讓馬雄和他所謂的四名便裝好手作坐騎。

韓柏心懷大開，一踏馬鐙，瀟灑地跨上馬背。

馬雄眞心讚道：「專使好身手。」和那四人也登上馬背。

韓柏大笑道：「你們不用那麼擔心我，若我沒有本領早給馬賊把命拿去，好！讓我們比比看。」

馬雄來不及阻止，韓柏一聲厲喝，灰兒箭般往前竄出。

馬雄等急忙策騎追去。

灰兒被呆在船艙多日，這刻還不等若龍回大海，發了狂般放開四蹄，全力奔馳，剎那間把馬雄拋在大後方吃塵，距離愈來愈遠。

韓柏兩耳生風，瞬間離開了岸旁密集的民居，來到下游郊野處。韓柏一時興起，策著灰兒，轉往縣外的荒郊馳去，逢林過林，上丘下坡，不一會兒連馬雄的影子也看不見了。

這時他和灰兒來到一道清溪之旁，只見四周環境優美之極，幽谷疏林，於是放緩速度，沿溪而上，前方隱隱傳來水瀑轟鳴的聲音，雖給樹林阻了視線，仍可想像得到那裡定有飛瀑清潭的美景。

灰兒抵受不住溪水的引誘，不肯前進，逕自俯頭往溪水裡喝個痛快。

韓柏跳下馬來，沿溪而上，穿過密林後，地勢漸高，怪石一塊疊著一塊，層層高起，石隙間叢草雜生，秋色怡人，如入世外勝地，人間桃源。

韓柏往上走去，目標是最高的一塊橫石，水響聲正是由石後傳來。

眼看可盡覽勝景，忽然白影一閃，上面石上走了個人出來。

韓柏愕然往上望去，只見一個白衣俊童，張開手攔著，怒喝道：「快退回去！」

韓柏愕然道：「這又不是你的地方，有何資格不准我上去？」

白衣俊童的目光落到他華麗的專使官服上，眼中閃過奇怪的神色，旋又寒起臉孔硬綳綳地道：「總之不准你爬上來，也不須告訴你任何理由。」

韓柏仔細打量著他，發覺他不但面目清秀，而且皮膚又嫩又白，非常整潔乾淨，心中一動道：

「你若改穿女裝，必然非常好看。」

白衣俊童臉孔一紅，立即又回復早先凶霸霸的神情，怒道：「你再不滾回去，小心會遇上橫禍。」

韓柏這時再無疑問，對方定是個男裝打扮的美麗少女，大感有趣，更不肯走。瞪大了眼睛，目光狠狠盯在對方的胸脯上，立時發覺那處的衣物特別高隆，顯是紮了布條，使原本豐滿的地方，變得在視覺上平坦起來。

白衣俊童眼中殺意一閃，兩手一反，多了對短劍。

恰在此時，一聲嬌甜的聲音自石後傳來道：「秀色！讓這大膽狂徒上來吧！我想看看他是甚麼樣子的。」

白衣俊童狠狠瞪了他一眼，退了回去。韓柏哈哈一笑，三步化作兩步，登上橫石。

縱使他有著心理準備，石後的美景仍使他看得目定口呆起來。

只見一道小瀑，由山壁飛瀉而下，落到石後一個丈許見方的石潭裡，清可見底。

這仍不是最扣動他心弦處。

令他目眩神迷的是坐在清潭另一邊石上的一個白衣年輕女子。

她無限適意的坐在那裡，手中拿著乾布揉抹著那頭烏黑秀髮，水光盈盈，顯是剛曾沐浴潭內。

瓜子形的俏秀臉龐，一對美眸黑白分明，帶著種說不出的媚姿，這刻向韓柏望過去的目光，既大膽直接，又含著似隱似現的神秘神采。

晶瑩雪白的肌膚透出一種健康的粉紅色，教人找不到任何瑕疵。

最誘人的是她那嬌慵懶散的風姿，像這世上再沒有能令她動心的事物似的。

韓柏的眼光由她的秀髮開始，一直往下望去，直至她露在雪白羅裳下那雙白皙的小腿上，深吸了一口氣道：「我能早點上來就好了。」

女子「咭咭」嬌笑起來。

這時到了她身後的白衣俊童兩眼射出森寒的殺機，喝道：「你是活得不耐煩了。」

美女揮手制止了那叫秀色的看來是她侍婢的白衣俊童的吆喝，上下回敬著他，徐徐道：「你到這裡來幹甚麼？」

韓柏盯著她這時因手上的動作，致使衣襟敞開少許下露出的豐滿胸肌上，吞了一口唾涎，道：「沒有甚麼，隨便走走吧！」

美女放下抹頭的布巾，讓秀髮像那道飛瀉的小瀑般散垂下來，猛力搖了兩下，舞動長髮，揮掉剩下的水珠。

韓柏心中叫道，天下竟有這麼誘人的美女！

女子那對有若嵌在最深黑夜空裡兩點星光的美眸往他凝望過來道：「別人可以四處走動，專使大人怎能這麼做呢？」

韓柏一震道：「你知我是誰！」

白衣美女盈盈起立，微微一笑，櫻唇輕吐，說出一連串奇怪的語言來。

韓柏心叫我的媽呀，怎麼她竟懂高麗話，且說得比陳令方還好，可恨自己除了聽得懂「你」、「我」這類單字外，其他的就半個字都聽不懂，硬著頭皮道：「你怎麼竟懂說我們的話？」

白衣美女一陣嬌笑，足尖原地一點，掠過清潭，來到韓柏身前，兩手伸出，一下子揪著他的衣襟。

香氣襲來。

女子身量頗高，只比韓柏矮小半個頭，此時略仰俏臉，把有絕世之姿的粉臉，湊到離他眼前不足半尺處，兩手同時一緊，略往上提，淡淡道：「你究竟是誰？」

韓柏頭皮發麻道：「你不是知道我是誰嗎？」

白衣美女目光轉寒道：「那你就告訴我，剛才我說了些甚麼？」

韓柏哈哈一笑，藉以掩飾心中的驚惶，道：「你要我說便要說嗎？除了正德王的命令，我朴文正誰人的話都不聽。」

白衣美女倏地退開，飄回原處，嬌笑道：「不要騙我，你是個冒牌的專使，哼！騙騙別人還行，撞著我就要原形畢露了。」

韓柏嘆了一口氣道：「你愛說甚麼便甚麼吧！我要走了。」

白衣美女笑道：「你這人真沒用，要不要我脫掉衣服，再在潭裡出浴給你看看。」

韓柏愕然道：「你說甚麼？」

「專使大人！」

馬雄的叫聲由遠處傳過來。

白衣美女道：「若你不想我揭穿你的身分，乖乖給我留下一株人參，否則我會教你陷進萬劫不復的處境。」接著向他甜甜一笑道：「只要你聽話，我甚至可讓你得到我的身體。記著了，我很快會來找你的，不要使我失望呀！」轉身和那婢女往山的另一邊離去，走時仍不忘記回眸一笑，那種狐媚，可教任何男人魂爲之銷。

韓柏看著她們消失在對面的岩石下，頹然嘆了一口氣，回頭向馬雄聲音傳來的方向走去。

今次眞的是自作孽，不可活，這樣倒楣的事情也可以給他遇上。不過她的確動人之極。

戚長征左手持著的天兵寶刀決蕩翻飛，一挑一劈，皆如奔雷掣電，重重擊中敵人兵刃，無論對方招式如何巧妙，角度如何刁鑽，總給他一刀封死，無法展開下著，唯有駭然退開，讓另一人補上。縱使在五名敵人排山倒海而來的攻勢裡，他仍能縱橫自如，倏進急退，飄移無定，使敵人根本無法形成合圍之勢，變成每一次都像是和戚長征單打獨鬥那樣。

戚長征愈戰愈勇，愈打愈痛快，只覺對封寒傳授的左手刀法心領神會，忽地一聲長嘯，天兵寶刀落處，「鏘」的一聲，竟把那臉生黑痣的青年左手的流星鎚在離手握處寸許位置削斷，那黑痣青年失了平衡，往右傾去。

戚長征飛起一腳，正中對方小腹，把那人踢得飛跌開去。接著迴刀一劈，把那樸實青年由後側刺來的方天戟盪飛開去。

他靈變無方的身法終於滯了一滯。

眼前劍芒漫天幻起，往他罩來，正是那風韻動人的褚紅玉。

雁蕩宮的禿頭高手的戒刀和矮瘦漢子的狼牙棒覷此良機，亦分由左右後側全力攻來。

戚長征知此五人實屬高手，剛才吃虧在輸了氣勢，致被自己牽著鼻子來走，若目下讓他們爭回主動，說不定難以生離此地。

他乃極有決斷的人，這些念頭電光石火般閃過腦際之時，已下了決定，一聲暴喝，人隨刀走，硬撞進那褚紅玉的劍網裡。

一連串刀、劍交擊聲暴雨打芭蕉般響起。

褚紅玉一聲冷笑往後急退，挽起劍花，擋著戚長征的進路。

戚長征晃了晃，去勢不改。

長劍滑肩而過。

褚紅玉想不到他身法精妙至此，駭然下給戚長征撞入懷裡去。

那禿頭高手和矮瘦漢子大叫不好，提起一口眞氣，箭般掠至，戒刀和狼牙棒往戚長征背脊招呼過去。

戚長征哈哈一笑，閃了閃，到了褚紅玉背後，右手緊箍著她的蠻腰。

兩人攻擊的目標變成了褚紅玉，嚇得駭然收兵。

戚長征摟著被封了穴道的褚紅玉迅速疾退，掠上了牆頭，向追來的敵人喝道：「誰敢追來，我就殺了此女，看你們如何向尙亭交代。」

眾人呆了呆，沒有撲上去。

戚長征仰天長笑，摟著褚紅玉消失在牆外。

# 第三十七章　百日之戀

秦夢瑤躍離椅子時，知道自己早先的想法一點無誤，今天雙修府之戰針對的確是浪翻雲。

關鍵的人物是「劍魔」石中天。

而發難的時刻就在浪翻雲擊敗石中天後的剎那。

只是他們有四個失算。

第一個失算就是想不到石中天敗得如此之慘，並不能耗去浪翻雲大量的真元。

另兩個失算是里赤媚和年憐丹同時受了傷。

最後的失算就是想不到她秦夢瑤竟能以無上智慧，測破了玄機，一直在監察著紅日法王的動靜，故能在紅日法王發動攻勢的同時，先一步加以截擊。

否則浪翻雲縱有通天徹地之能，也難以在與石中天決戰後洩了鋒銳的瞬刻，抵擋異域最頂尖的三大高手全力的夾擊。

狂飆捲起。

當秦夢瑤的飛翼劍挾著無堅不摧的劍氣刺上紅日法王變得通紅的巨掌時，浪翻雲手上的覆雨劍消失不見，變成漫天光雨，迎上年憐丹的玄鐵重劍和里赤媚的雙拳。

戰事剛開始便結束了。

紅日法王兩隻衣袖盡化碎粉，由進來那破洞疾退回去，狂笑道：「若夢瑤小姐百日後仍能不死，這一仗便當本法王輸了，本法王立即回藏，絕不食言。」到這後一句時，忽地變成沙啞的乾咳聲。聲音迅速遠去。

浪翻雲和秦夢瑤劍回鞘內，背對背肅然靜立。

這時年憐丹和里赤媚才在退了十多步後，站穩腳步。

由蚩敵、柳搖枝和那兩名花妃移到兩人身旁，掣出兵刃。

兩名花妃用的都是劍，只看她們提劍的氣勢，便知亦是此道高手。

浪翻雲仰天長嘯道：「好！給我滾吧！」

里赤媚冷笑道：「浪翻雲你怕了嗎？」

浪翻雲淡淡一笑道：「是的！我的確生出了懼意，可是若你們恃強行凶，致使這裡無人活命，我立誓要保命離去，然後逐一把爾等殺死，若違此諾，地滅天誅。」

年憐丹輕嘆道：「浪翻雲你自視太高了。任你如何厲害，始終未登仙界，終是血肉凡軀，我們這裡的人無一不是高手，若先行圍攻於你，由於你定要保護其他人，勢不肯獨自逃生，那後果你應知道是怎樣的一回事吧！」

浪翻雲哂道：「我有言在先，你如不信，我們不如手底下見個眞章吧！」

現在形勢非常明顯，雙修府這方面的四大高手，烈震北傷重至一點聲息也沒有；風行烈則正受著谷姿仙雙修大法的療治，生死未卜；秦夢瑤顯亦因爲傷上加傷，能否活命仍是未知之數。其他譚冬、陳守壺、趙岳，連忙也幫不上，變成只有憑浪翻雲一人之力，應付有里赤媚和年憐丹在內的六大高手，在勢又不能獨自逃走，形勢的險惡，實到了無以復加的地步。

就在這千鈞一髮的時刻，悅耳的女子嬌笑聲在正門處響起道：「里赤媚你千算萬算，卻算漏了愚夫婦。」

里赤媚盯著浪翻雲，頭也不回道：「雙修大法果是不凡，連那麼嚴重的內傷也可治好，里某佩服之極。」

不捨的聲音響起道：「浪兄其劍其人，宗道心儀久矣，請恕來遲一步之罪。」牽著谷凝清的玉手，繞過敵人，來到浪翻雲處，才放開緊握的手，分立在浪翻雲兩旁。

里赤媚灼灼的目光，打量了不捨和谷凝清好一會兒後，微笑點頭道：「你們只是把傷勢壓下，幸好如此，否則里某連和談的資格都沒有了。浪兄怎麼說？」

這人不愧一代奸雄，提得起放得下，一見形勢變化，立時提出和議。

浪翻雲向仍靜立身後的秦夢瑤道：「夢瑤怎麼說？」

秦夢瑤柔聲道：「讓他們走吧。」

浪翻雲眼神銳利起來，緩緩掃過敵方眾人，點頭道：「今日之事就此作罷，下次給我遇上你們任何一人，必全力搏殺，絕不留情，請吧！」

年憐丹一聲長笑，道：「好！今天總算見識到覆雨劍法，亦承認你有說這些話的資格。異日當我功力盡復時，你不找我，我也會找你，到時再領教高明。」

里赤媚抱拳道：「若非我們站在對抗的立場，浪兄會是里某真心渴欲交結的朋友，請了！」轉身當先離去。

瞬眼間里、年等人走得一乾二淨。譚冬等三人悲喜交集，迎了上來，向不捨兩人見禮。

浪翻雲轉過身來，兩手搭在秦夢瑤香肩上，好一會兒後愛憐地道：「夢瑤！好了點嗎？」

秦夢瑤轉過身來，面向著浪翻雲、不捨和谷姿仙三人，微微一笑道：「夢瑤現在只想回到靜齋去，在師父墳前懺罪，告訴她我終於失敗了。」

她如此一說，誰也知道她不能活過紅日法王所說的百天之數。

浪翻雲微微一笑道：「夢瑤不要絕望，我可以擔保在這中藏之爭，你將是那大贏家。」

谷倩蓮的尖叫傳來：「震北先生！」

眾人循聲望去，只見她不知何時已跪在烈震北身前，一臉悲痛，淚流滿頰。

秦夢瑤淡淡道：「大哥出劍的一刻，就是震北先生坐化之時，如此奇妙的仙去，震北先生當能瞑目了。」

眾人都泛起一種玄之又玄的感覺。

谷凝清拉起秦夢瑤的手，指尖搭著她的腕脈，良久後皺眉道：「縱有雙修大法，恐亦無補於事。」

秦夢瑤瞅了浪翻雲一眼柔聲道：「夢瑤自知生機已絕，剛才純憑一口先天真氣，接連心脈，暫時保命，希望能在倒斃前趕返靜齋，大哥不須安慰夢瑤了。」

浪翻雲向不捨和谷凝清道：「賢夫婦最好先去看看行烈和姿仙的情況如何，順便帶走倩蓮，並勸勸那妮子，告訴她烈兒在去前悟通了大圓滿的境界，故無須爲他傷悲，我想和夢瑤私下說幾句話。」

不捨兩人黯然點頭，帶著倩蓮和譚冬等四人去了。

浪翻雲伸手摟著秦夢瑤香肩，走到陽光漫天的府堂外，順步來到俯瞰山下全景的高處。

梯田重重，雙修府回復了平昔的寧靜和平。

秦夢瑤往浪翻雲靠過去，幽幽道：「不知爲何，有大哥在我身旁時，我總有軟弱的感覺。」

浪翻雲微笑道：「這是因爲夢瑤受了傷嘛。告訴我！你心中有沒有想著那個人？」

秦夢瑤淡淡道：「到了這等時刻，我更不想瞞你，被紅日法王所傷後，我一直想著韓柏，想著再見他一面，才回靜齋尋一塊埋骨之地。」

浪翻雲笑道：「你爲何連浪翻雲的話都不相信，你定會吉人天相的。」

秦夢瑤微微一笑道：「若雙修大法都救不了夢瑤，還有甚麼方法可以救呢？」直到此刻，她仍沒有對自己不久於人世的事實，表現出半點悲哀，但神態卻有異於她往昔的超然塵凡，似由出世轉爲入世。這含蓄地顯示在她對浪翻雲的態度和對韓柏的依戀兩方面上。

浪翻雲摟著她的手緊了一緊，悠然道：「僅是雙修大法當然接不回斷了的心脈，但加上一個人就成了。」

秦夢瑤一顫道：「若要夢瑤把貞操隨便付給一個人，我情願死了也不要那樣地活著。」

浪翻雲失笑道：「你若知道那人是誰，定會收回這兩句話。」

秦夢瑤俏臉飛起兩朵紅雲，以前所未有的嬌羞低聲輕問道：「那傢伙是韓柏嗎？」

浪翻雲正容道：「只有他的魔種才可激起你道胎的生機，接回斷了的心脈，說不定還會有更奇妙的事發生呢！」

秦夢瑤閉上美目，輕嘆道：「假設我懷了他的孩子，那怎辦才好？」

浪翻雲淡然道：「橫豎你和他的緣分也是止於這百日之期，送他一個孩子作別禮不是挺美嗎？」

秦夢瑤張開美目，一向清澈的眼神竟變得朦朧如薄雲後的迷月，櫻唇輕吐道：「假設我眞離不開他，豈非要給那壞蛋欺負足一生一世嗎？」

浪翻雲笑道：「夢瑤不是說過爲了師門使命，甚麼都不計較嗎？」

秦夢瑤嗔道：「大哥在迫夢瑤嗎？」

浪翻雲微笑道：「就算你的心脈完好無恙，夢瑤始終要和韓柏作一了斷，看看誰勝誰負，這不是你這塵世之行必經的氣數嗎？」

秦夢瑤幽幽一嘆道：「夢瑤眞不服氣，唉！要白便宜那無賴了。」

谷姿仙的閨房裡，風行烈的喘息和谷姿仙的嬌吟聲激烈地共鳴著。

谷姿仙白皙無瑕的赤裸胴體在風行烈身上劇烈地做出種種曼妙無邊的扭動嬌姿。

兩人渾身盡是晶瑩的汗珠。

驀地谷姿仙一聲嬌呼，雪白動人的肉體軟伏在風行烈身上，身體仍緊密的連結著。

風行烈雙目一睜，摟著她滾轉過來，變成把她壓在身下。

谷姿仙反摟著他，喘息著道：「行烈！你愛姿仙的身體嗎？」

風行烈的熱吻雨點般落在她香嫩的粉頸處，含糊不清地道：「愛得要命！」

谷姿仙道：「你知道我們永無練成雙修大法的希望嗎？」

風行烈愕然抬起頭，望著她情慾烈焰的秀目道：「爲甚麼？」

谷姿仙感覺著風行烈不住澎湃的男性雄風，知道他經自己輸入勝比不世妙藥、精練多年的處子元陰後，逐漸復元起來，顫抖著道：「雙修大法的關鍵在於男的要有情無慾，女的要有慾無情，剛才我施展大法，雖能治好你體內嚴重傷勢，獻上元陰，但因既有慾亦忍不住動了強烈的情，所以元陰將去而不復，永遠不能仗之再和你修煉大法了。」

風行烈呵呵一笑道：「去他媽的雙修大法，這樣做夫妻還有何樂趣可言？噢！我要出去看看。」

谷姿仙美腿交纏，把他摟個結實，嬌羞道：「你不能走，否則會前功盡廢。」

風行烈愕然道：「但是……」

谷姿仙道：「我們須催發情慾，待我的元陰和你的元陽水乳交融後你才能眞的康復，但仍有一段短時間不應妄用眞氣，噢！烈郎！」

風行烈其實哪想離開她動人的肉體，聞言立時動作起來，對這美女再大張撻伐。

想起初遇時她對自己的冷漠無情，現在更感君臨征服的快意。

谷姿仙在他的征伐下婉轉呻吟，每一個表情都是那麼蕩魄勾魂。

這對有情的男女，不住攀上靈慾的極峰，在最後一次高潮來臨時，風行烈把生命的精華，爆炸般狂注進這成熟的美女體內。

就在此時，兩人感到一股電流般的奇異能量，在兩人體內來回激盪，那種暢美，完全超越了感官所能達致的任何快樂。

「呀！」

兩人同時狂叫，四肢八爪魚般絞纏起來，無論身心都結合在一起。

那是無法形容的感覺。

風行烈只覺心明如鏡，一種明悟湧上心頭，使他知道體內匯合了的三種眞氣，因著雙修大法的奇異功能，到此刻才眞正渾融無間，令他朝武道的極峰再跨進一步。

谷姿仙又是另一番奇妙的感受，感到精修多年的功法融入了風行烈傳過來的奇異眞氣，那雖然不是雙修大法功成時的現象，卻是另一意外的收穫，一種不遜色於雙修大法的昇華。

兩人緊纏一起，誰也不肯放鬆半點。

房外響起白素香的聲音，生恐驚擾了他們般輕輕道：「小姐！夫人和老爺來了，你們……唔……你們……」

谷姿仙驚喜道：「爹和娘……噢……」熱淚奪眶而出。厄難終於過去了。

風行烈道：「告訴他們稍等一會兒，我們立即出來拜見兩位老人家。」

白素香步音漸去漸遠。

兩人依依不捨分了開來，渾身汗水。

風行烈先跳下床，再溫柔地把這剛和自己有合體之緣的美女扶了起來。

谷姿仙望向雪白床單上的一片驚心動魄的落紅，嬌羞地道：「行烈！我要你一生一世都疼我愛我，連一刻的疏忽大意都不可以發生。」

風行烈在短短兩日內，連奪三女的身心，眞是意足心滿之極，哈哈一笑道：「這個娘子可以放心，如若有違，教我下世爲牛爲馬，任你驅策。」

谷姿仙喜孜孜地道：「今晚讓我和那兩個丫頭陪你到溫泉沐浴，享盡你給我們的幸福好嗎？」

風行烈道：「當然好到極。來！快穿衣，我擔心震北先生會有事。」

谷姿仙嬌軀一震，冷酷的現實代替了甜美的夢境。

「砰！」

房門大開，谷倩蓮不理一切衝了進來，投進風行烈懷裡，悲呼狂號道：「震北先生去了！」

這句話有若晴天霹靂，明知烈震北難以度過今天，仍把兩人轟得呆在當場。

# 第三十八章　蕩女散花

韓柏騎著灰兒沒精打采回到官船，看到范良極興高采烈，在跳板旁指揮著一隊官兵，把十多箱不知載著甚麼東西的木箱運往船上。

韓柏躍落地上，奇道：「侍衛長你在弄甚麼鬼？」

范良極恭敬答道：「箱內有十多罈盛了這裡最著名『仙飲泉』的泉水，還有其他製酒的工具和材料，都是依著女酒仙開列的清單採購的。」

韓柏找了個藉口，把想過來趁熱鬧的馬雄支使開，叫他先帶灰兒回船，嘆了一口氣，不知應怎樣開口向范良極說出剛才的怪事。

范良極終發現到他的異樣，關切道：「小柏你是否不舒服了？」

韓柏於是一五一十，將剛才遇到白衣美女的事和盤托出。

范良極拉著他走到一旁，出奇地溫和道：「小柏你不用自責，縱使你沒有遇到她，她始終會來找你。」

韓柏一愕道：「這話怎說？」

范良極道：「她既懂高麗話，要的又是萬年參，自然是與高麗有關的人，知道有關萬年參一些我們不知道的妙用。」接著嘆了一口氣道：「其實我一直擔心此事，朱元璋既懂開口向高麗王要萬年人參，自然知悉有關人參的事，反而我們這個兩人使節團對這些人參如何服食、有何妙用一無所知，到時說不定立遭揭穿身分，你說我多麼煩惱。」

韓柏道：「這白衣女是何人我們都不知道，況且我們哪有萬年參給她。」

范良極詭異一笑道：「你太小看我了，我范良極何等樣人，哪會蠢得把偷來的東西全數雙手捧上給朱元璋那混蛋，除了送了一株給蘭致遠外，剩下的十六株萬年參給我扣起了八株，你要送那白衣女一株乃輕而易舉的事，只是盈散花這樣來明搶我獨行盜的東西，她必須付出比萬年參更高的代價。」

韓柏駭然道：「她竟是十大美人裡以放蕩著名的盈散花？」

范良極道：「絕對錯不了，尤其那女扮男裝的美女和她形影不離，最是易認，十大美人裡，我最清楚她的秘密。」

韓柏呆瞪著他。

范良極得意笑道：「不要以為我專愛偷窺美女，只因這盈散花其實是我的同行，一個不折不扣的女飛賊，所以我才要和她一較高下，把她貼身的一塊寶玉偷了，讓她知道天外有天，盜外有盜。」

韓柏更是瞠目結舌，囁嚅道：「原來是個女賊。」

范良極滿足地嘆了一口氣道：「我跟蹤了她整整三個月，失敗了十多次後，才勉強得手，此女盜術之精，只僅次於我，她的武功亦可躋身一流高手之列，當然比不上我們，但已足可縱橫江湖了。」

韓柏道：「可是現在她控制了我們的死穴，若給她把我們的底子揭開來，楞嚴還會不知我們是誰嗎？」

范良極興奮起來道：「那次我雖贏了她，卻是贏得不夠味兒，今次她送上門來，我定要她失去寶貴的貞操。」

韓柏大笑起來，失聲道：「這蕩女有何貞操可以失去，你不是說過有很多人和她有上一手嗎？」

范良極往四周看看，這：「我們先到船上再說。」

兩人回到船上，這時艙廳煥然一新，布置得美侖美奐。

來到上層時，長廊靜悄悄的，柔柔等談話的聲音隱隱從左詩房中傳出，陳令方的房內卻是他打鼻鼾的呼嚕呼嚕聲。

進房後關上了門，范、韓兩人在窗旁的高背扶手檀木大椅坐下。

范良極煞有介事道：「我跟了盈散花這麼久，其中一個收穫就是發現了她放蕩的大秘密，凡是和她上過床的男人都中了她的詭計。」

韓柏一呆道：「難道上床也有詭計可言嗎？」

范良極道：「當然有，偷東西的是盈散花，上床的卻是她的拍檔秀色，你明白了沒有？」

韓柏恍然大悟，旋又皺眉道：「那秀色豈非很吃虧嗎？」

范良極道：「秀色是閩北姹女派的傳人，專事男女採補之道，有甚麼吃虧可言，此正是一家便宜兩家受惠，所以才如此合作愉快。」

韓柏道：「女兒家的名聲不重要嗎？何人還敢娶她？」

范良極道：「若盈散花要選婿，保證新知舊雨以及慕名之士，必在她門外排了由中原直延至西藏的長龍，尤其是她出了名無論和哪個男人一夜之歡後，都絕不會讓人第二次碰她，所以若有哪個男人能得到她的第二晚，保證立即名揚天下，聲名直追龐斑和浪翻雲。」

韓柏啞然失笑道：「事實上她卻從沒有和人上過床，所以根本不會成爲愛情俘虜，哼！若她給我……給我……」

范良極邪笑道：「給你操過後，保證她離不開你，是嗎？專使大人。」

韓柏自信十足道：「正是如此！」

范良極皺眉道：「此女差點比我還多計，弄那個秀色上床不難，要將她盈散花擺在床上，讓你大快朵頤，卻是非常傷腦筋的一回事。收服了她，會對我們京師之行非常有利；若收服不了她，以後她還不知會弄出甚麼花樣來，最怕……」

韓柏道：「最怕甚麼？」

范良極道：「我有一個不祥的感覺，就是萬年參只是她一個初步目標，此女眼角極高，野心又大，定有更厲害的事要做。」

韓柏道：「來來去去還不是偷東西嗎？啊！」忽地臉色一變，往范良極望去。

范良極苦笑道：「你想到了，若她要萬年參，大可到船上來取，她又不知道船上竟有浪翻雲和我在，憑她的偷術還不是手到拿來，所以她只是以此牛刀小試，測探我們的反應，看看我們是否會因此被她控制了。」

韓柏張開了口，喘著氣道：「她是想到皇宮內偷東西，只有我們才可掩護她安然進出皇宮。」

范良極忽地捧腹笑得眼淚都嗆了出來，喘著氣道：「還有甚麼比這更荒謬的事，竟有後生小女賊敢來迫我『獨行盜』范良極、『覆雨劍』浪翻雲和你淫棍韓柏到皇宮去偷東西，你說天下間有比這更好笑的事嗎？」

韓柏不快道：「你再叫我作淫棍，我以後便斷了你收義妹之路，莫忘左詩還未給你斟茶作禮。」

范良極投降道：「嘿！讓我給你另起一個外號，免得叫順了口，傳了出去，那就糟透了。」

韓柏道：「這還差不多，快給我想個像樣些的外號，免得將來有人要我報上名號時，欠了點可以揚名立萬的東西。」

范良極兩眼一轉，抱拳道：「『浪子』韓柏，這外號又順口又絕，意下如何？」

韓柏唸了幾遍，大喜道：「這外號眞的不錯，快給我宣傳一下，免得其他人給我起了其他外號時，改不了口。」

范良極道：「這個容易，只要通知馬雄，告訴他有株萬年參給一個叫『浪子』韓柏的人偷了，保證追緝你的懸賞貼滿全國的街頭巷尾，使你……哈哈……立時揚名立萬……哈哈……」

韓柏先是一怒，接著亦忍不住捧腹大笑起來。

「咿呀！」

門推了開來，左詩走進來道：「柏弟和范老爲何笑得如此開懷？」

范良極苦忍著笑，向左詩招手道：「詩兒快過來斟茶認我作大哥，這是你的相公夫君柏郎兼柏弟答應了我的。」

左詩俏臉飛紅，知道平日眾姊妹的閒談全給他盡收耳內，才會知道她們怎樣喚韓柏，蓮步姍姍走了過來，從放在几上的茶壺斟滿了一杯茶，遞給范良極，福身柔聲道：「大哥用茶！」

范良極眉開眼笑接茶一飲而盡道：「這是買一開二，女酒仙成了我的乖妹子，小雯雯變成我的乖甥女，眞是划算得很。」

左詩不依道：「大哥你究竟偷聽了詩兒多少說過的話？」

范良極攤手道：「本侍衛長負起全船安全之策，自然要豎起耳朵監聽一切。」

左詩想起一事，雙頰潮紅，轉身欲逃，給韓柏一把抓著她的小手，道：「詩姊到哪裡去？」

左詩給他拉到身旁，俏臉卻別向房門那邊，不敢看他們，跺足道：「我要去檢查那些製酒工具。」

范良極向韓柏喝道：「對義姊拉手拉腳成何體統，還不讓你詩姊去趕釀幾罈清溪流泉出來，免得浪翻雲回來後拿他的覆雨劍追殺我。」

韓柏笑嘻嘻站了起來，拉著左詩的手依然不放，涎著臉向左詩道：「更大逆不道的事我也對詩姊做了，拉拉手實屬閒事，來！詩姊！我陪你去製酒。」

范良極冷哼道：「你給我留下來，否則詩兒明年此天都製不出半滴清溪流泉來，小心我叫回你以前的大號。」

韓柏嚇得連忙放開左詩軟柔溫潤的可愛纖手。

左詩奇道：「柏弟以前的大號怎樣稱呼哩？」

韓柏嚇得抓著她的香肩，推著她往房外去，威嚴下令道：「婦道人家，最緊要三從四德，以後不准再問這些男人間的事。」

左詩絲毫不以爲忤，笑著推門去了。

韓柏鬆了一口氣，靠在門上道：「本專使事務繁忙，有屁快放。」

范良極掏出旱煙管，從僅餘的天香草抽了幾絲，放在管上，點燃後一口吸個剩燼，嘿然笑道：「當然是要點你一條明路，令你可把十大美人盡量收進私房內享用，包括那美麗的小尼姑在內。」

戚長征肩上托著美麗的戰利品，直至遠遠離城，才在一個幽森的樹林停了下來，大力在褚紅玉高聳的圓臀打了一記重的，才把她拋在一處草叢上，跌得她四腳朝天，先前淑女的高姿態蕩然無存。

褚紅玉氣得滿臉熱淚地爬了起來，怒叱一聲往他撲去，才衝前又頹然坐倒地上，顯然尚有穴道被制。

她悲呼道：「我定要把你這殺千刀的惡徒碎屍萬段。」

戚長征笑嘻嘻來到她坐倒處，一副潑皮無賴樣兒，笑吟吟看著她，忽地拔出匕首，在她眼前揚威耀武地拋上拋下把玩著。

褚紅玉駭然把嬌軀逐寸逐寸盡量移開，直至背脊撞上一顆矮樹，才退無可退，停了下來。

戚長征蹲著跟來，匕首一伸，刀鋒貼在她巧俏的下頷處，用力一挑，褚紅玉「呀」一聲仰起了俏臉，望著他顫聲道：「你想幹甚麼！」

戚長征匕首下移，「颼」的一聲，劃破了她胸前的衣服，卻沒有傷及她的皮膚。

褚紅玉花容失色，低首往自己胸口望去，赫然發覺衣服連褻衣都被挑破，不但露出一大截豐滿的胸肌，連深深的乳溝亦春光盡洩。

她剛想叫喊，匕首再上托，貼著下頷把她的俏臉挑起，回復先前的姿勢。

褚紅玉受刀鋒所脅，不敢妄動，顫聲道：「你想怎樣！尚亭不會放過你的。」

戚長征望進她敞開的衣襟裡，吹響了一下口哨，道：「尚亭當然不會放過我，不過你以爲我肯放過你嗎？」

褚紅玉回復了勇氣，狠狠道：「你這種淫行，怎配稱好漢？」

戚長征哈哈笑道：「若我是好漢，敢問尚大人爲何要來取我的命？你我無冤無仇，既然不爲任何原因亦可置我於死地，我要奪你貞節，快樂一番，你能怪誰？難道只可以任你對付我，我老戚仍要充好漢尊重你，不碰你嗎？」

褚紅玉一時語塞。

今次湘水幫應楞嚴之請對付怒蛟幫，說到底只不過爲了湘水幫的利益，若怒蛟幫被殲，湘水幫就可往北人肆擴充勢力，奪取怒蛟幫的地盤。

戚長征凝視著她長而媚的俏目，露出雪白好看的牙齒笑道：「你們明知今次楞嚴是與方夜羽合作對付我們，若是成功，整條長江將會落入方夜羽的控制裡，蒙古餘孽得此戰略優勢，便會發動戰爭，使生靈塗炭，你們如此助紂爲虐，又算哪門子的英雄好漢？」

褚紅玉呆了一呆，尙亭應邀出手，想的只是和朝廷拉上關係，爭取自身的利益，並沒有顧及戚長征現在指出可能出現的後果，一時無辭以對。

戚長征匕首貼著她的臉往上移，到了她嫩滑的臉蛋處，用刀身輕輕拍打了兩下，讚道：「眞是吹彈得破！好了，老戚時間無多，要好好享受一下尙亭的美嬌娘，讓他知道來惹我們的後果，就是連嬌妻也保不了。」

褚紅玉駭然道：「不要！求你不要，其他甚麼我都可以給你和告訴你。」

戚長征索性坐了下來收回匕首，滿有興趣地道：「若你獻上的情報有價値的話，說不定我會放過你的。」

褚紅玉氣得差點哭了起來，可是回心一想，忽地發覺直至這刻，此人表面雖是凶橫霸道，一副黑道惡少的模樣，其實到現在仍沒有做出甚麼越軌的行爲。換了一般邪淫之徒，至少會先償手足大慾，不會只是那麼裝樣子給人看了。

心神稍定下，首次往他望去，只見對方眼神清澈，一點慾火之色也欠奉。

點了點頭，褚紅玉低聲道：「你想知道甚麼，儘管問吧。」

戚長征道：「我問一句你答一句，不要遲疑，若我覺得你在編故事，我會立即把你佔有，那時求饒也沒有用，明白了嗎？」

褚紅玉垂頭道：「問吧！」

戚長征微微一笑道：「楞嚴的人是甚麼時候找上尚亭，派了其麼人來？」

褚紅玉唯恐他誤會在砌詞，迅速答道：「是西寧派的『遊子傘』簡正明，那是半年前的事了，那時方夜羽仍未發動對付尊信門和乾羅山城，我們見簡正明是八派的人，信用上應沒有問題，答應了他，現在想反悔亦來不及了，誰敢同時得罪方夜羽和楞嚴。」

她心中暗讚戚長征的老到，這第一個問題她是不能推說不知道答案的，而人的心理很奇怪，一開始說了實話，會自然一直說實話下去。

接著戚長征問了一大串問題，都是關於楞嚴方面的人如何與他們聯絡，不同派別的人如何聚在一起參與對付怒蛟幫的行動，有甚麼切口暗語，有時他又會忽然問起早先曾問過的問題，看看前後有沒有矛盾出入，使一直在黑道裡長大的褚紅玉也心悅誠服對方問話的技巧，不敢隱瞞，乖乖地如實奉上。

戚長征又再問了幾個問題，都是有關方夜羽的手下在當地的活動，然後伸掌在她身上拍了幾下，解開穴道，笑道：「算你乖吧！大人回復自由了。」

褚紅玉芳心升起一種難以言喻的感覺，竟似很想再給他拷問多一會兒。

戚長征站了起來笑道：「你的胸脯生得眞美，我倒想你剛才騙騙我。」

褚紅玉往胸前望去，羞得連忙把衣襟拉緊，原來她剛才全神答問題下，竟不知道衣服敞開露出了左右大半邊乳房。

戚長征道：「希望不要再見了，否則莫怪老戚刀無情。」轉身欲去。

褚紅玉叫道：「且慢！」

戚長征回過頭來，奇道：「還有甚麼事？」

褚紅玉瞅了他一眼輕聲道：「我回去會和尙亭談談，告訴他剛才你曾說及的那種情況。」

戚長征再露出他那招牌笑容，走了回來，緩緩伸出手來，在她臉蛋擰了一下，道：「你最好不會那麼天眞，我們曾調查研究過中原大小家派幫會的領導人，恕我直言，令夫被列入心胸狹窄、眼光短小之輩，若他知道你曾和我說過這些話，必會懷疑你曾對他有不忠的行爲，所以最好編個較像樣的好故事來敷衍他，至於以後會有甚麼的發展，眞要天才曉得了。」

戚長征看著她迷惘的眸子，俯頭下去，在她唇上輕輕一印，長嘯聲中，迅速離去。

褚紅玉怔在當場，自己是有夫之婦，早先是迫不得已，但爲何剛才竟任這英武灑脫的男子擰自己臉蛋，又吻自己的唇？

戚長征對尙亭的惡評，並沒有令她生出惡感，因爲尙亭就是這麼一個人。而且令她感到怒蛟幫不愧是有魄力遠見的大幫會，早就對各門各派的情況做足工夫，不像湘水幫般只是斤斤計較眼前小利。對戚長征的認識便是個好例子，尙亭還以爲可輕易把戚長征手到擒來，先立一功，豈知己方縱是布下如此陣容，竟鬧了個灰頭土臉。

自己今次參與行動，骨子裡其實是想得到暫時離開尙亭的機會，對這師兄，她已無復初戀時的熱情，所以嫁他整整兩年，她仍以種種藥物避孕，不肯爲他生孩子，兩人間的關係因此不斷惡化。

忽然她又想起戚長征扔她到草叢內前，重重打在她隆臀上的那一記，心底忽地泛起一股滋味，俏臉不由紅了起來。

# 第三十九章　各奔前程

浪翻雲放開按在風行烈背上的手掌，眼光掃過期待著報告的谷姿仙、谷倩蓮和白素香，微笑道：「恭喜世姪！今次你因禍得福，功力不退反進，先天眞氣更進一步，假以時日，即管再遇上年憐丹，亦未必會輸。」

谷姿仙欣喜道：「那眞是太好了！」

風行烈轉過身來，向浪翻雲道謝。

這是府堂左旁那天谷姿仙為風行烈設洗塵宴的偏廳，此刻時近黃昏，柔和的陽光透窗而入，分外寧靜怡人。

浪翻雲拉起谷姿仙的玉手，握在掌中，沉吟片晌才放開道：「雙修大法確是曠世奇術，姿仙現在奇經八脈暢通無阻，若能趁勢精修苦練，可望於短期內步上先天妙境，將來成就，無可限量。」

谷姿仙想起她打通奇經八脈的經過情況，嬌羞地垂下頭去。

不捨這時走了進來，在浪翻雲旁坐下道：「浪兄有何打算？」

浪翻雲嘆了一口氣，徐徐道：「我現在唯一的希望，就是能分身作兩個人，一赴京師，和朱元璋玩上一局；另一個則趕回洞庭，好應付方夜羽和楞嚴聯手對怒蛟幫發動的功勢。方夜羽有里赤媚和年憐丹兩人，甚或紅日法王出力相助，連我也不敢輕易言勝，只望能不擇手段，務要將他們逐一殲殺。」

不捨道：「紅日法王心切找尋鷹刀，兼且和夢瑤小姐有百日之約，大概不會眞的爲方夜羽辦事，若我估計不錯，他只曾答應方夜羽對付你，現在他們陰謀失敗，紅日法王又被夢瑤小姐劍氣所傷，應不用擔心他會捲入方夜羽與怒蛟幫的鬥爭裡。」頓了頓續道：「至於年憐丹則交在愚夫婦手裡，他想除去我們，我們何嘗不想除掉他，此戰勢在必行，誰也避不了。」

浪翻雲微笑道：「大師是否不想再當和尚了？」

谷姿仙眼中射出關切神色，望向乃父。

不捨伸出手來，憐愛地撫著谷姿仙的頭，淡然一笑道：「若我再當和尚，姿仙肯放過我嗎？浪兄請勿笑我。」

浪翻雲鼓掌道：「敢作敢爲，才是大丈夫本色，浪某怎會笑許兄。」接著道：「不過許兄和嫂夫人蓄意壓下傷勢，好能及時趕來此處，致使內傷加重，將來與年憐丹一戰，未可樂觀，否則只以許兄之劍，便有除魔機會。」

谷姿仙道：「大哥放心，家父、家母雙修大法已成，只要……唔……只要他們恩恩愛愛……噢！我不說了，行烈啊！爲甚麼用那樣的眼光看著人家。」說到最後，羞得垂下頭去。

眾人不禁莞爾。

浪翻雲道：「里赤媚是最令人頭痛的問題，他若蓄意逃走，我並沒有十足把握把他留下。這種進可戰、退可逃的敵手最是可怕，若他要殺一個人，那人就連逃命的機會都沒有，所以我始終對他不能放下心來。」

眾人見浪翻雲如此說，均感心情沉重。

浪翻雲轉向風行烈道：「待會讓我告訴你一些聯絡敝幫的手法，若有行烈，再加上凌戰天的黑索鞭、翟雨時的智計、戚長征的刀，或能拖上一段時間。要切記莫與他們正面爲敵，只要我能由京師動搖了楞嚴和方夜羽的聯手之勢，就可回頭從容對付里赤媚，至於其他的事，只好交由你們這班年輕人去應付了。」

不捨道：「若浪兄出手，龐斑會否坐視不理呢？」

浪翻雲雙目爆起精芒，微笑道：「若龐斑等不及明年的秋華滿月，浪某怎可不奉陪。」

此時秦夢瑤和谷凝清聯袂由後院進入廳內，谷凝清來到不捨旁道：「到現在我才明白夢瑤小姐爲何可以打破靜齋的禁例，成爲三百年來第一個踏足塵世的高手，剛才我向她解說雙修大法，無論多麼抽象玄奧的方法，她都一聽便明，教人佩服。」

秦夢瑤微笑道：「夫人誇獎了。」

浪翻雲道：「時間寶貴，我和夢瑤在烈兒的火化儀式後，須立即趕回去了。」

谷倩蓮和白素香聞言立即哭起上來，風行烈慌忙撫慰。

浪翻雲搖頭苦笑，朝後院走去。

秦夢瑤隨在他旁，好讓分別久矣的夫妻父女暢敘離情。

兩人默默來到後院的涼亭內。

浪翻雲倚欄而坐，忽道：「大哥有個問題，不知夢瑤可否給我一點意見？」

秦夢瑤在亭心石桌旁的石椅安然坐下，奇道：「若大哥的智慧也解決不來的事情，夢瑤還可提供甚麼意見？」

浪翻雲道：「這只是一個選擇的問題，非常簡單。」嘆了一口氣續道：「現在我和龐斑間存在著一種非常微妙的平衡，故可相安無事，直至攔江之戰才再作分曉。不過假若我出手對付里赤媚，這微妙的平衡立即打破，龐斑縱使不願意，亦不得不把我們間的決戰提早進行，你說我應怎麼辦？」

秦夢瑤理解地點頭，沉思片晌後道：「里赤媚的天魅凝陰，在當今之世，確只有大哥的覆雨劍才可穩勝。」

浪翻雲道：「我一向服膺的眞理，就是詩窮而後工，只有在極度的困境裡，才能培養出超卓的人物。這些年來，就是因爲有龐斑這高不可攀的人，才會有厲若海、風行烈、韓柏、戚長征、不捨和夢瑤你的出現，現在龐斑擺明沒有閒情再理塵世之事，亦沒有人蠢得去招惹他。唉！」

秦夢瑤點頭道：「大哥放心吧！里赤媚的事由我們去處置好了。除非成仙成道，誰能不死，遲些早些，有何分別？最緊要能放手而爲，不讓光陰虛度。韓柏已以事實證明了里赤媚亦非無懈可擊，大哥豪情瀟灑，爲何還不能將這看破？」

浪翻雲微笑道：「夢瑤你有否感到，自從你決定了要便宜那無賴後，整個人都開心起來，就像不食人間煙火的仙子，忽然動了凡心那樣。」

秦夢瑤立即潰不成軍，招架不住這天下第一劍手的凌厲攻勢，霞生雙頰道：「大哥笑我！」

浪翻雲拍手道：「我終於破了夢瑤你的劍心通明，恐怕龐斑亦難以辦到。」

秦夢瑤臉蛋上的紅潮仍未消退，但神色回復了平靜，幽幽一嘆；道：「幸好師尊送我離開靜齋時，曾有要我不拘人言，放手而爲的說話，夢瑤才沒有因自己對一個男子動了眞情感到自責。」

浪翻雲淡淡道：「韓柏的魔種基於天然特性，打一開始即對你生出強大的吸引力，只因你身在局中，不曾覺察吧！何況韓柏的長相和性格均如此討人歡喜，夢瑤若強迫自己不去愛他，反會因相思之苦，致永遠不能進窺至道，得不償失。」

秦夢瑤道：「這正是我害怕的地方，若和他有了肌膚之親，說不定夢瑤會情不自禁，難以自拔。何況這小子風流自賞，到處留情，若我起了嫉妒之心，變成七情六慾的奴隸，豈非更糟？」

浪翻雲失笑道：「我從未想過你這仙子竟會有這麼多塵世的顧慮。想當年傳鷹躍空而去前，仍摟著『紅粉艷后』祈碧芍的屍身慟悲不已，我佛釋迦寂滅前苦口婆心警告世人生死間可畏處，可知有情無情，實與能否超越天人之界，無甚關連，若有情者永不能悟通那破空而去的一著，我和龐斑都要立即死了那條心。」

秦夢瑤淡然一笑道：「大哥教訓得好，夢瑤自知道須與韓柏做那百日夫妻後，心田注進了無限生機，很想立即投進他懷裡去，讓他說盡瘋話兒。這二十年來，夢瑤無時無刻不在勤修苦練，把原始的生命力、男女的性慾轉化作精神的元氣，以爲早斷了七情六慾，豈知現在情心一動，愛戀之思竟如狂潮般莫可能禦。唉！眞是冤孽！當想到那無賴在我投懷送抱時的得意洋洋，夢瑤禁不住要愛恨難分哩。」

浪翻雲微感愕然道：「只聽夢瑤這番話，才知夢瑤對韓柏用情之深，幸好有此機緣，否則夢瑤將永無進窺至道之望，你眞要多謝那紅日法王呢！」接著微笑道：「一舉兩得，何樂而不爲？」

秦夢瑤再次生出紅霞，微嗔道：「大哥總不肯放過我。」

浪翻雲失笑道：「不是我不肯放過你，而是你令我不肯放過你，因爲動了凡心的仙子最是美麗，最是引人，我浪翻雲何能例外？」

秦夢瑤給他惹得露出笑靨，甜美的笑容比盛放的鮮花更動人百倍，油然望往亭外的遠山，夕陽的一半剛沉到了山下，她清絕美艷、修長入鬢的美目亮起攝人的異采，秀麗的黛眉往上微揚，柔聲道：「那無賴現在不知又要調戲哪個良家的女子了？」

韓柏全身赤裸昂然立在房中，感受著沐浴後的神清氣爽，由三女服侍他換上勁服，再在外面蓋上隆重的高麗官服。

他充滿了朝氣的雄偉軀體，發亮的皮膚，紮實有力的肌肉，不用有甚麼行動，足令三女春心蕩漾，臉泛桃紅。

柔柔面對面爲他扣鈕子，忽然忍不住伸出纖纖玉手撫上他寬闊的胸膛，嘆道：「柏郎！柔柔眞捨不得讓你威武的身體給衣服蓋上。」

韓柏正想著先前遇到盈散花時的美景，暗恨若快兩步爬上去，定能盡睹春色，正懊惱間，聞言笑道：「這句話應該是我向你們說才對。」

給他整理著衣袖的左詩嗔道：「這是你和柔柔間的事，爲何把我和霞妹牽了進去？」

韓柏嘻嘻笑道：「詩姊若再說一句不關你的事，柏弟立時把你脫個清光，大恣手足之慾。」

左詩跺腳不依，卻又不敢違背命令，憋得耳根都紅透了。

柔柔笑左詩道：「你都是鬥不過你這好弟弟的，查實詩姊比我和霞姊更不行，柏郎一離開了你的眼皮子，你便心心念念要去找他了。」

韓柏愕然道：「不是你們迫詩姊過來找我嗎？」

朝霞正爲韓柏整理頭上的官帽，聞言笑道：「這事迫得了的嗎？」

韓柏哈哈大笑，伸手摟著羞不可抑的左詩，道：「原來如此！來！詩姊！我們親個嘴兒。」

左詩全身發軟，求饒道：「好弟弟，放過姊姊吧！」

朝霞笑著道：「相公不要胡鬧，陳公和大哥正等著你哩。」

韓柏冷哼道：「我這專使身分會貴，他們等一會兒算甚麼一回事，我定要和你們每人親個嘴兒，才肯罷休。」

柔柔笑道：「親嘴還親嘴，你不可對我們動手動腳，弄皺我們的衣服。」

韓柏淡淡道：「這問題很容易解決，脫掉衣服才動手動腳，就不怕會弄皺衣服了。」

朝霞伏在他背上嗔道：「相公！你的腦子除了想這些東西外，沒有其他的了嗎？」

韓柏道：「若我對著三位尤物姊姊時，仍可想其他東西，你們才要擔心哩。」

柔柔自動送上香唇，和他親了個嘴道：「柏郎的嘴真甜，逗死人家了。」

左詩笑道：「你的武功高低詩姊無從批評，但獵艷的功夫看來遲早會成天下第一高手，說我們不擔心就是假話了。」

韓柏喜道：「這外號也不錯，『獵艷第一高手』韓柏，哼！不過好像不大順口似的。」

左詩省起一事，向柔柔道：「你跟柏弟的日子長一點，知不知道他以前的名號是甚麼？」

柔柔愕然反問道：「甚麼名號？」

韓柏一手又再摟著左詩的腰肢，威嚇道：「詩兒！我曾警告過你不准刺探這事的。」

朝霞見他恃強行凶，替左詩助拳道：「目無尊長，詩兒是浪大俠專用的，怎到你叫。」

左詩嗔道：「想趁浪大哥不在欺負我嗎？我才不怕你。」

韓柏眞怕她向浪翻雲告狀，連忙縮手道歉。

三女暫得小勝，均意氣飛揚。

「篤篤！」

叩門聲起。

朝霞走去開門，進來的是范良極。

三女忙甜甜的喚大哥。

范良極笑得一對賊眼都張不開來。

朝霞對他分外親熱，挽著他到窗前椅子坐下，又給他斟茶，服侍周到。

這時韓柏理好衣冠，坐到靠窗另一張椅子裡，由左詩和柔柔蹲在跟前，給他穿上薄底靴。

范良極「啐啐」連聲道：「你這小子不知哪裡修來的福分，這麼樣的三個大美人親自甘心伺候，不用動半個指頭，鞋子就穿好了。」

韓柏一陣感觸，想起以前在韓府做下人時，終日給人呼呼喝喝，哪想到有今天的好日子，眞像正作著一場大夢。

「砰！」

門才響，已給人推開，陳令方神色緊張衝了進來。

眾人不由警覺地往他望去。

陳令方來到范、韓兩人前，並不坐下，以前所未有的凝重語調低聲道：「山東布政使謝廷石微服來訪，要見我和專使大人。」

范良極愕然道：「山東布政使是甚麼玩意兒，是否今晚的賓客之一？」

陳令方搖首道：「他不是今晚的客人，這樣找上門來是不合情理的，老夫從沒想過他會來，定有非常重要的事。」

韓柏對官制一竅不通，問道：「他的官兒大不大？」

陳令方道：「非常大！我們大明全國除京師外，分十三布政使司，統領天下，山東布政使司領有濟南、東昌、兗州、青州、登州、萊州等諸府，乃北方第一要地，東接高麗，北接女真部，西北接韃靼，所以謝廷石位高權重，手握重兵，乃當今炙手可熱的邊疆大臣。」

范良極聽到山東與高麗相鄰，臉色一變道：「今次糟了，說不定他看穿了我們的底細，到來當面拆穿我們。他在哪裡？」

陳令方道：「他今次是秘密前來，由本州都司，今晚的主賓之一的萬仁芝穿針引線，萬仁芝剛差人向我打個招呼，讓我們有個準備。」頓了頓道：「照老夫當官多年的經驗，謝廷石看來不是要拆穿我們，否則可直接通知當地的刑檢部，不用自己偷偷跑來，看來是有事求我們居多。」

范良極拍案道：「難道他也想找株萬年參嚐嚐，可是他明知確數早報上了朱元璋處，送給他怕也不敢吃。」

三人皺眉苦思，都想不通這麼一個地方重臣，這樣來見他們所為何事。

陳令方道：「山東離此路程遙遠，就算蘭致遠一見你們時立即向他通風報訊，最少也要一個月才可到達山東，若他接訊後趕來，亦須另一個月的時間，所以他若能在這裡截上我們，定是身在附近，才能如此迅速趕至，他為何會離開山東呢！沒有聖上的旨意，布政使是不准離開轄地的。」

范良極摸著差點爆開了的頭道：「我不想了，總之兵來將擋，水來土掩，我范良極怕了誰來。」

韓柏早放棄了思索，向陳令方道：「擔心甚麼？我看陳公你印堂的色澤仍是那麼明潤，甚麼禍事也臨不到你身上。」

陳令方喜道：「剛才我接到消息時，立即到鏡前照過了，現在專使大人這麼一說，我更為心安。」

「篤篤篤！」

韓柏擺大官款，喝道：「進來！」

一名怒蛟幫好手通報道：「馬守備命小人告知老爺，萬仁芝和五名隨員求見。」

三人交換眼色，心裡都曉得是甚麼一回事。

陳令方道：「請他們來此！」

那人領命去了。

左詩等三女慌忙離去。

陳令方道：「謝廷石對高麗的事非常熟悉，你們切勿忘記老夫的教導。」

范良極和韓柏對望一眼，齊齊捋起衣袖，原來袖內均藏有紙張，密密麻麻寫滿了陳令方苦心教導有關高麗的資料。

陳令方呆了一呆，再和二人對望一眼，均不約而同捧腹狂笑起來。

《覆雨翻雲》卷四終

國家圖書館出版品預行編目資料

覆雨翻雲 / 黃易著. --初版.--台北市 ：
蓋亞文化，2018.03 –
冊; 公分. --

ISBN 978-986-319-327-2(卷4 : 平裝)

857.9 106025409

覆雨翻雲

卷四

新編完整版

作　　者　黃易
封面題字　錢開文
封面插畫　練任
裝幀設計　莊謹銘
特約編輯　周澄秋
總 編 輯　沈育如
發 行 人　陳常智
出 版 社　蓋亞文化有限公司
地址：台北市103赤峰街41巷7號1樓
電話：02-2558-5438　傳真：02-2558-5439
電子信箱：gaea@gaeabooks.com.tw
投稿信箱：editor@gaeabooks.com.tw
郵撥帳號 19769541　戶名：蓋亞文化有限公司
法律顧問　宇達經貿法律事務所
總 經 銷　聯合發行股份有限公司
地址：新北市新店區寶橋路二三五巷六弄六號二樓
電話：02-2917-8022　傳真：02-2915-6275
初版一刷　2018年3月
定　　價　新台幣 280 元
Published and printed in Taiwan

ISBN／978-986-319-327-2